上海文学名家文库·40后卷

张重光

上海市作家协会致敬文学 张重光 著

张重光自选集 **影子的重量**

百花洲文艺出版社

图书在版编目（CIP）数据

张重光自选集：影子的重量 / 张重光著. –– 南昌：百花洲文艺出版社，2019.12
（上海文学名家文库.40后卷）
ISBN 978–7–5500–3428–0

Ⅰ.①张… Ⅱ.①张… Ⅲ.①散文集 – 中国 – 当代 Ⅳ.①I267

中国版本图书馆CIP数据核字（2019）第230536号

张重光自选集：影子的重量

ZHANG CHONGGUANG ZIXUANJI：YINGZI DE ZHONGLIANG

张重光　著

出 版 人	章华荣
责任编辑	蔡央扬
书籍设计	方　方
制　　作	何　丹
出版发行	百花洲文艺出版社
社　　址	南昌市红谷滩新区世贸路898号博能中心一期A座20楼
邮　　编	330038
经　　销	全国新华书店
印　　刷	江西华奥印务有限责任公司
开　　本	720mm×1000mm　1/16　　印张　25.25
版　　次	2020年1月第1版第1次印刷
字　　数	337千字
书　　号	ISBN 978–7–5500–3428–0
定　　价	69.00元

赣版权登字　05–2019–278
邮购联系　　0791–86895108
网址　http://www.bhzwy.com
图书若有印装错误，影响阅读，可向承印厂联系调换。

你看不见你的真相，你所看见的，只是你的影子。

——泰戈尔

C O N T E N T S

目 录

A. 魅的影

C. 背的影

A. 魅的影

我想颠覆这个世界，只为扶正自己的倒影。

——题记

银幕上的魅影，思想在有形的框中穿越，自由的灵魂在飞翔。

——题记

《山楂树之恋》有点甜

　　远远看去，那棵白色花盛开的山楂树，泛着一片耀眼的光芒，无比壮观，却也分外凄美。白色虽说象征了圣洁，却也代表了死亡。以至于后来想到老三那一口雪白的牙齿，也像是沾了阴气，有点瘆人。

　　因为剧透，知道这是一部世上"最干净"的爱情片。所谓"干净"，应该就是干净，"最干净"，也就意味着彻底干净，就像一杯白开水，连片茶叶也不放。

　　因为剧透，知道男主角最后死于白血病。白血病之死，又让人不由自主地想起二十世纪八十年代红极一时的日本电视剧《血疑》——也是打的清纯牌，也是因为白血病，拆散了一对纯情男女，只是死的是女主角。清纯的爱情，清纯的面孔，清纯的歌声，我们甚至以为山口百惠的清纯也许就得益于她的构造简单的单眼皮。

　　剧透的好处是可以制造悬念，吊胃口，但《山楂树之恋》的剧透却让人们多少因为"最干净"而少了点想象空间，也因为"白血病"知道必是死去活来，来回折腾，似乎不看也罢。

　　兴许就是剧透透支了票房，偌大的影院空空荡荡，连我在内也就十来个人，惨淡得像演的一场"苦恋"。

其实，索性抱定宗旨吃一餐素食又何妨？或者说，就是准备喝白开水来的，心里淡定，嘴巴不刁，努力咀嚼，细细品味，兴许就把"农夫山泉"喝出了"有点甜"的感觉。这样的观赏，应该也是一种境界。

《山楂树之恋》真的很清淡，口味重的人肯定会觉得寡淡无味。无论是第一次牵手，第一次裹在一件大衣内取暖，第一次隔开一辆板车换泳衣，还是第一次挤一张单人床睡觉，似乎都应该是浓墨重彩的地方，就是一直将小说叙述得不温不火的艾米，也终于在老三和静秋有机会一起过夜的那一刻，激情燃烧了一把，让两人赤裸相对，并且还让老三完成了一次想象中的"结合"。那原是人之常情，干柴遇烈火，不烧也难，即便对性还懵懂无知的静秋，也该有本能的性冲动，何况还有老三为她启蒙作向导。但张艺谋却处理得波澜不惊，在高潮来临的前夕，全身而退，复归平静。他的淡定不仅让老三抱憾终生，也将以为水到渠成的观众的热情打压了下去。让人不由一声叹息，倍感可惜。该裸不裸，该做不做，是张艺谋顾虑最后的审片关？显然不是。对付审片，张导自有精确的算度，就像《黄金甲》中那无数对呼之欲出的乳房，让人血脉偾张，却又刚好在安全系数之内。这回张艺谋是刻意将"干净"进行到底，一点荤腥不沾。这是为什么呢？——如果《山楂树之恋》有什么悬念的话，这应该是最让人费解的地方了。

"干净"是否就是无性？这问题现在听来可笑，显然，性的本身无所谓干不干净，关键在于爱是否干净。

《山楂树之恋》的干净不在无性，恰恰相反，贯穿剧情始终的正是一条有形无形的线——性意识。客观地说，老三的性意识是很强的，对于同样经历过那个年代的人来说：我们那时候哪敢主动牵女孩的手；哪敢买泳衣献殷勤，并且要女孩子几乎当自己的面换衣服；更哪里想得到向护士开口借房间，乘机和女友"圆房"的。没证据一定说老三是在知道自己患白血病后，加快了"做人"（我们习惯上把没经历过性生活的人，称为还没"做人")的步伐，尽管他有句让人动容的语录："我不能等你一年零一个月，我不能等你到25岁，但我能等你一辈子。"可是他想要静秋身体的念头还是实实在在存在的。这不奇怪，就像革命领袖也有性需求这道理一样，性不等于肮脏，肮脏的是无爱的性。

检验一个人是否有爱或重性轻爱的一个标志，是对性的敬畏。那应该是神圣的，严肃的，必要时甚至得选择放弃。从这点来说，静秋的清纯已经不重要了，重要的是老三对爱的理解。

老三的放弃让我们对他肃然起敬。他最后放弃了进入静秋的身体，但他的爱一定进入了静秋的灵魂。

这也许就是《山楂树之恋》向我们发出的呼吁：要敬畏性。

2010.9.27

谁还在密林深处唱歌

——看《赛德克·巴莱》有感

我不知道该怎么表达我对《赛德克·巴莱》的喜爱和敬意。我满含泪水，看完后只是想问，这么好的电影今后还会有么？

《赛德克·巴莱》是一部史诗般的经典之作，讴歌了世代生活在崇山峻岭的台湾赛德克族人以血肉之躯抗击日本统治者的英勇气概。一边是区区三百来人的"土番"原住民，一边是拥数千之众、武装到牙齿的日本占领军，力量悬殊，对比鲜明。影片没有出现"以少胜多""以弱胜强"的奇迹，而是在刀光剑影中真真实实地再现了发生在1930年那场可歌可泣的抗战。

战争输赢没有悬念，明摆着是以卵击石。只是赛德克人没有软蛋：他们彪悍、狂野、血性，个个骁勇善战；他们攀岩爬树，如履平地；他们身手敏捷，如光似影；他们以大刀弓箭对阵飞机大炮，却毫无惧色。他们的不屈不挠，让气疯的日本人最后动用了毒气弹。三百多战士全部英勇战死，女人孩子也几乎全部自杀……日本将领不得不叹服，怪不得这里的樱花开得特别艳红，因为他们才是真正的武士。

明知必死，明知女人孩子也保不住性命，赛德克人还是一往无前，慷慨赴死。不是他们命贱，而是他们把尊严看得比命更珍贵。为尊严不惜一战，为尊严抛头颅洒热血。

英国小说家，诺贝尔文学奖得主约翰·高尔斯华绥说，受到震动有种种不同：有的是在脊椎骨上；有的是在神经上；有的是在道德感受上；而最强烈的、最持久的则是在个人尊严上。

《赛德克·巴莱》引起了人们最强烈而持久的震动，那是对尊严的思考。

影片上下两集，没有缠绵悱恻的恋爱，甚至女人都很少有近镜。徐若瑄在影片中最多只是个龙套，腆着个肚子，好好的台词也不让她说一句。影片甚至因为缺少人物间的感情纠葛而没有一个悬念十足的故事情节。和很多讲究结构、人物关系以及规定情境的片子比较，《赛德克·巴莱》显得相当粗线条，说白了，它是一部男人片，它的血腥对儿童不宜，让女人惊悚。

然而，却异常真实。我相信这正是导演要的效果：多一点原汁原味，少一点浮华雕琢；多一点真实，少一点编造；多一点精气神，少一点学院腔。

征召的演员大多是原住民，就连主角也启用素人原住民。所谓素人，就是平头百姓，没受过什么专业训练。也许恰恰因为他们的"素"，才演出了赛德克人的真。

还有歌曲，几乎都无伴奏。赛德克人唱的赛德克语，完全听不懂，但没关系，丝毫不影响人们对歌曲的强烈感受。尤其片尾处，战士已经全部战死，阒无一人的大山深处，唯有一道彩虹孤独地架在半空，如此空寂，如此凄美。此时，歌声渐起，仿佛来自天际，像父亲的召唤、母亲的思念，听上去难免悲哀，但不屈不挠，回肠荡气，就像在告诫他们的后辈：我们失去了血肉之躯，失去了生命，但我们捍卫了尊严，我们可以告慰祖灵，赛德克人永远是骄傲的……

据说44岁的导演魏德圣为筹资拍这部戏几乎倾家荡产，而且眼见得是捞不回本钱。我想他不是不明白这样的结局，但他只是为感动而拍，为良心而拍，为告慰血战而死的赛德克祖灵而拍，也为后人留下点什么而拍。这有点像当年的赛德克战士，明知有去无回，但我不入地狱，谁入地狱。他拍得无怨无悔，捍卫了一个有责任感的文化人的尊严。

大陆能拍一部像《赛德克·巴莱》这样的让人回肠荡气的电影么？我们资金有的是，能动员的人力物力远超台湾。世博会、奥运会那会儿少点几盏灯，少放几个烟火，大概就足够应付《赛德克·巴莱》中的那些场面了。但显然这些都不是关键，关键在人，他要有思想，有追求，有独立人格。他应该像魏德圣那样，有"我不入地狱，谁入地狱"的担当。这样的人，我们哪里去找？

这让我想起远在台湾的另一位可敬的文化人——齐邦媛老人。她的《巨流河》中记述了这样一件事：当年她负责编辑台湾学生的国文课本，按常规，课文会收录一些领袖、党魁、政要的演讲等文章，作为学生必读。历来没人会动这些人的文章。这倒未必政要本人不许动，而是他们手下人、追随者会"挺身而出"，斥责你不讲政治，不忠不义，给你戴高帽子，让你吃不了兜着走。但齐邦媛老人从有利广大学子学知识的根本利益出发，不计个人安危得失，坚持改革，该删除的还是删除。最后终于获得成功，为以后国文课本的改进，开了一个好头。

人是要有点自尊的。

《赛德克·巴莱》的歌声已经越来越遥远缥缈，如今，谁还在密林深处唱这样的歌呢？

2012.6.10

原来国王也会说Fuck

——奥斯卡最佳影片《国王的演讲》观后感

　　严格地说，乔治六世国王的这次演讲只能算朗读。9分钟的长度，稿子全由人家写好，他只须躲播音室里照本宣读就OK了。然而就是这9分钟的朗读，我们还是看得揪心，为他捏一把汗。

　　这是英国向希特勒德国宣战后，国王的第一次战时动员。也许，换个随便什么人，早轻松拿下了。然而他不行，演讲前一分钟，他还在怯场，坐立不安，犹如热锅上的蚂蚁。

　　国王平时说话缓慢，想一句说一句，以为他在深思熟虑，其实他患口吃。有些场合，用时过长，近乎围棋长考，半天不吱声，只是表情不像下棋，张口结舌，两眼干瞪，唾液随着痉挛的上下颚发着令人窒息的黏稠的声息。

　　作为一国之君，每遇这样的状况，他难堪，他的臣民也不好受，既不能笑，还得装作没看见，好像什么事也没发生。这样的装也不是一般的修养能达到的层次，要是换了我等做他的臣民，大概早憋不住喷饭了。记得有一回一家杂志社组织笔会，其中有两个作者都患口吃，而且程度都不浅。不知是谁恶作剧，晚上将两人安排睡一个房间。名单一公布，几乎所有人都笑得直不起腰，大家都展开想象，猜测他俩面对面会怎么交流，两个"欲言又止"在那儿"隔空对话"，不成了"无言的结局"？这事过去了很久，每次提起，大家还是乐不可支。因此，乔治六世如果在我们这儿做国王，估计会出人命，不是我们犯上定死罪，就是他被我们活活气死。

这回国王的演讲，已经不仅仅是难不难堪还是好不好受的问题了，而是大不列颠帝国生死攸关的大事。一旦民众听得心里不爽，群情无法激愤，军队的士气也得不到鼓舞，这仗还怎么打？看看人家希特勒，慷慨陈词，手舞足蹈，将一广场的纳粹兵鼓动得像点着了火的干柴，英吉利海峡的这边反倒是有可能因为这位国王"欲言又止"的"演讲"，只见唾沫不闻声音，而淋湿了大家的热情。

尽管我们都知道，国王的这次演讲必定成功，否则这电影还怎么拍，但是当我们看着国王一步步如赴刑场般沉重地走向播音室时，还是在为他祈祷：上帝保佑国王。我们知道现在唯一的"上帝"就是"语言矫正师"罗格。看他如何在关键时刻点化这位陷入绝境的国王，起死回生，一举读完这9分钟的演讲稿。

罗格与国王这一对人物关系的设计是电影最出彩的地方。按国王对罗格的评价，这位来自澳大利亚的"语言矫正师"，是个"没有训练，没有文凭，没有执照"的"乡下来的新手"，也就是说罗格几乎就是个江湖骗子。他原本是个来自澳大利亚的话剧演员，对莎士比亚台词烂熟于心，但因为年纪大了，没有剧团愿意收留他了，幸好语言功底尚在，又懂得点心理辅导，于是便名不正言不顺地来英国混口饭吃吃。

当罗格失去赖以生存的演员职业的时候，国王却因为继承王位而开始当起了演员。用王后伊丽莎白的话来说，他的职业就是专门"公开讲话"，而老国王乔治五世的话则说到了本质，他说："现在，我们必须去主动迎合大众的需要，我们成为了最卑微的存在……成了演员。"

没错，两个"演员"。一个是以演戏糊口的职业老演员，一个是必须放低了身段迎合大众的新演员；一个以舞台为舞台，一个以所有公开场合为舞台。你很难说谁是真演员，谁是假演员，因为他们的的确确都在演戏；他们也都需要在演戏时进入某种语境，因为他们都需要以这样的语境来打动人，以获取票房或换取民心。

虽说同是"演员"，但地位相差悬殊，一个贵为君王，一个充其量只是个被淘汰的老戏子，但今天君王有求于老戏子，于是天秤便开始走向平衡。只是君王不会轻易甘拜下风，他骨子里蔑视演员，认为卑微，尽管连话也说不周全，但损人的话他都说得毫不含糊，而且口齿清晰。

说罗格"江湖骗子"，我觉得还真有点像，那些所谓的"物理治疗"，甩头、打滚、下巴抖动等，和先前王室请来的医生要国王嘴巴含着玻璃弹子发音的方法大同小异，都有点扯淡。真正有效的，是他的那句经典台词：放手，其实很容易。

所谓放手，就是彻底放下自己的身段，不要总记着自己是贵族，是国王；所谓放手，也就是敞开胸怀，不要老是对过去的事耿耿于怀；所谓放手，也就是学会平等待人，学会尊重；所谓放手，也就是看淡一切，不该有过分的压抑；所谓放手，也就是国王算个屁！

于是，乔治六世痛快淋漓地骂了一连串的"Fuck"。

于是，一切都释然了，一切也都迎刃而解了。

2012.4.9

告密者的尴尬

——看《白日焰火》有感

要不是那些车牌都清晰地标明"黑A"，人们怎么也不会想到《白日焰火》拍的是有"东方莫斯科"之誉的哈尔滨。

看不到太阳岛上的旖旎风光，也没有圣索菲亚教堂的洋葱头大穹顶和果戈理大街的异国风情，甚至连冰雪大世界的艺术造型和银装素裹的亚布力滑雪场也难觅踪影。

呈现在人们眼前的，尽是破旧的筒子楼、冷落的街道和简陋的小店铺，还有死气沉沉的电铁和黑咕隆咚的野冰场……而这一切都被笼罩在冰天雪地的晦暗里；白天不白，黑夜不黑，就连天上降的雪也没有一颗是白色的。

人们眼看着镜头里黑不溜秋的哈尔滨，几乎沦落为一个乡气十足的小城镇。

想想冯小刚、张艺谋他们，哪一个不是逮到机会就使出看家本领，将景致拍到极致，将人间拍成仙境。

感觉刁亦男是在跟谁赌一把——偏不拿古迹当名胜，不拿珍珠当宝贝。就像一个面容姣好的美女走T台选美，却存心涂黑了脸。

下这样的赌注，不是玩火自焚，就是胆识过人，都需要点勇气。

也许正用上了顾城的那句诗：黑夜给了我黑色的眼睛，我用它来寻找光明。

"光明"当然不是因为片尾四处乱窜的焰火。

如果用"白日焰火"打一歇后语，那应该就是"多此一举"。白天燃放烟火，非但没有美感，还因为"多此一举"而变得有点惨烈。

爆裂的焰火让羁押着女犯人吴志贞（桂纶镁饰）的警车走得有点狼狈，像在夺路而逃。

那是谁在犯傻，抑或在恶作剧？

所有的人，像是只有吴志贞对这白日焰火饶有兴趣。她仰望天空，谛听焰火在天空噼噼啪啪炸裂的声音。

她能从中听出些什么呢？

那不是节日的礼花，不是喜悦的欢庆，也不是有人犯傻，在白日作践那些只属于夜晚的精彩。

吴志贞的嘴角挂着一丝微笑，只是有点苦涩。此刻，只有她心知肚明，听出了劈啪作响的焰火后面的内容。

那是呐喊，是咆哮，还是声嘶力竭的哭泣？

也许只有天知她知，还有燃放焰火的人自己心里明白。

不管怎么说，既然没有了夜晚燃放的璀璨，白日焰火还谈得上是光明的吗？

"光明"当然也不是来自冷艳而性感的桂纶镁。

她的亮丽几乎能瞬间攫住所有男人的眼睛。在寒风肆虐的冬天，她就像一只雪地里蹒跚、打滚的雪狐，可爱得让暗中窥视的猎人缓不过气来，持枪的手颤抖不已。

她的话很少，几乎不说什么，但她身上所散发的性的气息却让男人们莫名兴奋，想跟她搭讪，为她做点什么，甚至心甘情愿为她赴汤蹈火。几个男人因此而丧命冰刀之下，并且分尸天南海北。

其实她对男人的诱惑并非都出自她的本意，她却为自己的"诱惑"付出了沉重的代价。假死的丈夫梁志军（王学兵饰）鬼魂般地守着她，不给其他男人有觊觎得手的机会，作为一个"寡妇"，她却只能陪着一个活着却不能现身的"活死人"，独守空房；也因为她的"诱惑"，让退伍警察张自力（廖凡饰）魂不守体，紧随不舍，并且终于知道了她杀人的真相。她对男人的"诱惑"是致命的，但最后"致"的却是自己的命。

她诠释了什么是"女人祸水"，也同时给自己演绎了一出"红颜薄命"的悲剧。

片中的警察是尽职的，他们对案子紧盯不舍，并且有几个人为此付出了生命的代价。他们是正义的化身，是光明的使者，然而这样的"光明"就在明处，并不需要我们费力寻找。

让我真正眼睛一亮的是张自力在舞厅里的那段独舞。

自由发挥的那种，节拍是合得上的，但跳得很纠结，痛楚有之，懊恼有之，且越看越觉得猥琐。

兴许这段独舞，可以称作"告密者之舞"。

没错，张自力就是一个告密者，哪怕他在以正义的名义替天行道，哪怕他出于一个老警察的职业道德，或者只是遵循了"公事公办"的原则。但不管怎么说，他是在跟吴志贞睡了觉后去告发的，因此必须要受到良心的谴责。

张自力对吴志贞的"志在必得"，不说蓄谋已久，也必定用心良苦。他因为"不想输得太惨"，执意偷偷干起刑侦的老本行，却不由自主被吴志贞吸引，当他按住吴志贞大声说"我是来帮你的"时候，我们也丝毫不怀疑他的真心诚意。他就是这么纠结，既想将案件侦查个水落石出，又难以摆脱对吴志贞的喜欢和占有的欲念。

他对女人的占有欲很强，这从电影一开始他企图在车站强行非礼前妻，就有了铺垫。

但我们可以原谅他对前妻的非礼，可以原谅他旺盛的性欲，却不能原谅他的告密。

告密的念头是他在与吴志贞一夜情后就有了。那天早晨，两人在包子店吃早点，吴志贞问他，晚上怎么安排，还见吗？他回答，见啊。当时那回答，已经显得言不由衷，为了掩饰自己的尴尬，故意将稀粥喝得呼噜噜响。

也许吴志贞当时已经有了某种预感，只是还不会想到他这么快就出卖，后来当她戴着手铐来指认行凶现场，烟火不合时宜地在身边噼啪炸响，她便知道这是他的"杰作"，因为只有他知道"白日焰火"的秘密。

此时的她，只有一丝苦笑，她知道这就是命，女人的命。

张自力作为一名有功人员参加了刑警们的庆功宴，他"谦虚"地说，自己是"瞎猫遇到了死老鼠"。他说这话的时候，脸红耳赤，像酒精的作用，然而掩盖不了他内心的羞愧。

也许他有一千个理由告密，但只要他是个告密者，他就不是一个磊落的人，就不应该得到尊崇和爱戴，相反应该受到人们的唾弃和鄙视。

告密者的内心是阴暗的，龌龊的，怕见阳光。至此，我们似乎也就理解了导演为什么要"涂黑"了画面，让一切都变得晦暗不明起来。

在我们这片土地上，对告密者的挞伐，是远远不够的，以前我们幼稚地以为只有革命阵营里的叛徒才够得上"告密者"，其实远不是那么回事。可以这么说，几乎我们每个人都吃过被人告密的苦，而我们又何尝没扮演过告密者的角色呢？

《白日焰火》，你让我们大家的内心不得平静。

2014.3.30

无人区里有上帝

"这是一个关于动物的故事，发生在一个鸟不生蛋的地方……"

在如此地老天荒的旁白中，我们真的就随《无人区》进入了一个"鸟不生蛋"的无人区。

大漠孤烟直，长河落日圆。白天太阳诡异、夜晚月黑风高，不变的是永远的沙丘。一望无际的大漠是茫茫苦海，死亡如影相随，唯有早日走出大漠。

就像当年摩西带领犹太人走出埃及，要走出大漠，就得凭着内心的信念，不争、不贪、不自私，也不打妄语。

就是说，要心纯，才能保证你有足够的勇气和智慧应付一切，才能不走邪路。

看起来，《无人区》就像是一部《出埃及记》，上帝在这个"鸟不下蛋"的无人区放出了几个魔鬼，或扮成凶神恶煞的鹰隼盗猎团伙，或又扮成"夜巴黎"车铺不择手段贪婪歹毒的父子，以及身段火辣的舞女等等，即便那对开卡车的兄弟，我们也有理由相信是魔鬼的化身，其目的则是考验我们的意志，拷问我们在天高皇帝远的境况中的良知。

徐峥扮演的律师，一开始凭着他巧舌如簧的辩护，成功地为杀死警察的贩卖鹰隼者作了无罪辩护,又毫不手软地拿下了自己当事人的新车,然后风驰电掣,一路向东,准备回到自己的那个大都市。那里有一个记者招待会在等着他。当然,这不是一个简单的记者招待会,而是他事业中的一个里程碑,因为他马上要"上头条"了。

这时候的徐峥春风得意,人一旦得意便容易犯迷糊。换个人,遇到那对近似无赖的卡车司机,惹不起却躲得起,即使躲不起,也得隐忍,哪怕是被故意挡道,哪怕是胯下之辱。人的智慧,有时候并不是以牙还牙,而是能屈能伸,尤其面对无赖小人,与其争锋相对,不如强颜欢笑,跟他们斤斤计较,实在是高看了他们。

这不,他点燃的那把火,爽是爽了,但祸根也就种下了。

上帝真正的考验是在徐峥以为自己将扮演鹰隼团伙成员的黄渤撞死以后。此时,天高皇帝远,人不知鬼不觉的——想不到可恶的无人区竟显现了它无比的优越性。

此刻,要说有皇帝也就是自己了。于是徐峥就真的当了一回"皇帝",残忍地将刚从"夜巴黎"灌满的汽油全淋在黄渤身上,企图毁尸灭迹。

看到这儿,我们似乎明白了一个道理,在徐峥一路向东,逃离无人区的回程中,真正的魔鬼还不是鹰隼盗猎团伙,也不是"夜巴黎"的父子,更不是那对卡车司机或辣身舞女,真正的魔鬼其实就驻扎在他自己的灵魂中。

这就是《无人区》要告诉我们的道理:每个人的灵魂中都有一个魔鬼。

影片开始,徐峥就讲述了"两只猴子"的故事。大意是,一只猴子去吃桃子,总有被老虎吃掉的危险,两只猴子发现了一种方法,一个放哨,一个上去摘桃子,这能保证它们安全地吃到桃子,老虎来了又都可以及时逃跑。这让两只猴子都不能自私,必须为对方着想,树上的猴子必须留一半给放哨的猴子,而放哨的猴子绝不可以擅离职守。两只猴子的合作最后渐渐形成了猴群的生活方式，它们因此进化成了人。

显然，人和动物的最本质的区别是：人之所以为人，是因为有契约精神；而动物之所以只是畜生，是因为它们之间只有弱肉强食，你死我活。

《无人区》之所以自称"这是一个关于动物的故事"，其实就在探索，人一旦远离人烟，一旦社会公器失效，鞭长莫及，人还能坚守住人的本性——契约精神吗？

所谓契约精神，就是自律、守信和良知。丧失契约精神，也就意味着失去良知，无法无天，本性大暴露。这本性指的就是动物性，也就是前面所说的"魔鬼"。

不幸的是，我们每个人都可能"魔鬼"附身，不管你是卡车司机还是律师，是罪犯还是警察，是小老百姓还是国家首脑。

我们得靠契约精神约束人的动物性，让代表正义的上帝管束住每个人身上的魔鬼，也就是将"魔鬼"关进契约的笼子里。

《无人区》的片名寓意深长，因为"无人区"不仅存在于蛮荒之地，不仅指的地理概念的大西北，它也完全可能存在于大都市，存在于人头攒动的场所，不仅指的"人不知"的环境之中，也完全可能发生在"鬼不觉"的某种境况中，比如人们常说的见财起意、见色起念等等就是指的你以为有机可乘的时候。

前不久，上海高院的几位法官去浦东高级娱乐场所嫖妓，肯定以为万无一失，安全指数百分百的，却万万没料到还是被人拍到了视频。几乎所有的贪官、腐败分子其实都不是马大哈，不是糊涂虫，都以为神不知鬼不觉，不拿白不拿，不睡白不睡。没想到"人在做，天在看"，总有一只"天眼"在身后。

我常会想起米兰·昆德拉一句话：人们一思索，上帝就发笑。

太有意思的箴言，回味无穷。

人们的思索，往往意味着自以为得意，自以为万无一失，自以为神机妙算。可是如果这时你想到上帝会怎么想，保管你会吓一跳。

此时上帝会轻蔑地一撇嘴，说：切，就你这两下！

2013.12.31

穿越在雨中的夜巴黎

——《午夜巴黎》观后感

　　伍迪·艾伦编导的《午夜巴黎》让人折服。影片中，1920、1890这些久远的年代就恍若埋藏于现世的某个街道、古宅，或某家不起眼的酒吧。只需夜幕降临，午夜钟敲响，精力充沛的男男女女，或开门迎客，或结伴而行，喝酒、跳舞、谈山海经。不知不觉间，古时今世，便合而为一。每一次穿越都那么自然，天衣无缝，犹如宇航船的空中交汇对接，轻轻一靠，严丝合缝。

　　穿越发生在每天的午夜，大钟敲响十二下，一辆标致的老爷车便准时出现在男主角吉尔的面前，载着他去某个家庭派对或是酒店。车内坐着二十世纪二十年代的诗人、作家或电影大师，舞会上、酒吧里几乎随处可见二十世纪二十年代那些赫赫有名的超现实主义绘画大师、野兽派画家、西班牙斗牛士或是再上个世纪的法国贵族。他们中有毕加索、海明威、达利、艾略特、德加、高更、图卢兹……，这让生活在当下的吉尔惊诧莫名又喜出望外。他想给未婚妻伊内兹一个惊喜，也带她作一次穿越。偏偏伊内兹临时反悔，死活不信，命中注定地失去了机会。

　　这样的穿越虽说不失浪漫，但终究还是肤浅，甚至会让人想起"灰姑娘与水晶鞋"的故事，仿佛那老爷车就是王子派来接灰姑娘的。好戏不在形式，那只能换来一时的效果。伍迪·艾伦巧妙地将古时今世两个完全不同的场合和人物掺和一起，搅碎打乱，使情节变得扑朔迷离，然而却都演绎得丝丝入扣，入情入理。比如吉尔和掉书袋的保罗对毕加索一幅画的争论，拿听来的90年前女作家斯坦因的权威评述，来毫不客气地否决掉书袋的保罗的夸夸其谈。再比如，海明威看了吉尔的小说稿，断言他妻子伊内兹与保罗有一腿，而且事后也得到证实。这情节似乎也暗示，吉尔早有察觉，只是不想承认。最妙的一节是，吉尔在路上买了本法文版旧书，法国第一夫人布兰妮扮演的角色念的竟完全是阿德里亚娜的口吻，说喜欢上了美国作家吉尔，梦见吉尔买了副耳环送她，两人还做了爱。于是吉尔按图索骥，真买了耳环送阿德里亚娜，当人们以为两人必定在那个巴黎的午夜轰轰烈烈做一场爱时，情况却出现了变化……"古为今用"——用今天印证过去，用古人的嘴来说出今天的真相。一切都是那么荒诞不经，一切又都是那么衔接自然，不露破绽。我们不得不承认，这穿越，玩得真好！

　　当然，玩穿越不是目的，《午夜巴黎》像它的片名一样营造了一个无比浪漫的气氛，这浪漫不是吃喝玩乐，不是泡夜店喝醉醺醺玩女人，这浪漫是幻想，是诗意，是永不放弃自己追求的理想，浪漫必定不甘平庸，与世俗格格不入。影片一开始吉尔和伊内兹关于是否喜欢下雨的争论就已经拉开了冲突的序幕，表面上淋雨的喜好与否，实际是追求浪漫还是甘于平庸的分歧。影片中有个吉尔自备安定药片的细节，他说，自从与伊内兹订婚就开始有了恐惧症。这恐惧不仅来自伊内兹，还来自她周围的人，比如她极端保守又刚愎自用的父亲，还有她非常崇拜的自视甚高的同学保罗等。如今这些人汇集巴黎，让吉尔更显得势单力薄。

　　幸好在巴黎，这里是无数文化名人云集的地方，他们的创造力奠定了巴黎在世界文化史上的重要地位，他们的自由精神更是酿造了巴黎上空独特的浪漫气息。呼吸着巴黎上空独特的空气，吉尔独自漫步，白天的压抑让晚上的自由显得格外珍贵。开窍往往是不需要耳提面命的，和古人的对话有时候就只需面对一尊雕像、一幅画、一本旧书，或一首老歌，就在灵光乍现的一瞬间，一扇窗子打开了，一个崭新的世界顿时呈现在眼前。

　　记得很久前看过匈牙利人奥班恩写的《艺术的涵义》。他是一位在世界艺坛享有声誉的美术家兼哲学家、教育家和作家。他认为绝大多数所谓的画家其实是画匠，是不屑一提的。这观点得罪了很多人，我却举双手赞同。因为我想到了"作家"。书中记载，他年轻时家里很穷，是姐姐供养他来巴黎艺术中心学画，但他面对前辈大师的作品浑然无知，认定自己不是学画的料。那天，他已经打好铺盖准备回家了，但不死心，又一次来到塞纳河畔的卢浮宫，当他再一次默默地瞻仰大师们的作品时，奇迹发生了，他突然发现自己读懂了，顿时泪如雨下……

　　我相信这样的顿悟，尤其在巴黎，如果在美国，在加利福尼亚，吉尔也许就寻找不到写作上的那份灵感，只有向伊内兹他们投降，甚至靠安定片度日。

　　雨是《午夜巴黎》的另一个主题，它成了浪漫的象征。我倒是相当认同，因为我也喜欢雨中漫步的那份感觉，为此我还一直深深地爱着一首叫做《雨中旋律》的旋律，百听不厌。每逢下起淅淅沥沥的小雨，我耳畔常响起那优美的旋律，心中顿时无比甜蜜，那时候还打什么雨伞，有个心爱的人一起分享就足矣。这样的情怀想必大家都有过，只是有人长久有人短暂。

2011.11.3

钢的琴和钢琴的差距在哪里

——《钢的琴》观后感

　　喜欢看电影，算不上很多，却也积累了一点心得。印象中，但凡片名带"钢琴"的，都是让人过目难忘的好电影。比如获1993年第46届戛纳电影节金棕榈奖和最佳女主角奖的《钢琴课》，获1999年意大利电影金像奖和2000年美国金球奖的《海上钢琴师》，获2001年戛纳电影节评审团大奖的《钢琴教师》，以及获2002年第55届戛纳电影节金棕榈奖以及奥斯卡最佳改编剧本、最佳导演、最佳男演员奖的《钢琴家》。

　　也许因为钢琴是"乐器之王"，表现力强，层次丰富；也因为每每一些演奏家在弹奏的时候，总让我有份感动。感动来自旋律的美妙和不可思议，也来自钢琴家的那种投入、无我，虔诚得像在祈祷。

　　印象中的那几部片子，主人公不仅与钢琴结缘，而且命运与黑白琴键交织——要么因钢琴而生，要么因钢琴而死，要么则因钢琴生情，爱得死去活来。男女主角无一例外地弹得一手好琴，他们魔术般的十根手指不可思议地在88个琴键上敲击出一串串变幻莫测、美妙绝伦的琶音或和弦，让世人在如痴如醉、感动莫名的同时，也仿佛在那一刻见证了主人公与上帝的对话——正如《钢琴家》中的纳粹军官韦恩，想必也正是在那一刻得到了上帝的感召，确信眼前的这位犹太钢琴家斯皮尔曼，一定是上帝的使者，于是下决心冒死相救。

有个画面一直深深地印刻在我脑海中，被我认为是最动人，也最富有诗情画意的场景。那是《钢琴课》海滩上的一幕：来自英国的哑女艾达带着她九岁的私生女费罗拉和她心爱的钢琴，远涉重洋，到新西兰与素未谋面的斯图特结婚，斯图特嫌搬运麻烦将钢琴丢弃在海滩。几天后，艾达思琴心切，央求本地人贝恩斯带她来海滩看一眼钢琴。钢琴孤零零地遗弃在大海边，四周还钉着木条，尚未拆封。那样子被当地的毛利人称作"棺材"，艾达却像遇见久别的亲人，激动不已。她掰下键口的木板，双手在琴键上轻轻滚动，几组琶音不经意间从她指尖流出，悠扬而又欢愉。白色的海浪一波又一波簇拥着卷上滩岸，脚下的细沙在随波流动，天真无忧的女儿合着淙淙琴声高兴地在一旁翩翩起舞，海滩上不时溅起一朵朵欢快的浪花……此情此景，让目不识丁的贝恩斯也为之动容。

其实，谁见了这样的场景都会为之动容，心生爱怜。孤儿寡母，背井离乡，人地生疏，丈夫冷漠，然而此刻她却已经忘记了时间，忘记了身处异乡的恶劣环境，忘记了前面正等待她去蹚的茫茫无际的苦海；此刻，她面朝大海，心存感激，心里只有上帝……

《钢的琴》之所以吸引我，除了因为知道它事关钢琴，还因为有张男主人公陈桂林在雪花飘飘的夜幕下独自弹琴的海报。看上去那么孤单，那么忧郁、无助，一眼便让我想到了《钢琴课》，想到了艾达在海滩上弹琴的那一幕，顿时充满期待，期待被狠狠地感动一把。

都说有了一个好的规定情境，作品也就成功了一半。《钢的琴》说的是20世纪90年代，东北某地原钢厂下岗工人陈桂林因为妻子有了外遇要和他离婚，两人争女儿的抚养权，而女儿本人的意愿是"你们谁有钢琴我就跟谁"，从而激发了穷困潦倒的陈桂林要为女儿弄一架钢琴的念头。没有钱哪来琴，没有琴哪来女儿？这真是一个可以把人逼疯的充满了悬念的戏，也就是说，它有一个很好的规定情境。这就已经成功了一大半。

"一借（钱）、二偷（琴）、三造（琴）"故事情节可谓一波三折，层层推进，顺理成章，也合情合理。然而自己造钢琴终究是件荒诞不经的事，也没人会相信就凭这几个草台班子的主唱、职业混混、前小偷、黑社会老大、猪肉王子和退休老工程师真能造成一架像模像样的钢琴来。于是，这也就决定了电影的风格——黑色幽默。本来"钢的琴"这片名就暗藏玄机，看似大白话兼废话一个，实则装傻，在引人发笑的同时，也让人琢磨。

从内容到风格，甚至片名，其中还包括了前苏联的音乐插曲，所有这一切都一气呵成，无可挑剔。只是，我似乎一直没等到我期待的那份狠狠的感动。

当一群昔日的能工巧匠，如今已落魄不偶、穷困潦倒的下岗弟兄聚拢起来，"为兄弟牛一次，为尊严搏一回"（电影广告语）的时候，影片也进入到了高潮阶段，但是高潮不高，有的仅仅是对这几个"兄弟"的展示式的情节。我承认他们很有个性，也很可爱，但他们"牛"得太表面。期间就发生过一次秦海璐和王抗美的一夜情，以及陈桂林为此恼羞成怒，这跟"牛"，跟"尊严"实在有点不沾边。另外，那两只最后被炸掉的烟囱，在影片中有不少笔墨，可是多少有点硬贴，无关痛痒。导演张猛说，本来陈桂林痴呆的父亲，每天要去看那两只烟囱，看又有几个老工人去世要烧了。后来这些细节全删了。我听了未免以为可惜。现在电影中，尤其后半部，缺少的正是这一类的细节，看似与故事关联不大，但恰恰最能触及到人物的内心深处。

我在想，如果由我们的导演来拍《钢琴课》会拍成怎么一副摸样呢？有的导演一定会将艾达在海边弹琴那一段整个删去，或者只是表现贝恩斯如何艰难地将钢琴搬回去就可以了，海边弹什么琴呢？不如回家舒舒服服弹。也有的导演也许会将艾达女儿费罗拉在海边跳舞那段删去，因为光表现女主角高兴，让她弹一曲就可以了，女儿何必再凑这热闹。然而影片少了这些，还拿什么来打动人呢？包括女儿跳舞，她越是欢快，人们也就越是心酸。

也许，这就是我们的"钢的琴"和人家的"钢琴"间的差距。

2011.8.10

让彩色玻璃片飞一会儿

——《金陵十三钗》观后感

　　砰，一声尖利的枪响，文彻斯特教堂好看的七彩窗玻璃在子弹的撞击下，四处飞溅。玻璃们在空中飞舞，犹如惊弓之鸟，慌不择路，却依然不失优雅，飞起，停格，慢慢坠落，好看的"羽毛"在阳光的折射下，五彩缤纷，炫人眼目……

　　这是张艺谋在《金陵十三钗》中几次出现的慢镜头，像在分解玻璃被击碎后自由落体的过程，手法有点抒情，由此，人们适时地从战争的血腥恐怖中得到了一丝喘息。

　　如果说，让彩色玻璃片飞一会儿，是张艺谋在《金陵十三钗》中留给我们的五光十色的感觉。那么风尘女子娉娉婷婷、风姿摇曳的"猫步"——且称之为"让女人的屁股摇一会儿"，则更加"风景"感十足。我终于知道原来女人走路也可以走得那么美，那么勾魂的。我甚至怀疑，张艺谋在读到严歌苓的原著时，眼前就已经跳出了这一组"让女人的屁股摇一会儿"的画面了。由此，当机立断，买下《金陵十三钗》的版权。

　　的确，从小说《金陵十三钗》到电影《金陵十三钗》剩下的就是十三个风尘女子临危调包这件事了。自然这是故事的基础，是母体，有了这中心事件，也就支撑起了电影的框架。然而小说之所以吸引张艺谋的应该还有一个元素：妓女。张艺谋是个特别有色彩感、镜头感的导演，他知道妓女能给他带来什么。因为妓女，出格一点便顺理成章了；因为妓女，就不能太良家妇女了；因为妓女，她们紧裹在旗袍里的好看的屁股便名正言顺地摇曳起来，袅娜起来了。于是，风景有了，风情也有了。

很多人质疑张艺谋，认为当年日军占领南京，有22名西方人自愿留在南京，成立南京安全区国际委员会，保护了25万南京百姓。还有2名西方人，在城外的一个难民营，保护了3万多难民。张艺谋不正面反映当年的事件，却拍什么妓女的义举，完全是哗众取宠，篡改历史。

这样的质疑未免有失公允，因为这是艺术作品，是故事，不是史记，不是报告文学，既允许虚构，也允许写妓女，就像反映二战的许许多多电影，可以是《辛德勒名单》《奥斯维辛大逃亡》，也可以是《柏林的女人》《流浪艺人》……，有人要写真实的经历，尽管写，但倘拍成故事片，也难免虚构，因为生活中没一件事是可以原封不动搬银幕上的。

张艺谋说，《金陵十三钗》这样的本子百年一遇，这话我爱听。任何导演，哪怕有点过气的陈凯歌，拿到《金陵十三钗》的本子也应该可以拍出不俗的效果。

都知道电影是门视觉艺术，但再视觉也总得通过故事和人物来演绎和展现，所以我们常说剧本、剧本，一剧之本。然而在中国，编剧的地位太低微了，都以为靠题材，靠演员，靠色彩，就可以捣鼓出一部好电影，而结果往往是形式大于内容，比如《英雄》，比如《满城尽带黄金甲》……。相对来说，倒是冯小刚拍的那些电影结构完整、语言诙谐，文学性强，说明他对剧本下了功夫。

电影应该是文学的，而不仅仅是题材的、色彩的，或光是技巧的。

这回张艺谋是痛下了决心，让严歌苓执刀编剧，足足花了四年时间，修改了56稿，最后大概还是刘恒出马才搞定。这几年的功夫花得值得，我们终于从他那儿欣赏到了一部难得的好电影。

约翰和玉墨的主要交流（任务不明）、豆蔻的结局、李教官的故事（无法进入）……这些都是我从网上看到的，张艺谋和刘恒、严歌苓在讨论剧本时写在黑板上的话题。从中我们似乎找到了答案：为什么《金陵十三钗》的情节那么紧凑、环环相扣，又快慢有序、详略得当；为什么那些人物又都那么生动、有戏，富有层次。因为他们最深程度地赋予了电影的文学元素。

入殓师约翰和玉墨从开始的讨价还价，到最后的"现在就带我回家"，这过程入情入理，让人心悦诚服。他们的结合是必然的，没有一点勉强和人为的痕迹。所以影片最后玉墨和约翰的分别，尽管没一句台词，却让人心里不忍。

玉墨的妩媚，大概是中国女演员中最入骨的一个了，演足了秦淮河风尘女子的风情，天生尤物，真不知张艺谋是怎么发现并调教出来的。

还有身为国军的李教官，他看到女学生在教室外，听这群小羊羔在晚祷时唱赞美诗，那犹如来自天堂的声音，那么清纯，又是那么无依无靠、孤立无援，不禁默默流泪，此时，我也泪崩了。我知道他将离开这相对安全的教堂，外面日军在肆虐，他这一走必死无疑，然而为了这些女孩子哪怕只是片刻的安全，他将勇敢地担当起一名军人的职责……这样的画面是电影的，更是文学的，因为它开掘了人物的内心，开掘了真善美。

我有一段情呀，唱给诸公听呀，诸公各位静呀心静静心呀，让我来唱一支秦淮景呀……

很享受这些秦淮河女子带给我们的风情万种的《秦淮景》，我甚至喜欢上了她们说的南京话。

让彩色的玻璃片再飞一会儿吧，这世外桃源般的感觉，是张艺谋带给我们的一份享受。

2012.1.6

把葡萄酿成美酒

——读冯小刚《不省心》

前些年，冯小刚在很多人心目中还只是条"冯裤子"。

"冯裤子"来自王朔、叶京编导的电视剧《与青春有关的日子》，是个长相丑陋、性格猥琐、欺软怕硬，又爱哭、爱占小便宜的小跟屁，一个没大智慧却有小聪明的可气又可笑的小人物。所谓"与青春有关"，说白了就是与一帮兄弟有关的那些看似不登大雅之堂却又其乐无穷的往事。

当长得酷似冯小刚的佟磊站在叶京面前来试镜时，叶导笑翻了，说"像是天上掉下来的"。当然，天上掉下的不是"林妹妹"，而是活活脱脱一个"冯小刚"。至此，人们也就明白了，那"冯裤子"原来就是发小们给冯小刚"量身定做"的，外人想不对号入座也难。

知道这是王朔、叶京拿冯小刚开涮，玩笑开得有点大，恶搞了，但人们还是宁可信其真。尽管那时冯小刚已经接连导演了《甲方乙方》《不见不散》《一声叹息》等票房不俗的电影，声名鹊起，势头强劲，然而潜意识里很多人还是把他看作一个伶牙俐齿的京油子，一个动不动就暴跳如雷扬言"抽你"，并当众破口骂女记者"操蛋"的市井泼皮。

有人说他聪明过人，有人说他自我膨胀太自以为是了，但归根结底，他就是个让人不省心的"冯裤子"。

只是今天再没人提起那条"裤子"了。似乎这是个不愉快的回忆，没人愿意揭那个疮疤了；又似乎当年那"裤子"原本就套错了，根本就不合冯导的身。

当《非诚勿扰》中邬桑在送走秦奋后，独自开车在路上，一边听着那首不紧不慢的歌曲，突然停下来，掩面哭泣的镜头出现在我们面前的时候；当《唐山大地震》四两拨千斤，不仅拨动了唐山大地震这重大题材，也拨动了观众对亲情的那根温柔的神经的时候；当《一九四二》中饿殍遍野的逃荒路上，一个个悲凉凄惨的画面迫使我们对民族性、人性沉重反思的时候……我们脑海里浮现的是冯小刚的凝重的神情和他疲惫的身影，不带一点"冯裤子"的痕迹。

越来越多的人正在对冯小刚刮目相看，越来越多的人开始喜欢冯小刚了，喜欢他的电影，也喜欢他的文字，甚至喜欢他唾沫四溅的说话的样子了。

对着国内屈指可数的几个"大导演"，人们没少关注，一会儿喜欢这个喜欢那个，一会儿又骂这个骂那个，喜欢来喜欢去，骂来骂去，最后发现原本最让人不省心的冯小刚，反倒越来越叫人省心了。

叶京曾说过，冯小刚最大的聪明，就是善于利用更聪明的人。这话肯定没错。也许正是这样的小聪明成就了他的大智慧，使他不断进步，不断超越，终于从一个美工师成长为一个家喻户晓的大导演。

这儿我还想补充一句，成全冯小刚进步的另外一个因素是，交好朋友，从善如流。

依据来自冯小刚的新书，《不省心》。

书中的文字有他一如既往的风格：自嘲自讽、嬉笑怒骂、犀利解气。

兴许对他张牙舞爪、唾沫四溅的一面看多了，也习惯了，一旦在他柔和了脸，动情地说起某个人时，那份侠骨柔情也就分外可爱。

比如，书中记载《一九四二》开机时的场景，当刘震云看到聚集的工作人员五六百号人（其中司机就有百十来人），不由感慨道：人力物力耗费如此之大，如果编剧不尽责，剧本苍白没有撼动人心的力量，那真是无地自容啊。

我说：许多编剧攀比片酬，却要求在合约里注明只写一稿。

云曰：他们都是聪明人呀，我是个笨人，愿与兄长共进退。

简短的几句对话，我们却明显感觉到冯小刚是被刘震云感动了。

说到老搭档葛优，冯小刚的"溢美之词"也显得十分吝啬，语气甚至像调侃：葛爷确实是不贪。放在别人身上这就叫目光短浅。而放到葛爷这儿就叫"知道自己几斤几两"。恰恰就是这种不贪的心态，使他非常心平气和，做起事情来就比较地从容。对于葛爷来说，没有什么是志在必得的。因此待人接物，也就显得自然大方。既不会被利益驱使过分地贴上去献媚，也不可能因为失算了彼此见了面连招呼都不打。

客观平淡的评点，好像葛优也就是"心平气和""自然大方"而已。然而透过这平淡的语气，我们却可以清晰地感受到冯小刚对葛优的那份透彻的知心和敬重。

说起影视界，给人的印象不外乎"争名夺利"和"潜规则"，也就是人们常说的"贵圈真乱"。能像刘震云、葛优那样淡泊名利、洁身自好的怕是不多，而这两个朋友恰恰都被冯小刚觅到了。

都说冯小刚脾气糙，不太容易买人家的账。确实，到了他这份上，已经没必要装点什么了，不会装谦虚，也绝不不懂装懂，一旦你说些不着边际，似是而非的话，往往只会引起他的激烈反驳，比如书里他对于所谓的"前卫艺术"，所谓"举重若轻"的表演，以及"越是民族的就越是世界的"等观点进行了犀利的嘲讽和批判。可是这不等于他听不进不同意见，哪怕这批判再尖锐，哪怕意见来自冤家同行。他从善如流。

一次有人批评他：电影应该是酒，哪怕只有一口，但它得是酒。你拍的东西是葡萄，很新鲜的葡萄，甚至还挂着霜，但你没有把它酿成酒，开始是葡萄，到了最后还是葡萄。批评他的，正是导演姜文。如果敏感一点，姜文的这番话不就是对他的全盘否定吗？哪怕夸他是"很新鲜的葡萄"。要是有人在场，一定会担心冯小刚沉不住气，一声"操蛋"，然后翻脸：你以为你姜文酿的是酒？茅台还是二锅头？保不齐工业酒精勾兑的吧？

然而，冯小刚却心悦诚服地说"对我的电影，我听到过很多批判，大多都是围绕着'商业'两个字"，但是姜文的批判却是"掠过了这些表面的现象，说出了问题的实质"。

我们不能就此夸奖冯小刚"虚怀若谷"，可是他真的有自知之明。正因为有这样的清醒，他显得潜力无限。相对于几个明显后劲不足的"大导演"，冯小刚则朝气蓬勃。

冯小刚正在努力酿酒，以一串串新鲜葡萄做原料，用灵感来发酵。

当纯净的葡萄汁羽化而登仙的一刻，流出的必定是甘醇的葡萄美酒。我们期待着。

2013.10.9

从《天鹅绒》到《太阳照常升起》

记得欧亨利有个篇幅很短的小说，题目没记住，写一个劫匪上门抢劫，他要被劫者举双手，对方却因为伤痛而只能举起一只手。劫匪动了恻隐之心，因为他也曾有过类似的伤痛。于是他也不要那人再举手了，索性和对方攀谈起来，谈受伤经历，还传授了治疗过程和要诀。最后两人拥抱分手。

这小说看起来很搞笑，但细细想来又觉得入情入理。因为作品从人物出发，挖掘到了人性灵光闪现的一刹那。在这一刹那，人物内心的变化是矛盾的，甚至是匪夷所思的，然而也是极其微妙的。所谓微妙，就是那种只可意会、不可言传的感觉。

其实，微妙，便是文学的一种境界。

叶弥的《天鹅绒》是微妙的。故事说的是下放干部唐雨林的老婆姚妹妹和小队长李东方好上了，唐雨林觉察后拿了猎枪找李东方算账。李东方死难临头却还在为什么是天鹅绒而百思不得其解，尤其有人把这形容成女人皮肤的时候。为此唐雨林不得不去几个城市，寻找天鹅绒。当他空手而归，再次遇到李东方时，未必就想结束对方的生命，因为那时李东方还是没有见识天鹅绒。断送这位小队长生命的是李东方自己的一番话：我想来想去，已经知道天鹅绒是什么样子了。跟姚妹妹的皮肤一样。话音刚落，唐雨林便毫不犹豫地扣响了扳机。

一块天鹅绒要了一个男人的命，因为它是姚妹妹的密码，这密码只能由一个男人掌握，多一个也不行，多一个就要死人。

作品中作者让唐雨林跑遍苏州、上海和北京，却还是没找到一块天鹅绒，是独具匠心的。不是苏州没有，也不是上海和北京真会找不到区区一块天鹅绒，那是作者故意的点睛之笔。李东方没见识天鹅绒却道出了天鹅绒的真谛，说他相信天鹅绒一定和姚妹妹的皮肤一样，说明他对姚妹妹是有真感觉的，他在抚摸姚妹妹的皮肤时，抚摸出了一种质感——天鹅绒的感觉——尽管他从未接触过天鹅绒。因此他心目中的天鹅绒也许比作为布料的天鹅绒还要天鹅绒，还要美妙。

叶弥无疑是位小说的高手，拿莫须有的天鹅绒做足了文章，处处设下伏笔，留下想像的空白。作品用"天鹅绒"做题目也是再确切不过了。

拿"天鹅绒"做影名，也许在姜文看来有点小家子气。《太阳照常升起》，尽管说了像没说，但读上去还是感觉到了一种气派。只是人气不足，那天我去影剧院看这电影时总共加我才五个人，也不知道什么原因，都说看不懂。事先我做了点功课，所以看得还流畅。实事求是说，姜文在结构上是下了不少功夫的，毕竟那要再创作。你叶弥可以轻轻巧巧一句"我在《司马的绳子》里这样提过"，就把唐雨林和他的老婆姚妹妹带出来了，姜文可没那个资本，他必须还要交代唐雨林和姚妹妹的来龙去脉，要给人物作种种铺垫。一些情节，如用结婚帐篷着火，飞到了火车上空，又把两个女人巧妙地串了起来；还有如李东方被周颖从火车厕所生到了铁轨上，掉在了鲜花丛中，这也是很浪漫很美感的镜头。这些都不一一举例了。我想说的是，当唐雨林从北京回来再次遇到李东方的时候，李东方却捧着一大块天鹅绒，嘴巴里说他已经知道了什么叫天鹅绒，我一下子难受了起来。那真正是画蛇添足啊，因为他破坏了微妙。

　　一部作品再怎么结构恢弘，情节的设计再怎么浪漫，一旦没有了微妙，也就意味着失去了文学最重要的元素，那可就乏味许多了呢。

2007.10.9

搜索《搜索》

在网上搜索"搜索"，居然有部电影就叫《搜索》。以为不过"百度"一下、"谷歌"一下的事儿，又能好玩到哪里，但看完之后不得不承认还真是"搜索"出了有意思的东西，值得没看过的朋友也上网搜索了看。说是今年七月就公映了，脑子里却没一点印象，至少没见传媒怎么宣传。以小人之心度媒体之腹，是不是因为电影借叶蓝秋（高圆圆饰）之死，控诉了传媒的无良，让媒体很没面子，所以娱记很生气，问题很严重？

想想还不至于。

《搜索》中的媒体固然有错，急功近利、滥用公器，制造了一起轰动新闻不算，还穷追猛打，持续制造轰动，结果却错杀无辜。然而，更错的还是人性，集体无意识的不厚道，假借批判的名义宣泄内心深处的羡慕嫉妒恨。故事用了点误会手法，是我一贯以为的大忌，但女主角叶蓝秋性格孤傲，不愿将自己的伤痛轻易示人，倒也是一个说得过去的理由。

《搜索》竟出自陈凯歌之手，有点出乎意料。以为他过气了，却老夫聊发少年狂，杀回马枪似的又拍了一部简洁明快的新潮电影，显见得心态还年轻，只是希望不是回光返照。

他太太看上去也还风韵犹存，只是逝去的时光在她身上沉淀下来的不仅化作那叫做丰腴的质感，还抛了一层珠光宝气掩饰不住的俗气。尤其当她饰演的莫小渝与清新俊逸、器宇不凡的沈流舒（王学圻饰）配成一对夫妻的时候，雅俗之分就变得泾渭分明了。

女人老一点没什么，兴许在情人眼里还是个忒有味的成熟了的西施，但女人不能变俗。女人一俗气，哪怕国色天香也会瞬间变成丑八怪。莫小渝对自己在推门的一瞬间撞见丈夫和女秘书在办公室相拥在一起的情景，容不得当事人解释，当场翻脸，认定叶蓝秋是小三，主动向媒体爆料不算，还一次次缠住沈流舒要问个究竟。她听不明白丈夫再三表白"我沈流舒看上哪个女人还用偷"这句话的意思，好像非要堂堂跨国公司董事长沈流舒回答"我没跟她上床"才算吃到定心丸，真是笨到家，也俗到了家，终于彻底惹恼沈流舒，分手也就成了唯一的选择。

也许这分手的原因对外人来说有点说不清道不明。作为董事长太太，莫小渝并不很贪婪，也没干预丈夫的事业，更没在外偷男人，场面上也带得出去，必要时甚至可以协助丈夫以"贤妻良母"的形象出场，让合作伙伴觉得靠谱。再说了，她也是当年弹钢琴时，沈流舒在她背后站半天才等到的。当年沈流舒也并不是富二代出身，一切都还在打拼之中，可见她嫁他并不是因为看中他财富。按说这样的女人忠诚可靠，"档次"也不算低，男人还有什么可不满足的呢？但她就是有点俗气，一不小心就"妇人之见"大暴露，成了不折不扣的"作女"。这脾性能伪装一时，但不能永久伪装，而"妇人之见"则往往是造成婚姻走向坟墓的源头。好在莫小渝没有再将俗气推向高潮，没有一哭二闹三上吊，在搬走自己所有的东西后，留下一纸离婚协议，便潇洒走人。

莫小渝的出走至少给我们留下两点启示：一、造成离婚的原因往往是不太容易说清楚的；二、离婚其实是很简单的。

既然说不清楚，那就没必要深究；既然可以简单，那就简事简办。多好！

　　然而，现实中的情况总有点事与愿违。不需要说清楚的事情偏偏要刨根究底，掘地三尺；简简单单的事情被搅得天翻地覆，一团乱麻。

　　不由想起陈村一句堪称经典的感慨：好不容易结婚、好不容易离婚。

　　所谓不容易其实就是无穷尽的折腾，无事生非、无理取闹，好事变坏，坏事成一团糟。

　　现在感受最深的大概就是王石了。在我心目中，王石和沈流舒从外形到性格都颇为相近。都清新俊朗、器宇不凡，都干练果敢、特立独行，都是成大事的人。如今他们都遇到了关于"小三"的同样的问题。自从王石被人拍到在飞机上与田朴珺相邻而坐并且肩膀被田朴珺靠着瞌睡后，他就被传媒牢牢地铆住了，不得安宁。去美国隐居的那几年算是前功尽弃，白搭了。他的婚史、小孩、财产，甚至他煮的红烧肉，都统统被人肉搜索，被掘地三尺，成了人们茶余饭后的谈资。他从无数人钦羡的成功人士的光环下又被媒体的追光涂上了一层光怪陆离的色彩，开始变得猥琐、狰狞。前两天还在报纸上看到有人这样说他：60岁事业有成的男人，该当安享人生的年纪，现在却做出这样的事……

　　真是奇了怪了，王石到底做了什么见不得人的事了？他60岁就不可以离婚、结婚了？人家前妻没意见，田朴珺也乐意跟他，这又有什么不可以呢？

　　田朴珺自然是一些人绝不肯轻易放过的对象。他们翻出她所有上过的学校，演过的戏，搭档过的男演员，还有裸过的体，边欣赏边义愤填膺地骂"小三"。

　　真不知这场闹剧要闹到哪一天，是否也要田朴珺像叶蓝秋一样从这世界上消失，大家才罢休？

　　《搜索》结尾处有李健的一首《如果可以》：如果可以，我想对你说声抱歉，我忽略你眼里的忧郁；如果可以，我想给你我的青春，只为陪伴你受伤的灵魂……

歌声柔肠寸断，诉说不尽人们的愧疚和忏悔。

如今，我们又想酝酿一场悲剧，然后再来忏悔吗？这样的忏悔又有多少诚意呢？一个没有诚意的民族是多么多么的可怕啊！

2012.11.8

有一种疲劳，叫审善

——看韩国电影《隧道》有感

隧道坍塌，山崩地裂，一座山的分量，乱石岗一般压在那儿。虽说还有几根钢铁支撑，留下几处窟窿和缝隙，却是随时有巨石跌落的危险。保不齐突如其来的"蝴蝶效应"——远处一块石头的滚落，引发无数石块一哄而下，到那时隧道就水泄不通，压结实了。

一起豆腐渣工程引发的灾难，幸好出事隧道内仅两辆小车，而且都没载其他人，只有那位年轻的女司机载了一条小狗。

不久，女司机因流血过多死了，仅剩下了那位当汽车推销员的男司机和那条小狗。

然而，一天一天又一天，掩埋者的位置竟然一直无法确定，营救队却已经损兵折将，白白牺牲了一个人。

事情由此开始变得纠结了。人心浮动、焦虑，舆论就像跷跷板上的圆球，从同情的这一端慢慢地滚向另一端。

食物没了，水没了，最致命的，是手机终于没电了。三星手机再牛也总有电源枯竭的一刻。在男司机前两天还在拿手机跟老婆及营救队通话时，我就替他捏一把汗，担心电用完。

只要能证明你还活着，外面的人再不耐烦，也没有"见死不救"的借口，政府部门更不敢贸然让营救队撤离现场走人。

因此，即便奄奄一息，气若游丝，只要能将这口气通过手机传出去，那也是活着的铁证。

一旦失去了证明，也就失去了让人来寻找你、拼死拼活来救你的理由了。

如今，是死是活，怎么评估？

人们的理由也很简单：里面的人，没吃没喝，早超过了最佳营救时间；外面的人，栉风沐雨几十天，不仅尽了力，还死了人，也算是仁至义尽了。

还有一个冠冕堂皇的理由：用的都是纳税人的钱……

所有这些舆情，其实都不是男司机已经死去的理由，而是他应该去死的理由。

真是世事无常，人心不古。

回忆事件刚传开的时候，人们一个个都是无比惊讶无比难受，因为他们很快会想到，如果我是里面的那个人，或者，我是里面那个人的亲人……

那便是设身处地，是一种善，最朴素的善念。

人们充满期待，期待掩埋者平安无事，期待出现营救队在乱石岗中奋不顾身的场面，更期待拨开乱石救出脱险者的那一刻，亲人相拥，万众欢呼……

那场面必定感人，让每一个民众都像受了一场洗，身心愉悦。

然而，人有审美疲劳，也有审善疲劳。一旦救援成了一场遥遥无期的持久战，人们也就不再设身处地，一天天退到第三者立场"公事公办"了。

原先那份善，在漫长无趣的等待中渐渐消退，了无踪影。

只差那句话还没说出口：随他去了！

也难怪，久病尚且无孝子，更何况对方与自己没一点血缘关系。

至于政府部门，我倒是觉得他们只是在窥测方向，看老百姓的脸色行事。他们投入大量人力物力去营救，也是蛮拼的，你可以说他们在"作秀"，但人命关天，谁敢不"秀"？

至于最后打退堂鼓，还让男司机的老婆签下放弃救援同意书，实事求是地说，还真不是他们的错。

那也是顺应了民意，毕竟电台、报纸还有电视台，天天在报道，社会舆论几乎一致地认为再耗下去没必要，劳民伤财，白白烧钱。

倘若政府部门再坚持营救，倒是真要被人骂作秀了。

最后电影中，那位男司机奇迹般地存活下来，并被成功救出，实在有点不可思议。拯救他的是那只原先故障的汽车喇叭，突然神奇地被按响了。

当然，与其说是那只喇叭，还不如说是导演和制片人的良善和怜悯拯救了那个濒临死亡的男司机。

不过，影片结尾，他们借男司机和营救队长之口，将一口恶气出在倒霉的政府官员身上，好像是官员们几乎活埋了男司机，这多少有点阴差阳错，对不上口了。

除开豆腐渣工程的原委不说，那是另一部电影的事情，就《隧道》中的那些官员而言，无非只是想在大众面前多露个脸，秀一把。他们一没封锁现场，然后将压土机开进去，掩盖真相；二没威胁记者，不让报道；三没出钱封家属的口。

一切都公开而透明，没隐情可言。

公平地说，没大毛病。

倒是民众的情绪变化，审善疲劳，说明了使人性向善，我们还有很长的路要走。

2019.2.19

时代无大小，格局差悬殊

——看《小时代》有感

"我要吃荔枝。"

"十月份，我到哪里给你去弄荔枝？"

"树上啊。"

诸如此类的对话在《小时代》随处可见。说幽默吧，笑不出来；说个性化吧，也实在没什么思想内涵。我这人没什么特别的嗜好，平生就爱跟朋友一起说说笑话、开开玩笑，然而害怕的也是听人家讲不好笑的笑话，还自以为是，让人起鸡皮疙瘩。笑点和哭点，人人都有的两个情绪点，都无所谓高优还是低劣，但哭点只关乎心境，而笑点则涉及文化修养。平时，但凡遇到高人，我会很知趣，老老实实听人家发挥，享受人家的连珠妙语，而绝不敢贸然插嘴，以遭人厌。

看来郭敬明远比我自信，居然就把那些不痛不痒、似乐非乐、哭笑不得的东西整给大家看了，还整了《小时代2》，第3、第4集也已经在紧锣密鼓的炮制中。保不齐最后整出个30集《小时代》电影连续剧也难说。

我曾经问过两位仁兄：一个恨得咬牙切齿，说"戆！"；一个蛮享受，说"可以看看"。

　　两位仁兄的笑点和我差不多，反差却有点大，细细一想原因大概就在看戏的心态。想有所得，从中获取点什么精神养料，感动一把，必然失望；抱无所谓念头，看看玩玩，倒还真的蛮开心的。将《小时代》看成了一群小朋友在办家家，看他们扮老板扮作家扮大学生扮高富帅扮白富美，一会儿这个和她好，一会儿那个和她好，一会儿家长棒打鸳鸯了，误会了，鸳鸯散了……片方打的"爱情片"招牌，其实既没爱也没情，有的只是小萝莉和小正太们对大人世界的道听途说和一知半解的演绎。

　　林萧去M.E面试，正好看到宫洺从自备车上下来，绅士打扮、阔少派头，还随从伺候、保镖护驾，气氛严峻得如同黑老大驾到。其实，不就是区区一时尚杂志的主编来上一个班么，有必要如此排场？这分明是郭导《上海滩》《教父》一类的片子看多了，以为黑老大的出场式才是成功人士每天上班亮相的最高境界，至少可以唬倒一大批情窦初开的少女。

　　林萧再次见到宫洺，不幸因为鞋子蹩脚，重重跌扑在地。出尽洋相的她，却不急着爬起，而是直挺挺趴着，一脸期盼地仰望宫老板。此时画面切换，出现宫洺英雄惜美，含情脉脉，搀扶起林萧的镜头。就在林萧无比享受地沉浸在甜蜜幻觉中，瞳仁中映现的却是宫洺冷漠神情，这才一个寒战，跃身逃窜。按说林萧这样的女大学生，文化不低，长相不俗，还有自己引以为傲的男友，在一个陌生男人面前，不说矜持，至少还保持那么一点自尊吧，怎么就立时三刻就把持不住了？一般的人物分析是：除非她中了魔，如果对眼前的男人并不感兴趣，她会立马起身，若无其事地走开；如果对这个男人有兴趣，更是恨不能地上有个洞钻下去。越在乎这男人，越是逃得快，这才符合人物行为的逻辑。想必郭导脑子里装着《灰姑娘与王子》的经典弥久不衰，认定普天之下女孩子见了扮酷成功男人都无可避免地犯花痴。

　　当周崇光远远地与林萧对上眼的时候，又一场"灰姑娘与王子"邂逅的序幕也就拉开了。林萧果然又开始心猿意马，而且这一回比趴在宫洺脚下更惨，干脆跌进了水池里，还搭上了周崇光。幸好郭导没再切换镜头，让林萧躺水里吐一串水泡，然后周崇光吐一串水泡游过来将她轻轻抱起，并且久久注视她湿透的曲线美。此时影片无非想表现林萧听到周崇光说她连衣裙拉链爆开的惊恐，完全可以有更合理也更符合人物个性的情节来体现。水池不是不能掉，但要贴切、合理，过于夸张的细节只能使人物卡通化、脸谱化。

更荒唐的是自诩大户人家的顾源母亲，为了撮合儿子与袁艺谈一场门当户对的恋爱，不仅留袁艺住下，还将她送进儿子房间，并且振振有词地对顾源说"人家女孩子都不怕，你怕什么？"硬生生让两个年满18的男女同居一室。如此"开放"的背后，倒未必是这位当母亲的想造成事实婚姻，而实在是暴露了郭导的无知和无畏。

那天，宫洺莫名送林萧钻戒；那天，简溪把手机丢顾源家里，恰巧袁艺睡在顾源房间，恰巧林萧给简溪打电话汇报钻戒的事，又恰巧顾源在洗澡，让袁艺接了林萧的电话……一切都因为"恰巧"，拿上海人的话叫做"眼眼叫碰到眼眼叫"。那么牵强的安排，体现了郭导的"强势"——反正我就这么编了，你爱信不信。只是，如果都能这样设局，这世界上还有什么稀奇古怪的故事不能编造？问题是，你自己信吗？

最让郭导下功夫的应该就是挑选演员了。女演员容易，漂亮、会演戏就OK。难挑的是男演员，当那个貌似变戏法的刘谦又神似郭导本人的"周崇光"贼贼地出现在银屏时，我们可以想象郭导的煞费苦心。从身份到外形，再到一些生活上的怪癖等，都清晰地打上了他自己的印记。要不是矮了一些，还瘦得太可怜，我们有理由相信他会亲自担纲周崇光这角色。郭导古怪精灵，却不懂稍加掩饰，他太过自恋的背后，透出的是令人反感的俗气。

浅薄、无知、俗气、编造、做作、误会、巧合、人物缺乏内在逻辑……当所有这些人们认为大忌的东西集结到一起时，《小时代》却创造了票房纪录。人们已经无法用通常的标准来要求《小时代》了，也许审美中原本就有负负得正的规律。有时候不用投入地看戏也是一种享受，本该招恨的恨不起来了，甚至还让人觉得蛮"卡哇伊"的。

时代者时期也，无所谓大还是小，倒是同一时代中的人物，格局有天壤之别。有什么样的格局便写什么样的文章，拍什么样的电影，铁定的法则，概莫能外。

2013.8.6

"漂移的冰山"和"飞逝的水漂"

我在想，即便没有《西雅图不眠夜》中汤姆·汉克斯和梅格·瑞恩一波三折的邂逅，仅仅"西雅图"三个字也足够美丽，让人遐想无限了。

据说，《北京遇上西雅图》之前是叫《美丽有缘》。一听就是有小情调没大抱负的小制作——因为没人会相信美丽就一定有缘，也因为大家都相信美丽有缘，天经地义，所以也就没了悬念。当今电影市场，把片名叫成小清新，等于自己绑了石头跳海了。

幸好换成了《北京遇上西雅图》，不仅平添了浪漫诗意的元素，也洋气、出挑。再说了，故事原本就发生在西雅图，不叫也可惜。

只是有点让人摸不着头脑，怎么北京会遇上西雅图？两支球队，还是两支不同代号的部队，狭路相逢遇上了？看电影后才知个中缘由，只可意会的感觉，但说得过去，好在也没人死抠字眼。倒是觉得这看似无厘头的片名不拘小节，大器，并且让人心生好奇。

"北京遇上西雅图"，说白了就是"秀才遇上兵"。但"秀才"不是前者，是后者——西雅图。值得庆幸的是，"兵"最终也脱胎换骨成了"秀才"。《北京遇上西雅图》所演绎的，就是一出"兵"是如何修炼成

"秀才"的故事。

有时候，一个人往往就代表了一个城市、一个地区，甚至一个国家的形象。就像我不久前去台湾，人家告诉我的就是"陆客"怎么怎么，我也深深地知道，我混迹在人群里也许不一定能看出我是"陆客"，但一旦有点什么事，人家牵的还是"陆客"的头皮。我的一举一动在人家眼里就是"陆客"的素质、"陆客"的价值观。从这点来说，把汤唯饰演的文佳佳说成"北京"也是再恰当不过了。尽管汤唯开始的表演有点过，但总体上这人物还是相当典型：拜金、自私、专横跋扈，说她缺少教养也好，得意忘形也好，说到底还是一个价值观的问题。恰恰她这样的价值观放在西雅图这样的氛围之中，便愈加格格不入。好似做礼拜时来了个粗人，抽烟、喝酒，还大声喧哗，简直就是孙猴子大闹天宫了。

在一个错的地方摆谱，在一堆格格不入的人群中屡屡出格，这一切皆因"遇上"。"遇上"是因为偶然，"遇上"也是因为必然。

文学作品说来说去，其实就是在叙述各种"遇上"的故事。艳遇、邂逅，是遇上；冤家路窄、无事不登三宝殿，是遇上；蓦然回首，那人却在灯火阑珊处，是遇上；同是天涯沦落人，相逢何必曾相识，也是遇上；"只是因为在人群中多看你一眼"，又何尝不是一种遇上？

"我爱你，这是在我最傻×的时候干的最牛×的事"。这是我看到的一位小萝莉在微博上的留言，话有点粗，倒是一语道出了"遇上"的真谛。

"遇上"，其实就是戏剧中斯坦尼斯拉夫斯基所说的"规定情境"。它包括了事件、情节等外部情境和人物的性格、价值观等内部情境。换个说法，就是一部戏中，两个不同经历、不同背景、不同目的的人，今天按照规定的情节和境况相遇，注定了他们的遇上必定有戏。区别就在，有的作品，人物间的恩恩怨怨在出场前就已经日积月累，有的则要等人物出场才开始从无到有。

有的"遇上"，山雨欲来风满楼，人物还没见面，却已经惊心动魄。

比如《色戒》中王佳芝色诱易先生、《孽债》中几个来自云南的少年寻找当年抛弃自己的亲生父母。这样的故事，像是讲的人的前世今生，大量的背景推到了幕后，人物间的情感冲突就像颗地雷，早就埋下了，今日相见，便是点燃导火索，非炸不可。这样的规定情境，读者几乎不用看舞台表演，凭空想想都会替剧中人物惊出一身冷汗，不知道会如何收场。

有的"遇上"，则"天下本无事，平地起风波"，就像《北京遇上西雅图》，落魄大叔Frank和文佳佳原本并无任何纠葛，只要Frank将文佳佳顺顺当当送进月子中心，那么Frank和文佳佳的遇上也就平淡无奇，哪怕发生过因为Frank的迟到而招来文佳佳发飙的插曲，但一旦说声拜拜，也就各奔东西，随风飘逝了。偏偏那天月子中心遇上临检，来历不明的孕妇一个个被警察带回警局，还多亏了Frank急中生智，假扮情侣，才帮助文佳佳躲过一劫。然而Frank却也从此惹上麻烦，不说噩梦连连，却也不得安生。

如果说，类似《色戒》和《孽债》的"遇上"像一座来自极地的冰山，大量的内容在过去——海平面之下，那么《北京遇上西雅图》更像是石片飞击河面的水漂——不搭调的相逢，却一次次摩擦、撞击，犹如流星飞逝，成就一道风景。

不得不承认，《色戒》和《孽债》这样的"漂移的冰山"，可遇而不可求，作家一旦有了这样的规定情境，几乎已经成功了一半，顺着人物间的冲突写下去就是。

然而，也不能否认，《北京遇上西雅图》这样的"飞逝的水漂"，是个无风也要起浪的活儿，考验着作家的功力。就像扔水漂，不仅要有臂力，还要有恰到好处的入水角度，才能让石子在水面上激起美丽的水花，并漂得久远。无风起浪的写作，也必定不轻松，要组织一次次的冲突，就像人在西雅图的文佳佳，一次次发疯撒野，却还要萌态可掬，同时她还要完成从"兵"到"秀才"的蝶变。从毛毛虫到漂亮蝴蝶，那绝对不是说变就能变成的。

　　写到这儿不由给自己想到这样一个命题：如果写《北京遇上平壤》，或是《北京遇上达累斯萨拉姆》呢？汤唯还会是那个文佳佳，还会这样闹，这样拜金吗？

2013.4.8

流星划过天际的《黄金时代》

　　十一晚看首场《黄金时代》，几乎满座。空前的盛况，让我想起前几个月看另一部国产"大片"的一次"盛况"，偌大的场子，坐垫都齐刷刷竖着。散场时，一位清洁工阿姨幽幽地对我说，今天被你包场了。

　　只是听说《黄金时代》好景不长，当早一天公映的《心花路放》至今还在一路狂奔，连创票房新高的时候，《黄金时代》却连黄金周也没熬过，早早地偃旗息鼓，下架了。真担心，最后的一两场，也被一两个人"包场"了。倘许鞍华在场，情何以堪？

　　倒是萧红还在红，红得发紫。

　　如今，你要是说不知道萧红，要是说没读过萧红，几乎就等于承认自己是文盲了，至少你不是太有文化。

　　我就是因为怕太没文化才恶补萧红的，读了她的一些散文和小说，以前只是知道有萧红这么个女人，红颜薄命，但会写小说。

　　因为红颜，更因为红颜遇到劫难，好坏总能铸成一段精彩。何况萧红是个敢恨敢爱的女人，个性鲜明，命运又极其坎坷，一生的故事，一生的精彩。如果将"精彩度"比喻成可量化的黄金，她成色高，应该称得上

"足金"了。

但"足金"的萧红并不能成全电影票房的足金，《黄金时代》只是登场时闪亮了一两天，就像天空中的流星，耀眼地划破天际，却很快陨落，不知了去向。

《黄金时代》的受众对象，应该是那些熟悉或喜欢民国那段历史的"文青"——老文青与小文青们。他们熟知那些左翼作家，除了知道鲁迅和许广平，也知道萧军和丁玲、端木蕻良和聂绀弩，甚至听说过鲁迅与萧红的"暧昧"传闻。他们边看边厘清那些复杂的人物关系，边看边对号入座，小小地满足一下自己的求证癖和求知欲。譬如，他们从电影中看到了与萧红的散文《初冬》中一模一样的场景和对话，又从人物独白中记忆起萧红的《生死场》与《呼兰河传》的很多文字。

因此，哪怕《黄金时代》很不"电影"，他们也照样可以不知疲倦地面对冗长的叙述，将乏味看出滋味。

《黄金时代》就像个老实的商人，不仅人物都货真价实，就连对话也都有据可查。这还不算，编导还唯恐不真实，不时让剧中的人物跳出来与观众直接对话，语气恳切，有一说一。这样的布莱希特的间离手法，也许没有离间了那些老少文青，却还是吓到了多数的观众。

毕竟人们并不准备来考证或是印证什么，也不是来补习民国左翼作家那段历史知识。当编导用近乎报告文学的手法，将真实进行到底时，人们看到的也只有报告而稀有文学。

文学需要触动，也需要感悟；需要耳热心跳，也需要会意一笑。文学强调的未必就是丁是丁卯是卯，容不得掺半点假的真人真事；哪怕写的妖魔鬼怪，神仙猪八戒，只要能拨动人的心弦，触动到人的柔软处，就是具有了文学的感染力。

实事求是地说，我只在《黄金时代》的两处地方，被触动到了。都是刻画萧红"饥饿"的场景，一处是萧军找到工作，当了家庭教师，带萧红到一家小馆子吃饭，那里嘈杂肮脏，却是热气腾腾，充满了诱惑，饥饿难耐的两萧，本来只想吃一些粗食填饱肚子，最终却还是禁不住对肉的向往，非但吃起了肉丸子，居然还喝了酒。

另一处是两萧去朋友处，萧红见果盘里叠放着一些饼，趁着大家说话的机会，一次次伸手去拿，每次两块，一块偷偷塞萧军，一块塞自己嘴里。一副吃冤家的神情。

极具感染力的两个场景，不由人不又气又好笑，也不由人不感慨万千。这两个场景堪称文学。

只可惜这样的"文学"元素在片子里太少，估计编导"大处着眼"，将精力都放萧红的生死情仇之中，一边只牢牢记着两个字：真实。

也许编导太想将片子拍成传世之作，以为"无一字无出处"，日后就经得住方方面面的检验与挑剔了。

归根结底，电影还是要拍得像个电影才是。

虽说《黄金时代》像颗流星，只在天际划出了一道光亮，不过可以聊以自慰的是，正是这颗流星将萧红载上了天空，让萧红成了一颗耀眼的星星。

2014.10.10

搭上，还是迎向

——观《观音山》

记得上次李玉导演的《苹果》还有一个英文片名，叫*Lost in Beijing*——《迷失北京》。不知道这回是否也给《观音山》起了外文片名，是"Lost观音山""Lost生死间"，或是Lost别的什么？因为我们还是在电影中看到了李玉在诉说的"迷失"。如果说，《苹果》中李玉想探讨像范冰冰这样的外来打工者对于都市的惶恐，以及对于幸福的价值观的迷失，那么《观音山》则通过死去丈夫和儿子的退休京剧演员张艾嘉表达了一种对于活着的虚无、死亡的疑惑，以及对于人生终极的茫然。

说白了，还是那个人类思索了千百年的"哥德巴赫猜想"： To be, or not to be——生存还是死亡？

这样的迷茫在韩寒为电影主题曲写的名为《辞》的歌词里作了形象的诠释：看着，来了，夜行的列车；搭上，或迎向？孤独么，或是疯了？热血，洒哪里，青春都会落幕。来吧，洒这里，反正一起上路；就像，花辞树，总是留不住……

"夜行的列车"正是一列喧嚣的人生列车。起点在哪里？终点又在哪里？我们从哪里来？我们到哪里去？前方是悬崖峭壁还是一马平川？

是伸手不见五指的永远的隧道，还是月光似水，静影沉璧的旷野？一切都是未知，都是那么茫然，能感知的只有家庭破碎、生活窘迫、命运难测、前途渺茫……而且，快乐总是那么短暂，烦恼和痛苦却无穷无尽，永远望不到边……

面对这趟人生列车，有人选择了"搭上"——与车同行，有人则选择了"迎向"——就像一开始执意拉着陈柏霖卧轨不起的范冰冰，又像最后消失在观音山的张艾嘉。

当范冰冰悟出"孤独不是永远的，在一起才是永远的"的道理的时候，张艾嘉却义无反顾地跳下了悬崖峭壁。

人们为张艾嘉选择死亡感到可惜。好不容易从割腕自杀的死亡边缘走出来，遇上了三个心地善良的年轻人，大家抱团取暖，心灵抚慰，风雨同舟，她的脸上也出现了久违的笑容，总以为她闯过了鬼门关，会从此珍惜生命，安度余生，怎么又这么决绝地选择了死亡？

从医学的角度看，张艾嘉患上了严重的抑郁症，求死的念头难以遏止；从宗教的角度说，韩寒的一句"花辞树"暗示了她对未来归宿的认知：最是人间留不住，朱颜辞镜花辞树。这是王国维《蝶恋花》里的经典之句，其悲凉的意味让人无法和温馨的词牌名划上等号。人逐渐老去，镜子里已找不到年轻时候的"朱颜"，好比谢了的花，曾经拥有的美丽和鲜嫩已经一去不返，谁都逃不脱从树枝上掉落下来的命运。岁月蹉跎，日月无情，剩下的便只有感慨和无奈。一生颠沛流离的王国维无法摆脱悲观情绪的折磨，选择了自杀。在这个世界上已经没有亲人为伴的张艾嘉似乎也别无选择。花辞树，花是残花，碎片，再没有蝴蝶来爱恋了，只有入土为泥，入土为安。那不是本意，那是命。好在张艾嘉走得很平静，也很坦然。观音庙师傅告诉她：无生无死就是最好的未来。这话让她受用。生何尝是生，死又何尝是死；死是生的开头，生是死的起点。既然无所谓生也无所谓死，何不追随往生的丈夫、儿子的步子，和他们早日相会，免得自己一个人忍受孤单的折磨。如果说第一次割腕自杀，她还充满了恐惧和挣扎，那么在第二次跳崖时，她已经变得如此从容和淡定，甚至面带微笑，像只是一次例行的外出，一次为了重逢的暂别。这不能不说是宗教的力量。

由死想到了活。前不久看凤凰台，有个节目叫《访问鬼城》，所谓"鬼城"，指的是苏联切尔诺贝利核电站所在地，位于乌克兰北部。1986年4月26日，核反应堆一声巨响，给当地居民带来了一场永远的噩梦， 8吨多强辐射物质泄露，尘埃随风飘散，对乌克兰地区数千万平方公里的肥沃良田都造成了污染。据专家估计，完全消除这场浩劫对自然环境的影响至少需要800年，而持续的核辐射危险将持续10万年。切尔诺贝利空空如也，不见人烟的街道、凋敝的住宅、洞开的厂房、一座座罹难人员的墓碑……空气中弥漫着一股令人窒息的凄凉，任何声响都有点毛骨悚然，一个名副其实的鬼城。然而就在此时，路旁竟然出现了一块不规则的菜地，稀稀落落的几棵白菜倔强地在寒风中生长，给鬼城增添了一丝活气。在一个破旧的房屋里走出了一个白发苍苍的老太，她叫玛利亚，今年已经75岁。她的丈夫和两个儿子都在25年前的这场旷世事故中罹难，她却不愿随当地的居民一起搬迁。故土难离，更何况还有亲人的魂在这儿，与其异地思念，不如就地守望。每天每天，孤独地守望，默默地祈祷。她说她要健康地活下去，因为这是在天上的丈夫和两个儿子对她的期待。

对玛利亚老太而言，每一天的活着都是那么珍贵。因为死是容易的。而她一旦走了，这里就完全成了鬼的天下，还不知哪年哪月才会出现活人的踪迹。

搭上，还是迎向？相对玛利亚这样的"搭上"，我们绝大多数的人应该只能算是一种存在了，仅此而已。我们还有什么可抱怨的呢？

有时候，面对死亡，需要勇气；有时候，面对活着，更需要百倍勇气。

2011.3.27

当《一代宗师》成了一门学问

对《一代宗师》的讨论正如火如荼。

我至今还理不出个头绪，不知道该说些什么。

清楚地记得当天看得满心喜欢。喜欢的东西很多，首先是喜欢国际章。宋慧乔一出场，我就想这下章子怡完了，她能漂亮过宋慧乔吗？那难度丝毫不亚于挑战貂蝉、PK西施，可是她胜出了，是完胜。不摆妩媚，不脱衣走性感路线，甚至连东北皮袄都一直厚厚地裹在身上；也没有煽情，不哭不闹、不动声色，一脸拒人于千里之外的冷艳与孤傲。竟美得出奇，这样的绝色美人也只有阅美无数的梁朝伟才把持得住，一般的人，对一眼都会心颤，马三惨败于她，他把原委归于"老猿挂印"，其实那只是面子，里子是老猿换成了年轻貌美的母猿——师妹，他不输也难。

其次喜欢台词。一直以来，喜欢冯小刚的台词，幽默诙谐，京味十足的冯式挖苦，常让很多被骂到的人还开怀大笑。

《一代宗师》的对话却往往是拿人生说事。无论南北，无论什么门派，各路江湖豪杰个个人生练达，世事洞明。要么老神在在，沉默寡语，一张口却是至理名言，绕梁三日；要么江湖本色，字字句句生死劫杀。

宫二说，"人世间的相遇，都是久别的重逢"，又说，"都说人生无悔，那是赌气的话，如果真无悔，该有多无趣啊"。能说这样的话，一生该经历过多少回分离的折磨、丧失的痛苦，也真有了这些情感的历练，反倒心静如水，波澜不惊了。

宫老爷子说，"人活在世上，有的活成了面子，有的人活成了里子，都是时事使然"，又说，"念念不忘，必有回响"。老僧入定一般的喃喃自语，却是让人感觉他已经反反复复将这个世界底朝天地翻了个遍，什么都逃不过他的眼睛，什么都在他的预料之中。

倒是叶问的话还有点江湖好汉的火气，"功夫，两个字，一横一竖，对的，站着，错的，倒下。"说得有点冲，却也是字字珠玑的真理，不由人不佩服：经典！

喜欢的还有很多，比如武打中的诗情画意，雕塑感十足的人物造型等，一切都是那么唯美，美到让人不敢去想它的什么毛病了。

那天散场，寥若晨星的场子里，还有人久坐不起，以为流连难舍，走近一看却是熟睡了。还不止一个。不免为他们可惜，多好的电影。

不久，有朋友问我，片头，梁朝伟在雨夜与一群人打半天，死去活来的，对手谁啊？

啊？我一下子语塞了。光知道打得精彩，却没看清楚打的谁，更不知道打过后的恩怨。

朋友说，你也不知道？这说明这场打斗和后面的剧情没什么关联对吧，这样的打斗有意思吗？

朋友又问，宫二的未婚夫到底是谁，张震，还是张智霖？

我说应该是那个张震吧。

什么叫"应该"？是就是，不是就不是。你有什么证据说张震，就凭火车上章子怡用裘皮大衣为他作掩护？他既然也是有武功的人，为什么就不帮章子怡去打马三呢？

我又一次语塞。

朋友又问，叶问的老婆宋慧乔后来怎么就莫名其妙不再出现了？离婚？因为章子怡插足？

我彻底无语。

朋友显然还有不少问题，但已经不想问我了。此时我感觉我就是那天散场还在熟睡的人，一问三不知，居然还自以为看得很懂，很会欣赏。

天啊，我到底看了些什么？我到底喜欢对了吗？

于是恶补。发现恶补的远不止我一个，大家还都有一个共识：想真正看懂《一代宗师》，必须掌握大量的背景知识，需要恶补民国史尤其是民国武林史。也就是说，花在解读《一代宗师》的时间，将远远超过看电影本身的时间。到底要超过多少那是没底的，学问深着呢。

作为恶补的收获，"论文"纷纷出笼，不少人都拿出了研究成果：

有专攻爱情的——宫二爱了一辈子叶问，叶问却只是爱了一辈子宫家六十四手。男人果然无情无义，什么念念不忘必有回报，假的。

有专门研究台词，而且只研究台词中"面子""里子"的，一举拿出结论——对于《一代宗师》这部电影来说，也存在面子和里子之说，两小时的版本是面子，四个小时版本的是里子，看到银幕上的戏是面子，背后藏起来的故事是里子。

对张震的研究成果显著——原来他是国民党人，为了陪着宫二，与同僚恩断义绝，打翻一帮弟兄，护着宫二南下，引开日本人的注意，之后到了香港。宫二终身不嫁，张震便开白玫瑰理发店默默相守，后来开门授徒促成八极拳传入香港。

有的题目一看就像是答辩的论文，比如《宫二为什么要奉道》《什么是刀，什么是刀鞘》《金楼是妓院吗》……门类之多，课题研究之细，足可以给《一代宗师》开设一门学科了。

至于宫二的未婚夫到底是张震还是张智霖，到目前却仍未有结论，因为电影中宫二退还戒指的那个侧脸，有说像张震，但也有的坚持说是张智霖。看来仍需继续深入考证。

　　还有便是叶问到底是否去了北方，这应该是个重大课题，因为这涉及到叶问心里到底有没有宫二的问题。现在也终于有了研究成果。有人考证说，叶问虽然去北方，但并没有和宫二正式见面。因此叶问会说，1937年他曾经想去东北而没有去成。1937年他是没有去成，但是他1940年去了。证据是电影结束的时候，宫二在雪地里打拳，有一个黑影一闪而过。研究说，那个黑影就是叶问。

　　我的娘，连一闪而过的黑影也成了证据，那学问该有多深啊！

　　当叶问成了那雪地里的一摊黑影，《一代宗师》也终于升格成了一门学问。

　　既然研究《红楼梦》可以称作"红学"，那么研究《一代宗师》呢？似乎可叫做"一学"吧。

2013.1.18

丑女人的万里长征

——电影《立春》启示录

《立春》的故事发生在北方的某个小城。那里闭塞、贫困，整天灰蒙蒙的感觉；那里的男男女女纯得愚昧，俗得猥琐。这样的画面并非导演顾长卫刻意营造，而是生活的真实写照。这让我想起生活中常有的那种感受：每每我乘坐长途汽车路经一些偏远小城，看着沉寂的村落因为汽车的引擎以及嚣张的喇叭，反而增添了一丝生气，一张张神情麻木的脸因此而活泛起来的时候，看着那些捧着海碗的小孩，一个个倚门站立，似乎等来了企盼中的欢乐的时候，我常常会这样问自己，如果是我，会一辈子心甘情愿生活在这样的地方吗？我会傻傻地把每天一班或数班路过的长途客车当作一道风景，当作每天的精神会餐吗？

答案似乎很简单，我想我一定一天也呆不下去，我会觉得窒息，生不如死。

但是，话说回来，在一些人看来我是个带来风景的过客，一个目光怜悯的旁观者，但在别的一些人眼里呢？我其实也是车窗外的那些男男女女中的一个，没本质的区别。因为事物都是相对的，唯一可以怜悯世人的，只有上帝。

来到这世界，就注定了我们都是渺小的，可悲的，但人类又并非只是浑浑噩噩的一堆行尸走肉。人与人，千差万别。差别在哪里？

电影中，女主人公王彩铃有一句看似无关紧要的台词却值得我们回味："每年的春天一来，我的心里总是蠢蠢欲动，觉得会有什么事要发生；但是春天过去了，什么都没发生。"

应该说，这就是差别，这就是这位女主人公和一般人的差别。对大多数人来说，他们已经感觉不到"春天"了。季节对他们来说没有差异，因为无所谓夏天，也无所谓冬天，春天和秋天更可以忽略不计。就像影片中那些生活在小城里的男男女女，一天中最有意义的事，大概就莫过于跳一场扇子舞，或是看一场广场演出了。他们的生活注定千篇一律，今天可以知道明天的，明天可以知道后天的，后天可以知道后后天的……但王彩铃却能以一颗"蠢蠢欲动"的心感受到春天，因为她不甘平庸，不安于现状，总希望能发生点什么事。发生什么呢？那就是她矢志不渝一心向往的北京中央歌剧院，去那里当一名演唱家。

在那个闭塞的小城，心怀理想的人已经不多。当初还慷慨激昂地朗诵普希金的周瑜，在瞎了一只眼睛后，只能对生活睁一眼闭一眼了；一心想进入中央美术学院学画画的黄四宝，在被王彩铃"强奸"后，也终于沦落成一个婚介骗子，并且为一只掉落的鞋子不惜冒被揍的风险；至于那个热衷芭蕾表演的胡老师，则破罐子破摔，进了监狱才感觉踏实，就好比一个掉进湖里的人，不往上挣扎，却偏偏选择沉到湖底去。

不妥协的只有王彩铃。尽管春去秋来，年复一年，一个又一个的春天，带给她的只是失败和屈辱，但是她却始终没有放弃，她在心的深处感觉春天，用心感受"立春"到来的那一刻。

在外人看来王彩铃的所有努力都是徒劳的，尽管她拥有天籁般的歌喉，并且已经达到很高的造诣，但是她太丑，不仅身体臃肿，还满脸疙瘩和黑斑，最要命的是龅牙鼓突，没张口就已经龇牙咧嘴。

　　有人说，做女人难，做漂亮女人更难。在我看，那是得了便宜还卖乖。如果王彩铃身材魔鬼一点，脸上白净一点，那排门牙低调一点，她也就不是现在的王彩铃了，人们也许会在中央歌剧院的舞台，在电视屏幕，在央视春节晚会，一睹她的风采。因为她的歌喉已经够美妙了，缺的仅仅是美貌。

　　这是个唯美主义的年代，人们追求外在，讲究形式，各行各业都在呼唤美女，不仅唱歌的要求美貌、演戏的要求美貌、饭店跑堂的要求美貌，就是单凭脑子和手写作的也必得"美女作家"才可出名。王彩铃生不逢时，理想中的中央歌剧院对她来说无疑是条漫漫长征路，在她把剩余的那点钱资助了假装癌症的高贝贝后，希望也就更加渺茫了。

　　张爱玲曾说，对于大多数的女人，"爱"的意思就是"被爱"。女人被爱也是一种幸福，一种荣耀，就像住王彩铃隔壁的同事小张老师，常在她面前炫耀"我老汉几乎每天晚上都有要求"。对王彩铃这样的丑女人，"被爱"的几率几乎为零，即便胡老师这样的"二胰子"，也仅仅只要求和她假结婚，至于正式向她求爱的周瑜则更多的是冲着她的歌声去的。然而，王彩铃没有因为自己丑而放低择偶标准，当我们这样的旁观者也忍不住想劝说她一句"过了这个村就没有这家店"，能嫁周瑜这样的人就赶紧嫁了吧，但她的回答却是"宁尝仙桃一口，也不要烂杏一筐"。这就是一个丑女人"宁缺毋滥"的宣言，这应该让大多数正因"被爱"而沾沾自喜的女人感到汗颜。

　　这世界其实不缺乏美女，这世界缺乏的倒是丑女人的不甘沉沦意志和永不停滞的追求。如果大家都有一颗拒绝平庸的心，如果大家都坚持曾经有过的追求，那么再遥远再闭塞的小城，也会变得生气勃勃。

2008.5.11

失去了钢针的圆规和布满残口的曲尺

看完《叶问3》，朋友问我的感受。

我说，想起江湖上流行的一句话，讲规矩的叫黑帮，不讲规矩的叫流氓。

我指的是拳王泰森扮演的黑道老板，与叶问的那场格斗。泰森想霸占学校，叶问则挺身护卫，双方针锋相对，于是订下三分钟的生死契约。泰森说，三分钟，如果他没能将叶问击倒，以后就再不找叶问麻烦。说这话时，泰森显然以为稳操胜券，叶问经受不起他的三拳头。两人随后拉开架势，开始了这场中式咏春拳与西式搏克幸（Boxing）的世纪对决。因为两人形体大小悬殊，泰森让我想起《人猿泰山》中的那个泰山和《美女与野兽》中的那头野兽。魁伟如猿，像刚从原始森林出来。叶问则机灵似猕猴，出拳蹬腿，动作迅疾，多次躲过泰森的重拳，同时也给了泰森不少出其不意的击打。但毕竟泰森人高马大，一身蛮力，被捶几拳踹几脚都无济于事，构不成重创。反之，一旦让泰森逮住机会，那训练有素的组合老拳就不是咏春套路能轻易挡得住的。

好在挨到三分钟，桌上闹钟及时响起，泰森心有不甘却也只好收手。我私下担心，泰森流氓一个，不仅有权有势，底下喽啰一大帮，还有警察局长做靠山，恐怕不会善罢甘休。

事实却证明我的担心多余，泰森言而有信，真的没再出现。这不由使我对泰森心生敬意，不管怎么说，他做人还有底线，知道讲规矩。

这底线也将他与"流氓"拉开了距离——也许黑道与流氓本来是有区别的，而且这区别在他们眼里还十分重要：不懂规矩才叫流氓，而规矩对每一个体面的人来说则是必需的。

可见，讲规矩不仅关乎事物本身，也关乎做人的颜面。不讲究规矩，往往也就意味着把颜面看得无所谓，或者说，不太要脸。

其实，我们上学读书，就是在直接或间接地学习各种规矩，学着做个体面人。一个人读书越多，学问越大，知道的规矩也就越多。这也是古人说的"博学之，审问之，慎思之，明辨之，笃行之"的道理。

博学则笃行，笃行者品行纯厚，举手投足，一言一行，都透着我们常说的"绅士风度"和"淑女风范"。

如今，当我们到处在寻找"最后一个贵族"的时候，我担心人们很快会开始寻找"最后一个绅士"或者"最后一个淑女"了。

当有人统计，中国学生申请去美国留学的材料，90%以上造假的时候；当我们的车损理赔，从揽包黄牛到警察、律师，到验伤医生，再到司法鉴定机构，直至法院法官，沆瀣一气，一条龙造假骗保，以致一些保险公司年年亏损巨大的时候；当媒体曝光，"饿了么"外卖平台居然潜伏了一千多家无照经营的黑餐厅的时候……我们只有瞠目结舌，真正体会到了什么叫人心不古，世风日下。

想扭转风气，大概还得从遵守规矩做起。当大家都在遵守规矩的时候，违反规矩的人就成了小丑。譬如今年两会期间那个叫叶宝生的《澳洲新快报》特约记者，为捞到提问机会破坏规矩，不仅大声嚷嚷，还直呼主持人傅莹的名字。行径猴急，而且显得没教养，所提的问题也是浅薄可笑，白白浪费了一个提问机会。亏他还是从中国教育台退休的，怎么教育人的？

　　由此想到另一位与叶宝生有类似"教育"背景的仁兄，那年他已经调一家文化单位任老总。一次学生演讲比赛，他是坐第一排中间的评委。我知道像他这样的老总一定是日理万机的大忙人，能请到他，当然也是主办单位的面子大。但既然答应来当评委，不说拿评委费，总得受人之托忠人之事吧？其次，学生在台上演讲的时候，总得保持安静，把手机关了吧？手机不关，设置为静音总可以吧？再其次，要是手机还是不合时宜地响起来，内容又重要，总该跑场外去接吧？再再其次，如果在位子上懒得动弹，最起码压低声音吧？再再再其次，如果已经习惯大声说话，无论如何尽量缩短通话时间吧？……

　　在每一个环节的对错两侧，这位仁兄一概选择了错误侧，在众目睽睽之下，一而再，再而三地将道德和操守统统扔到一边，再踩上了一只脚。

　　他扔掉了所有的规矩，也扔掉了做人的底线。

　　本该做人家规矩的人，如今看来要泰森给他们做规矩了。情何以堪！

　　所谓规矩，本义是圆规和曲尺。当圆规失去了定位的钢针，当曲尺的直角边布满残口的时候，这规和矩所画的还是规矩吗？

2016.3.19

盖茨比到底有多了不起

莱昂纳多又一次优雅地沉殁在了水里——只是这一次不是在泰坦尼克号出事的冰凉的大洋里，而是倒在了自家海边别墅的泳池里——这个角色名叫盖茨比。

3D电影《了不起的盖茨比》让我们知道了什么叫奢华——原来花园是可以这么漂亮、房子是可以那么气派、服饰是可以这么珠光宝气的，原来住家是可以像"天上人间"那样，夜夜笙歌艳舞而且来者不拒的。

乐队、美女、舞池，还有无数不请自来、喜欢一醉方休的宾客，几乎将这栋庞大的海边别墅变成了酒池肉林的不夜城。好玩的是，来的都是客，全凭嘴一张，却几乎都不知道房主盖茨比到底是谁，很多人连见也没见过，有的只是关于盖茨比的种种谣传。然而，无论官谣还是民谣，盖茨比却始终云遮雾绕，真人不露相——也真让人们长了见识，原来人物出场居然也是可以这么铺张、吊足胃口的。

以为盖茨比亮相的一刻，会是佳丽簇拥、鼓乐齐鸣，所有的灯光都聚焦他一个人身上。可是，他偏偏微服私访似的早就潜伏在那些红男绿女之中。遇到他，纯粹像一次意外，哪里知道仍然是来自主人盖茨比的精心安排。

千呼万唤始出来的盖茨比，让人们对他的"了不起"的背景充满了期待。他是出生入死、屡建战功的将军，还是富可敌国的商人？是身世煊赫的官二代，还是血统高贵的名门之后？抑或是杀人越货、血债累累的黑社会头子？

经验告诉我们，当一个人的身世越是扑朔迷离、神秘莫测的时候，疑点也就越大。因此，当盖茨比的情敌——黛茜的丈夫汤姆说要对他的背景查个究竟的时候，我们那一刻的心情就像看到《悲惨世界》中的冉阿让再次遇到了那个可恨的警长沙威，知道大事不妙。

果然，盖茨比不堪一查。原来他出身低微，一文不名，后来靠着贩卖私酒发迹，才日渐坐大，成了如今这个貌似有头有脸的人物。

1920年1月17日，美国宪法第18号修正案——禁酒法案正式生效。根据这项禁酒令，凡是制造、售卖乃至运输酒精含量超过0.5%以上的饮料，皆属违法。禁酒令意在遏止酗酒闹事、保护妇女儿童不受家庭暴力的伤害，但是却也给一些人带来巨大商机，他们通过贩卖私酒，从中渔利，发财致富，盖茨比就是其中之一。

本来，像他这样靠违禁走私发横财的人，不说一定会吃官司，至少并不光彩，应该低调慎行才是。怎么就那么张扬呢？

事情很快有了答案，他是暴发户，但并不只为显摆。之所以宾客盈门、夜夜笙歌，原来只为了设一个局：吸引海岸对面东卵的前女友黛茜的目光。这种筑巢引凤，曲线抱美的策略，可谓煞费苦心，也只有像他这样的大佬才能动出这样的脑筋。只是他大费周折的结果只是捞到和黛茜几次肌肤相亲的幽会，最后非但没有完成和黛茜正经八百成婚的夙愿，反而连自己的命也搭上，而黛茜竟然一走了之，连他的葬礼也不来参加。

盖茨比显然很失败。有人因此抱怨，实在看不出盖茨到底了不起在哪里。

3D《不起的盖茨比》改编自同名小说，批评者责备电影没有改编好。这话也许永远没错，尤其因为这是部得到艾略特和海明威首肯的作品，挑剽者永远掌握着主动权。就像后人画《蒙娜丽莎》，画得再好，也得不到人们的承认，大家一致认定，再没人能画出《蒙娜丽莎》原作所特有的蒙娜丽莎的微笑了。改编总是件吃力不讨好的事。

在我看来，《了不起的盖茨比》的电影改编已经非常成功了，不仅紧凑，而且人物的思想脉络也基本清晰，尽可能地照搬了原作。两个多小时的电影，要涵盖10万字小说，总得有所舍弃。实在放不下心，只有看了原作再看电影，或者看了电影再看原作。

再回到"盖茨比到底有什么了不起"的话题。

这得从盖茨比认识黛茜开始说起。可以这么说，五年前，当盖茨比还是个泰勒军营里的一名尉官，在他遇到黛茜以后，他的价值观就此开始发生变化。黛茜是他第一个认识的"大家闺秀"，像所有的穷光蛋走进豪门的那种感觉一样，一切都新奇得像个谜，"房子充满了引人入胜的神秘气氛，仿佛暗示楼上有许多比其他卧室都美丽而凉爽的卧室，走廊里到处都是赏心乐事，还有许多风流艳史"。他因此联想到"今年的雪亮的汽车"和"鲜花还没凋谢的舞会"。

黛茜在他眼里除了漂亮，便是高贵。他和她之间贵贱悬殊，不在一个层次。好在军服掩盖了他的卑微和寒酸，"他有意给黛西造成一种安全感，让她相信他的出身跟她不相上下——相信他完全能够照料她"。

在他和黛茜有了性关系后，他不仅觉得"他已经和她结了婚了"并且"他发现他已经把自己献身于追求一种理想"。

有人把他的这种理想翻译成"美国梦"，那就是，依靠自己坚忍不拔的努力，改变自己，让自己好起来。对盖茨比来说，就是一定要富有，拥有与"大家闺秀"相匹配的物质条件，然后体面地跟黛茜结婚。

盖茨比是了不起的，他果然发迹了，尽管富得不太上台面，但不管怎么说，他觉得自己已经拥有了与黛茜不相上下的身份，也有能力保证黛茜过上体面的有钱人的生活。这以后他设局，将黛茜从东卵引诱到西卵，然后迅速提出结婚，这还不算，他还亲自前往东卵，当着汤姆的面，要黛茜挑明，她从来没有爱过汤姆……

他对未来一厢情愿。尽管已经意识到黛茜贪图享受，对金钱充满了欲望——但也许在他看来，这压根就算不了什么。他内心足够强大，强大到自信有他就有黛茜的一切，强大到能让一个连声音也"充满了金钱"的女人老老实实地放弃东卵，重新成为一个西卵的贵妇人。在他眼里，这应该像从浦东搬到浦西一样简单。

更强大的是，盖茨比已经被汤姆揭了贩卖私酒的老底，这时人人都知道黛茜是断断不会跟他走了，但他居然还要等黛茜的电话，还在责无旁贷地为黛茜是否会被汤姆欺负而操心，他已经完全被自己脑海中所构造的"理想"所控制了。

这就是盖茨比的过人之处，为自己制定的目标，一往无前。

其实，他和黛茜从一开始便已经注定他们俩只可偷情而不可能有更多的结果。电影中有细节暗示，书里写得更加明确，其中就有这样的描述：黛茜"十分厌恶西卵，这个由百老汇强加在一个长岛渔村上的没有先例的'胜地'……"这种厌恶来自她的骨子里，也就是通常的名门对暴发户的厌恶。

只是盖茨比浑然不知，他还以为事在人为，只要自己努力、坚持，朝着既定目标，什么坎坷都能一跃而过。

然而，有的鸿沟是难以逾越的。这不，他终于还是栽了。

2013.9.9

无处安放的舌头

最近在看《我们遥远的青春》，说的是佟大为和两个女人间的死去活来的故事。据说本来那片名叫《我们无处安放的青春》，大概是制片方觉得没着没落的青春就像无家可归的灵魂，听上去不太吉利，宁可"遥远"些，至少还有个落脚处。

佟大为演的青春剧我看过好几部，如《奋斗》《与青春有关的日子》等，扮的都是美女杀手的角色。他的五官端正不说，还特别精巧、细洁，以至别的男演员都相形见（粗）糙。本来总以为男人的脸长马虎些没关系，看了几个戏一比较才知道还真马虎不得。比如同样作为男一号的王宝强，好不容易在《我的兄弟叫顺溜》中被如花似玉的荷花喜欢上了，两个干柴烈火的男女，同住一个屋檐下，天天抬头就见低头还见，可是导演根本就不给王宝强谈情说爱的机会，非让顺溜这角色面对情窦初开的荷花浑然不知，还硬要他成人之美，把荷花介绍给自己的战友翰林。想必王宝强在演这段戏时，心里一定恨恨的——到嘴的香饽饽，还拱手相让，难道长得粗糙点就活该打光棍不成？所以事后咬牙说以后一定要拍个谈情说爱的戏。可不是，都到这份上了，怎么他们就不能轰轰烈烈爱一场呢？哪怕搂一搂抱一抱，也多少圆了王宝强的一点心愿。如果这顺溜是佟大为扮演的，导演不让他和荷花山盟海誓、男欢女爱一番才怪呢。弄不好，还要让后来出场的军报女记者也和佟大为来一场情感戏，她不是来采访顺溜吗？没想到眼前的英雄竟玉树临风，貌比潘安，禁不住春心荡漾，心生爱慕……，顺溜呢，虽说一开始还不解风情，如木头一块，不过人总是感情的动物，更何况女记者又是那么英姿飒爽，那么热情如火，哪怕是块木头也被点着了，于是英雄难过美人关，顺溜顺理成章缴械投降……在导演眼中，不让佟大为轰轰烈烈地爱一场或两场，那就不是人尽其才、物尽其用，就是最大的浪费。当然那些爱不会只是简简单单地眉来眼去，只是嘴巴动动说我爱你就像老鼠爱大米，也不会只是搂搂抱抱做亲热状，那可都是兵戎相见，真刀真枪地干的——我这里说的"干"指的是接吻，男女间的KISS。在《我们遥远的青春》中，我亲眼看到佟大为将舌头伸进了周蒙的嘴里。

接吻这件事，说大不大，说小还真不算小。记得当年还都在看"样板戏"的时候，一次放露天电影《列宁在十月》，里面有个两三秒钟的接吻镜头，都忘了是谁跟谁，好像是那个叫瓦西里的和他妻子的一个吻别。记得那天站我边上的一个小伙子竟把持不住地倒抽着气，发出"喔呦——"一声，然后停顿好几秒，缓过气，再吐出"乖乖"两个字。引来周围人的一阵大笑。其实当时我也看得怦怦心跳，只是反应还没他那么大。

当时，中国电影已经保持三十多年没接吻镜头了，有关方面的理由是，中国的国情不允许，因为中国人习性含蓄。所谓含蓄大概就是只做不说，光暗做不明做。我以前有个上司，常喜欢跟我们下属开开玩笑，印象深的是一次某人说自己老实，那上司马上揶揄道：你还老实，老实的话儿子怎么生出来的？说完他自己哈哈大笑。我们当时都觉得这笑话并不好笑，太粗俗，但他倒是说出了一个真理：其实我们都不老实。也许装老实便是我们当年的国情。

如果现在那个瓦西里还和他妻子拥吻，谁还会稀罕呢，不就是亲个嘴吗？更何况是自己的老婆。不说曾经沧海难为水那样的话，我们现在对男女间拥个抱、接个吻，都已经司空见惯，觉得这很正常，很阳光，起码它传递着爱的信息，是社会文明和谐的一个标志。我们现在都不再需要伪装老实了，甚至可以说，公开接吻让我们的社会发生着悄悄的变革，我们的为人处世因此而变得真实起来。

不可否认，接吻往往是性爱的前奏，尤其是动了舌头的湿吻。不是有"接吻接上床"一说吗？那必定是包括了男女双方舌头的碰触、探索、纠缠、搅拌和吮吸，说简单点，那叫前戏。生活中，一个男人如果用舌头打开了一个女人的嘴巴，那么很明显，女人已经表示了对他的接纳。因此可以这么说，男人打开女人的通道总是从嘴巴开始。

据研究，接吻除了让人释放荷尔蒙，还可以美容、抗皱和延年益寿，一位流行病专家说，"我们口中和咽喉中的大多数细菌都是有益的或者至少无害的。我们人类能够存活至今的一个重要原因，很可能就是因为我们彼此交换细菌。"

不过在我看来，这种"交换细菌"的热吻，除了有感染病菌的危险，更有各种异味的挥之不去的恶心。我说的"异味"就是我们平时常说的"口臭"。哪怕嚼口香糖，也难以遮掩。记得一次有人招呼我接一个电话，这电话机他刚用过，我刚拿起话筒，一股口臭味直冲我鼻子，恶心得我久久挥之不去。我不由为他的妻子或女朋友难受，难以想像怎么和他亲热，过日子。由此想到一些电影或电视，男女演员"交换细菌"时，表情有点怪异，不像是开心，倒像是服了苦药，估计十之八九被对方的口臭熏恶心了。

作为编剧应该是不会详细到在本子上写"舌吻"，或"男人伸出舌头进入女人嘴巴里"。导演大概也不会向演员提"一定把舌头搅拌在一起哦"这样的要求，更多的时候应该是演员的临场发挥，激情上来了，舌头也就伸出来了。我相信男女演员未必会因为扮演情侣而动真情，真的恨不得马上倒上床做爱，大多只是剧情的需要。如果遇到一个并不太中意的对手，还非得强颜欢笑、强说爱，那真的只是纯粹做戏了。俗话说强扭的瓜不甜，强行的舌吻应该也不会是甜蜜的。尤其被强行打开口腔的女演员，被强奸的感觉都会有了。所以说，演员真的很了不起，尤其女演员。

2009.7.18

红楼绝唱在新版

如果说一百个人看《红楼梦》会有一百种不同的解读，我能理解；如果说一百个人看新版《红楼梦》居然多数的人在拍砖喝倒彩，我就百思不得其解了。

目前电视放到四十集，尚余十集待看，虽说还不能"盖棺论定"，但也"四十而不惑"，可以下个客观的判断了。

我的看法就两个字：精品。

精品首先是要精致。其实这不需要我多说，大家有目共睹。那些场景道具，大到亭台楼阁、花园景致，中到橱柜板凳、床榻屏风，小到锅碗瓢盆、香炉宝鼎，哪一样不是精美绝伦，讲究到家？让人看到了制作人煞费苦心和唯美追求。还有剧中女眷男丁的服饰打扮，又有哪一个不是精心设计，量身定做？小宝玉那一头巧夺天工的细辫，丫环小姐们的烟纱长裙、帔子、袖衫以及她们的云鬟高髻、玉瓒凤钗、华胜步摇、梳篦钿花、耳坠挂链、香囊镯钏，样样精美、件件细巧，想必都照着曹雪芹的描述，几近复制了当年宁国府和荣国府"珍珠如土金如铁"的生活场景，也让我们真正见识了什么叫豪门。原来有钱人是有钱在每一个细节上的，而不仅仅只是场面上。

精致的场景、道具和服饰，和娇艳若滴的群钗相映成辉，组成一幅幅美轮美奂的画面，让人过目难忘，也让我们在赏心悦目中领略了明清时期的建筑、园林、服饰等一系列相关的民俗民风的经典。

精品最要紧的还是一个"品"字，就是我们常说的"品位"。有精（致）无品（位），则流于外在，最多也只是"绣花枕头"。所以要紧的还是品位，那才是内核。品位无法量化，没有一条明确的评判标准，这也就使得品位的孰高孰低往往成了说不清理还乱的悬案。比如一年多前我在一篇《把笑点提高一点》的文章里表达我对余秋雨先生的不同观点，他说上海一百年也难以出一个周立波，但我则认为周立波的"清口"还是脱不了小市民的俗气和肤浅。一褒一贬，终究也没个定论，因为没有"笑"的标准。我们只有以时间换空间，让历史给一个相对准确的答案了。

怎么评价新版红楼品位的高下？我想真实地透露一下自己的心迹：我从一开始的不以为然，渐渐变成欣赏，进而又充满崇敬。我崇敬文化。我在新版红楼中看到了我们民族深厚的文化底蕴。如果说原著《红楼梦》是一部封建社会的百科全书，那么新版《红楼梦》则是对这部百科全书最经典的诠释。它不拘泥于宝黛爱情的单一线索，而是全方位地展示了一个封建权贵家庭的兴衰过程。包含在这过程中的既有宗族制文化、家长制文化、家国同构文化，也有称谓文化、礼貌文化，既有建筑文化、园林文化，也有服饰文化、饮食文化。最吸引我，也是最显示文化的，大概便是看宝玉和黛玉、宝钗等名媛群钗结社的那几场戏了。他们或行酒斗诗或击鼓咏词，或制灯谜或睹物联吟，花样百出，却妙趣横生。他们出口成章，一个个才思敏捷，一个个博古通今，充分表现了他们的个性和才情。如此高雅，如此情操，我只有感叹今不如昔，别说我们这样的普通人，就是当代的诗人、大学教授、中文系主任，有几个能达到这些十几岁孩子的才情？为此我深感汗颜。

文化便是品位，我们现在有几部电视剧是有文化含量的？好多电视剧只是在叙说一个故事。我承认会编故事是种本事，所以我们只是在电视剧中欣赏那种本事，但我们没看到文化，也就是我们没感觉到有什么品位。

对新版红楼拍砖，很多说法是"剧情太拖""节奏太慢""语言太拗口"。说这话的人，我估计很多是不喜欢原著《红楼梦》的。他们之所以"喜欢"是因为人家都说喜欢，喜欢《红楼梦》（原著）是一种"文化"，其实他们最多也就是喜欢越剧《红楼梦》或87版《红楼梦》。当真正最能体现原著的《红楼梦》出现时，他们便"叶公好'梦'"了。他们喜欢快餐文化，简单明了，通俗易懂。读古文也如此，最好是都翻译好的大白话，明白个道理就行，讨厌咬文嚼字。那有点像吃螃蟹，最好是蟹肉都已经有人给你从边边角角剔除了出来，汇集一起，没一点壳屑，一口就可以把人家忙半天才吃到的那点肉全吞了，以为很爽。其实在会吃蟹的人看来你缺少了那个过程，也就少了很多乐趣。没有这乐趣，吃螃蟹还有什么意思？他们定会在背地里笑话你，拿以前上海人常用的一句口头禅就是：乡下人。

还有很多拍砖者是冲着演员来的，批评新版红楼"黛肥钗瘦"。尤其对黛玉的扮演者意见更大。因为人们已经熟知了心目中的林黛玉，那便是王文娟，便是陈晓旭，以致看到脸型比较饱满的蒋梦婕，就先一肚子的抵触。其实，林黛玉除了弱不禁风，更多的应该是她的冰雪聪明，是她眸含春水清波流盼，是她肌若凝脂气若幽兰，是她娇媚无骨入艳三分。从这要求来说，蒋梦婕比谁差了？还有其他的一些演员，也都十分称职。尤其那个演贾母的周采芹，那典雅的气质，不怒而威的神情，又不失诙谐、活泼的样子，真是无人能出其右。那个小宝玉也难怪人见人爱，那一脸无邪的天真可爱、超凡脱俗，在人欲横流的当今如高山雪莲，实在很难看到了。

所以别拿87版红楼来堵人嘴。我是再次看了87版的，也不想多说什么，只有一个感受，那就是像看崔永元以前经常拿来放给人们看的老电影。它们在当时也许很经典，拿到现在，说心里话，我是怎么也看不下去了。

2010.7.10

当杜月笙成了地下党

——看《大上海》有感

在一些人眼里，旧时的上海滩是座开采不尽的金矿——可以十里洋场，灯红酒绿，风情万种；可以长三堂子、四马路，娼优相狎，纸醉金迷；可以蛇龙混杂，皂帛莫辨……概括了说，上海这个滩，空间很大，可以上天、可以入地，可以是风花雪月玩尽高雅的殿堂，也可以是草莽英雄一试身手的屠宰场。

因为有了杜月笙、黄金荣和张啸林三个呼风唤雨的大流氓，上海滩也几乎和意大利的西西里岛以及法国的科西嘉岛齐名，大概可跻身世界黑社会前三甲了。相比之下，香港黑手党就只能算个跟班的"古惑仔"，嫩了点。

就像美国人喜欢拿西西里岛黑手党说事一样，上海滩的黑社会也是香港影视人情有独钟的题材。当年25集《上海滩》连续剧，让上海人过足瘾，周润发应该就是那段时间里成了上海滩红得发紫的巨星；还有叶丽仪的一曲"浪奔、浪流，万里滔滔江水永不休"，也让上海滩的男女老少感觉就像在外滩追波逐浪的"滩歌"，分外亲切。

不过在我看来，香港人演绎的上海滩终究还有点半吊子，港气有余而上海味不足。准确地说，更像一批香港古惑仔来上海拜师实习，从"新上海人"做起，在忍辱负重中抱团取暖，终于时来运转、出人头地，一举将流氓做大。

不是说周润发他们演得不好，也不是因为他们说不来上海话，只是觉得《上海滩》仍只是承传了吴宇森的小马哥《英雄本色》系列和刘伟强的《古惑仔》系列，不同的只是地点，从香港搬到了上海。

至于后来大陆自己重拍的42集《新上海滩》，又看到许文强、丁力这几个名字，我基本上就没有再看的胃口了。拜的师父是"新上海人"，还指望有真正意义上的《上海滩》？何况我对那些重拍的东西一贯不认可。嚼别人吃过的馍馍没味道，就好比后人重画达·芬奇的《蒙娜丽莎》，哪怕画得再传神，也已经没多大价值了。也许，这也是冯小刚前不久说的"经典不可复制"的道理。

由内地出品，王晶导演的《大上海》，糅合了香港和上海多种元素，就像周润发和黄晓明共同饰演的"成大器"，尽管让观众有点犯晕，但基本上成功合体，明白他们是一个人了。这样的"大联合"，真成大器了，可以博采众长，可以扬长避短。尤其因为内地出品、内地拍摄，可以一改香港片的小家子气，场面可以做得无比恢弘——要人山人海就人山人海，要金碧辉煌就金碧辉煌，要枪林弹雨就枪林弹雨，要血流成河就血流成河，要飞机大炮就飞机大炮……所谓"大上海"是名副其实的大，大场面、大制作。被人称作"大手笔"的八场大戏，还真的动员了千军万马，让很多人觉得过瘾。

然而，当成大器抱着死去的阿宝，在日本人的乱枪齐发中化作喋血英魂，当张学友深情款款的《定风波》渐渐远去，人们不妨思索一下，影片还留下了点什么呢？说句对不住王晶的话，我印象深刻的竟只是成大器拿大砍刀削梨的细节。直着削，动作娴熟，霸气十足。原来生梨还可以这么削的啊，就像当年《英雄本色》中周润发仅以嘴衔酒杯，仰脖饮酒一样，真流氓啊，这样的细节贴切而富有创意，我算是开眼了。

要说导演呕心沥血的八场大戏，说实话那只是场面上的好看，轰轰烈烈，惊心动魄，却无更多实质内涵。说成大器帅气逼人也好，镇定自若也好，视死如归也好，杀人如麻也好，枪法精准也好，大难不死也好，统统都只要导演一句话。人为的设置编排，与人物内在性格的发展并无多大关联。观众所看到的成大器，正直善良、英勇无畏、嫉恶如仇、忠肝义胆，哪怕身为流氓非但与吃喝嫖赌毒毫不沾边，还不忘忧国忧民。这样正能量的高大全，我们在银幕上看多了，知道非共产党员莫属。影片中唯一缺少的镜头就是延安那边来个人，握着成大器的手说，同志你辛苦了！

据说此电影是根据真实的人改编的，这个人就是杜月笙。黄晓明也坦诚，他崇拜杜月笙。他在饰演完美无缺的成大器时，脑子里不断闪现的想必全是杜月笙的光辉形象。

我对旧上海知之甚少，以往只知道杜月笙大流氓，坏人，莫非现在弄清楚了，他一直身在曹营心在汉，干的都是地下党员的大业，平时更是以共产党员的标准要求自己，在污泥浊水的上海滩，始终洁身自好，不染半点龌龊。

不过我是反对拿文艺作品对号入座的。我只把《大上海》的成大器看作一个导演想极力表现的活生生的人，一个能让每个走进影院的观众都感动一把的人。要感动人，首先是真实，身为流氓得"流"起来才像，单单一个大砍刀削梨的细节远远不足以撑起成大器的流氓身份；其次应该在矛盾冲突中塑造人物，这冲突不是简单的打打杀杀，应该是直抵内心的冲突。比如《英雄本色》中宋子杰和宋子豪的冲突，一个警察一个曾是黑道老大，亲兄弟该不该明算账，该不该六亲不认？那才是一个纠结啊。正因为有了大量的亲弟兄之间的冲突，周润发的"兄弟义气"才显得格外珍贵，因此当他饰演的小马哥中弹倒下的一刻，感动的不仅仅是当警察的宋子杰，还有千千万万的观众。

本来《大上海》中有两场戏是可以好好开掘的，一是成大器选择将叶知秋夫妇送上仅有两个位子的飞机逃生，二是他委曲求全将自己的爱妻阿宝送到茅载手中。两个可以让人纠结得心疼的戏眼，偏偏就让王晶草草带过了。

好电影不是画面有多么讲究，场面有多少恢弘，或刀枪棍棒有多么惊心动魄，好电影是让人纠结，让人心疼的。即便拍摄冷酷无情的黑手党，也是如此。

但凡人总有软肋，再坚硬无比，刀枪不入，也总有他的阿喀琉斯之踵。我们的作品就是要寻找这样的"死穴"。黑社会大片《教父》之所以让人看得热血沸腾，除了家族间屠杀的冷酷，更主要的是充分展示了他们不轻易示人的侠骨柔情。硬汉的眼泪格外珍贵，犹如冰天雪地间一支悄悄开放的腊梅，哪怕只是小小的绽放，却也芬芳扑鼻。

2012.12.29

追忆那些回不去的土鳖时光

——看《中国合伙人》有感

　　《中国合伙人》取材于"新东方"，题材相符，人物相仿，它的成功之处便是，当事人坚决否认其真实性，认为与自己没一毛钱干系，然而局外人却一一对照，认为确有其事，更确有其人，至少事出有"型"（人物原型）。于是一曲"土鳖逆袭"的凯歌唱得有声有色，令无数仍深陷泥淖的土鳖感同身受，热血沸腾。

　　想必会有不少人开始背英汉词典或牛津词典了，认为这是土鳖翻身的不二法门。因为作为从"土鳖"成长为"教父"的成东青，说到南天门去的本事，就是背了一本英汉词典，由此开始了他的"新梦想"。所谓"新梦想"就是他去美国的梦想破灭后，立足本土做的"美国梦"。影片的英文名*American Dreams in China*意思明明白白，"中国的美国梦"。就是梦还是那个梦，只是换了个地方。想不到一梦成真，西方不亮东方亮，同时也对"土鳖逆袭"做了最成功最形象的诠释。

　　其实，作为一名老土鳖，我本来也有"逆袭"的机会，只是没抓住，逆袭不成，反而成了自残，伤了元气。

　　那时候还不兴大张旗鼓做梦，但我们不少人放着春梦不做，却不约而同地做起一个以为可以一蹴而就、可以光宗耀祖、可以先改变一个人继而改变全家人命运的梦——出国梦。

那一年，肯定是在冬季，我千里迢迢赶去北京三里屯的加拿大使馆签证。排了一夜队，零下二十多度，那个冷啊，彻心彻骨，至今想起还打寒战。

那天夜里，我们一个个佝偻着身子，活像一群等待收容的城市流浪者，依次排列在路边警卫亭外，那里拉着的一根铁丝，我们不能越雷池半步。远远望着铁栅栏门里那栋小洋楼，里面灯火通明，烟雾氤氲，水气缭绕，钢窗玻璃挂满成串的水珠，一个只穿着件衬衣的老外悠然自得地在房间里踱步。他当然知道几十米外我们这群人正冻得索索发抖，但他没必要邀请我们进去暖暖身子，我们也没有丝毫埋怨的理由，因为那是我们自找的。

那一刻，我忽然问自己：Why？我回答不上来。我意识到，我和那栋小楼虽然离得不远，但我们完全隔着两个世界。我的梦做得有点远了。

Why？后来，当那个签证官不断地向我这样发问的时候，我同样回答不上来。原先想好编好的理由和故事几乎都没派上用处，因为太假，假得我说不出口。

当我词穷理尽，窘态百出的时候，心里反倒越来越坦然，最后被拒签的一刻，我甚至一阵轻松，好像这正是我所期待的。

如果当年那个签证官也问我"你最崇拜谁"，我会怎么回答？我想我的回答会是"苏梅"。

我指的是我们单位的那个"苏梅"。她长着和苏梅差不多的身材和非常接近的脸盘，也有着和苏梅一样拒人于千里之外的冷艳。我是看着她从ABC开始跟着电台读英文的。电台只有初级班，她说也好，不妨把基础打扎实些。单位里人浮于事，一些人无所事事，早上上班不久就想着中午食堂吃什么，吃了午饭又想着占先把澡洗了（土鳖年代，家里普遍没有淋浴设备），然后再想着早点开溜回家或是逛商店。能像"苏梅"那样，整天捧着本书安安心心地读，已经相当本分了。我起初以为"苏梅"只是不甘心与一些俗不可耐的人为伍，在打发时间罢了，与其坐着发呆，不如读点什么，兴许有一天真能读出点名堂，能看看原作什么的，在单位或圈子里也绝对可以惊艳一片了。

一晃几年，有一天"苏梅"告诉我，她的梦想是当一名记者，当然那是在美国的某家报纸供职。说这话时，她已经从"前进"快毕业了。那时还没有"新东方"，更没有"新梦想"，只有一个叫做"前进"的业余进修学校。20世纪80年代的"前进"学校越办越火，不少"前进"学子如愿以偿，前赴后继地去了美国。为此，曾有一届美国总统的就职典礼，"前进"校长也在美国政府的邀请之列。

看着她每天一有时间就安安静静地读课文背单词，晚上还赶去学校上课。我就相信，只要她能想到的，她都能做到。就像一辆稳步前行的坦克，不动声色，却是所向披靡。

后来我又听说，她已经将一本牛津词典从头到尾背了下来，以至连美国教授都没能将她考倒。

如今，我已经很久没有"苏梅"的消息了，不知道这辆坦克目前开到了哪里。如果说某一天在电视里看到她作为一名美国记者出现在某个高级论坛，或采访某个政要，如果说某一天美国某个州新当选的州长就是她，我大概也是不会惊讶的，我相信她有创造这奇迹的能力，就像成东青创造了"新梦想"一样。对有些人来说，梦想成真只是时间问题，对某些人来说，梦想就只能永远是梦想。有时候梦做多了，反而什么也记不住，脑子一片空白。

"苏梅"去美国前送了我一本16开新英汉词典。精装本，沉得像块汉砖。有天晚上，我暗暗下了个决心，发扬愚公移山精神，花几年时间，把1755页、5万多条词目，全部背下来。我希冀着有一天能改变自己，不说土鳖跳龙门，也至少在泥淖里打一个滚，算有所作为吧。然而，我读到第十条词目就困得不行了，晚上连梦也没做。这以后，我都懒得捧出这本词典了，一看到就想睡觉。

2013.6.6

你有这诚意吗

　　冯小刚在宣传《非诚勿扰》时很低调，说2008年留给我们的苦难太多，他只是想让人们在岁末笑一笑，以求暂时忘却心头的痛楚。他把舒淇的角色起名笑笑，用意似乎也就在笑一笑。

　　但是，冯小刚带给我们的肯定不仅仅只是笑一笑，作为当代中国首屈一指的草根导演，他不至于平庸到只是想卖笑，我们也没理由哈哈一笑便心满意足，不再思索。

　　其实，冯小刚也不是个喜欢遮掩藏匿的人，片名《非诚勿扰》先已经透露了他蕴含的主题，接着片头旁白，一句"21世纪最缺什么？是'真诚'"，更是开门见山地亮出了全片的一个大伏笔。没错，《非诚勿扰》说的就是一个"诚"字，它用长达一个半小时的搞笑的对白、张扬的人物个性和美得令人陶醉的画面，在向人们呼唤真诚。

　　最体现冯小刚这思想的无疑是葛优扮演的秦奋。面对貌若仙子的笑笑，秦奋始终不卑不亢，以诚相待。无论他充当尴尬的"电灯泡"陪舒淇去会方中信，还是在北海道的最后一夜拒绝舒淇主动送上门的"一夜情"，都说明他的一条处世之道：要人先要心，不属于自己的绝不要。当然，要人家的心，先得付出自己的心，那就叫以心换心，或者说诚心诚意。

笑笑无疑是个性情中人，敢爱也敢为爱而死。"小三"的角色逼她进入爱不是恨不是、进不得退也难的尴尬境地。她外表美丽、性感，内心却一直在苦苦挣扎，冯小刚把她的角色定性为"凄美"。发现了她的这一特质，冯小刚不惜删去了很多征婚的情节——那里原本有他擅长的搞笑。笑笑的凄美在日本北海道的最后一晚发挥到了极致——跳海。这情节差点葬送了《非诚勿扰》，因为有点硬，有点落套，有点黔驴技穷。我想作为编剧的冯小刚不会不知道这要命的一笔，但他还是不管不顾地让舒淇跳了，因为他要让笑笑死一回。笑笑跳了，死了一回了，她也就凤凰涅槃浴火重生了。这时候的她，干干净净、清清白白，身上已经不再存留那个叫做方中信的男人的一丝气息，她已经是个纯洁的女人——至少她自我感觉是这样，因此她可以坦然面对同样是赤诚的秦奋了。冯小刚如此一着险棋，也真是为了要突出他的"真诚"。

这样的良苦用心不止一处：

由于秦奋的不慎，导致一位带队到美国的导游被审查而自杀，为此他在陌生的笑笑面前掩面而泣……

秦奋整整一下午在小教堂的忏悔，竹筒倒豆子，恨不能把一辈子的"罪孽"统统做个了断……

邬桑在送走秦奋后，独自开车在路上，听着不紧不慢的歌声，他突然停下来哭泣……

关于朋友，关于友谊，关于诚信……无关宏旨，不一定就为了表白对爱情的忠贞不贰，不一定和故事本身有多大关联，看起来是些不经意的闲笔，甚至搞笑，但"真诚"两个字却如影随形，贯串始终。

一个普普通通的征婚广告引发的爱情故事，因为真诚，使得两个剩男怨女结成了一对好姻缘；也因为注入了"真诚"的元素，这片子才变得人情味十足。

"21世纪最缺什么？是'真诚'"，我很赞同这句话。当真诚渐行渐远，越来越稀缺的时候，世界便变得赤裸裸了。对男女之情来说，"爱情"两个字好虚无，说什么爱都让人将信将疑，唯有做爱是实在的。男人和女人因此都把对方看得通体透明，女人骂"男人没一个好东西"，男人则反诘"女人祸水"；有人把现状归结为男人的好色和始乱终弃，有人则怪罪于女人的水性杨花和红杏出墙。丑闻总是不断，就拿2008年来说，年初有陈冠希的"艳照门"，年尾有倪震的"湿吻门"，同时还有伊能静的"牵手门"，这些是大门，中间无数小门就不胜枚举了。"门"里面有男主角就必定有女主角，很难说一定是男人坏还是女人坏。缺少真诚的世界，好东西很少。

　　前两天，走进一位博友的博客，她向人们推荐一首歌——《守月亮》，是吴涤清的近作。打开视频，那朴素的画面、淳朴的歌词顿时让我感动不已，其中有几句是这样唱的：我把一生守成一道道山梁，等着妹妹那个高高的月亮。我要让你靠在肩上平静又安详，不让长夜漫漫冷了你的脸庞……

　　这时我眼前又出现了《非诚勿扰》中海风吹拂的那个夜晚，舒淇把脸轻轻靠在葛优的肩上，平静又安详。多么唯美，又多么朴实！本来男人和女人就这么简单，我守着你，你靠这我，一生一世，永永远远。问题是，你有这诚意吗？

2009.1.11

从性爱中升华

——电影《廊桥遗梦》观后感

　　当"最后的牛仔"罗伯特·金凯走向村妇弗朗西丝卡，询问罗斯曼桥位置的时候，人们就知道一场男女间的纠葛不可避免。这不是因为我已经看过小说《廊桥遗梦》，而是因为这是明摆着的 —— 一个浪迹天涯的旅人和一个丈夫和子女都恰好外出数天的单身女人走到一起时，还能有什么故事可发生呢？尽管他们已经不是俊男靓女，尽管他们都已人到中年。

　　那年，52岁的"中年坏人"金凯从第一眼看到已经45岁但风韵犹存的弗朗西丝卡起，就再也没有从她身上离开他那道富有穿透力的目光。他温文尔雅，善解人意，不仅向她敬烟点火，为她削菜，还让她在洗澡时喝一杯冷啤酒；他知道自己的魅力，于是不慌不忙，不温不火地看着弗朗西丝卡在他面前坐立不安，失魂落魄。尽管弗朗西丝卡主动带路多少有些让他吃惊，第二天出现在罗斯曼桥上的她的纸条更让他喜出望外，但是他却还是在电话里用平静的口吻说"我接受邀请"，好像他完全是个被动的角色。当可怜的弗朗西丝卡穿着十分袒露的裙子又一次出现在他面前并且情不自禁地伸出手搭在他的肩膀上时，他似乎才顺水推舟地抓过了她的手。他的欲擒故纵和不动声色，让人不由想起平时常说的一句话：姜还是老的辣。

　　自然，弗朗西丝卡也不是"省油的灯"，自从她嫁到南依阿华这片丘陵之中，终日守着她的木讷老实的丈夫和两个孩子以及一大片农田时，她其实还一直"恋恋不舍自己的梦"。一头乱蓬蓬银灰色头发的金凯的出现，终于使埋藏在深处的她的"少女的心境像水泡一样浮到水面"，并且在看了他"不到五秒钟"就知道她"要他"。尽管她内心在竭力挣扎，在金凯的面前夸奖自己的丈夫，她还莫名其妙地冲着他发火，将他早早地打发回镇上的旅店，但是她最终还是主动地投入了他的怀抱，将他引到了自己的床上。她以她45岁的"高龄"使民间的一句谚语"女人四十似虎"有了新的发展。

　　这么说，并没有想贬低这一对中年男女的意思，但不能否认，他们一开始确实只是一种性爱的冲动，是一个男人对一个女人的诱惑和一个女人对一个男人的饥渴。然而他们以各自的坦诚和人格的魅力，终于使这种性爱得到了有力的升华，使之成了一种纯真的情爱。尤其在小镇雨中别离这一场戏，两人都没说一句话，可是却那样地刻骨铭心，催人泪下，其内容比小说丰富，场面也比小说更加动人。这时再听弗朗西丝卡的一番独白："……在四天之内，他给了我一生，给了我整个宇宙……"你会相信这是她的肺腑之言，你甚至会觉得一个人一生中拥有这样的四天，哪怕是四小时也是幸福的。

　　愿这对坦荡而又热情似火的男女的在天之灵在罗斯曼桥再次相会。

1996.4.21

老茂的胸毛和男人的义务

端午节，梅雨天。在家看《两个人的房间》。朱时茂这回露两点了，好几次打赤膊平躺床上，让镜头有意无意地扫过他胸口那簇灰蒙蒙的胸毛，不知这是导演的安排还是老茂自己的要求。曾有"贴胸毛充汉子"的说法，相信老茂的胸毛是原生态，不会是故意贴的。不过，人们总觉得他的胸毛非但不够男子汉，反而像一堆梅雨季节受潮的烂稻草，难以点燃。

想点燃他的是他患难与共的结发妻子林老师（丛珊扮演）。丛珊不显老，甚至还非常性感。也许这得益于她的职业——瑜伽教练。也正因为她的性感和漂亮，拳击陪练巫启贤总要找机会套近乎，见了自己年轻的女友陶陶却反而逃之夭夭。人的选择就是怪，年轻的不要，没结婚的不要，吃死了自己的不要，偏偏就喜欢这么一个上年纪的、结了婚的、对自己不冷不热不咸不淡的女人。巫启贤有点死皮赖脸的进攻，倒是唤起了丛珊心底深处的女人意识，她并不喜欢这个常被打得鼻青脸肿的拳击陪练，但她需要性，需要过正常的夫妻生活。一旦女人的性意识被唤起的时候，她就是一团火，一团可以自燃又燃人的火焰。可怜她的这团火遇到的却是连绵不绝的梅雨天，湿漉漉的天气、软塌塌的人。老茂空有一堆扎眼的胸毛而无所作为，让丛珊只能强压下欲火而黯然神伤。

　　实事求是地说，当丛珊羞羞答答、犹犹豫豫地答应了巫启贤的邀请，走进他房间的时候，她其实已经有了出轨的心理准备。尽管这位拳击陪练和她在气质上并不般配，不在一个档次，但拳击陪练至少是个男人，知道向心仪的女人频频示好，该出手时就出手。丛珊最后勉强守住了她的最后一道防线，没让老茂戴上绿帽子。但她既然有了这样的心理，这道马其诺防线便难免有溃决的一天，也许只要巫启贤再温柔一点，一个眼神、一句体己的话语，或者索性强悍一点……那么这对患难夫妻也就真的走到头了。

　　具有讽刺意味的是，老茂竟还是个心理医生。不错，他很敬业，以致每天一到晚上就筋疲力尽，对丛珊的要求视而不见，装糊涂，但他的业务能力也实在让人不敢恭维，且不说他最终是否医治了曾志伟和陶陶的心理疾病还值得商榷，就是每天睡他身边的妻子几乎憋成了深宫怨妇，他居然也毫无察觉。看来他不是个称职的心理医生，他甚至还比不上拳击陪练巫启贤更懂女人的心理。

　　当然，这场濒临死亡的婚姻最后因为一次共同的怀旧而转危为安。当老茂再次脱剩两点时，他的那堆胸毛终于也有了雄起的感觉，于是，这两个人的房间也开始有了生气。看来老茂非不能为，而是不作为。老茂不作为，不是因为他有了外遇，也不是他不想再和丛珊住一个房间，他只是疲劳了——那是一种审美疲劳，而并非身体疲劳。

　　以前我们在影视中往往看到女人们被动，不愿行房事，被猴急的男人追着要她们"尽夫妻的义务"。现在我们终于也看到了男人也有被动的时候，也要被追着"尽义务"。相信生活中老茂不会是唯一的一个。

　　婚姻是男女间的性情结合。除了情投意合，还必须性趣相当。因性而情，也因情而性。很难说哪个重要哪个次要甚至不要。所以人们在结婚时要考虑年龄，考虑身体。考虑大半辈子都能夫唱妇随，琴瑟和谐。这也是"执子之手，与子偕老"的必要条件。怕就怕过若干年，一方已经"性趣"索然，另一方却还"性致"勃勃，那时再怎么强调一个"情"字，也于事无补。不能让人当活鳏夫，当然也不能让人守活寡。我们说，没有爱的婚姻是不道德的。没有性的婚姻呢？同样是不道德的。

问渠哪得清如许，为有源头活水来。两个人的房间是爱的巢，爱不是一句空话，要双方都得有所作为。

2008.6.11

四两拨"唐震"

　　说来惭愧，上周去影院看《唐山大地震》，竟哭了好几回。原先已经听冯小刚他们声称，放的不是电影，是"催泪弹"。我不太买账，决定无论如何淡定一回，不让自己"被催泪"了。我还想了个"弹对弹"措施，即万一感觉有点支撑不住，马上把冯小刚扯进来，比如提示自己：这是冯小刚故意在煽情，我凭什么哭！再不济便以自制的"笑弹"抗衡，立马想一些有关冯导的趣闻，比如半夜携女被人偷拍了照片，还有《与青春有关的日子》中被影射的"冯裤子"……想到这些我就先忍不住想笑了。

　　然而当32年前的那场地震在一片惊天动地的银幕中开始后，我就再也无法淡定了，那些准备的"笑弹"也早被忘到九霄云外。尽管在看到徐帆在选择儿子和女儿时，我还清醒，她发出撕心裂肺的嚎叫，也没让我轻易掉入冯导的催泪陷阱，我还提醒自己，那只是编导故意设置的两难。但是当方登在一堆遇难者中被大雨浇醒，一言不发地由一个解放军抱走时，当方达将要被奶奶带回山东，徐帆无助地送他上车时……我的眼泪已经不争气地像拧开的水龙头。这以后我又屡屡抽泣，屡屡哽咽；尤其最后母女相会，当徐帆给女儿方登下跪时，我几乎泣不成声……32年的愧疚，32年的怨恨，如今终于冰释前嫌，我也总算可以松一口气，内心不再纠结。

如果说电影片长两个多小时，那么我足足纠结了两小时。说纠结是因为我很难再找到一个更确切的词汇来表达我的心情。影片抓住"疚"和"怨"做足了文章。一个疚得无奈，让人同情；一个怨得有理，令人心生爱怜。因为亲情，一个疚得揪心；也因为亲情，一个怨得悲切。一对难以调和的矛盾，两个都值得同情的可怜人儿。这让人看得不知恨谁，不知帮谁，疚也纠结，怨也纠结，除了纠结还是纠结，纠结到极致便只有一哭为快，让眼泪解决一切。

这便是艺术的力量。尤其这是一部描写唐山大地震，并且公然敢把"唐山大地震"作为片名的电影，能达到如此艺术效果，实属不易。

1976年7月28日凌晨，唐山市所发生的7.8级强烈地震，是中国历史上，也是400多年来世界地震史中最悲惨的一次。地震造成24.24万人死亡，重伤16万。经济损失100亿人民币。反映这么一场人类的灾难，自然是比重大题材还重大的超重大题材。因为重大，所以万众瞩目；也因为重大，所以举步维艰。事件太大，写什么，怎么写？是写战士抗震救灾推延婚期，还是写干部日夜操劳熬红双眼？写人们在废墟下的奇迹生还，还是写幸存者在瓦砾上的醉生梦死？写英雄救美人，还是写美人救英雄？……在一些人看来，既是重大题材，就必是全方位、大场面、多角度，那才是气势恢宏、波澜壮阔，才是史诗般的画卷。所以他们看冯小刚的《唐山大地震》是怎么看怎么不像，既不"大"，也没"震"起来。尽管他们也被"催泪"了，但抹干眼泪就不承认被打动，还强词夺理：即使流泪也并非说明影片成功。他们支支吾吾，说不清道理在哪里，反正在他们眼里，一对母女的恩恩怨怨，怎么也支撑不起唐山地震这个大事件。

我倒是要问一句：到底多少对母女或父子的恩怨，或多少个家庭的喜怒哀乐，才能拼凑齐反映唐山地震所需要的数目呢？20个，200个，还是2000个，总不见得让20多万死难者和他们活着的家人悉数走上银幕吧？美国大片《泰坦尼克号》，不也只是通过"露丝"和"杰克"这一对情侣的生死之恋来反映1912年发生在北大西洋的沉船悲剧吗？当时也死了1500多人呢。

所以，不论题材有多重大，总得找一个角度切入，角度越小切入也往往越深。并不因为人多场面大，题材就一定能挖深了。大题材，小角度，这叫以小见大，或者说是四两拨千斤。

《唐山大地震》是根据旅居加拿大的女作家张翎的小说改编的。小说的题目叫《余震》，所谓余震虽说指的心灵的不平静，但震源却千真万确来自当年那场7.8级的强震。因为那次地震，母亲无奈的一句"先救弟弟"而从此结下难以抚平的怨恨——由此愧疚、怨恨，"余震"不断。虽说这样的"余震"我们的仪器几乎无法测量，但它们却是存在的。而且我们有理由相信，这样的"余震"可能在不少家庭发生过或正发生着——不一定在震区，也不一定都为了那句"先救弟弟"。

从这点来说冯小刚是抓住了"余震"的普遍意义，四两拨千斤，不仅拨动了唐山大地震这重大题材，也拨动了观众对于亲情的那根温柔的神经。

2010.8.5

如果莫言也在看《红高粱》

我总是有点咸吃萝卜淡操心，在家看电视剧《红高粱》，却常不由自主想到如果莫言也在看……

尽管莫言已经卖了电视剧《红高粱》的改编权，那是嫁出去的女儿泼出去的水，只能嫁鸡随鸡嫁狗随狗了。但终究还是自己的心头肉，不是想"眼不见为净"就六根清净，能彻底放下的。

这两天，东方卫视已经将60集的《红高粱》播到了30多集，时间已经过半，守寡多年的大少奶奶淑贤终于越来越耐不住寂寞，面对二少奶奶九儿花钱雇来的玉郎的诱惑，凡心大动、魂不守舍。她几次三番推开挑窗偷窥正故意在窗前洗澡的玉郎，又几次三番合拢窗棂，抚摸胸口，企图平复那颗躁动不已的心。然而大幕已经拉开，一场好戏就在眼前，此刻就是将人扔进冰窟，怕也为时已晚，欲火难灭了。

这样的情节，道理上当然说得过去，只是太扎眼。如果莫言看到这儿，他会怎么想？他一定会想到英国作家劳伦斯笔下的一个名叫康丝坦丝的女人——查泰莱爵士的夫人，由于无法忍受无性的夫妻生活，喜欢上了身体壮硕的园丁帕尔金。也是在一个月朗星稀的夜晚，也是男人脱了衣服洗澡的时候。女人在暗处偷窥，窥得心襟荡漾，意乱情迷。最终爵士夫人冲破世俗的藩篱，飞蛾扑火般投身到了一场性与爱的熊熊烈火之中。

没错，这就是《查泰莱夫人的情人》中的一段令人难忘的情节。之所以印象深刻，大概是男人们开了眼，长了知识，原来女人也有"饥渴"的时候，而以往饥渴症似乎只属于男人。

倘若莫言看到这儿，我想他会着急，有口难辩，哭笑不得。果然我就听一位邻居问，这是莫言写的《红高粱》原来就有的吧？他没看过《红高粱》小说，却看过《查泰莱夫人的情人》电影。

更让人哭笑不得的还有这位故意在大少奶奶窗前用块小抹布擦洗身体的玉郎，虽说长相周正，也年轻，然而身胚却有点闹"肌荒"，既没胸大肌和肱二头肌，更谈不上腹肌和人鱼线。比比帕尔金，浑身上下隆起的栗子一般的肌肉，汗涔涔，热腾腾，散发出一股强壮的男人的气息，人家那才叫性感。凭玉郎这不痛不痒的身材，居然也能让大少奶奶心慌意乱，五迷三道，人们只能理解，那几天大概大少奶奶有点犯花痴。

看剧情，第55集，大少奶奶与罗汉大叔在日本人的刑场上才走到一起，有情人终成眷属。两人穿着婚服，在众人的啼哭中走向生命的终点。

悲壮是悲壮了，却又是步人后尘，因为早已经有了《刑场上的婚礼》的诗歌和电影。再说了，将大少奶奶和罗汉大叔整得像黄花岗烈士似的英勇浪漫，就不符合人物的内在逻辑了。被人为拔高的后果便是失真做作。

也真为难了大少奶奶，刚扔下烟枪，便要扮成大义凛然的江姐摸样，同时挽着害羞的罗汉大叔，娉娉婷婷，仪态万方，折纤腰以微步，呈皓腕于轻纱……

第一个难受的必定是莫言，佛头著粪的感觉，除了起鸡皮疙瘩，还是鸡皮疙瘩。

同名同姓的《红高粱》，一个是电影，一个是电视剧，两者都有颠轿、野合、酿酒、罗汉就义、墨水河畔的战斗，以及酒神歌这些元素。看上去流的都是莫言的血脉，可是，真的耐下心来看电视剧，就感觉不到与莫言的《红高粱》到底还有多大关系了。

　　无论改编电影还是改编电视剧，都有个另起炉灶的过程。很难说改编电影容易还是改编电视剧难，两者的区别大概就在于，电影是将复杂的事情简单化，而电视剧则是将简单的事情复杂化。

　　我一开始还是很佩服《红高粱》电视剧的编剧的，觉得他们实在有本事，居然就无中生有，添加了那么多线索，仿佛给高密城编织了一张庞大的蜘蛛网。人们狭路相逢，困兽犹斗。最值得赞许的是大少奶奶与朱豪三这两个人物的设计，让情节风生水起，戏份变得浓油赤酱。然而剧情很快就陷入一些电视剧惯常的滥竽充数的无聊之中。一个叫野村的日本酒商，直到38集才刚刚出来，而此前尽是些窝里斗。

　　余占鳌是越来越不讨人喜欢了，说不上是匪气还是无赖，就知道眼一横嘴一歪，高声大嗓装豪爽，要不就是喝高了，仗气使酒。不由人不想起电影《红高粱》里的姜文，如果此刻让他再次披挂，扮演电视剧中的余占鳌，同样的莫言小说里的"我爷爷"，两相比较，会是什么感觉？一个豪气冲天，一个牛皮哄哄；一个是不怒自威的好汉，一个却只是个有勇无谋的小土匪。

　　还有那个忙忙碌碌的张俊杰，干不成正经事，只会在余占鳌、朱豪三，以及九儿之间转悠，充当说客。劝了这个劝那个，但没人拿他当回事。真把他当回事的，除了他自己，剩下的就是编剧了。

　　剧中这些匪里匪气、有勇无谋、猥琐屌弱的男人倒是成就了朱豪三的出类拔萃，他的铁腕与不择手段，使他因此而显得精明干练，有勇有谋，像个有担当的男人。

　　60集《红高粱》给人的感觉，就像是把一头猪喂成了大象：象是动物园里圈养的，身躯庞大而又华丽，却早已经没了野性；然而，要知道，那头猪原本可是头獠牙尖锐、桀骜不驯、天地不怕的野猪。

　　人类在进步，物种在进化，却同时也在悄悄地退化。这正是莫言在

《红高粱》小说里隐藏着的一个主题。他焦虑地说：他们（作者按：指"我爷爷""我奶奶"辈）演出过一幕幕英勇悲壮的舞剧，使我们这些活着的不肖子孙相形见绌，在进步的同时，我真切感到种的退化。

　　小说《红高粱》在张扬英雄主义的同时，唤起的是人们久违的心动。

　　如今，倘若莫言看到一头野猪被喂成了大象，又该是什么心情？

2014.11.10

如果巩俐真被"潜"了

——看《归来》有感

对很多家庭来说，"文革"这一页怕是很难轻易翻得过去的，比如陆焉识一家。

女儿丹丹为争演《红色娘子军》女一号，不惜告发潜逃回家的父亲陆焉识（陈道明饰），致使陆焉识与妻子冯婉瑜（巩俐饰）隔着天桥，相向而奔，却还是寡不敌众，徒唤奈何，等到陈道明真可以回家与妻子团聚时，巩俐却已经患上心因性失忆症，再也不认近在咫尺的丈夫了。

所谓心因性失忆症，就是因为震撼强烈、不堪回首，而产生部分的选择性遗忘。

显然，巩俐因为女儿的告发而不堪回首，心在滴血，只是她偏偏遗忘的是她多少年来最想见的丈夫。

陈道明对于丹丹的出卖，似乎很淡定，没太往心里去，并且很快就原谅了她。想必他对于这类"大义灭亲"的事，见得多了。"夫妻本是同林鸟，大难临头各自飞"，何况是形同陌路的女儿，当年他被押送劳改时，丹丹尚在襁褓之中，没得到过父爱，却只有背黑锅的份。谁摊上他这个父亲谁倒霉，因此，告个密、背个叛，也属"人之常情"，不足为怪了。

说到底，是他"牛鬼"当久了，练就了"刀枪不入"的本事，把什么都看淡看穿了。世事无常，生命有限，活着就好。

这种"刀枪不入"的本事，常让我联想到家里生命力极其旺盛的"小强"们。哪怕我们人类再残暴，浇滚烫的开水，撒很多的毒药，或是坚壁清野，不留一颗饭粒在外，可它们总有办法——活着。

对比明显的是巩俐，没经历过太大的风浪，对女儿的告发，选择不原谅，并且多年来一直横亘在心，终于积郁成疾，得了失忆症。也正因为她的失忆，成就了一部催人泪下的《归来》。

还没来得及看严歌苓的《陆犯焉识》，有评论说张艺谋就买了她书中的两个人物的名字：陆焉识、冯婉瑜。

这就是本事，导演与编剧的本事，不囿于原作所提供的那么多的故事情节，却单单留下原作的"基因"——人物命运与人物性格，展开想象，进行再创作。

改编可以照搬原作，但《陆犯焉识》是长篇，内容太丰富，怎么取舍，哪里是切入口，真的很难，弄不好就陷于原作的泥潭，寸步难行。现在好了，跳开原先的那些坛坛罐罐，只写陈道明的两次归来。如果说第一次潜逃归来，他与巩俐是相见不能相聚，那么第二次平反归来，则是相聚却不相识。两次"归来"，一场人间悲剧。尤其最后，当又一个5号来临，垂垂老矣的陈道明推着轮椅上同样老得不堪的巩俐，再一次来到车站的铁栅外，在瑟瑟寒风中演绎了一出"陆焉识等待'陆焉识'"的接车奇观，人们真的是欲笑不能、欲哭无泪了。

另起炉灶的故事，富有层次的结构，不错的艺术效果，却还留着原作的DNA，如果我是严歌苓，我会感到欣慰。

只是仍不满足，不太过瘾的感觉。问题在哪里？大概主要就在陈道明这人物的内心没有得到更深更有力的开掘。他在得知巩俐罹患"失忆症"后，试图唤醒她的意识，可谓动足了脑筋，先是自己再回到那个车站，冒充陆焉识刚刚归来的样子，然后是念劳改时写的那些信，再弹奏巩俐熟知的《渔光曲》，可谓一计不成又生一计。办法不少，也能出戏，但他都只是在扮演心理治疗的角色，真正让他内心起冲突的戏份却明显不足。

有一出戏没展开，可惜了。那就是巩俐常提到的那个"方师傅"，终于有一次，陈道明疑窦顿生，怒不可遏地问丹丹，"那个方师傅到底把你母亲怎么了？"按照戏剧冲突的理想效果，这时候丹丹的回答，对于他来说，应该是个晴天霹雳，是天旋地转，是两眼一抹黑，可是丹丹却说，有一次方师傅用汤勺打了巩俐。于是，书生气十足的陈道明便怒气冲冲地拿了汤勺，企图以牙还牙。不能说没有剧场效果，但终究构不成对陈道明内心的猛力冲击。

据说，原作中巩俐为了换回丈夫的性命，被方师傅"潜规则"了，为什么到了电影就不潜了呢？这"潜"与没"潜"，出入太大了。如果巩俐按照严歌苓的思路，是被潜了规则，一旦陈道明知道了真相，那真的是太有戏了，内心会纠结得多，哪怕他是个"刀枪不入"的老"牛鬼"，也会暴跳如雷，也会困兽犹斗，会面对被潜的妻子内心掀起15级风暴，而不致像现在这样始终温文尔雅地扮演着一个心理医生的角色。

有时候人物是需要我们推一推的，推到极致，推到人们的心理极限，推到悬崖边，然后绝处逢生，柳暗花明。

能否推到极致，往往也是我们与那些国际一流电影的差距。一味求稳求保险，不敢越雷池半步，注定成不了大气候。所谓"无限风光在险峰"，应该也是这个道理吧。

2014.5.28

好马不吃回头草

《马文的战争》打响了。

似乎都在谈马文，想结婚的或者还不想结婚的，离了婚的或者还没离婚的。有说马文应该嫁给富婆李芹，下半世吃喝不愁；也有说还是宋丹丹魅商高，马文既然割不断旧情，倒不如熟门熟路重修旧缘；更多的则说马文还结什么婚，索性旧欢新爱——通吃。

我只是偶尔看了两集马文电视剧，倒是一口气把叶兆言写的原著马文读了，也顺带翻了翻陈彤改写的马文。也难为了陈彤，把原先只有四万字的小说，改成近四十万字的电视剧和小说，加工的难度可想而知。当然，这道理就像要增加牛奶产量就得增加奶牛的道理一样，一旦拿不出更多奶牛，也就难免得加一些三聚氰胺了。只是这一加就把原先马文的那场战争打得有些稀里哗啦了。一场正义战争，打成了一场非正义战争。

叶兆言的马文原先是一个彻头彻尾的居家男人，顾家爱老婆。宋丹丹在外面花插插，找相好，马文明知自己戴绿帽子，却还敢怒不敢言，处处忍让，处处被动。当宋丹丹言明自己要和姘夫结婚并要住到家里，马文的一口气终于咽不下了，但他唯一的壮举就是佯装跳楼，结果弄假成真，这楼也跳得窝窝囊囊，自己摔伤了不说，还绑着石膏去参加老婆的婚礼。最可笑的是，婚礼上还给这一对冤家敬酒："祝你们白头偕老"。真让人哭笑不得。

马文在战争中逐渐学会战争，他对自己有一个很深刻的总结：我所以失败，就是不够坏。有了这样的认识，马文下一场的战争就有了改观，从自卫走向反击，再从反击走向游刃有余地驾驭战场的主动权。尽管他和两个中年妇女间战争的硝烟还在弥漫，但我们已经听到吹响进军号的是马文，因为作为一个男人，他已经足够坏了。

这就是叶兆言要告诉人们的道理：男人不坏女人不爱，而教坏男人的正是女人自己。

陈彤的改写恰恰是少了这根贯穿原小说的思想脉络，她加了很多生动的戏份，但却模糊了男人由好变坏的过程。她把宋丹丹写成了没有出轨在前的良家妇女，把离婚的导火线说成是手机惹的祸——一个女孩子深更半夜给马文的短信：干啥呢？这三个字让宋丹丹勃然大怒，也让马文这男人给人留下了拈花惹草的印象，哪怕他多少有点冤枉。基调是这个基调，以后他的思想脉络、行为发展还有多少层次感呢？

不妨再回到对马文这场战争的猜想。我想，要是让叶兆言来编电视剧，应该是不会让马文和宋丹丹在结尾时来个熊抱的。尽管马文会时不时找宋丹丹偷个情，找一下刺激，把绿帽子给李义戴瓷实了，但真要他和宋丹丹大复原，回归夫妻位置，大概说什么也不会答应的。

我有个朋友就是个活生生的马文。当年，老婆出轨喜欢上别人，他苦苦哀求，死活规劝，说没人会像他那样待她好。老婆不听，撇下了他和上小学的女儿走了。后来女儿大了，他也完全解脱了。不断有人给他介绍女朋友，也不断有女人投怀送抱，他乐不思蜀，越活越滋润，挑的对象也越挑越小，然而还不像要结婚的样子，至少不准备马上结婚。和离婚的老婆半年一年偶尔见一面。我问他，如果哪天她提出复婚，你愿意吗？"别吓我哦，"他回答，"都已经变老太婆了。"

要是他们间没经历那场婚变的战争，平平稳稳地一起走来，还会分出个你老我嫩么？所谓"夫妻相"，大概就因为在一起久了，不分彼此，终于连长相也不分彼此了，哪还有什么老和嫩之分。

男人不像女人，一旦没有了婚姻的约束，就成了一头野牛或是野狗，再重新圈养，哪怕围栏里有原配相好伺候，也难以拴住他的心了。

这大概也是好马不吃回头草的道理。因为在马儿看来，嫩草永远只在前方。

2008.10.31

有一种改编叫"人有多大胆……"

——电影《鸿门宴》观感

写下这题目，兀自先笑了。上点年纪的人都知道，曾有句豪言壮语，"人有多大胆，地有多高产"。意即只有想不到，没有做不到。当年被奉为革命宝典，红遍大江南北。由《鸿门宴》而引发的对"革命宝典"的联想，实在有点风马牛不相及，而且有失厚道——会让人误以为我在嘲讽《鸿门宴》刮浮夸风了。所以先赶紧声明一下：我喜欢《鸿门宴》。之所以一不小心联想到著名"宝典"，也是出于佩服，像是看到李仁港放了一颗卫星。

当饭局成了棋局，当家喻户晓的"鸿门宴"成了"鸿门弈"，流传了两千多年的历史故事就这么被一盘没有下完的棋而生生颠覆了。没有了"宴"的《鸿门宴》还是历史上曾发生过的"鸿门宴"吗？这到底算是改编还是在篡改历史？我的观点是：改编不是照搬，更不是原封不动；改编不创新，不如回家种红薯。

一段时间来，银屏上充斥了那些所谓经典老片的新拍剧，《霓虹灯下的哨兵》《英雄虎胆》《小兵张嘎》《林海雪原》《平原游击队》《渡江侦察记》《红灯记》《红色娘子军》……，恕我直言，我还真不知道其中哪部算得上"经典",也许在饥荒年代任何一块肉都是鲜美的,这意思我想大家都懂的。我们把"肉"都奉为经典,这未免有点可怜。现在暂且不论它们是否真的"经典",我想说的是,你不重拍,兴许人家回忆一下有些场景还觉得不错,你兴师动众花许多人力物力,将一部90分钟的电影毫无新意、毫无节制地扩充成20集、30集电视剧,重现当年的那点原本已经比较概念比较浅显的意思,这又何苦?"新拍"的结果往往就是把人家对以前旧存的一点美好记忆也都抹去了。这样的改编,还不如在夏天的夜晚,在村头田地,在广场街口,免费给纳凉的百姓放一场原汁原味的"经典"老电影,既可进行传统教育,又提升百姓的文化品位,岂不更好?

对于历史名著的改编,我们的一些编导总以为故事现成、人物现成,甚至对话也现成,只要老老实实把故事编圆一点就OK了。他们声称这是对名著的敬畏。三年前看《赤壁》,看了上集便不想看下集了。自然是大片制作,场面够壮阔,演员阵容够强大,服饰够奢华,武打动作够花哨,马匹多得也够尘土飞扬了,然而整场戏却没什么亮点,感觉导演只是尽心尽职,将三国的这段历史由几个演员办家家似的过一遍。观众熟知这些人物,熟知故事来龙去脉,现在像是来照单验收,还哪来意料之外的惊喜?这样的"敬畏",说到底是一种平庸,不敢有所作为。张艺谋的《英雄》尽管图解的痕迹很重,但戏中有一个情节让我难以忘怀,那便是秦始皇和刺客无名间的蜡烛阵,烛火忽而闪动忽而摇曳,秦始皇由此看出无名的心神,是杀气外露,还是心摇如悬旌。这是神来之笔,既夸张又入情入理。就凭这一点,我们也可以给《英雄》打60分及格。《赤壁》上集中要是也能找到这样的出彩之处,那我也一定再去补看下集了。

如果《鸿门宴》还是原来的那个历史故事版"鸿门宴":项羽设宴,刘邦抖抖簌簌地赴宴,唯唯诺诺赔好话,然后一旁范增不断示意,项羽却犹豫不决,迟迟下不了杀刘邦的决心,于是范增找项庄舞剑,樊哙又紧急拔剑护主……一切均在你我这点历史知识的掌控之中,一切又将多么乏善可陈。然而，当《鸿门宴》成了《鸿门弈》，李仁港巧妙地将两派人马觥筹交错间的剑拔弩张，替换成黑白棋子下的刀光剑影，立刻，那流传了两千多年的老故事变得焕然一新，观众顿时眼前一亮。自然，不仅仅只是简单地换道具，张良的离间计和范增的锦囊计让人看得惊心动魄，并深感过瘾。无疑，这不仅显现了黄秋生和张涵予两位演员的功力，更加体现出李仁港编导的盖世功力。

无论旧戏新拍还是循规蹈矩地照搬原著，本质上都属于缺少想象。想象力不足的影视剧，往往就只有靠音响、色彩、服饰、技巧等来弥补了，但效果总有点不尽如人意。因为打动观众归根结底还是靠故事，靠人物命运的感染。

没有酒肉鱼香，没有歌女伴舞的《鸿门宴》，谁能说它就不是历史上发生过的活生生的"鸿门宴"呢？这样的改编真的可以说是放了颗卫星。

只是苦了那些演员，片中的两场吃饭场面，不是喝的稀里哗啦的稀粥，就是清汤寡水的面疙瘩，一点荤腥都没沾到。

2011.12.8

艺术真实的境界

　　艺术需要想像，没有想像的艺术是平庸的。因为想像，所以艺术真实和生活真实之间总存在着一定距离。作家、艺术家的高明，就在于将看似不太真实的东西演绎得生动逼真、活灵活现，从而让人们在不知不觉中身临其境，感同身受，并和作品中的人物产生共鸣。艺术真实总是要高于生活真实，借用数学上的概念，它们间存在着一个"差"，这"差"往往就是作家、艺术家所鼓吹推崇的一种道德境界，或是一种开掘的思想深度。"差"越大，演绎的难度自然也越大；反之，"差"越小，艺术真实太接近或等同于生活真实，作品也就越是缺乏深度，缺乏感染力。

　　我喜欢看"差"大的作品，比如卡夫卡的，雨果的，当然还有茨威格的。在这些大师的笔下，现实与想像、真实与虚构之间的鸿沟被填补得天衣无缝。正是靠着他们出神入化的叙述，我们才得以在现实与想像间如履平地，轻轻松松地跨越了这中间的"差"——无疑，我们的思想也因此插上了想像的翅膀。

　　《一个陌生女人的来信》堪称一部"浪漫的真实"的典范。作品的命题是：我爱你，但与你无关。相对世俗的生活来说，这命题浪漫得似乎有点不可理喻，然而茨威格的叙述却最终让我们渐渐领悟：其实，爱是自我的，爱不一定要占有。独自去承受那爱的过程，静静地看着你，默默地牵挂、思念，这也是一个人最隐秘的快乐。

能领悟到这份上，我们也就进入了一个新的境界。我想这也一定是徐静蕾决定将小说改编成电影的初衷。如果没有这样的命题，写"我爱你，因此你也必须爱我"，这百分之九十九的人都认为天经地义的主题，即便故事可以编得很圆很曲折，但又能给人们留下多少想像的空间呢？我想徐静蕾不会做那样的选择，这就是她的超凡脱俗之处。

还记得张洁的短篇小说《爱，是不能忘记的》吗？当年，很多人还质疑小说中地位年龄相差悬殊的男女之间刻骨铭心的"天国之爱"的真实性，一些评论还说那是"格调不高""畸形"的爱，背离了革命者的道德云云。现在再回头看这样的评论我们会觉得十分可笑，因为我们的认识水准早已经认可并超越了"天国之爱"。

相信在不久的将来，会有更多的人追求纯粹的爱情，面对自己的所爱大声地说出：我爱你，但与你无关。该不会被人骂傻子了，因为这毕竟脱离了以往那种交换的模式，还爱情一个浪漫与执著的本色。

2005.5.4

B. 镂的影

谁的心里不藏着一个镂心刻骨的影子，无声无息，不着痕迹，却比自己的影子更真实、更具体。

——题记

岁月如歌，光阴荏苒，我的记忆正在失去记忆，但你的身影大概会留在我大脑的"海马区"，直至最后。

——题记

边城故事

　　四月的湘西，多愁善感。好好的就阴沉了，好好的就下起雨来了，好好的就不好好的了……让人哄也不是抱怨也不是。

　　好在有故事。

　　边城的故事是属于沈从文的。他于1934年创作的《边城》，在50年后火了。这座名叫茶峒的扮演《边城》的三省交会的边城也跟着火了，火得好像《边城》，于是索性改名了，就叫"边城"。

　　边城还是那座边城，山青青，水悠悠，白塔在幽篁深处矗立，吊脚楼还顽强地保存着那份古老的传说，就连拉拉渡上的老船夫也像是刻意挑选，不多不少地保留着《边城》中翠翠外公的那个年龄段，而且还是张饱经沧桑却又不失和蔼的端正的脸……

　　翠翠和黄狗则被定格在江心洲（如今被唤作"翠翠岛"）上了，那是画家黄永玉亲手绘制的9米高的汉白玉塑像。

　　说实话，我对翠翠和黄狗的塑像多少有点失望，过于具象，缺少想象，因此也就少了点美感。有点像一个中学美术老师的作品。翠翠没了故事中的那份淳朴和忧郁，黄狗也没了故事中的那份忠厚和宁静。倘被沈从文看到，估计也会苦笑。

电影《边城》中，翠翠留给人最美的形象应该是她伏卧在渡船甲板的身姿——散发着阳光下的一丝慵懒，那么悠闲，无忧无虑，充满了田园牧歌般的气息。然而，事情又不那么单纯，因为情窦初开，因为心里有了中意的二佬，又因为大佬和二佬的兄弟相争、碾坊和渡船两种价值观的难取难舍，让自己的归属显得扑朔迷离，没着没落。所以她那美丽的眼睛在更多的时候是迷茫的、惆怅的，也许还有一点难以察觉的骚动。要知道她的血液里流淌着她母亲的血，那是一个敢爱又敢于死的女人，为了爱情敢于私奔，为了爱情又舍得放弃自己的生命。当沈从文设计了这么一个母亲时，我们也就有了心理准备，知道翠翠的爱恋大概也不会一帆风顺。她不会是她母亲的翻版，但她同样不甘命运的摆布，她有自己的追求，为了这样的追求她可以永远守候在渡口，直到天荒地老。而当这个世界上唯一的亲人外公撒手人寰后，孤立无助的翠翠就更加前景渺茫，充满了悲剧色彩。这是沈从文留给我们的宿命感，也是《边城》留在人们心头的那种隽永的凄美。

寻找《边城》的故事也就是在寻找一份凄美的感觉。那是雨后湿漉漉的青石板上孤独的身影，两旁，柴扉草屋无人问，偶尔一扇门咿呀一声打开，一老妪静静地迎着你的目光，然后又默默地背转身去；那是一钩弯月淡如水的夜晚，寂静的清水江上只有几盏忽明忽暗的船火，一阵好听的山歌从江面幽幽飘来，分不清出处，也许来自对岸的山上，也许就在漂泊的船舱里，分明是二佬的歌声，情深而意切；那也可能是在一场龙舟赛后，得胜的或落败的，都已经尽兴而散，留下的是人去场空，追不回的热闹，赫然抬头，只见吊脚楼廊栏上还趴着一个姑娘的身影，像在眺望，更像在回味，眼光里满是失落……

这样的凄美，如今还找得到么？

2011.4.17

等待是一种文化

要不是女儿自作主张为我和妻子办妥了跟团去美国旅游的一切手续，我这辈子大概很难下决心平均一个人花两三万块钱去美国作十多天的走马观花游的。那基本上就是：乘车，屁颠屁颠两三个小时，下车，上洗手间；然后屁颠屁颠两三个小时，拍照；再屁颠屁颠两三个小时，吃饭；接着再上车，屁颠屁颠……如果说有一种扛着背囊的旅游者叫背包族，那么我们这群整天坐车里的游客就只能叫“屁颠族”了。我们从纽约到华盛顿，再到布法罗，然后从芝加哥到盐湖城，再到黄石公园，接着到拉斯维加斯，最后到洛杉矶，一路日夜兼程，风尘仆仆，终于一屁股将美国从东到西贯穿了一遍。要不是还保存着旅行社的那张旅程表，脑子里已经一桶糨糊，都搞不清照片上的背景是哪儿哪儿了。

然而，还是值得。

无论是沸反盈天、犹如千军万马从天而降的尼亚加拉大瀑布，还是被硫磺泉熏染成图案斑斓的黄石公园大棱镜湖；无论爬满青藤的普林斯顿大学，还是金碧辉煌、极尽奢华的拉斯维加斯赌城——天上地下，人文娱乐，都称得极品，开了眼界。

其次是一些中途停留或宿夜的城市，比如水牛城、费城、盐湖城，还有那个杰克森小镇。曾经耳闻，如今目睹，百闻不如一见，惊艳了，没想到城市原来是可以这样美的。尽管那些建筑风格迥异，透着浓郁的文艺复兴或中世纪时期的古典情怀，但她们谈不上豪华，也并不摩登，没有值得炫耀的高楼，也未见有亭台楼阁、回廊水榭的风雅点缀；尤其一些住宅小区，除了一栋栋普普通通的住宅，剩下的也许就只有蓝天白云、洁净的街道与绿色的草坪了。然而，它们已足以令我欣喜，沉醉其间。别墅的结构大多简洁而拙朴，倒是家家户户的门头、窗棂、壁挂，都有点花哨，却是个性十足，雕蝙蝠的、挂牛头的、垂鹿角的，更多的人家廊前悬吊着成对的花篮，花团锦簇，摇曳多姿；还常见街角、路边，或树丛间矗立的塑像：一头憨厚的黑熊、一尊身披青藤的雄鹿，或是一只画着印第安人彩绘的水牛……都无不传递着人与动物和谐相处的信息。据说，还真常有麋鹿和水牛出没，悄悄地来，悄悄地走，不带走一声呵斥。

这样的日子，不说有多么精致，优雅却是肯定的。慢条斯理，不急不躁，把每一天都过得有滋有味。

其实，这样的优雅随处可见。有人称"优雅是不会褪色的美"，因为它原本就不是漂浮水面的油花，而是融化在一个人的血液里。

作为"屁颠族"，这回看得最多的自然就是车窗外的风景了。除了一望无际的不见土壤裸露的草坪，还有无数奔跑在高速路上的车：无论大车小车，载人还是运货，一个个中规中矩，各行其道；看不到有人抢道超行，更听不到身后催促的喇叭；每到丁字路口，不管有车没车，有人没人，必先停车，留够时间，然后启动。即便交汇的对方比自己晚到，也尽量礼让。如此优雅，从容不迫，常叫我心里嘀咕：他们难道就没有"时间紧，任务重"这一说吗？如果他们来我们中国开车，不是很惨吗？寸步难行了。

优雅的人，好像天生就是慢性子。平时无论行走还是乘电梯，或是到餐厅就坐，但凡遇到可以"先下手为强"的机会，他们必定选择放弃，说声"请"，而绝不会"机不可失"，捷足先登。

由此我相信，国人出国，一般不会吃亏，总能领先一步，占得先机。

不过，这回游美的十几天行程中，还真没见国人与西人遭遇时有过什么"抢占先机"的举止；相反，国人都很节制，还经常伸出手示意对方"先请"，并说一声"Please"。

附带说一句，我本来最担心的国人随地吐痰的陋习似乎也戒了，至少在我这一路上未曾看见。最多只是在集体上厕所时听到不少人在抓紧时间清理喉管。为此我如释重负，并深感欣慰。我甚至想，与国际接轨原来也不是件太难的事，大不了把国人都轮训似的组织一趟"接轨之旅"，哪怕只是"屁颠游"，也划得来，毕竟可以重塑一个人，粗鲁变优雅，我们的社会自然就风清弊绝了。

当我还在为自己的这个设想沾沾自喜的时候，却传来中国游客在洛杉矶为抢座位大打出手的新闻，连警察也出动了。一位华人导游悲怆地告诉我们，在一些需要乘坐巴士的景区，比如科罗拉多大峡谷，中国游客多，抢座位的事屡见不鲜。

很快我也发现，只要国人在一起，看到对方也是黄皮肤，大家便省却了很多"繁文缛节"，一个个故态复萌，什么"请""Please"，统统派不上用场了，底线大概就是尽量不惊动美国警察。就曾在一家自助餐馆，见一对青年情侣，占好位子，然后就猴急地抢拿热门菜，终于吃撑了，结果走的时候竟留下许多原封不动的鱼、虾、牛排和整整一盘西瓜，看得我想骂娘。

原以为到达文明的彼岸不是太难的一件事，不就是学会忍一忍吗？忍就意味着等待，等待一小步，文明一大步，何乐而不忍？

然而事实证明强忍不等于等待，能忍一时的人，不等于就是乐于等待的人。等待是一种文化，骨子里浸润着优雅与高贵；而强忍的人，则动不动就原形毕露，就像化了妆的演员，淋几滴水就面目全非了。

　　书法家林散之说"字有百病，唯俗难医"。人也一样，最难治愈的也就是一个字："俗"。

2015.9.17

在黄金小巷体验卡夫卡的"孤独"

　　尽管布拉格城堡下的黄金小巷看上去有点花里胡哨，却是不俗，反倒有点喜感。那些逼仄、低矮的小商店，几乎就是为《白雪公主》的七个小矮人量身定制的，一个成人版的童话世界；谈不上精致，却因为袖珍而"卡哇伊"了。

　　要不是导游明示，难以想象当年卡夫卡会栖身这儿写作。他身高1.82米，如果站直了，留给头顶的空间也就不多了。

　　这间把门牌号的两个"2"都写得像"Z"的小店，如今成了卡夫卡著作的专售店，也算是"实至名归"。房子是当年卡夫卡的妹妹为他租下的，租金每月20克朗，按照现在的汇率折算，合人民币5元不到。这在100年前的捷克，应该也是个萝卜价。

　　一间正式的房间，再加一间小得不能再小的厨房；屋外没有花园，屋内没有浴缸。城墙脚下的陋室，说避难所也不为过，但卡夫卡已经心满意足。因为他本来就没什么太高的要求。

　　他说，"为了写作我想要孤独"。

　　这间22号房能满足他的也就是他说的"孤独"了。

　　所谓孤独，除了孤身、独行，对外部环境来说，便是没有纷扰和嘈杂；世界是绝缘的、凝固的，寂静如死，唯有自己的思绪是活跃的，在天马行空。

黄金小巷建于16世纪末，国王鲁道夫二世在修建了城堡后，下令招来24个射箭手护城，日夜站岗放哨。这24个人还都是百步穿杨的神射手，房子就是专门给他们造的，24个人24间房，也就一个集体宿舍的构架。至于一些二层阁、厨房什么的，应该都是后人另外搭造的，并不在开建的图纸上。

由于长年无战事，神射手的职责渐渐沦为保安。终于有一天，上面发现与其养着这些射手大材小用，还不如撤了。丢下的这些营房想必也空置了一段时间。不招人待见，又年久失修，到1657年就只剩下了14间。再后来的很长一段时间，这里成了游走江湖的炼丹师的天下，人们因此给了这条街一个正式的名字——炼丹士街。直到1831年的一天，一个名叫Uhle的炼丹师因炼金炉爆炸被炸死，那些炼金的乌合之众才一哄而散，还了黄金小巷一个清静。

卡夫卡搬来时应该是1916年的年初，他在给友人的一封信中说，"步出住处的门，便踏上了寂静的街道路面上的积雪"，又说，"今天它完全地适合于我了。包括：门前那美丽的上坡路，那里的寂静"。

如今这条"寂静的街道""门前那美丽的上坡路"包括"那里的寂静"，正在被纷至沓来的世界各地的游人走马灯似的踩踏着。人们围观、拍照，或高声朗笑，或窃窃私语。显然，他们并不想了解太多，关键是来过了，知道了，也就可以了。

此情此景不由让人联想到了五年后这位"22号"租客所写的另一部著名的小说《饥饿艺术家》——那位以表演忍饥挨饿为终身职业的"艺术家"被关在一个铁笼里，外面反锁着，以示他的决心与清白。好奇的人们围着笼子转悠，他们不明白他的初衷，也无法欣赏这位艺术家的"才华"，更多的人则想看出一些作弊的端倪或是破绽……最让饥饿艺术家哭笑不得的，是那几个值班的看守，常远离笼子玩牌，像是故意给他一个进食的机会——那真有点黄泥巴掉进裤裆里，不是屎来也是屎了。他很恼火，只得一再表白："因为我找不到适合我胃口的食物。假如我找到这样的食物，请相信我，我不会招人参观，惹人显眼。"

他说的是由衷之言，但是没人相信。人们只会认为他在装腔作势，摆噱头。

没办法，世界上很多事情就是越解释越解释不清。有时候，最好的办法就是不解释，沉默。

今天，当那么多来也匆匆去也匆匆的游客围着"炼丹士街22号"转悠的时候，除了拍照留影，他们又能从中得到点什么呢？他们知道卡夫卡吗？他们中有多少人是知道他的《城堡》和《变形记》的呢？

我好像看到那个"饥饿艺术家"还活着，就在"炼丹士街22号"，每天重复着前一天的表演。人们围着他叽叽喳喳，兴奋异常，然而却又并不想知道他在表演什么。

这便是卡夫卡的悲哀——人们与他近在咫尺，却又远在天边。

人们冲着他的名字而来，知道这世界上有一个了不起的作家叫卡夫卡，不去黄金小巷看卡夫卡等于没到布拉格。然而，仅此而已，至于卡夫卡到底是个怎样的人，写了点什么，已经无关紧要了。

我认识卡夫卡正是从《饥饿艺术家》开始的，巧的是我那时正在写小说《木樨弼马温》，表现一群关在笼子里的猴子的命运。正是这位"艺术家"的悲惨的命运，让我强烈地感受到了对人的异化以及人性沦丧的无奈。如果说，那位"艺术家"是在人们的熟视无睹的冷漠中走向了死亡，那么我的"弼马温"（一只母猴），则是在同伴的欢呼雀跃中走向死亡——被人类残忍地敲开头盖骨，取出脑髓，然后食用。

他们活得孤寂，死得落寞，永远是这个世界的孤魂野鬼。

我们到黄金小巷的季节正是布拉格之夏，万木葱茏，阳光热烈，但这并不妨碍我想象那个布拉格的冬天，不难想象卡夫卡所说的"寂静的街道路面上的积雪"。

那该是怎样的一幅画面呢？

想必那是大雪初霁的一个个黄昏，小街白皑皑一片，阒无一人，能证明还有人存在的，便是雪地上的一两行足迹了。卡夫卡沿着坡道缓步而行。这是他每天的必由之路，为的是登上当年神射手站岗的城头。寒冷的空气让他无比清醒和兴奋，却又伤害着他的带病的躯体，令他咳嗽连连。城头近得就像家里的楼顶，沿坡道只消走几分钟的工夫。那里可以俯瞰整个布拉格城区。只是天色已晚，白茫茫一片，白雪覆盖了布拉格，白天那些好看的鳞次栉比的红色房顶不见了，只有伏尔塔瓦河犹如白练，泛着微微的波光；查理士桥只留下古朴的剪影，像拼接而成的乡下拱桥，然而卡夫卡却能清晰地指出桥上那每一尊雕像的位置，以及所有这些传说中的人物的来龙去脉。他在心里常与他们对话，有时一聊就是一个时辰，要不是圣维塔教堂的钟声的催促，提示他已经夜深，要不是讨厌的咳嗽不时打断他的思绪，他甚至会呆上整个夜晚。此时他的脑子里已经全部都是小说中的人物与场景了。

谁知道，白天乏力疲惫，晚上兴奋失眠，恰恰是肺病的征兆。此外，他还盗汗、胸闷、低热。那些结核分枝杆菌正在日以继夜地吞噬着他的肺叶，让他每天经历那种难以言说的难受。

他变得焦虑不安，因为焦虑而暴躁，也因为焦虑而渴望孤独。

时值33岁的他，高大英俊，一双阴郁的眼睛像有无处倾诉的重重心事。这让他女人缘十足，哪怕在他疾病缠身的时候。

一年多前，与菲莉丝的婚约无可挽回地终止了，原因就是因为他被另一个女人爱上了，而这个叫格蕾特的女人恰恰是菲莉丝的闺蜜。当时她听说菲莉丝与卡夫卡之间的感情有了隙罅，前来调解，没想到却是不可救药地喜欢上了卡夫卡。当隐情暴露，卡夫卡与菲莉丝也就不得不解除了他们间的第一次婚约（以后又解除了一次）。

其实，无论菲莉丝还是格蕾特，她们有谁真的了解卡夫卡呢？没有。与她们的交往常让卡夫卡处于一种欲望与抗拒的两难之间，当每次肌肤之亲的高潮消退，随之而来的便是更深的沮丧与烦躁。

卡夫卡选择逃避，把黄金小巷当成了抗拒女人蛊惑的避风港，就一个人，清心寡欲，静心独处。

可是，他可以将绝食艺人写得活灵活现，能一连四十天不吃一点食物，但他大概没法写活一个不近女色的禁欲的作家。在欲望面前，他难以"清心"。于是，他的"独处"，就掺杂了不少水分。

有人将这个原因归咎于他的疾病，说肺病患者容易性亢奋。

这话有多少医学依据，实在令人生疑。

也有人归咎于黄金小巷的房子过于简陋，隔墙有色，清晰撩人。每当，夜深人静，邻家的暧昧声声入耳。此时，就连月色也变得难以言传地轻佻浮滑……

其实，孤独也是一种修行，犹如老僧入定，不是人人都能达到那境界的。说到底，还是他定力不够。

1917年8月，他开始咯血，9月4日被诊断为肺结核。于是不得不搬家，住到屈劳，由妹妹负责照料。

在黄金小巷的一年多时间里，他完成了两部小说，《乡村医生》和《致科学院的报告》。

令我更感兴趣的是他在1918年屈劳完成的那部《中国长城建造时》。而这部小说的构思则酝酿于黄金小巷，后人在他的笔记上看到了在那时间开的头。这部作品更像是一则寓言，假托一位曾经参与建造长城的中国学者的口吻展开叙述，在时间上跨越了古代与现代，空间上则模糊了东方与西方的界限，表达了个人在庞大的帝国体制面前的微不足道以及深深的无奈。

他没到过中国，看到他写"长城"，我就明白他写的是他再熟悉不过的布拉格城堡。

很多人以为孤独便是自我的桎梏，画地为牢，然后苦思冥想。其实不然，孤独恰恰是一种飞越，让思想插上翅膀，飞越蓝天，飞越大海，飞越千山万水。

在黄金小巷住了一段时间，每天散步面对逶迤逶迤的城堞，他渐渐感觉到了一种窒碍的焦虑，插翅难飞，阻拦重重。他仿佛困兽犹斗，屡屡撞墙，却总是徒劳无功，难以突围。

由此，他想到了中国的长城。那里幅员辽阔，无边无际；那里的长城重重叠叠，固若金汤。怎么想象在中国穿越长城呢？他一定觉得选择长城比选择布拉格城堡的场景更典型，也更有说服力。

其实，无论中国的长城还是布拉格的城堡，区别并不是太大，同样的厚实坚固，同样的拔地参天，同样的不可逾越。

可笑的是，我们其实都是城墙与城堡的筑造者，一年又一年、一代又一代，含辛茹苦，历尽艰辛……就在这日积月累中，我们也已经将自己扎扎实实地围困了起来，并且难以越雷池一步。

我们无法逃避。

正如卡夫卡所说：我们唯一能逃避的就是逃避本身。

2016.7.26

阳台上的泰坦香

家有阳台一枚，南向，五个多平方米，平时除了晾衣服，也是我每天有事没事趴栏杆、"望野眼"的地方。

兴许，"望野眼"还不如说"放风"更准确一些。

阳台上空气流通，然而常有一种幽幽的味道，如盈袖暗香，弥漫在阳台的角角落落，不肯轻易散去。我"放风"就好这一口，深吸慢呼，傻傻发呆，让这味道在鼻腔打转回旋。如此这般，三五分钟，也就心满意足，算是过了把瘾。

"暗香"从何而来？

原来源头是几只盖子旋得严严实实的塑料罐，一旦拧松，里面的气体便有些急不可耐，趁隙而出。说时迟那时快，一股恶臭直冲鼻腔，几乎可以把人熏晕。

原来里面沤着腐烂的鱼内脏和猪下水。虽说还没修成"五年陈"或"十年陈"的正果，但至少也都是半年、一年的肥汤老窖。

大家十有八九已经猜到，我在阳台上种着花。那是我挤出地方，搭了个不锈钢花架，分层搁着十来盆花花草草。算是给自己打造了一个迷你"私家花园"。

　　月季是我的最爱。色彩娇艳，香味甜美，花形性感。清代孙星衍的"才人相见都相赏，天下风流是此花"，可谓道尽了月季的魅力。

　　其次是米兰和昙花。米兰低调，往往在不经意间又到花期，似粟如金，清香四溢。昙花的一现，是岁月凝练的冰清玉洁，那一刻，惊鸿艳影，平日里所有漫长的等待都值了。

　　喜欢它们，也是因为不太需要过多地溺宠。很多人喜欢用"贱"来形容一些长得顽强的花草，但我只会说它们"省心"。仿佛一切都是约定俗成，按着老天爷定下的规矩，该怎么长就怎么长：不经意间，一株株嫩芽蹿了出来；无意之中，一颗颗蓓蕾脱颖而出，含苞昂首……

　　然而，省心不等于可以当甩手掌柜。农谚云，庄稼一枝花，全靠肥当家。我的这些至爱，又恰恰都是不怕肥、肥不怕和怕不肥的"吃货"。肥不足，则营养不良，结的铃开的花，又瘦又小，可怜巴巴。

　　花店有化肥，氮、磷、钾出售，不同的生长期施不同的肥，但我健忘，曾有一次出错，不知是错把氮肥当成钾肥，还是把磷肥当成了氮肥，活活臊死了一盆"Blue Moon"。面对那盆往日里娇艳欲滴的香水月季，一下子垂头丧气、无可救药的样子，我爱莫能助，一筹莫展，只有发誓再不用化肥。

　　同楼的一对老夫妻，家里种着一盆昙花，据说一年开两三回，每回欣欣向荣地开二三十朵花。每次见到我都千叮万嘱：肉汤，肉汤！

　　他们让我经常熬些肉汤、骨头汤，先往花盆里戳两个洞，然后一路灌进去，直灌到花的根须都吸足喝饱，说是大补。

　　道理我自然懂得，只是特地买肉买骨头，还煮熟，未免太讲究。那些原本丢弃的"下水"，生沤即可，也是养花人一致认可的秘籍。有人说，发酵时间长了，臭气就没了。也许理论上是这样，只是沤了那么多年，还真没遇到过不臭的老肥。俗话说，吃得萝卜香，打嗝狗屎臭，更何况本来就腌臢污浊的"下水"。

我太太鼻子灵敏，但凡我从塑料罐刚倒出一点点"下水"，她就如临大敌，疾呼：关窗，关窗！

更重要的还得顾及左邻右舍，不能因为我养花，让人家闻臭气。为此，我小心翼翼，每次施肥像做贼，轻手轻脚，不让"下水"溢出，并尽可能灌得深一些，然后用土掩盖严实。还有，避开人稠鼻子多的休息日，最好趁着瓢泼大雨，赶紧把"下水"下了，好让大雨覆盖住空气中的味道，"防扩散"。

奇迹就在一夜过后，阳台上竟洋溢着一股好闻的味道，那是"下水"的变异，犹如气味难闻的抹香鲸的肠道分泌物制成了龙涎香；臭名昭著的尸花魔芋，摇身一变成了泰坦香水。

从泥土中飘逸而出的"下水"，此刻也脱胎换骨，成了一款好闻而又熟悉的味道。

那是一抹残膏剩馥的异香，又恰似百里黍稷风起云蒸的飘香。

袭人的芬芳，怎么如此似曾相识呢？我细细嗅着，寻踪觅迹，终于恍然，原来那来自儿时的记忆……

发蒙前，有几年我是在农村度过的，年幼无知，往事已然稀释淡漠，几乎不留痕迹，然而借着这"泰坦"香味的曳引，我的眼前竟海市蜃楼般浮现出一幅童年的画面：

那一定是歇晌时分，空气里浸淫着被太阳炙烤过的发酵的甘草和牛粪、猪粪混合的味道，有点臭，却臭得好闻，人们似乎都被这味道熏得昏昏欲睡；水牛在凉棚里吃草，搅动的嘴角挂着白色的涎水，让人看着嘴馋，它们目光冷冷的，仿佛把一切都看得很淡漠，只有不停驱赶牛虻的尾巴才泄露了一点烦恼的心迹；家家的大门都敞开着，大人们在瞌睡，不知疲倦的小孩在坐圈里独自玩耍；不时有几只金头苍蝇登堂入室，围着方桌上的纱罩嗡嗡叫唤，里面罩着吃剩的饭菜；偶尔传来几声鸡鸣狗吠和小孩的啼哭，然而马上又复归宁静……

　　这样的场景就是近年常去的"农家乐"也找不到了。因为，已经闻不到以前的那股味道——"泰坦"香。大田里都只施化肥。

　　难怪，现在的农村，总让人觉得少了点农村的味道。

2017.5.25（初稿）

2017.7.3（修改）

圣者，齐先生

——我看《巨流河》

巨流河的水日夜奔流。她发源于河北七老图山脉的光头山，流过内蒙，又流过吉林和辽宁，最后流入渤海。她是中国七大河流之一，也是中华民族和中华文明的发源地之一，她被人们称为母亲河。

那天，在海岸的那一边，一个叫哑口海的礁石上，一位满头白发的老人带着她的孩子，面朝大海，朝着巨流河入海口的方向，远远眺望，仿佛在聆听来自巨流河的声音。那呜咽的流水隐约夹杂着上个世纪国破家亡的年代耳熟能详的歌曲："我的家在东北松花江上……""中华民族到了最危险的时候……"，还有当年的校歌"唯楚有士，虽三户兮，秦以亡！我来自北兮，回北方……"悲悯的歌声在浪涛里呜咽，像是歌词中的每一个字都浸泡在泪水中了。

这位久久眺望巨流河的老人就是齐先生，大名齐邦媛，生于辽宁铁岭，今年已经87岁，在台湾是位德高望重的文学家、教育家。她两岁时因父亲追随奉系将领郭松龄兵谏张作霖、战败于巨流河，之后全家开始了永远的颠沛流离，离乡背井。他们在日军的炮火中从南京辗转到西南；又在国共内战的硝烟里，从大陆漂流到台湾。兴许正是在哑口海触发的灵感，齐先生花了四年时间，以自己的亲身经历，写成了一部堪称跨越百年时空的史诗般的纪实文学——《巨流河》。

不是所有80岁以上老人或者和文学、教育沾点边的人都可以称得"德高望重"的。

但在台湾，人们把教书育人、桃李满天下的齐先生称为"永远的齐老师"，白先勇更是将她誉为"台湾文学的守护天使"。尽管齐先生在《巨流河》中始终谦卑、低调，一个在严父的影子下不会越雷池半步的乖孩子，一个与世无争、被命运的大手摆弄来摆弄去的弱女子，一个不谙世故、战战兢兢却又偏偏认定一条道的读书人……然而这一切更印证了她"天使"的形象，因为谦逊而越发美丽，因为单纯而越发让人怜爱，也因为执着而越发受到敬重。

也不是所有记录历史的长篇都称得上"史诗"的。

《巨流河》所描述的，不单是一个家庭的流离史，更是20世纪中国的苦难史；它也不止是部传记，它对近一个世纪历史的回顾，凸显了一代知识分子不畏艰险，不畏权势的风骨以及他们所坚持的那份操守。

他们胸怀"楚虽三户，亡秦必楚"的信念，无论户内户外，只要"能容下数十人，就是老师上课的地方"，因为"亡秦"不能没有人，而人不能没有知识。

那时老师说的最多的一句话还是"不好好做人，就会被淘汰"，简单明了，容不得讨价还价，还有南开中学张伯苓校长说的"你不戴校徽出去，也要让人看出你是南开的"，正是这样的教育，即便在兵荒马乱的岁月里，走出的也是一批富有献身精神的"温和洁净的真君子"。

物质是如此匮乏，条件是如此艰辛，然而人们并不因此消极、沉沦，或自暴自弃，相反，人们内心平和、达观向上，甚至充满喜悦，创造这奇迹的正是文学。孟老师在教杜甫诗时的声泪俱下以及朱光潜老师在朗诵覃子豪《金色面具》诗句时的泪流双颊，都让一时错愕的学子感同身受，从此如痴如醉，浸润在中外名著的海洋里，老师们的真才实学以及真情投入，使文学这朵奇葩在硝烟弥漫的土地上开得分外绚烂夺目。

由此，我们也不难理解日后齐先生在台湾几十年的教学生涯中，为什么敢于以她瘦弱的身躯，顶住"政治不正确"的大帽子，选编真正优秀的文学作品做教材，不仅维护了文学的尊严，也坚守了知识分子的良心。

《巨流河》让我们明白，正是有了这样一批有良心的知识分子，才有了中华民族生生不息，薪火相传，弦歌不辍的今天。这样的知识分子，我们该由衷地称他们一声：圣者！

写到这儿不由想起清朝的另一位圣者，武训。武训行乞三十年，一生不娶妻，不成家，却最终办起了三所学校。他不收学费，除了跪请有学问的进士、举人执教，还跪请穷人家送子上学。他的事迹一直为后人传颂，为此孙瑜编导了电影《武训传》。电影中武训"一拳两个钱，一脚三个钱"的场景，曾让无数观众潸然泪下。然而就是这么一部弘扬中华教育，歌颂圣者的好电影却受到了山呼海啸般的批判，也不知道到底想批评什么，只是因为上头有人不喜欢武训，孙瑜也因此备受折磨，一直在郁郁不欢中度过余生。上个月我去参加孙瑜先生111周年诞辰纪念活动，本以为该借机轰轰烈烈地给含冤半个多世纪的《武训传》一个正名的机会。然而大失所望，一个上级部门发来的贺电中竟然只字不提《武训传》。不给《武训传》正名，这纪念活动还有什么意义呢？孙瑜老先生地下有知也只有继续郁闷了。联想到不久前，南京竟有高校邀请学历造假的唐骏去讲课一事，我真的有点无语了，该褒扬的受沉冤，该鞭挞的上大学讲台，这世道是怎么了？知识分子的良知呢？师道尊严呢？如此下去我们的教育还有希望吗？教育走歧路，还谈何育人？

好比一条河流，难免泥沙俱下，然而源头不能污染，否则河是死河，水是臭水。

哪天，真想把齐先生从哑口海接了来，在渤海口进入巨流河，逆水而

上，直至源头的光头山。看看一路水质，然后向她请教，这污染咋整，是
否已经到了正本清源的时候了？

2011.5.8

仰望苍天的帽子

　　一则视频让我泪如泉涌。

　　那是来自荷兰的一个普普通通的街头，寒风瑟瑟，一顶安放在地上的浅色礼帽旁，一位身着深色上装、胡子拉碴、脸庞瘦削的老头，正在深情吟唱《你鼓舞了我》。

　　他叫Martin Hurkens，今年已经61岁，2010年他以57岁的"高龄"一举夺得荷兰"好声音"全国冠军。

　　他的声音确实好听，清澈、纯净，犹如发自一颗透彻明净的心。

> 　　每当我心情低落，我的灵魂如此疲惫。
> 　　每当麻烦接踵而来，我的内心苦不堪言。
> 　　…………
> 　　因为你的鼓舞，让我超越了自己，
> 　　没有任何的人生，可以不经历痛苦。
> 　　…………

　　本来这首曲子我并不陌生，却从来没有像现在这样令我动容。也许是歌词产生的共鸣，也许他完美的天籁般的声线直抵我的内心。

但是，如果他是在舞台上呢？比如维也纳金色大厅或是悉尼歌剧院。那里有追光，有舞美，有考究的音响，有庞大的乐队，甚至有一群身材婀娜的伴舞。还会那么动人吗？

倒是未必。

我想，应该是街头这个特定的"舞台"所营造的氛围起到了想象不到的效果。没有灯光，没有音响，没有报幕，没有舞美，也没有慕名而来的观众……一无所有，就孤立无援的一个人，有的只是一颗真诚的心，和一旁，那顶仰望苍天的浅色的帽子。

我因此而莫名心软，感同身受，内心充满了悲悯。

那一刻，我竟然想起了国内的一位当红女星站立街头卖艺的情景。那是在英国伦敦的街头，她没唱歌，只是用旧报纸撕扯成各式服装，然后在脸上涂抹油彩，或扮日本艺妓，或画京剧脸谱，然后一动不动，犹如一尊雕像，一站就是两三个小时。当然，她脚旁也放着一顶帽子，口朝上，张开着，像是在乞求上天的怜悯。

她就是汤唯。

之所以"链接"到汤唯，是因为那天正好传来她与韩国导演金泰勇在位于波罗的海的法罗岛喜结连理的消息。

法罗岛上总共才五六百个居民，交通不便，几乎与外界隔绝，岛上没有邮局，没有银行，也没有警察局，也谈不上有多少迷人的风光。然而她却因为导演英格玛·伯格曼常年居住，而成了电影人心中的圣地。2006年李安就曾专程上岛拜访英格玛·伯格曼。

我觉得汤唯之所以选择法罗岛，原因大概也在此，一是朝拜圣地，二是追随恩师的步伐。

她的恩师自然就是大导演李安。正是因为李安的大胆启用和悉心调教，她才出色地塑造了一个血肉丰满的"王佳芝"的银幕形象，从而一举成名天下知。

却也因为"王佳芝"，她成了不少人眼中的"脱星"，惨遭封杀，正在播出的广告被迫叫停，男友弃她而去……接二连三的打击汹涌而来，她一下子陷入了一个女人难以承受的灭顶之灾。

又是李安毅然发表声明，态度鲜明地挺她到底。想必那一定是她挣扎中抓住的树干或绳索，她知道得救了。

相信她远赴英国游学，就是李安的"仙人指路"，让她暂且避一下风头，至少可以眼不见为净，让自己清静一阵。

据说封杀她，是出于对青少年保护的需要。我不便对此举有过多的置喙，想必上面也是考虑良久，不得已才出此下策。

我只是替她委屈，好像她一不小心在现实生活里，又扮演了一回"王佳芝"。

因为需要接近"易先生"，王佳芝不得不听从"组织"安排，以"失贞"来改变自己学生的身份，从而显得更像个"少奶奶"。只是一失足成千古恨，从此坠入万劫不复的绝境。

"就连现在想起来，也还像给针扎了一下，马上看见那些人可憎的眼光打量着她，带着点会心的微笑，连邝裕民在内。"

"她不但对梁闰生要避嫌疑，跟他们这一伙人都疏远了，总觉得他们用好奇的异样的眼光看她。"

张爱玲的寥寥几笔，惊人地点出了这世界的人情淡薄，世态炎凉。王佳芝原本是服从"组织"的决定，想不到最令她难堪的还是"组织"同志异样的眼神。

那是可以想见的尴尬，她只有落荒而逃。

"我傻。反正就是我傻，"她对自己说。

王佳芝此刻的后悔也为她日后关键时刻放走"易先生"作了最有内在逻辑的伏笔。

我想，汤唯在接到《色·戒》本子的时候，一定也考虑过其中"床戏"会带来的后果，就像当年王佳芝知道自己与毫不相干的梁闰生睡一觉便意味着什么一样。只是她们都年轻气盛，热血沸腾，都相信"组织"，愿意服从"组织"对自己的一切的安排。

如果说，当年王佳芝们的"组织"，其实是一群热血青年凑合起来的乌合之众，那么今天汤唯的"组织"又是什么呢？不是李安，李安只是一个导演；也不是某个握有生杀大权的某某局、某某部，因为人家并没有要求你去扮一个什么角色。

那"组织"其实是无形的，它应该就叫"艺术"。

"为艺术献身"是每一个艺人应该具备的职业操守，无论是广义的献身还是狭义的献身。

当"组织"需要你狭义献身的时候，往往有很多人是经不住考验的。人言可畏，挡也挡不住啊！于是就请来了替身。

有时候，我们只有自证清白。就像汤唯在英国街头卖艺时，放脚旁的那顶帽子，仰望苍天，祈求上天的怜悯。

2014.9.4

一根蜡烛的坚持

14年前，台湾女记者张平宜，放弃优渥的生活，上四川大凉山麻风村办学，一直陪伴并帮助那些被社会隔离与遗忘的麻风病人的孩子，读书，学文化，培养他们掌握一技之长以融入现实社会。如今她将这些经历写成了25万字的纪实文学《触》。

——摘自老叶的微信

感谢朋友的微信，让我在第一时间读到了张平宜的《触》。如果在书店，孤孤单单的一个"触"字，多少有点寡淡，很难触发我买书的欲望。而一旦知晓这是一个台湾女子与麻风病人以及他们的子女之间的故事，便有了另一种的感觉，那"触"字竟活了起来，有了动感。那是一种肌肤的碰触，轻柔的抚摸；还有目光的凝视，清澈温存，不说什么，却明显让人感觉她在掏心掏肺……

这一刻，我的心灵已经被触动了。

从没见过麻风病人，但知道麻风病的凶险。《圣经》中就有不少关于麻风病人的记载。比如《利未记》第13章，当年以色列就有这样的律法：身上有长大麻风灾病的，他的衣服要撕裂，也要蓬头散发，蒙着上唇，喊叫说："不洁净了！不洁净了！"

蓬头散发是为了遮挡溃烂的五官，喊叫"不洁净"则是为了提醒行人躲避。

如果说，五官不齐，他仍可以是个有尊严的人；那么自己喊叫"不洁净"，则已经完全丧失了作为人的最后尊严，堪比霍桑笔下佩戴红色"A"字的海丝特·白兰。

必须隔离，倒也未必是坏事。麻风病人找到了一个相对安全的避风港，至少，他们在一起时是平等的，也不用喊叫自己"不洁净"了。

然而，隔离则往往意味着遗弃。麻风病人一旦进入专属于他们的区域，也意味着被判处了"终身监禁"，即便痊愈，也将是"不受欢迎的人"，不再被社会（包括他们的亲人）所接纳。他们将注定在那个封闭的小社会里苟活，相互取暖，在绝望中走完余生。

不离不弃的似乎只有上帝。《圣经》上记载他曾亲自治愈过麻风病人，用自己神奇的手触摸他们，只一瞬间的工夫，不洁净的麻风病人，立刻变洁净了。

上帝还派出了他的使臣，他们大多以传教士与修女的身份，自愿来到麻风病人扎堆的地方，给他们带去上帝的问候。其中最著名的大概就是达米安神父了。

1865年，地处热带的夏威夷一度蔓延麻风病，官方束手无策，索性将所有能拘捕到的麻风病人全部押送到一个叫做莫洛凯的岛上，让他们自生自灭。

达米安神父是比利时人，35岁时他自愿来到莫洛凯，并带来了上帝的旨意："只要是人，不论遭受任何苦痛，都不应该被遗弃。"

达米安神父在莫洛凯建医院、办孤儿院、盖墓地，更多的时候是借助上帝之手，安抚绝望中的麻风病人，给他们送去临终的关怀。

他抚慰了无数悲苦的心灵，然而，他的手终究无法替代上帝之手，在莫洛凯岛上工作了11年后的一天，他像往常一样用热水泡脚时，却没有感觉热和疼——显然，他在与麻风病人的接触中被麻风杆菌侵袭了。

四年后的一天，达米安神父再没睁开他溃烂的眼睛，为麻风病人奉献了他50岁的年轻生命。人们把他安葬在莫洛凯岛上的"亡者墓园"，他的身旁还躺着两千多名麻风病人的灵魂。

达米安神父实践了他对麻风病人"不遗弃"的诺言，人们因此尊他为圣人。

如今圣达米安神父虽然离开我们已经一百多年了，但他的精神却永远高高在上地感召着世界各地的人们，尤其是那些有志于服务麻风病人的男男女女。他们不一定都是上帝的信徒，但他们都像上帝一样伸出了无怨无悔的手，触摸着那些需要抚慰的心灵，这其中就包括了深入大凉山的台湾女子张平宜。巧的是，她去大凉山的那一年也是35岁，和当年的达米安神父一个年纪。

张平宜是个记者，更是一个来自大都市的长得漂漂亮亮的女人。她在大凉山的偶尔出现似乎还在情理之中，因为她是记者，可是她居然就动了留下不走的心愿，并且辞去职务，一发不可收地在这个蛮荒之地一呆就十多年，那就太不可思议了。

然而，事情就是这么简单，因为她是个母亲。看到那么多肮脏、永远没什么甜美食品可吃的失学孩子，看到他们无助迷茫的眼光，她心软了，想象着，如果自己是他们的母亲……

她也许无法改变老一辈麻风病人的处境，但她决心要改变他们子女的命运。人来到这世界就应该是平等的，而获取知识则是争取平等的最有效的途径。这一刻，她也许还没意识到自己将面临的是怎样的挑战。

我久闻大凉山的穷，但并不知道还有个"没有最穷只有更穷"的大营盘麻风村；那地方非但穷，而且背着"癞子"（麻风）的恶名让人谈虎色变，以致县城的干部都不敢进村，最直接的结果就是家家超生，多的生八九个"癫子娃"。因为没人来上户口，"癫子娃"大多不知道出生年月，就知道"种玉米时候生的"或"挖红薯的时候生的"。

到处是跳蚤、苍蝇，还有各种充斥空气中的各种臭味，别的不说，光彝族人畜共居的习惯，就可以想象有多难受了。

没有厕所，没有正常的水源，以致哪一天如果不断水，张平宜就会觉得"原来幸福是可以那么简单"。

相对可怕的自然条件，更可怕的还是封闭落后的社会环境。很多村民不以为读书有多么重要，而早婚、吸毒、赌博、迷信等却依旧如沉疴顽疾，难以整治。上面的一些干部对麻风病人冷漠不说，对来麻风病村的行善的张平宜，却总是带着有色眼光，认为不可信，担心有一天这个台湾女子给自己惹麻烦。他们刁难，给小鞋穿，省里有领导来视察，他们供水了，领导一走，水也就不见踪影了；学生毕业典礼，想唱《感恩的心》，他们不允许，说"感恩"两字有宗教色彩……

一边要向台湾做宣传，募集资金，一边又要在恶劣的环境中劝学，不仅劝学生好好学，还要劝家长不要逼子女过早结婚、过早打工。有学生半途辍学，她伤心流泪，吃不下，睡不香。她苦口婆心，好言规劝，她就是抱定一个宗旨：一个也不能少。实在逼急了就撂下狠话："如果执意要走，以后不要再叫我张阿姨。"这话，在学生听来就像"娘不要你了"，令他们害怕和难过。

终于，张平宜十多年的努力换来了大营盘的翻天覆地的变化，她一手打造的学校，如今已经成了远近闻名的九年一贯制学校，外村、外县的学生也都前来报名就读，原先被视作"癫子娃"的大营盘的学生也被附近和县城的高中接纳了。"癫子娃"被歧视的年代终于渐行渐远。每年，当又一届学生毕业的日子，便是大营盘的盛大节日，全村的男女老少都来了，他们载歌载舞，杀猪斩羊，感恩老师的无私付出。

十四年的默默奉献，十四年的艰苦办学。她把她的这种奉献和坚忍，称作"一根蜡烛的坚持"。

也许她说的没错，从历史的长河看，她的坚持真的只是一颗如豆的烛光，正像我们看一百多年前的达米安神父；走近了看，我们才发现，那分明是通亮的火炬，它不仅燃起了被遗弃和被冷落的无数孤立无助的孩子对未来世界的希望，它也点燃了人类的心智之火，尤其在雾霭重重时候，这通亮的火炬必定不致让我们迷失了做人的方向。

走近张平宜，我们可以先从《触》开始。

2014.1.20 初稿

2014.1.29 二稿

好婆

我们家称外婆为好婆。每次看望好婆，总得先照照镜子，看看头发是否太长。她常说我的头发留太长了。结婚前我和她一起生活，几乎每两个星期，就督促我去理一次发。

好婆的管头管脚以及她的健谈，是很使我生畏的。

健谈，兴许还是她青年时代参加学生运动，上街演讲，做文明戏打下的"基本功"。以前，逢到一些同学来看我，她也总要加入我们谈话的圈子，并将话题引到她从前经历的一些事上去。

"我的同学前天来信，谈到从前——"她常常这么开头的。这"我的同学"四个字已足以引起我的同学的好奇和敬羡了。在他们的心目中，好婆这样的老太太能有文化，实在稀有。

好婆操一口浓重的苏州口音，必要时来几句标准的普通话，声情并茂，绘声绘色，如说书一般。有一回讲到五四学生运动，上街演文明戏。她扮小寡妇，因为准备仓促，在演到哭男人时才发觉，该哭点什么竟在排练时疏忽了。"你们猜，我想了个什么法子？"她故意卖关子地停顿了一会，还将满是白发的头自左至右地晃了一圈，才说出她是以日文字母代替的。"当时还真糊过了台下的观众"，说着她当场表演，按着日文字母的顺序，拖起了哭腔，挺有点悲痛的样子，引得我的同学都忍俊不禁。

然而，好曲子不唱三遍，故事再精彩，说多了，人家也不新鲜了。有一回在她讲得眉飞色舞时，我的两个同学却在偷偷对视，挤眉弄眼。我窘得无地自容，以后简直不好意思再让同学上门了。

好婆的管头管脚，也可说包罗万象。头发长了，得管；指甲长了，也得管。吃饭，嘴巴不得发出声音；走路，手不得插裤袋里……

最有意思的是，在我谈恋爱的时候，有一天她当着我未婚妻的面，给我俩谈了这么段往事：那回，她从外地教书回来，准备与我外祖父到苏州老家举行婚礼。路经上海时，得宿一夜。到车站接她的外祖父已预先在旅馆订好了房间。她到旅馆一看，见外祖父只订了一间，便问："我睡哪儿？""就是这儿啊！""那么你呢？"外祖父脸红了，喃喃地说："也这儿。"她坚决不允许，说："你我还没正式成为夫妻，怎能有越出夫妻的行为？要是我现在的举止轻佻，以后你就会轻易地怀疑我不贞。"

说完这段往事，她笑哈哈地看着我们。那狡黠而又意味深长的目光，明白无误地道出了她的"弦外之音"。我和未婚妻都被看得哭笑不得。好在我们并未开过"一只房间"，否则不臊死吗？她可真管到家了。

婚后，好婆对我们小两口的唯一要求是：多来看看我。与其他做外婆的比较，这要求实在算不得什么的。何况我们离得并不很远。于是每星期天成了"法定"的看望好婆的日子，在我们添了女儿小怡怡后仍是这样。

到这一天好婆总是先将小怡怡搂在怀里，狠狠地亲着她两边嫩嫩的脸蛋，咂咂有声，直到她被咂得透不过气来，大声发出抗议才罢休。接着便是听好婆不知疲倦地讲、讲、讲。时隔一周，她有讲不完的话，管不完的事。而时光就在她无穷尽的唠唠叨叨中白白流掉了。为此，我很可惜。

终于我们想了个"节约"的办法：妻子带小怡怡去了，我"省"下，留在家；我带小怡怡去了，妻子留下。这样一个月就可以"节约"两个星期天。长期累计，数字是很可观的。试行了几回，推说有事，时间一长，也就成了定规。小怡怡被带去，是因为好婆见了她就眉开眼笑，而她也会吵，见没什么可玩的，就会吵着回家。假如再过几年，小怡怡长大会一个人去就好了，我们可三个人轮着去。自然，这一天离得还远。

这一天轮到我去。

"怎么就你一个人？"好婆见我没带小怡怡有点紧张，像是预感到什么。

"她病了。医生说是腮腺炎。"

"是不是大嘴巴？"好婆的嘴巴也惊得大大的，"那是很痛的，还要发寒热。"

我点点头，说："过一会还得陪她去打针哩。"说着，我抬起手腕看看表。这动作是给好婆看的，示意我得早点回家。要在平时，坐上几个小时，也会被说成"点个卯"。

"喔！"好婆宽容地点点头，难得地沉默起来了。蓦地，她兴奋地叫起来："我有张土方！记起来了。"那喜形于色的样子，很让人觉得好笑。

"弄点井底泥，涂在脸上，凉透、清火，比打针吃药好得多。不信你可问你娘，她小时候得'大嘴巴'，也是我给她涂井底泥才好的。那时候，她又哭又闹，我以为被谁欺负，挨了打，问她几次，就是不回答，气得我给了她一巴掌……"她边说边格格地笑。

我赶紧截住她的话："真这么灵？我去找井。"

"马路对面，大中里内就有井。"她让我取了跟竹竿，又关照说，"大中里，记得吗？现在叫214弄，'老大房'南货店隔壁。喔，现在改名叫'立新'南货店了。就是立起来的立……"

又啰嗦了！我头也不回，逃似的走了。

走没多远，我就被后面赶上的人喊住了，说有位老太太在唤我。回头一看，见好婆竟拄着拐杖，蹒蹒跚跚朝我撵来，那满头耀眼的银丝和跌跌撞撞的样子，引得街上人都投来关注的目光。看来她已经撵了我一段路了。

她见我迎去，气喘吁吁地举着一只塑料袋，嗔怪道："做父亲的人了，做事还这么没灵心。就不想想等会泥放哪儿？"

"嘿！"我真想冲她发火，"我用手帕或是随便什么纸包一包，不行吗？何苦你亲自送来！"

"倒也是。"她也被自己的多此一举逗乐了。

我催她回去。她站着不动，反而问我："你知道有井的地方？"

"不是对面大中里吗？"

"大中里是条大弄堂，井不在总弄在支弄，我记得一口在——"

"知道了，知道了。我有眼睛总看得见的。"

她仍站着不动。迟疑片刻，才轻轻地说："还是我帮你去。反正已经到街上了，就算你陪我散步。"

我苦笑一下，无可奈何地同意了。我猜想，她送塑料袋来，或许只是找个借口。

她也笑了，像被准许跟大人外出的孩子。一路上，她又滔滔不绝地说开了："从前，我一天可走多少路？连一个人走夜路也不怕……"

不是用井水的季节，井盖上了锁。我们找到居委会，又根据居委会的指点，找到了掌管钥匙的小组长。都是由好婆向他们说明原委，从我女儿得大嘴巴说到我妈妈小时候得大嘴巴，自然还免不了要说给我妈妈一巴掌的事。让居委会的人和小组长都听得又笑又点头，直说"快去吧，快去吧。"肯定也觉得她啰嗦了。

满以为拿到钥匙便能挑到井泥，不料井底却被孩子仍了许多石头，凿了半天，竹竿上星泥未沾。真好事多磨，我大为沮丧。

好婆非得亲手拿竹竿凿过才信。"走！换口井"。她仍信心很足。我想说服她作罢算了。因为这又得去找另一个组长取钥匙，万一井里又扔满石头，岂不又是白辛苦。她却不以为然，说既然来了，怎能空手回去，总有没扔石头的井的，否则那回我母亲得腮腺炎，怎能涂到井泥？

　　"年轻人做事得讲究认真，半途而废是最没出息的。"她严厉地教训我。听这口气，她是不见井泥心不死的。老年人的固执，我拗不过她。

　　值得庆幸的是，我们在找到第二口井时就挑到了井泥。当好婆张开塑料袋，让我把竹竿头上的泥刮进去时，她的双手在情不自禁地抖索着。她太累了，以至我俯身开井盖，看到她的倒影在水波中晃动时，还以为是她的身体的颤抖，顿时我的心也收紧了。我们默默地往回走。我搀扶着她的胳膊，第一次明显地感觉到，这胳膊是如此细瘦、松弛。这使我记起一本书中的一句话："这位老人现在已经行动蹒跚，离坟墓也只有几步路了。"

　　我不由紧紧地攥住了她，像是害怕这孱弱的身子真的在跨着这最后的几步……

1988.4

让春心荡漾，天长地久

——读陈希米《让"死"活下去》有感

写下这题目便有点忐忑，唯恐被人说自己骨头轻，还轻骨头人家。好在有出处，我这"春心荡漾"一词是袭用了陈村的说法。他在2001年去北京采访史铁生，写下了《我看史铁生》的文章，文中声称："我可以负责地说，本人即便已经坐上轮椅，依然可以春心荡漾，可以不依不饶，可以尖酸刻薄。"

言之凿凿，掷地有声，但当时还以为陈村虚张声势——真到困在轮椅的那一天，不依不饶可以，尖酸刻薄也可以，唯独春心怕只是隔夜的美梦，再不能荡漾了。然而，读了陈希米的《让"死"活下去》，才知道陈村底气十足是有根据的，原来身在轮椅并不等于春心泯灭，照样能春心萌动，生气勃勃，万物生长，而且还地老天荒，弥久而不衰。

对陈希米知之甚少。知道她是史铁生妻子，大学读的数学，腿残疾，走路拄拐杖。后来又在陈村的文章中知道，她是上海人，喜欢笑，笑起来很灿烂，被陈村形容为"天使的笑容"。

当年杂志社编辑向史铁生组稿，电话打到他家，接电话的无一例外总是陈希米，她要为史铁生挡驾，对求稿若渴的编辑说，铁生正在休息或刚出去，有什么事可跟她说。也难为了她，铁生本来产量就不算很高，而向他组稿的报刊却不计其数，编辑又大多不甘心被轻易打发，一个个软磨硬泡，不达目的誓不罢休。于是她只有不断赔不是说好话，小着心地等对方先挂了电话她再挂。可以想象那"天使的笑容"背后有多少无奈。

要是当年那些编辑看到她现在写的《让"死"活下去》，必定悔死，恨没在当时转而向她索稿，我甚至不认为这是退而求其次。一个学数学的女子，不经意间向世人泄露的一点才情，却横空出世一般，一下子把人们镇住了。显然，她值得文学编辑们围追堵截，就像当年围追堵截她丈夫的文章一样。

《让"死"活下去》写她失去了史铁生后的沉痛和虚空，以及在绝境中的凤凰涅槃。这过程让她对生死、爱情、友谊、灵魂、孤独、永恒等有了许许多多的新的感悟。这样的感悟她足足写了八万字，没有莫言式的故事，甚至没有一个完整的情节，有的只是一些细节，是她哲理性的思索，是她向虚无的发问，是她的自言自语、内心独白。换个人写，这一类的文章要么枯燥乏味，难以下咽；要么只是悲情，换取人们的一掬之泪。她却胜在强大的内涵，而所有这些又都包裹在她才情横溢的文字里，让人感同身受，跟随她对人生的思索而对世界有了新的认识。我几度掩卷沉思，几度泪水打转，几度拍案叫好，几度忍不住想问：这样有深度有灵性的作家在中国有几个？

要是史铁生活着，她这样的文字是要被人怀疑有史铁生在操刀代笔。那沉甸甸的思索和内敛的发问，不动声色中的诙谐……从中，人们隐隐约约地读到了史铁生的身影。难怪有人说，陈希米的文章闪耀着与史铁生文字一样的血脉和光泽。她的文字让史铁生又一次复活，仿佛铁生就隐身在她的身体里，他们合二为一，共同演绎着"让'死'活下去"的人间奇迹——原来"死"是真的可以活下去的。

前不久看到一则消息，说科学发展到今天，我们已经由看得见的物质研究到了看不见的原子、质子、夸克到中微子。现在又发现了比中微子更小物质——超弦。科学家说，人类的灵魂就是一种超弦。据说，现在世界各地都有了研究灵魂的实验机构，致力于研究灵魂的存在。

我是科盲，不辨真伪，但我宁可相信真有一种叫做灵魂的超弦的存在，有灵魂才有永恒，才有天长地久。当年看《人鬼情未了》，化作了鬼的山姆与莫莉的爱情让人感动至极，只可惜最后山姆还是要去所谓的天堂报到，还是要和爱人莫莉分手。他们分手吻别的一幕好让人揪心，真希望山姆就人形鬼体永留人间，陪莫莉慢慢老去。想必那时科学还不发达，还没发现超弦，山姆也就留不下来了。

如今铁生是留下了，只是他比较低调，没有现身，但他清清楚楚地存在着，他就在陈希米的身体里。

但我相信不是所有的人，所有的夫妻都能人鬼（或者称灵魂）情深，地老天荒的。前提是爱得有足够的深，拿我们常说的一句话就是爱得死去活来。那种貌合神离、同床异梦、若即若离的夫妻怕是只能望而止步，等待下一个轮回的重组了。还有所谓的"没有爱情有亲情"的夫妻，应该也在淘汰之列。

既然死去活来，必定心旌摇曳，柔情似水，也就是陈村所说的"春心荡漾"。

"一个瘫痪的男人，对他心爱的并且爱慕他的女人说：如果你确定不是爱情，就请离开，再痛苦也是我自己的事；如果确定是爱情，就必须留下和我在一起（决不要跟那些俗人一样）。"想必这话就是当年史铁生对陈希米言明在先的，表明他的婚姻不需要怜悯，不需要同情，也不需要只是因为仰慕，他需要的是真真切切的爱，那爱就是男女之爱，是春心荡漾的结合，而不是其他什么爱所能替代的。

"即使他（她）高位截瘫，你也可能对他（她）有对一个健康的男人或女人一样的欲望，反过来，高位截瘫者，对男人或女人也一样有性欲，有亲吻和抚摸的欲望，有性交的欲望……"

　　陈希米的这些话让我们窥视了轮椅上爱情的内涵，也让我们读懂了"春心荡漾"的真正含义——那么热烈，充满生机，又那么圣洁，超凡脱俗！

　　原来爱是没有什么条件能制约的，原来爱是分分秒秒的现在进行时。

　　相信爱情，让春心荡漾，让爱永远陪伴着我们，直到地老天荒。

2012.12.9

瑞伯、瑞伯………

　　到达台湾的当夜，一个名叫"瑞伯"的台风也几乎同时到达。一路颠簸震颤的麦道飞机在卸下我们后就赶紧溜回香港避风去了。当时台湾交通已全线停顿，主人无法到机场接我们，只好委托机场工作人员将我们安排在机场饭店过夜。第二天台湾全岛停工停课。一位姓徐的《民生报》女记者电话采访，让我从"瑞伯"谈起，说说刚踏上台湾的感受。我只好说我知道为什么台风要姓"台"的道理了。尽管我曾当过好几年海员，经历过不少风风雨雨，也没少见台风肆虐的场面，但像台湾这么厉害的台风，大概也只有台湾才有了。

　　那几天台湾的电视节目中主要的话题是台风，播音员用急速而略带惊恐的语调说着"瑞伯、瑞伯"，就好像"瑞伯"是个外星人（听名字一定是雄性的），到台湾来惹了不少祸，把房屋刮倒，渔船吹走，水稻拔起，土石塌方，交通中断，活人被埋……

　　最可怕的是被台湾媒体称作"土石流"的塌方。山土被大雨一冲，泥石便顺势而下，顷刻间将途经的一切物体通统冲垮掩埋。可谓摧枯拉朽，势不可挡。我在"瑞伯"走后的几天到花莲，在太鲁阁布洛湾风景区亲眼看到了土石塌方的情景：沿山坡滚下的一块块成百上千吨的巨石，横七竖八地躺在公路上。桥梁被砸坏，交通遭堵塞。一边被堵的汽车显得渺小而可怜。要是滑坡时正好有巨石砸到汽车，那就是以石击卵，好比敲碎几只鸡蛋而已。

"瑞伯"来得凶猛，走得也爽快，它一走，掘土的"怪手"纷纷出动，一遍遍地清理出事现场，寻找被掩埋的遇害尸骸。其中有五户被埋人家的房子建在一个被军方遗弃的打靶场下方，没想到靶场的平台渗水，引起塌方。事故原因查明后，军方一将领带了部下向死者家属鞠躬请罪。大概他们做梦也不会想到，这地球上，不仅有河水泛滥，还有山水泛滥，而且山水泛滥一点不比河水泛滥逊色。

台湾是个靠天水过日子的地方。只有下雨人们才有水喝。而雨水主要靠台风带来。因此人们对台风总是又怕又盼。所谓"风调雨顺"，对台湾来说，大概是不存在的，因为和风细雨解决不了台湾的饮水问题。今年的台风来得少也来得晚，没有"瑞伯"，明年的日子就一定不好过了。难怪"瑞伯"过后，一位陪同我们的姓李的导游喜滋滋地说，这下我们水库有水了，明年天旱也不怕了。

雨过天晴的台湾风光旖旎：一棵棵纤细挺拔的槟榔树，沿公路婀娜多姿地排列着，绵延不绝。到了晚上，比广告灯更亮的是一只只突显在路边的槟榔摊。它们的正面和左右两面都用透明玻璃砌成，边上嵌好看的霓虹灯，灯下是一位或两位坐得高高的袒胸露背的年轻女郎，又称"槟榔西施"，在耐心等待客人的光顾。台湾的槟榔摊就像我们内地多如牛毛的"发廊"，一字儿排开在公路两侧，多的地方几乎每隔二三十米就有一只。无论繁华的都市，还是冷落的乡村，似乎只要有公路，就一定可以看到槟榔摊。槟榔摊组成了台湾之夜一道道靓丽的风景线。

槟榔味很怪，嚼得多的人会上瘾。记得我从前去湖南在朋友的怂恿下尝过，第一口就经受不住，吐了。据说槟榔很提神，但第一次嚼的人常常会醉倒。尽管有关方面一再提醒大家，槟榔嚼太多容易得口腔癌，然而嚼槟榔族还是有增无减。遇上台风，槟榔被刮掉不少，"西施"们就提价。李导游告诉我们，现在100元新台币大概只能买三四颗，相当于人民币30元左右一颗，贵得吓人。他说有时候你拿100元去买，"槟榔西施"就只给一颗，另外两颗叫你自己拿，从她身上拿。这也许是笑话，但"槟榔西施"的色情色彩终究还是明显的，外人一眼就可看出。

因为槟榔赚钱，人们便上山砍树，改种槟榔。其后果是：水土流失。

水土流失，造成了我们大陆今年夏天的一场江水泛滥；水土流失，如今又造成了台湾秋季的山水泛滥。同是天灾，也同是人祸！

但愿我们都不要因为雨过天晴而忘乎所以，但愿我们都能记得1998年的这两场教训。

也许一切都还不算太晚。

瑞伯、瑞伯，你说是不？

1998.11.5

美浓美

美浓是个镇名，隶属于台湾的高雄县。大陆的人对她也许还比较陌生。其实，那是个很美的地方。

那天到美浓的德旺山庄时已是傍晚。夜色渐浓，我们的车在居民的巷子中摸索寻找。当车开进一处山地停下时，顿觉四周异常开阔，山色莽苍，树木森然；道路两边，花草茸茸，虫声唧唧；有溪水在卵石间淙淙流淌。夜空中浮动着暗香，空气显得特别清新，据说是森林间负离子多的缘故。我们果然都感觉精神一振。

德旺山庄的经营者是一对中年夫妻，男主外，女主内，原是附近种田的农民，几年前地价便宜的时候，他们买下了这片由大山环抱、溪流缠绕的荒芜的小盆地。经过几年的开发，如今这儿已经盖起了三栋供客人居住的别墅，另外还因地制宜，开辟了烧烤区、林浴区、垂钓区、露营区……我们到的这天是星期天的晚上，正好城里人在度完周日假后都打道回府了，再早一些时候，三栋别墅都是客满的。

山庄面积很大，但管理人员不多，连庄主夫妇在内也就五六个人。我们到的当晚由那女主人亲自为我们掌勺。也许，这是我们在台湾期间吃得最满意的一顿。来美浓前，我们在台北和高雄吃的大多是西餐，看看没几道菜，可往往一吃就饱，一饱就腻了。那晚，女主人为我们端出的都是山上长的以及自己喂养的山珍野味。许多菜是我从没见过的名副其实的野菜。女主人每上一道都要将菜名、采制过程及烹调方法作一番介绍。至于野味，除了麂子及兔子是野的外，鸡也是野的，当然不是真的野鸡，而是将鸡们放养在一定范围内，等要吃时再想法子抓回来。味道之鲜美，简直难以用言语形容。

美浓有着十分美好的自然风光和地理环境。秀美的美浓湖灌溉了周围的万千良田。绵长的美浓山谷中，生态资源十分丰富。面积达七八公顷的双溪热带母树园内，生长着近百种弥足珍贵的外来树种，它们分别来自南洋群岛、中南美洲、澳洲及非洲等。母树园不仅是人们参观游览的好地方，同时也有进行教育及研究种源保存的极高价值。与母树园毗邻的黄蝶翠谷（简称蝴蝶谷），拥有"单位面积产蝶密度世界第一"的记录，所产蝴蝶多达110种。据说，蝴蝶谷有一种热带树的树叶是蝴蝶幼虫最喜爱的食物。幼虫多，蝴蝶自然也多，每年春天一到，蝶蛹羽化成蝶，翠谷之中便聚集了成千上万只色彩斑斓的蝴蝶，其中以"银纹淡黄蝶"和"无纹淡黄蝶"最多。只可惜我们到的时间已是十月，只有为数不多的蝴蝶在树丛间翩翩飞舞。无缘看到那群蝶缤纷，铺天盖地的壮观景象了。因了这些美丽的蝴蝶，美浓人建造了一个堪称世界一流的蝴蝶农场，每年可以培养十万只以上的蝴蝶活体供世界各地的博物馆、学校作观赏及生态教育之用。而且，他们的研究水准已经达到让蝴蝶的蛹随时羽化的程度，一年365天，天天可以有蝴蝶从他们的农场飞出。

1993年，当局准备在美浓盖一座水坝，修一个大水库，这意味着母树园、蝴蝶谷等许多美丽的景点都将成为一片泽国。不仅原有的生态将被破坏，而且因为石质的缘故，大坝很容易崩裂，埋下无穷隐患。这立刻激起了美浓人的强烈不满。知识分子、农民、小学生、老太太……，纷纷静坐、抗议、请愿。他们还成立了美浓爱乡协进会，一些年轻人放弃城市中的高薪，回乡务农、经商的同时，或编刊物或开演讲会，积极宣传保护生态环境的重要性。一路上，我们到处可以看到"反水库，保美浓"这样的标语。至今，斗争还在进行，尽管当局还没撤回原先的计划，但在团结一致的美浓人面前，除了认输，还能有什么别的办法呢？

到美浓不能不到"美浓民俗村"。这是一条展示美浓人文地理、生活习俗的街，由美浓人自己创办。毗邻的店家都布置得极为精巧，这里有"美浓窑""雅石雕刻""民俗古玩""民俗茶坊""广东纸伞""乡土小吃""客家美食"……，先辈们当年穿戴的蓝布衫、斗笠、蓑衣，用的瓷碗、瓦罐也作为工艺品，成了人们怀旧的钥匙。当我们走完这条街，一部美浓人的历史也就清晰地呈现在我们面前……

两百多年前，最早的美浓人——来自广东梅县的先辈们，来到美浓山下建立了客家村，据说，这里原先有个旧名叫"弥浓"，也许"弥"和"美"读音相似，后来就渐渐成了"美浓"。早先这儿是原住民的游猎区，扎下了根的客家人开始在这儿种植水稻和香蕉。在一棵足有数百年寿龄的大榕树下，立着一座神像，一年四季香火不断；大榕树的东侧，立着一块石碑，密密麻麻的文字记载了当年的先辈就是在这棵榕树边挖下了创业的第一锄。创业无疑是极其艰苦的，美浓人的一些风俗习惯里，至今还保留着创业初期的印痕，比如女人在河边洗东西，不是面朝河水，而是人站水里，背河向岸。那是因为两百多年前，这里强盗出没，加上客家人与原住民的矛盾，妇女常常是对方袭击的目标，为避免背后的偷袭，并且在逃跑时可以迅速上岸，避免溺水，她们下河洗刷东西时便采用了这种反向的姿势。没想到这种姿势竟一直沿袭至今，也许是在提醒年轻人要多往回看，不要忘记以前艰难的历程吧。

日本人占领期间，这儿又开始种植烟草。美浓的烟草无论数量还是质量都占台湾首位。难怪我们一路上还看到有的农户的房顶上耸立着貌似土地庙的小屋和烟囱，原来那是从前的烤烟房。如果有两个以上的烤烟房，就说明这是个富有人家，以前给姑娘说媒，首先要说的是那家有几个烤烟房。如今烤烟现代化，已经不用这样的烤烟房了，昔日的烤烟房也不再是财富的象征了。

六十多年前，一位美浓人专程去祖籍地广东梅县请来三位制伞师傅，到美浓传授制伞的技艺。制作一把油纸伞，首先要锯竹、浸水，加工成伞骨和伞头，而后是割棉纸、糊贴、绘图和漆桐油，最后再穿线、固定伞布头。工艺这么复杂，再说雨天使用油纸伞已成过时，然而美浓的油纸伞却做得供不应求。琳琅满目的纸伞店里，制伞师傅专门坐堂内当场接收你对伞的画面的要求，当场制作、当场表演；美浓民俗村的旅游服务中心还专门设立了一项"纸伞教学"的内容，以满足旅游者对制伞的好奇。人们已经将油纸伞完全当作了一项装饰用的工艺品，从它的精致的造型、典雅的画面中所透出的是中国传统文化特有的民俗气息。

如果说油纸伞体现了美浓人传统的客家文化的一面，那么美浓的陶瓷艺术则是客家文化溶入本土文化的完美结晶。美浓窑的陶艺品注重釉彩的表现，作品经过长时间的烧结，有氧化烧或还原烧，使釉彩繁多而精美。目前的美浓窑越来越向"大"发展，大画面、大结构、大组合。台湾许多楼堂馆所的大型高档建筑装饰墙面，都采用了美浓窑。

在美浓，有一种亭子是别处所少见的，那就是"敬字亭"。敬字亭大多建于清朝年间，几乎每个乡都有。敬字亭有大有小，小的才两米多高，基本上都是灰白色，砖石结构。也许它们与普通的亭子在结构上并没有多大区别，所区别的在于它们的内涵。相传乾隆三十四年（1769年），一位叫梁启旺的美浓庄人看不惯路边、屋角、房舍及厕所等到处有人们乱扔的纸屑，而且这些字纸又往往与家畜的粪便混在一起，认为这有悖古人"敬惜字纸"的教诲，于是发动庄里人捐款，花了94天终于建成美浓第一座"敬字亭"，供乡民焚化字纸，以示对字纸的敬惜。美浓民风由此蔚然改观。晴耕雨读的美浓人在科举时代产生过三名进士，二十多名举人。而今

"敬字亭"早已成了一种象征，没人再会在里面焚烧字纸了，可是美浓人爱读书、尊重知识、尊重知识分子的民风仍旧如古。近几十年间，美浓子弟中博士、硕士多达三百多人，大学生则更是达到普及程度。可见，美浓的美是美在内在，美在人的知识水准。

美浓美，美浓真是个钟灵毓秀的好地方。

1998.10

品味"门外汉"

——读《门外汉的京都》

　　最近常会想到姜文对冯小刚说的那句话，电影应该是酒，哪怕只有一口。

　　既然电影应该是酒，那么诗歌不更应该是酒吗？

　　既然诗歌应该是酒，那么小说呢？那么散文呢？

　　不也应该是酒？

　　也许可以这么说，所有的文学艺术都应该是酒。

　　写作，也便是酿酒。

　　至于，到底什么才是真正意义的"酒"？大概只能见仁见智，看各人的悟性了。

　　谁能告诉我，"酒"是一朵空灵的云，是一道雨后的彩虹，还是几颗清晨的雨露？是疾风骤雨后复归的宁静，还是烈火中的凤凰涅槃？

　　谁能告诉我，"酒"是"独上高楼，望尽天涯路"的无穷回味，还是"蓦然回首，那人却在灯火阑珊处"的苦尽甘来？抑或是"衣带渐宽终不悔，为伊消得人憔悴"的一份苦涩的坚持？

　　可以确定的是，既然是酒，必定会有化学反应，会醉人。区别就在醉的程度，或微醺，或耳热心跳，或如北京人爱说的五迷三道。

一切因作品而异，也因人而异。

读舒国治的《门外汉的京都》，我倒是读出了酒味，醇醇的、香香的，平和又柔软，渐渐地才感觉到它的劲。我明白，好酒。

酿制好酒，首要的条件自然是原料好，上好的粮食或上好的葡萄，再加上好的水。

舒国治写的是京都，那地名我们即使没去过也已经耳熟能详。我便是通过川端康成的《古都》认识京都的，知道它的建筑风格来自中国盛唐时期的长安和洛阳，历经人间沧桑，却仍保持了好几个世纪前的样子，大量古建筑得到了完好的保存。其中佛寺1500多座，神社2000多座，人称"三步一寺庙、七步一神社"。《古都》中对平安神宫的樱花、嵯峨的竹林、北山的园杉、青莲院的楠木，以及一年一度盛大的祇园会、鞍马山的大字篝火等的精细刻画，仿佛一幅亦古亦今的日本风俗画，人物命运与环境融汇成一体，升华成一种挥之不去的唯美和淡淡的忧伤。

这年月人们已经厌烦了都市的千篇一律的呆板和喧嚣，一有机会便扎堆奔向"古城""老街"，然而带给人欣喜的却几乎为零。要么脏，要么破破烂烂，要么人山人海。还有一些"做旧"的伪"古城"，也恶俗得可怕，真心不想再上当了。

京都却是可以想象的可爱，不仅因为《古都》，也因为《门外汉的京都》。看着看着，便先醉了。

如果说川端康成的《古都》给人一种难以消解的忧郁的醉，那么《门外汉的京都》则是一种自斟自酌，自得其乐的微醺——刚有点上脸的初醉。

醉是因为字里行间渗透着浓郁的古意，盛唐之风，拂面而来。

我们仿佛跟随作家徜徉在一千几百年前建成的寺庙和错落有致的小巷间，欣赏那些线条优美的屋脊、清新的庭院和矮矮的房子，偶尔有步履匆匆的艺妓从身旁擦肩而过……如果是第一次来京都，这会是一种什么感觉？

我想我会"吓着了"，就和舒国治第一次来到京都一样。

他说："我第一次来到京都，吓着了，我张口咋舌，觉得凡入目皆像是看电影。顺着街道走，见一店有工匠低头在削竹器，屋角昏暗处坐一老妇，哇，多完美的构图。"

如此完美的构图，我会陶醉，如何陶醉？唯有吟诗。

正如舒国治所说，"我們于古代风景的形象化，实有太多来自唐诗。因唐诗之写景，也导引我们寻觅山水所探之视角。又有一些景意，在京都，恰好最宜以唐诗呼唤出来。"

于是，我们跟随作家一起吟诵：

看到寺庙，我们吟诵"南朝四百八十寺，多少楼台烟雨中"，或是"清晨入古寺，初日照高林。曲径通幽处，禅房花木深"；看到柴扉，我们吟诵"倚杖柴门外，临风听暮蝉"，或是"山中相送罢，日暮掩柴扉"；看到竹篱茅舍，我们吟诵"竹篱茅舍风光好，道院僧堂终不如"，或是"竹径有时风为扫，柴门无事日常关"；看到古色古香的木造旅馆，我们又忍不住吟诵"旅馆谁相问，寒灯独可亲"，或是"旅馆寒灯独不眠，客心何事转凄然"；看到小桥流水，我们当然又会情不自禁地吟诵起"枯藤老树昏鸦，小桥流水人家，古道西风瘦马，夕阳西下，断肠人在天涯"……

一切都实在太美，太画面感了，才会即景生情，有吟诗诵词的冲动。像在为眼前出现的画面配词，配自己认为得意的画外音。

这样的边走边吟的乐趣，不就是醉的感觉吗？

说起酿酒，不由想起了张艺谋的《红高粱》。印象深刻的镜头，未必是姜文和巩俐在高粱地里翻腾做爱，而是几个男人往酒窖里狠狠撒一泡尿。居然就酿制出了一窖香气四溢的好酒，实在让人称奇。

舒国治写京都，把自己定位成"门外汉"，也算是绝了。

但凡写游记，介绍一个地方的风土人情，都恨不得将自己吆喝成专家权威，非自己所写才正宗，却鲜见有开宗明义，老老实实承认自己"门外汉"的。

然而，正是这位"作湖山一日主人，历唐宋百年过客"的"门外汉"，带给了我们一窖好酒。

"门外汉者，也不逢寺便进。有时山门外伫立张望，便已极好。"

"于门外汉言，寺院之最美，在于古寺形制之约略，如山门之角度与框廓感，如大殿之远远收于目下的景深比例……及于此，则进寺院往往仅作粗看，便已私心甚乐，从来不存登堂入室之想。"

"许多寺院之不紧连着进，非为惜其门券也。须知门券之设，隐隐有教人专注此一场所之细审慢详的意思；倘要匆忙求个概貌，往往看过随即又飘散了，还不如不进。"

哈哈，感觉这位"门外汉"是在教人偷窥与远视，并且为省几个门票钱找借口。然而，谁又能否认，其中的实在与老到呢？

一如他不住高档酒家，而专找那些不带卫生间的小客栈住，为此不得不为洗澡、上厕所，跑进跑出，忙忙碌碌。他却竟然说"这种进进出出，上上下下，穿穿脱脱，便才有了生活的一点一滴丰润感受。"

以为他反话正讲，幽自己一默，可仔细想想又何尝不是一种可取的乐观态度。在平凡中活出滋味，在庸常中活出精彩。时常保持"门外汉"的心态，看淡一切，自由自在。

2013.11.8

快乐的舞者，无处倾倒的苦水

——看《舞林争霸》有感

　　在一般人看来，这世界365行，还有什么会比舞台上的舞者更开心呢？我以前就曾幻想当一名舞蹈演员，在万千艳羡的目光中，牵着貌若仙子的女演员的手，在舞台的追光下起舞。或托住她的腰，看着她在我眼皮子底下下腰，一点点后仰，直至弯成一座拱桥；或将她轻轻举起，让她在我头顶做曼妙的动作。一个被俊男美女挤爆的行业，想不开心也难。

　　遗憾的是，他们很难成为明星。尽管他们的服饰鲜艳炫目，尽管五光十色的舞台彩灯把他们照得通体透亮，尽管他们一肌一容尽态极妍，尽管他们身怀绝技，一招一式无不赏心悦目，但他们通常只是一个被忽略不计的群体。除了他们自己或他们的家人，大概没有谁会在意这舞台上的谁谁谁是谁谁谁。像杨丽萍那样被亿万观众牢牢记住的舞者能有几个？谁也不会在意他或她今天扮演了一个王子还是一个公主，抑或只是一个肚皮舞娘，更别提那些群舞中的甲乙丙丁了。

　　曾记得一位仁兄在电影中扮演了国民党残兵甲，公映那天买下一排的座位送亲朋好友来捧场。只见他在银幕上拄一根拐杖一瘸一瘸一晃而过，最多一秒半钟的镜头，让来捧场的人不知道该为他鼓掌还是为他悲哀。

当台上一群红男绿女众星捧月般卖力地为某个歌星伴舞，一个个跳得汗涔涔、气吁吁时，我就心生怜悯。上帝太不公平，同样的金枝玉叶，人见人爱的人间尤物，怎么唱歌的就天生豪门小姐的命，跳舞的却红颜薄命，成了陪嫁丫鬟；同样的十年寒窗，一个金榜题名，春风得意，一个却名落孙山，被打发成屁颠屁颠的听差、"残兵甲"。

有点不可救药的是，哪怕只是伴舞，哪怕只有镜头前的一晃而过，他们也都是精神饱满，全力以赴。他们表情丰富，一笑一颦，无比认真，好像真以为自己扮演的"陪嫁丫鬟""残兵甲"快要红了？这一刻，倒是宁可他们跳得敷衍些，冷漠些。不由想到上海人常形容徒有其表的人的一句话：聪明面孔笨肚肠。

要不是一位朋友的竭力推荐《舞林争霸》，我是怎么也不会想到看一档跳舞选秀的节目。看一群漂漂亮亮却没有思想内涵的人跳舞，能有什么收获？虽说我萌动过托着或举着女孩子跳舞的念头，但如今已经时过境迁，我也心静如水，怕很难激动起来了。

然而我却很快喜欢上了这档节目。我得承认，被这群可以"忽略不计"的舞者震撼了。

一个不经意的近镜让我目瞪口呆，只见一位赤脚的舞者，竟弯曲了一节脚拇趾起舞。顿时，我心抽紧了。毕竟那不是行叩指礼，那是脚趾，支撑着整个身子的重负。这样的功夫，是以多少皮肉之苦、筋骨之痛，才练就的，常人能想象么？

尽管他们在台上每人仅仅轮到一分半钟的表演，上天入地，翻江倒海，看似神情轻松，然而一开口却个个气喘吁吁，语不成声，可想而知消耗体力有多大。

其实，只要台上一站，开、绷、直、立，几个简简单单的动作一做，有多少童子功夫也就清楚了。所谓"台上一分钟，台下十年功"，对每一个舞者来说，是一条铁血真理，没有任何通融的余地。

　　然而，哪怕练就了十年功夫，也未必能换来台上五秒钟的掌声。因为竞争太激烈，高手太多。在舞蹈界有句话，"练功房很多，舞台很少"，说的就是上台机会太少了。

　　于是就有了"跳舞跳得好，要饭要到老"的说法，也有人干脆把跳舞称作"乞丐行业"。

　　本来，但凡想做成一件事总要先有付出，苦其心志、劳其筋骨、饿其体肤，但要有盼头，只要有一天时来运转，破茧成蝶，以往的种种磨难也就统统OK，算不得什么了。怕就怕日复一日、年复一年毫无翻身的指望，那不仅仅只是辛苦或劳苦，那是命苦——命里注定的苦。

　　尽管金星、方俊一再要求上台"争霸"的演员，不要煽情，不要倒苦水，即使想倒苦水也不能用眼泪，而只能用自己的舞蹈。然而没用，每每谈及父母的养育之恩而自己却无以回报，谈及入行多年生活还难以为继，谈到伤痛缠身却仍不想放弃自己的理想，谈起因为跳舞而不被人正眼相视……遏制不住的眼泪还是如黄河决堤，洒满舞台。

　　但是，《舞林争霸》真不是个诉苦的舞台，它不可避免地要炫技，然而更多的是向人们宣示与命运的抗争。

　　因为跳"反串"而饱受歧视的小伙子为了证明自己是个有思想有灵魂的舞者；曾为无数明星伴舞，却像跟自己没一毛钱关系而心有不甘的"无名舞者"；因车祸失去一条腿，却用单腿舞出震撼的19岁小伙子……

　　所有这些舞者都用他们精湛的肢体语言告诉人们，哪怕生活再窘迫，哪怕人生旅途再坎坷，但他们爱舞蹈的初衷不会改变。

　　此刻，他们似乎也为平时之所以对每一个节目，每一个伴舞的机会都那么珍惜，那么投入的原因做了一个诠释：他们太爱舞蹈，太爱舞台了。他们享受那一刻，只要大幕拉开，只要灯光追着他们的身影，他们就忘记一切，就感觉自己成了这舞台的主宰。

　　"舞者很平凡，但我们平凡并不一定简单。" 说这话的是来自安徽蚌埠的25岁小伙子张傲月。就这一句话，就让我明白，一个优秀的舞者，也必定是个思想者。

张傲月的一曲《老爸》让不懂舞蹈的我，也被深深打动。8岁那年父母陪他去北京考舞校，当时父亲开刀不久，但一家人不舍得打的。在乘公交途中他晕车呕吐，母亲怕污秽物弄脏公车，便用双手受盛，就这么一路捧着，捧了二十多站路……这刻骨铭心的经历一直支撑着他，让他在17年北漂的岁月里百折不挠，这样的经历也成了无价之宝，促使他成熟，并且悄无声息地浸淫在他的肢体语言中，以致他的舞蹈让杨丽萍惊呼，见过很多好的舞者，但没见过这么好的。

是的，真好。这一刻，那舞台仿佛开满无尽的荼蘼花，有点伤感，然而示与世人的却永远是它们无比绚丽的姿态。

也许，我们可以忽略他们在台上的存在，但我们不能忽略他们在台下的付出；也许，我们可以忽略他们的一笑一颦，但我们无法忽略他们的情感世界——他们仿佛上帝派来专事讴歌欢乐的使者，哪怕伤痛在身，哪怕回去就要面对许多不愉快的现实，但这一刻他们抛弃了一切烦恼，这一刻他们的笑容无比灿烂。

2013.3.10

老周拜年

那时候的春节，大家拜年都还勤快，不像现在，走亲戚串门那些过场戏，能省就省，能免则免，手机可以解决的就绝不烦劳腿了。

那些年，春节拜年是老周的头等大事，不是给他远在家乡的老父亲，而是给予他没一点血缘关系的企业家，上门请安存候。

老周是我们《上海文学》杂志的执行副主编，既管版面也管行政的一把手；他的大名——周介人，文学圈内尽人皆知。

按说，像老周这样的年龄和地位，德高望重的，身子骨又羸弱，一到春节想给他拜年的作者、朋友，多了去，他只需在家守着，给来者赐个座、赐杯茶；倘若累了，头往后背一靠，人家也就识趣告退了；他亲自上门给比他年轻得多的人拜年，那场面多少有点滑稽。

当然，那绝对不是因为幽默。评论家雷达，在后来的一篇悼念文章中说，那些年，他发现平时喜欢说笑的老周，幽默感也几乎快消失了。显然幽默感的多少、浓淡与心境好坏成正比。

想必，二十世纪八十年代初期至中期应该是老周幽默感最强的时候。那是中国文学的黄金时代，不仅佳作倍出，杂志发行一日三涨，而且杂志编辑只管一门心思组稿、审稿，无须操心钱的事。工资由国家财政拨款，杂志的经营发行则全部归出版社负责。

可谓岁月静好，现世安稳，能不情趣盎然，谈笑风生！

只是幸福的日子总是转瞬即逝，杂志的发行量渐渐陷入颓势，阴跌不止。出版社像是会看K线的操盘手，在我们还以为只是暂时下跌，马上会反转并东山再起的时候，便早早跟我们分手，说把经营权拿回去吧，赚多就是你们自己的。不久，财政拨款的政策也打折扣缩水了，一夜间，我们几乎就成了一家自负盈亏的单位。

一开始，我们还雄心勃勃，梦想着有朝一日发行量创天文数字，企业争着要上我们的封底或是封二封三做广告……老周还招兵买马，成立经营开发部，同时另外申请办一份《企业文化》杂志，邀作家为企业家立传，以换取企业对杂志的支持。

那些年，老周常被经营部的人拖着到处跑，忽而工厂，忽而乡村。我为此曾在一次杂志社会议上提意见，说作为一名杂志的头，没必要事必躬亲。我的言外之意是，你老周有点不务正业了。

那段时间里，杂志社的壁橱里堆满了企业家赞助的衬衣、雨伞等物品，但换不了钱，杂志社还是每况愈下，进入到20世纪90年代，就更到了捉襟见肘、入不敷出的地步。印刷费欠了多期了，作者的稿费又该寄了……

大家共克时艰，作为当家人的老周，总还想着给大家发点奖金，尤其逢年过节，不是说一声"节日愉快"就能打发的。虽说清汤寡水的日子大家也习惯了，只是老周觉得对不起大家。

那个大年初二一早，老周带着杂志社助理来到杨浦区的一个厂长家里。厂长管理着一家中型国企，那时电视上常有广告，名气也不小了。老周自从认识了这位厂长，就像是遇上了知音。因为厂长说喜欢文学，也体谅办杂志的苦衷，承诺每年给予一定的赞助。一开始不用老周开口，厂长就直接把款打到了杂志社的账户，害得老周激动得想哭。只是好景不长，老周只好觍着脸上门了，上门的时间就挑在春节，给你拜年，在"恭喜发财"的嘻嘻哈哈间，把赞助的钱落到实处。好在每次上门，厂长都没让老周白跑。这次也没例外，只是这一次老周去得不是时间，正好厂长在卧室接电话，老周和我们的助理只好站客厅门边等，他们进门后很知趣地脱了鞋，但厂长夫人只是冷冷地朝他们点个头，算是招呼了，不给他们穿拖鞋，也没让他们进去坐，更没想到要泡杯茶，暖暖手，就由着他们站着。天气很冷，客厅里没开暖气，而厂长在卧室里的电话却很长很长……

当天晚上老周病倒了，重感冒。

如今，每当我想起那次在杂志社会议上，我对老周提的意见，我就深深地后悔，没有当年他不辞辛劳，一次次的"事必躬亲"，杂志社撑不到现在。

"不当家不知柴米贵"，这道理我想清楚了，只是已经没机会向老周当面认错了。

2018.8.24

读点程乃珊

我开车容易犯晕，路况稍有复杂便不辨东西；还不长记性，一些去过多次的地方也常常只是似曾相识。好在有导航仪，那里有个栏目叫"我的最爱"，只需把目的地输入，这车就开得踏实了。然而，并不是所有的输入都可以称得上"最爱"的，比如火葬场……

一周前才去的龙华殡仪馆，为了告别一个中学的同学。回来就赶紧将"龙华殡仪馆"从"我的最爱"中删去。也算是一种期许吧，因了我这一删，能保一方平安。只是没想到，前脚刚刚删掉，后脚却又要输入成"最爱"了。

这回是为了送别程乃珊。

认识程乃珊是从她的《山青青水粼粼》开始的。这部短篇小说大概现在已经没几个人记得了，发表在1985年第八期《上海文学》杂志。那一年程乃珊调离杨浦区惠民中学，开始了她的专业作家生涯。那一年五月我刚到杂志社上班，读她这篇小说的清样时尚未满月。初来乍到，感觉新鲜，印象也尤为深刻。

这是一篇程乃珊的"致青春"，按她自己的话来说，是"对少女时代的自己一个小小的回顾和告别"，是她的"青春之歌"。程乃珊自己也说，她对这部小说一直很偏爱，喜爱程度甚至超过了她的成名作《蓝屋》。

小说中，情窦初开的"我"住在"丁香别墅"，曾暗暗爱恋大她七岁的邻居"你"。"你"是混血儿，一个"又帅气又傲气的男人"。当"我"从学校毕业，脱下学生装时，"你"似乎才开始意识到"我"的存在。然而时间已经逼近1966年，真是好景不长，"文革"开始了，"我"和"你"两家人都没逃脱扫地出门的厄运，从此天各一方，杳无音讯。二十年后当"我"和"你"再次相遇时，都已经有了各自的婚姻，最后"我"只是默默地记住了"你"留下的电话：377400——山青青水粼粼。

小说没有惊心动魄的情节，在反思"文革"这一类题材的作品中也算不上有多深刻，然而读来却清新隽永。

仿佛经历过"文革"这一代人对渐行渐远的青春的一曲挽歌：明明已经错过你，但我还在想念你；明明已经近在咫尺，但我无法拥有你……

有意思的是，时隔多年，在一次聚会上，一个来自大洋彼岸的老男人即兴弹奏一曲钢琴，是几个音符反复不断的变奏。旋律陌生似乎还有点滑稽。终于程乃珊听出来了，天啊，那不是在弹奏377400吗？只是00演绎成了两个休止符。他在为她弹奏，

老男人是个风采依旧的混血儿—— 一个曾经激起程乃珊"平静如水的少女的心的第一道波澜"的老邻居。

没错，他应该就是那个"你"的生活原形。

程乃珊以为少女怀春的秘密只有自己知道，《山青青水粼粼》也不会传到大洋彼岸那么远的地方。可是，他其实早已经看到了，只是始终没说。即便在今天他弹奏的音符揭晓了这个秘密，他们也仅仅会心一笑。

多么绅士、多么淑女的会心一笑，这样的气质现在到哪里去找？

老艺术家秦怡曾赞誉程乃珊为"1980年后上海小资的开拓者"。程乃珊也说自己十分"小资"。所谓"小资"，完整地说，应该称作"小资产阶级情调"，特指追求西方思想文化和物质生活的人。从1949年以来它一

直是被反反复复批判的名词，谁知到了20世纪90年代，竟开始在中国大陆流行起来，成了有文化有品位的代名词。好多人以"小资"为荣，很多作家也以写"小资"为时髦。好几次看他们的作品，但凡写到女主角，必定冠以"大家闺秀"，会说一门外语，弹得一手好钢琴；男主角呢，则必定家境殷实，出国留学，外貌洋气。但给我的感觉，他们笔下的"小资"，就像拿崇明的乌小蟹放阳澄湖浸泡几天，然后冒充阳澄湖大闸蟹。其实，未必一定在赶时髦，他们也是真心实意地向往"小资"，只是差距大了一点。据说有一位仁兄，"文革"时抢了程乃珊外婆家所在弄堂的房子，后来逢人便说自己是程乃珊邻居。似乎这一说，便和程乃珊青梅竹马，一个档次了。如果那位仁兄是作家，估计他也一定会放软身段，给人物标上"小资"的身份。但是他应该是怎么也写不出"小资"的味道的，哪怕他已经在程乃珊外婆的弄堂里浸泡了几十年。

在我们眼中，程乃珊无论如何也可以跻身"中产阶级"一档了，说她"小资"，实在有点低看了她。正因如此，她写"小资"便得心应手，这也许便是"取法乎上，仅得乎中"的原理吧。

"小资"情调未必和资产成比例。就是说，哪怕资产已经达到小资产阶级标准，甚至更高，他们的情调也未必是"小资"的。在海南岛三亚的高档住宅区，各地煤老板占了半壁江山，他们的特征很明显，头光光的，脖子上的金项链亮亮的，手腕上套的佛珠层层叠叠，他们喝的是洋酒和拿铁、卡布基诺，开的是游艇，玩的是高尔夫，但你能承认他们有"小资"情调吗？恐怕"小资"们宁可自杀了。就像程乃珊一听到那位抢房子的仁兄人前人后说是她邻居，就痛苦不堪一样，认为是一种耻辱。

相反，哪怕穷困潦倒，"小资"情调却依然故我，那才是真正的"小资"，是"小资"到了骨髓。

……（二十世纪）六十年代粮食供应中要搭一定比例的山芋，桂花山芋汤常会在炉子上出现。爸还自己设计一种中空的烘箱让白铁匠长脚老马敲打出来,搁在火炉上专以烘山芋,甜焦的香味弥漫着整个房间,实在没有啥可吃,就会将晚饭的剩菜和上面疙瘩,一样又鲜又香。此时爸爸总会放上几张唱片,在音乐声中,炉火渐渐熄了,我们仍围炉而聚不舍得散,直到炉子快冷却了,才捧着又暖又饱的肚子上床!

　　这是程乃珊在一篇《冬日围炉之乐》中的描述,看得人心酸,却也让人领略了"小资"情调的伟大。

　　"小资"讲究享受,但绝对不是利己主义。有"小资"情调的人,男的绅士,女的贤淑。"小资"情调其实是一种内功,需要修炼,需要我们多读点程乃珊。不妨将她的书设定为我们的"最爱"吧。

2013.5.9

还有多少传奇在人间

——春晚随感

春晚，王菲的一首《传奇》犹如天籁，给这喧闹世俗的夜晚留下了灵秀擢世的惊鸿一瞥。我算不上王菲的粉丝，但也被这首歌征服了，第二天便急着上网下载。虽说只能下载到李健版的，却并不失望，一样的缠绵悱恻，一样的刻骨铭心，令人动容。据说那旋律是李健看了《一个陌生女人的来信》后写的，我不知道他是看的茨威格的原著还是徐静蕾改编的同名电影，不过问题不大，茨威格写得好，徐静蕾改编得也相当成功。无论小说，无论电影，当时我看了都久久无语，不想说话，我知道那叫感伤。同样的感伤，在李健的体内就灵光一现，化作了旋律，这就是音乐家的灵感。如果让我现在一边看茨威格的《一个陌生女人的来信》一边听王菲或是李健的《传奇》，我恐怕会几天不想说话了，把前后的日子过得像浸透了水的阴雨天，蜷缩着自己，发呆，任思绪汹涌或黯然神伤。

《传奇》表达的是一名女子对一个陌生男子的"孤独的思念"，用自己的一生默默等待"他"的发现，明知不会有结果，却依然执着痴心，无怨无悔。一段不可思议的单恋，所以才被称作了传奇。

如果说茨威格创作了一个爱的传奇，那么李健则是把这个传奇演绎成了另一种传奇——音符的传奇：把一个女子柔肠百转的倾诉，化作了不可思议的清灵澄澈、美轮美奂的旋律。这显示了他对茨威格小说的独到感悟，更显示了他超凡脱俗的音乐天赋。

没考证这首《传奇》创作的具体时间，王菲称它是首老歌。如果看了徐静蕾的《一个陌生女人的来信》写的，估计也该有四五年之久；如果是看了茨威格的原作写的，那就更早了去了。要不是王菲在春晚选择这首歌，恐怕到现在也没多少人能听到这首歌，更没多少人会知道世界上还有李健这么个极富天赋的音乐人。可见一个天才的被发现往往有很大的偶然性。我们常说是金子总会发光，但金子什么时候能发光则要碰运气了。当一些运气好的金子在发出耀眼的光辉时，更多的金子则还埋藏地底或静卧深山老林，终日不见阳光。

我平时比较喜欢看央视的《星光大道》，因为这栏目有点像勘察队，在各地的深山老林寻觅金子。我曾经在越南的一条江里看当地的百姓沙里淘金。方法很简单，将江中的沙土舀簸箩里，然后在水里反复筛选。人站齐膝深的水里，弯着腰，可想而知的劳累，还往往竹篮淘沙一场空，一无所获。但是当发现一颗小"沙砾"在簸箩的沙堆里发出夺目的光彩时，那惊喜也是难以言表的。尽管金子有时仅仅只是米粒大小，但每颗金子都仿佛传奇的小精灵，太珍贵，太难得了。这就是沙里淘金带来的喜悦。

《星光大道》带给我们的正是这种喜悦。远的不说，就拿2009年所涌现的那些名列前茅的选手来说，哪个不是闪闪发亮的金子？那个来自拉萨城的藏族女孩索拉旺姆，能歌善舞，声线独特而甜美，她的《荷花度母》所展示的舞蹈功底，让人叹为观止，并马上联想到舞蹈家杨丽萍的栩栩如生的肢体语言。还有来自单亲家庭的关键，声情并茂，几次听他演唱都差点掉泪，难怪李双江要说他"前程似锦"。最难得的是当仓库保管员的刘向圆，一身工装，一脸憨厚，一开唱却惊为天人，以为嗓子被上帝吻过。此外还有王墨、黑妮、张晓棠……举不胜举，他们都经历海选，然后过五关斩六将，最后脱颖而出，成了一个个舞台传奇。

本来有许诺，说《星光大道》前三名都有机会上春晚，可是左等右等，等来的都是些老面孔。估计名额有限，很多关系要照顾，要摆平，最后挤走了新人的上台机会。与其说这是新人的遗憾，还不如说是春晚的损失。很多人大可不必年年出场，既无新意，唱得也极其一般，如果让他们作为一般的选手上"星光大道"，说不定也只是周冠军或月冠军的水准，未必能取得靠前名次。

生活中这样的现象自然不止春晚。比如一些文学杂志，眼睛总喜欢盯住一些"名人"。"名人"的随便什么文章都被认为是一种"恩赐"，几乎不假思索地上版面，而比他们写得好但名不见经传的作者却总是被打入冷宫。这样选稿方法，省力是省力了，后果也日渐显露："名人"越写越烂，杂志越办越没人看，因为读者并不买"名人"的账。

中国不缺人才，缺的是选人的机制。如果各个行业都有《星光大道》，公平公开，沙里淘金，那时你会感叹，多么不可思议，人间处处有传奇！

2010.2.23

在维也纳卡尔广场看裸奔

六月的维也纳天高云淡，说热不热、说不热却已经有不少人在公园里大白天打赤膊，卧草地裸晒了。空气中弥漫着一股慵懒的气息，仿佛金色大厅里哪支乐队，反复演奏着轻柔的慢板，或是慢板的慢板，使人昏昏欲睡。

其实，午后在参观金色大厅的时候，并没有乐队在表演，我们只是被从一个厅引导到另一个厅，勃拉姆斯厅、莫扎特厅、黄金厅……一路乖乖听讲解，乖乖朝前走，并不时被告诫：跟上、跟上。

"跟上"是我们每天听得最多一个词，上车、上厕、上餐馆，以及到景点的每一个角角落落，都得"跟上"。一旦跟不上，便意味着掉队。难免害大家寻找、等候。虽说不一定被人当场指着鼻子责骂，却还是——好尴尬。

尴尬是因为出洋相了。若想保全面子，不出洋相，最好的办法就是——跟上，跟上！

好在我们的导游是个文化人，他来自中国，又多年生活在欧洲，兴许就是这身份使得他对国人的行为举止尤为敏感，从而有效地将我们可能出的洋相都消灭在了萌芽状态。

　　比如，当我们三三两两行走街上，一旦有外国人远远走来，无论身前还是身后，他就发出"跟上"的信号，留出足够的空当给老外走。为此我们经常得到老外的一句"谢谢"，只是经历多了，有了条件反射，一见到老外就有点紧张。

　　还别说，经过一段时间的训练，我们这支七拼八凑起来的团队，几乎被导游训练成了半军事化部队，令行禁止，就差没"一二一"正步走了。为此导游夸我们"有文化"，我们也沾沾自喜，觉得大涨了中国人的脸面。

　　那天，参观金色大厅，我们因为人多被分成了两拨，我们前一拨的人出来后有一段闲逛的时间，于是就来到了附近的卡尔广场。

　　卡尔广场因卡尔教堂而出名，教堂建于1737年，巴洛克式的建筑风格，穹窿圆顶，左右两侧的圆柱浮雕为螺旋形图案，展现前米兰总主教圣波洛梅欧守护生灵抵御黑死病的事迹。据说教堂里面有很多当年著名艺术家的雕刻作品和祭坛画，只是计划中并没有参观卡尔教堂一项，时间安排也不允许，只有在外部看看，也算到此一游了。

　　此时的卡尔广场游人稀少，人们三三两两地围坐在广场的大水池旁晒太阳。我们几个"到此一游"后，也开始围坐在水池边发呆。

　　波光粼粼，只见卡尔教堂的圆顶倒影，犹如一顶古铜色的瓜皮帽在水池里浮动。我设想把头凑过去，移到"瓜皮帽"下方，然后按下快门，效果应该蛮搞笑的。

　　却是懒得动弹。此刻，哪怕水池中出现"皇冠"，我也懒得挪动身子按快门。不能怪太阳把人晒懒了，实在是机会难得。真希望一直这么坐着，不吃不喝，也不"跟上"。

　　忽然，感觉有异样的动静响起，原来在"瓜皮帽"旁出现两个奔跑的身影，肉色的，其中一个是男的，另一个是女的。

　　裸奔！这一惊非同小可，我抬起头，急速寻找，确实是一男一女两个裸体的年轻人。他们从教堂的圆柱下出来，然后围着水池奔跑。

在人们惊诧目光中，这一对肉色的身影越来越清晰。两人都戴着黑色的牛仔帽，并分别佩一小块黑布和一个红色的丝绸蝴蝶结遮羞。还有，女孩是不折不扣的美女，男孩是不折不扣的帅哥。一对金童玉女！

不久来到了我近处，我看清楚他们身上还涂着黑色的字：Almdudler。

什么意思？不过我没停留在对这单词的猜测中，目光一直跟随着他们的身影。

见过裸晒的，却还没见过裸奔的，可遇而不可求！

此刻用"呆若木鸡"来形容我和我的团友，大概再恰当不过了。我们不知道该做点什么，或者准确地说，是不知道如何反应才是正常的、合乎常规的。导游不在，我们有点六神无主了。

远远地，金童玉女停下了脚步，他们被一个外国老人拦住，然后一边一个搂住，照相。他们笑眯眯，很乐意。

我们忽然一下子都有了主意，一个个迅速起身，向金童玉女跑去，不为别的，就求一张合影。机会难得，这辈子还能遇到裸奔这样的事吗？

我开始加速，仿佛耳畔有人在发着口令："跟上"。

晚上，意犹未尽，百度了一下，Almdudler即"药草柠檬水"。

原来，是一场广告秀。

2017.3.15

她，讴歌欢乐

　　前天下午送走了蒋丽萍。龙华银河厅里回旋着的她的评弹开篇和山西民歌《想亲亲》还时断时续地萦绕在我耳畔。声线不是特别明亮、高亢，却有磁性，且一板一眼，韵味十足。录制的是她的清唱，因为没有伴奏而显得愈加质朴、清纯，没有任何的雕琢和奢华；也因为没有伴奏，让人觉得有点孤单，孤单得令人心疼。

　　我和蒋丽萍相识在二十世纪七十年代后期。当时我和林伟平、王周生、方克强、孙颙、杨代藩等随李中原先生从大庆油田采访回来，常聚建国西路上的出版社招待所讨论我们正在写的散文。她是来看望王周生的，顺便也结识了我们，那时她应该还在农场工作，和王周生是同一个农场的好朋友。据说当年东风农场宣传口曾出了名扬全场的"女中三杰"，蒋丽萍和王周生就是其中的两杰。如果说我能从王周生那儿看到她当年飒爽英姿、叱咤风云的风采，但是一开始从蒋丽萍身上我却没有多少"女中豪杰"的感受，她甚至有点腼腆、害羞，经常只是冲我们笑笑、点点头，然后被王周生迅速拉一边说悄悄话。慢慢地，传出她和林伟平谈恋爱的消息并且她也考上了第四师范学校。介绍人自然是王周生。我们都觉得他俩蛮般配，郎才女貌，也女才郎貌；林伟平柔中有刚，蒋丽萍则刚中有柔，可谓珠联璧合的一对。只是好事多磨，有惊无险地等了好几年，也许是我们心太急。我还给自己争取了半个介绍人的名分，算男方的，事后也得到了林伟平和蒋丽萍的口头承认。介绍人自然也没有书面承认一说，我指的"口头"是相对"心里"而言。我这辈子当媒人的次数不少，做成功的却只有他们这一对，因此很在乎这名分，不承认也得承认。

真正让我对蒋丽萍刮目相看的是她的小说《她，讴歌欢乐》。那是1981年，她从师范毕业在吴淞中学当老师，我也刚到《萌芽》不久。小说是她送到编辑部来的，那时编辑部还在延安西路200号的文艺会堂内。尽管我们并不陌生，但她却还有点文学女青年惴惴不安的样子，她说自己第一次写小说，不是太有把握，只是想听听我的意见。在她走后，我随手翻了翻，并不抱多大的希望。然而这随手一翻竟翻出了惊喜，我知道觅到宝了。作品中的三个单身女教师被她刻画得栩栩如生，生动而传神。作品写得潇洒脱俗，既没有"文革""主题先行"的遗风，也没有"文学女青年"顾影自怜的小家子气。没想到她起点那么高，真的太出乎意料了。当时便有种预感，日后她会成大器。

当年，《她，讴歌欢乐》果然获得了第一届《萌芽》奖。

这以后她一路耕耘，一路讴歌，先是转行当记者，接着又成了一名专业作家；她打扮得漂漂亮亮地上电视台当节目主持人，又好戏连台写出了一部又一部的长篇和电视连续剧。影响越来越大，似乎成了文坛大名人。有时真让我疑惑，她还是当年那个腼腆、害羞的"文学女青年"吗？

前年的一天，在作协，她遇到我，忘了说起什么话题，只记得她忽然很认真地说，我的处女作是你发的，我一直记着的。

二三十年的事了，我没想到她会记着，本来我也没觉得责编——哪怕处女作的责编，有多了不起，但她的那份认真我是心领了。她是个有情有义的人，我相信这样的人才是写大作品的人。有趣的是，她在说"处女"两字时舌头打了个滚，说成"吐女"，让我忍俊不禁。一定是她觉得说

"处女作"有点矫情，故意说得不清不楚的。那调皮的神情，似乎又让人记起她当年"文学女青年"的模样了。

说来也巧，我既是她第一篇小说的责编，又是她最后一篇小说的责编。她的最后一篇小说《哦，苏里玛》是发在2008年第五期《上海文学》上的，写一个上海女白领因过分追求事业成功而使家庭濒临破裂，痛苦中想要在丽江的摩梭男子那里寻求慰藉，最后却发现摩梭男子也已沦为俗人，竟要她帮忙在上海拉客源。小说表达了她对拜金主义对于人们的腐蚀的忧虑和失望。作者的思考是沉重的，开掘也很有深度，然而写到"世外桃源"的丽江，却让人觉得有点生硬，不太自然。毕竟写作不是写生，要写得像，写得自然，不是照着什么写就能解决的，因此我对她说，作品是达到了发表水准，但我并不太满意，你也千万不要满意。

如果换别的"名家"，我也许就不提这样的意见了，随他自我感觉继续膨胀去。在他们的心目中，我给你稿子就是一种恩赐，你怎么还拎不清提什么意见。但我对蒋丽萍有把握，知道她真心想听到我意见。果然她听了连连点头，并且像小学生似的捏了捏拳头表决心似的说，下次一定写出让你满意的小说。

她的"让你满意"使我大为感动，并且对她充满期待。然而没想到第二年她就病倒不起，《哦，苏里玛》竟成了她的小说绝唱。

有的人成了名就以为自己珍贵起来了，有的人当了官就以为自己高人一等了。以为珍贵的人，其实很肤浅；以为高人一等的人，骨子里透出的是俗气。成了名人的蒋丽萍却不以物喜，不以己悲，一直保持着她的质朴和善良。她不张扬，语气总是那么平和，但凡要叙述一件事情，她总能过滤得清清楚楚，然后抽丝剥茧，直指问题的要害；她诙谐幽默、会很多种方言，学什么像什么，听她说话往往是种享受。有时候大家在一起，同样经历的一件事，人家常常会说"蒋丽萍你说"，相信由她说出来才生动，才有味道。她也有拔高嗓子，愤青般激动的时候，那必定是她路见不平或听到了难以容忍的不公和腐败。她的正直和嫉恶如仇的性格，以及对不幸的人们所怀着的深深的悲悯，让我对她的人格充满敬意。但凡有人和她发生争论，但凡有人要和她对簿公堂，我都不假思索地断定，真理必定在她一边。

　　蒋丽萍带着她甜美的声音去了天堂。那里没有不公，没有腐败，没有一切令人厌恶的东西，她的歌声也将越发清纯，荡涤我们每个人的灵魂。

2010.7.30

伟岸的碑

——记我的班主任石兆门老师

　　石兆门，一个不太容易跟人家重复的名字，一直是默默无闻的，要不是今年7月11日四川丹巴那场特大的泥石流灾难，无论新浪、搜狐，还是百度、google，都无法搜索到一条可匹配的内容，真的是"名不见经传"了。可是到了7月14日，连续好几天那名字竟一而再地出现在上海以及外地的各家报纸上，连电视也有了连续报道。人们很快记住了这好记的名字，知道他原是上海建承中学的一名退休教师，今年7月和其他三位退休教师结伴旅游，最后竟被埋在了丹巴境内的美人谷。64岁的他一夜间成了家喻户晓的人物，但却是和死亡联系在一起的。

　　我是在7月14日浏览《新闻晨报》标题新闻时突然发现这名字的，"石兆门"——我知道除了我的石老师应该不会再有人叫这样的名字。我急切地读完了那篇报道，明白那一定就是我的石兆门老师了，因为学校是我的母校，尽管我已经离校多年，尽管学校连名字也改了。我当时看完那则新闻，就知道石老师是凶多吉少，生还的可能已经不大。因为我曾经两次去九寨沟，两次都正好和泥石流擦肩而过。一次是1992年7月，似乎快要到九寨沟了，结果就在茂县这地方遇到了泥石流，塌下来的山石挡住了我们的去路，我们在当地招待所住了一天又一天，最后还是无望而返。第二次是两年前的5月，我从九寨沟返回的路上，发生在汶川县境内，路边还有未来得及清理完的大石头，公路一边的几十丈深的江面上还漂浮着轮子朝天的面包车。据说就在前一天，当地一位人大主任的车队遇到泥石流，人大主任的坐车被山上滚下来的大石头砸到了，车内的人当场遇难。当然我所看到的两次山体塌方的规模都无法跟这次石老师他们所遇到的规模相比，整个一个美人谷几乎覆没，可想而知那来势有多凶猛。在失去控制的大石头面前，人的躯体无异于一枚不带壳的卵，不堪一击。

石老师是我读初中时一二年级的班主任，那时他从师范刚毕业，一头天然卷发，浓眉大眼，还满脸络腮胡子，说话的嗓门粗粗的，看上去是个很威严的男人，再乱糟糟的场面，他一声喝，就鸦雀无声了。其实他那时才20岁出头，在当时所有老师中他的年龄应该是最小的。他教我们数学，总是让我们都觉得很容易懂，一点不枯燥。因为只要我们学得好，他就给我们奖励——留出时间给我们讲故事。讲一部当红的长篇小说，反映地下党斗争的。他讲得绘声绘色，充满悬念，听得我们一愣一愣的，巴不得下课铃永远不要响，他的课我们也就特别喜欢上。

结婚前，石老师住在南京西路的一条新式里弄里。一个夏天的晚上，我和几个男同学路过他家，正好被他从窗口看到，于是喊住我们，让我们进去坐坐。他住一间搭建在天井上方的小屋，家里其他成员大概住楼下。我们坐不多久他母亲在底下天井叫他，告诉他有人找。他母亲叫他"大毛头"，这一叫把他的师道尊严也差点叫没了。他应了一声，又朝我们笑笑，一脸无奈又调皮的样子。当他从窗口伸出头去，看到他妈妈身边站着几个登门拜访的是我们班的女生时，愣了一下，随即扑向床边，拿起一条长裤，迅疾地套上。动作之快，让人还以为出了什么事，后来才明白那是为了遮盖他那一腿浓稠的汗毛。

漫长的岁月已经抹去了许多鲜活的细节，但始终记着他是一个聪明、能干、乐观、幽默，又和蔼可亲的人，像个大哥哥，但又是一个令人崇敬的授业解惑的师长，尽管我们知道他有个小名叫"大毛头"。

7月25日这天，上海气温骤然升到39.6℃，来学校参加他和另外三个一起遇难老师的追思会的人却络绎不绝，以致偌大的大厅拥挤不下哀思的人们，只好再另外辟一个大教室。我得知追思会举办消息时已经是25日下午，错过了时间。我知道像我一样错过了时间的人一定还有许许多多，要是把我们这些人集中起来，大概连大操场也容纳不下的。想想吧，在今年上半年老师因病住院期间，一些因看望他的人太多而被医院挡驾的学生竟又从运尸体的电梯溜进去，就可见老师在学生中的人缘。还有位参加追思会的女教师来自二医大，本来她和石老师素不相识，前年游览泰国时正好和石老师在一条游艇上。那次由于游艇在出海时没备足燃油，以致开到中途就没了动力，只能在海面上漂泊，任风吹浪打。包括船老大、导游在内，一船的人都乱了方寸，慌做一团。游艇晃动得十分厉害，处境非常危急。那位女教师心脏病犯了，难受得几乎绝望。紧要关头，石老师大喝一声，让大家安静下来，然后指挥身体不好的人坐到比较安全的位子，让年轻力壮的人发扬风格，又让游艇老大赶紧联系求援。一船惊慌失措的人在他的指挥下恢复了平静，最后终于转危为安，坚持到救援的人来。那天的追思会上还有人回忆起，一次学校两派不良学生寻衅闹事，竟在教师办公室撒野，举起热水瓶准备攻击对方，在这千钧一发之际，又是石老师不顾个人安危，冲上前，喝住了他们，制止了事态发展。此外还有不少石老师乐于助人、抢救学生、智擒小偷、勇斗流氓的故事，每一件事都是那么耀眼，让人看到石老师的一颗善良、正直、疾恶如仇的金子般的心。联想到他们遇难的那个丹巴之夜，据说那个度假村老板听到风雨夜中那夹杂的山洪的声音有异，立马拉着他老婆就往外逃，算捡回了两条命。可以设想如果老师听出那异常会如何：他必定指挥大家紧急撤离，而自己则留到最后一个；他必定在被泥石吞噬的那一刻还在牵挂他的另外三个同事，祈祷能以自己的死来换取他们的生。其实，那不用想象，更不用虚构，那是必定的，因为那就是老师的为人。

石老师在普通中学执教，但他的执教水平并不普通。他思路敏捷，条理清晰，而且善于打硬仗，哪个班基础差、学生最捣乱，他就去哪个班，一个学期下来，这个班在年级中的成绩排名必定靠前。退休后他被一家重点中学聘用，人家也总是安排他教最难教的班，把翻身仗交给他打。他不是逼学生做大量的题目，而是自己找大量的题目来做，从中精选后再给学生，好比母亲哺乳、山鹰喂雏，学生得到的是他咀嚼、消化过的精华，营养好，又容易吸收。难怪在学生、家长以及同行中他的教学水准有口皆碑。他多次在市里作示范教学，给同行传授经验，他曾多次荣获区园丁奖，还荣获两次上海市园丁奖。可以料想会有多少人要来找他补课开小灶，但他从不在家里设摊"背猪猡"，而总是想方设法找班主任或别的任课老师商量，把不重要的课让给他为学生补课。这么做，原因只有一个，那就是他不想收学生的钱。他也从没拿过学生的一分钱。逢年过节，每每学生的一张贺卡就让他爱不释手，觉得比什么都高兴。难怪，我最近到他家吊唁，家里陈设之简单、老旧，让我大为惊讶，我本来总以为他是可以属于比较富裕殷实一族的，因为他有这条件，只要他愿意。

石老师退休前官拜教导主任兼工会主席，本来那算不得什么官衔，充其量也只是个鞍前马后的跑腿，但不管怎么说在学校也算个"中层干部"，大小也有那么点权吧。但是他除了为大家服务几乎从来就没为自己争取过什么，工作了一辈子，仅仅分到过十几个平方的一间房子；业务上是个尖子，却连个副高职称也没有。据说不是他不够格，是他自己放弃，没申请，因为"名额有限"。

石老师至今已长眠在异乡客地的丹巴美人谷了。人们在出事地点用碎石垒起一座玛尼堆（藏族纪念碑），白色的经幡在玛尼堆上空默默地飘拂，仿佛还在轻轻地呼唤沉睡的老师。不久，一座纪念碑将矗立在这里，纪念碑由一块上百吨的巨石做成，一个醒目的名字将永远嵌刻在巨石上：石兆门。

那是一柱伟岸的碑，骚动的物欲在这儿沉淀，轩辕子孙的英风正气在这儿发扬。是啊，老师富比陶朱，却清寒似水。站在您的面前，我们再命运困厄，却心地益澈，那是因为您的那颗高贵的心在照亮我们。老师，您安息！

2003.8.17

C. 背的影

你没在意的背影中，有我时常在意的目光。

——题记

据说人的影子就是每个人身上抖落的尘垢，这世上还没有一尘不染的人，因此也就没有没有影子的人。

——题记

淑女也疯狂

　　林语堂先生曾说：要想一天不消停，就在家设宴请客；要想一年不消停，就装修房子；要想一辈子不消停，就找个情人。

　　想必，那是经验之谈。

　　想想也是，世上哪有情人相思不牵肠挂肚、长夜难眠的？又有哪对情人不是殚思极虑、劳神劳心的？

　　不说情人间的幽会总是那么短暂，片刻的欢愉后留下的永远是长长的失落和空虚。即便进入你侬我侬的温柔之乡，却也往往瞻前顾后、患得患失：怕稍有不慎怀孕堕胎酿成大祸，怕手忙脚乱留下蛛丝马迹泄露天机，怕躲过了对方的家人却难保不撞见个熟人的意外，那也是要吓出半条命的。有谶语说，越怕见到熟人的时候越会遇到人。大江健三郎写的《失乐园》，里面的男女主人公不就是从撞见熟人开始东窗事发，最后落得个双双自杀殉情的悲剧吗？怕字当头，这幽会幽得也就打了折扣，高潮不高，只有匆匆了事，分手时还难免有仓皇出逃的狼狈，全没了"执手相看、无语凝噎"的诗意。

　　更多的苦恼恐怕还是来自两人间的情感摩擦，吃醋多疑，作天作地，越是情到深处，越是神经脆弱。有个仁兄，那一阵正和他的情人处在再恋中的初恋阶段，爱得如火如荼、昏天黑地。两人只要有机会就幽会，一日不见便如隔三秋。一个星期天那仁兄突然牵挂得难熬，明知道人家丈夫在家，但还是很冲动地登门，做心中无鬼状。人家以礼相待，好茶好水，夫妻俩一起陪着说话，虽说气氛多少有点尴尬，但总算没露出什么破绽。想不到的是，事后那位仁兄十分沮丧，因为当情人和她丈夫坐他对面和他说话时，他看到夫妻俩的腿不时挤撞、碰擦在一起。那时夏天，又是在自己家，男的穿短裤，女的穿裙子，裸露在外的肌肤自然也就不免有摩来擦去的亲密接触。那真是碰擦无意，观者有心。他为此大为不快，并且一直耿耿于怀，常讽刺她"夫妻恩爱"，如胶似漆；她则说他气量太小，不定平时和老婆还更加亲热呢。于是就你一句我一句，于是就有了怄气和猜疑……

一部《秋天的马拉松》（苏联电影）道出了在妻子和情人间周旋、奔波的无尽烦恼和劳累。只是人有四季情，该不止在秋天才有"马拉松"，还有春天、夏天和冬天，365天的奔波、周旋，365天的不得消停。苦不堪言呵。

责任、荣誉、家庭、金钱、时间、地位甚至生命安全，等等等等，谁不知道婚外情人可能带来的影响和危害？

然而，只要这世界上还存在男人和女人，只要这些人还一息尚存，还有情有欲，还有男欢和女爱，这世界就难保不会有情人、婚外恋。

记得，当年看乔万尼奥里的小说《斯巴达克斯》，老实说最打动我的，不是这位角斗士出身的奴隶起义领袖怎么骁勇善战、顾全大局、不计名利、视死如归，而是他和情人范莱丽雅间缠绵悱恻的爱情。尤其写到他只带领三百骑兵，冒极大风险，潜入敌军心脏的罗马城去会范莱丽雅的情节，更让我激动不已。想想吧，区区三百人，对方却有千军万马，不是玩命吗？仅仅为了与情人会上一面，我们的角斗士甘愿冒这样的风险。可见求爱的欲望有何等巨大。

倘若，我们都洁身自好，恪守妇道和夫道，只是每天上班下班，提篮买菜，同时拒绝一切应酬，拒绝一切来历不明的来自异性的情人节礼品，我们便能守住不爱的防线了吗？

我想，大概也只是一厢情愿吧。

看过阿·托尔斯泰的《谢尔基神父》吗？这是一本才四万多字的小说，写得却极为深刻，作品中一位因为看破红尘立志出家的神父为抵御情爱的诱惑，躲到修道室苦苦隐修几十年，有一次甚至用斧子砍断自己的一节手指成功抵抗了一位女子的性诱惑。就在大家都认为他修行到了最高境界的时候，他却前功尽弃，毁于一旦，被一个商人的女儿拉下了水。

看看，在情爱面前，修行几十年的神父尚且会失去理智，更何况我们这些凡夫俗女哦。由此可见，我们抵御情爱的力量其实十分有限，我们以为永远不会发生婚外情，会一辈子忠于自己妻子或丈夫，那是因为我们运气好（差？），没遇到强手，或者说我们所遇到的都还是不堪一击或两击的诱惑，一旦我们遇到势均力敌或更强大的（有的是死纠烂缠的），我们十有八九也会缴械投降。因为我们是人，我们其实十分软弱。生活在上帝身边的夏娃、亚当尚且经不住一只苹果的诱惑，我们远离上帝，又有多少力量能抵御情爱的诱惑？面对诱惑我们往往欲拒还迎，身不由己，我们只有在事后祈求上帝宽恕。

诱惑，其实未必是一种旷日持久的消耗战，也未必都得穷追猛打、死皮赖脸；有时，一个眼神就勾了魂的也很多。我有位女性朋友，在公交车上被一男子身上的香味搅动芳心，以致好几天魂不守舍，屡屡嗅鼻子，像在回味那香水的感觉。还有位我熟悉的女孩偏偏就爱上一位一头白发的长者，以为风度卓越，主动投怀送抱。

这真是糊涂的爱，说也说不清楚。

在婚外情面前不抵抗或消极抵抗显然是不对的，哪怕已经箭在弦上，我们也该认真想一想种种后果，至少该想一想一年四季的"秋天的马拉松"，让理智再帮助我们作最后的挣扎。

我们反对爱情杯水主义，一个充斥着物欲和情欲的社会是可悲的。但是，一个没有人离婚，所有人都凑合着过日子的社会却是令人窒息的。我们不是常说"爱是生命的源泉"么？情爱不是爱的唯一，但没有荷尔蒙的爱无疑会少了很多激情。情爱的奥妙难以言语，但它却实实在在地存在着，我们的世界也因此而生动，精彩纷呈。

2003.3.16

少说YES，多说NO

一位朋友是个情圣，走到哪儿眼睛都盯着姿色女人。

其实他风流但并不倜傥，朋友聚会倘若要他埋单往往比登天还难，倒不一定比人家穷到哪里，他就是习惯了抠门，小气没商量。

其实他也没多少身体本钱，年近半百，头发很多，但是假的；牙齿也有几颗不是自己的，说话间常有漏风，有一回一个喷嚏将两颗假门牙打老远，老让我想起冯小刚导的《不见不散》的片尾：葛优和徐帆在飞机上亲嘴，葛优一激动就把假牙送徐帆嘴里了。

其实他也没多少学问，但他好为人师，特别好为女人师，他一开口我就出汗，因为他常读别字，把"跌宕起伏"说成"跌石起伏"，把"直言贾祸"说成"直言贾（jia）祸"，甚至把"皮开肉绽"说成"皮开肉定"什么的，真是急死老百姓。

就他这么个光有贼胆却没有贼钱、贼貌和贼文化的"情圣"，常挂嘴边念的"女人经"竟然是"女人嘛，关键不在怎么得到，而在于怎么撤退"。好像他追求女人都十拿九稳，又好像他常常苦于被女人爱得死去活来而难以摆脱。

他的"撤退学"让我听得不明就里：真要让一个女人死心塌地爱上

有什么不好？换了我开心还来不及呢。因为男人要追求女人本来就不是件容易的事，就像我们看动物世界，哪一种雄性动物不为了争夺配偶权而拼个你死我活？作为一个男人虽说不一定要动刀动枪，但那种争斗也并不轻松，有时甚至比动物间的厮杀更加残酷。怎么又说要撤退，早知撤退又何必追求？

不久前，一位正在谈婚论嫁的朋友却告诉我，"情圣"所说绝对是经验之谈。这位朋友已经离过两次婚，眼下的女友却还没有婚史，干干净净的一个女孩子。因为干净所以认真，在和我这位朋友双双爱得上天入地、如痴如醉的时候，她不失时机地搬来远在东北的父母，让我这位朋友当着老人的面郑重其事地许下承诺：尽早明媒正娶。

态度是表明了，我那朋友的心态却有点变坏了。好像觉得自己已经被套，一根无形的绳索正在慢慢收紧。这时他回味"情圣"的"撤退学"，便感觉完全是至理名言。

我还是不太明白朋友心态变坏到底为的什么，便问道，你原先是否打算和女孩子结婚的呢？他回答，有这打算。我又问，如果她不答应和你结婚呢？他愣了愣，说那我不会轻易放弃的，一定要她答应为止。

噢，我总算明白了，这男人和女人间的事就是这样：男追女，天经地义；女追男呢，那就有狗皮膏药之嫌了。所以女人要让男人爱一辈子，就一定要他追求一辈子。办法也简单，那就是一辈子保持矜持、爱理不理、半推半就，一辈子少说YES，多说NO。

2006.4.20

狗毛的荣耀和尴尬

芳子小姐想和我们同室的几个人聚聚，以庆祝她的三十大寿。"聚聚"是有吃的，还有卡拉OK和跳舞。我们自然欢天喜地。

芳子小姐其实已经结婚，但我们好像不忍心似的，还是喜欢称她小姐。不过这不是一厢情愿的事情，不是因为我们不忍心就可以改变她已为人妇的事实。眼下最实际的问题是，那天在我们聚聚的时候，她该不该带先生来？据说她还在犹豫。

我们没权利说她该带或是不该带，我们只能旁敲侧击，借古喻今，让芳子小姐自己去领悟，好在她是个悟性很强的女人。

当然古时候的社交场合大概还没有带不带丈夫的困惑，妇人们自己都轮不到出场，也就更谈不上带谁不带谁了。我说的借古喻今中的"古"，其实只是"过去"的意思，也就三四年或是五六年光景吧。不过别看那时候我们还毛毛糙糙，还常当着众人的面抠鼻屎、说粗话，我们却都已经很绅士了。我们都知道用餐时应时不时地给女士搛菜，入座时要先谦卑地对女士说一声"请"，要是女士见了一只老鼠或是一条青虫发出惊叫，我们该毫不犹豫将她拥入怀里，呵护她，并关切地问她："你没事吧，你真的没事吧"。

记得那年冬天，我们十来个人去江苏的一家乡镇企业参观。说参观也有点打秋风的意思，吃吃玩玩，再带点土特产回来，也算是冬令进补。

美中不足的是，我们这一行的阴阳比例严重失调，仅一位女士，而且她丈夫季先生也是我们"冬令进补队"的一员。我们本来还没有意识到季先生和季夫人一同出征的严重性，还以为到时候拿他们开心开心也不失为这次活动的一大乐事。

那次季夫人穿了件狗皮大衣，很漂亮很贵族气的，而且那种毛茸茸的柔绵的质感很容易让人产生情不自禁地想摸一下的冲动。

季先生和季夫人自然是开一只房间的，他们被安排在三楼，其余的人则被安排在二楼。早晨，主人在招呼我们吃早餐时，却常常将季先生和季夫人给遗漏了，也许是感觉不便，不好意思去惊动他们。这便给了我们一个借口，我们纷纷登上房间对面的一座假山，在那儿可以看见季先生他们的房间，还可以隐隐约约地看见他们的床，尤其在太阳高高升起的时候，依稀可辨盖在他们被子上的狗皮大衣在金色的阳光下涌动，如波涛一般。当我们的叫声此起彼伏传入他们的房间的时候，这波涛也就翻滚得更汹涌了。

有太阳的冬天其实是很暖和的，季夫人的狗皮大衣便常常成了外出时的累赘。当她想摆脱这累赘的时候，季先生却常常视而不见，也许他已经忘了这是自己职责范围内的事。于是我们几个便很绅士地伸出援手，为季夫人抱大衣。这狗皮大衣也确实招人喜欢，暖融融，还毛茸茸撩拨得人的脸痒酥酥。细心点的，还能闻到狗毛尖上溢出的季夫人的体香。

那几天，季夫人可真是风光，走到哪儿，我们几个就为她服务到哪儿。有时她还没说要脱，有人就已经主动问她了：要不要宽宽大衣？

抱的次数多了，我们才发现这狗皮大衣的质量存在严重问题——容易脱毛。也许是季女士没有保养好，也许这条可爱的狗是在换季节时被扒的皮，反正我们一抱就是一身毛，尤其穿呢制衣服的，更像是身上长满了狗毛，再怎么拍打也没用。

　　我们并没有因为害怕粘一身狗毛而对季夫人有所怠慢，我们一如既往地绅士，任"毛"任怨。我们甚至还争宠似的，说比比谁身上的狗毛多，让季夫人嘉奖。

　　就在我们以狗毛为荣，沾沾自喜的时候，季先生终于拉长了脸。他嘴里不说什么，却从此与季夫人拉开了距离，吃饭不坐季夫人边上，走路故意隔得很远，对季夫人爱理不理，好像在故意让贤。可是我们谁也不会因此而当仁不让，我们本来就没这心。当季先生阴郁的目光似乎在我们的身上寻找什么时，我们为身上还粘着众多的狗毛而尴尬不已。

　　天啊，这真是狗肉没吃到沾狗毛一身！我们谁还敢去多抱多沾这狗毛？我们只有敬而远之。我们对狗大衣敬而远之实际上就是对季夫人敬而远之，害得季夫人好几次在参观时，将狗大衣脱了又穿，穿了又脱，情绪糟透了。

　　"千不该万不该，"我说，"当初我们不该让季先生一起去。他去，只会让其他的人尴尬。"

　　"我会让你们创造荣耀的。"芳子小姐说。她果然是个聪明的女人，当场决定不带她先生出席聚会，说到时就给他买一盒"康师傅"，也算是吃长寿面了。

　　我们互相看一眼，差点欢呼一声"理解万岁！"

　　"到时我就带几个女同学去，当然都不会让你们失望的。"芳子说，"否则，我们阴阳比例的失调也太严重了。"

　　"啊——"我失声叫了出来。

　　"怎么啦，这么激动？"芳子小姐瞪我一眼，"到时你眼里一定会没有我了。"

　　我连连说"怎么会"，可是我担心的就是到时我们这些人在众多的女士面前期期艾艾，缩手缩脚，因为我们老是要看芳子小姐的脸色，唯恐怠慢了她。

　　我很想建议她带上她的先生，有她先生在场我们的担子也就轻多了，我们也许会更绅士些。

1995.10.2

接老黑

　　老黑很黑，一脸络腮胡子，声音有些嘶哑，但中气很足，大大咧咧的样子，再加一口翘舌的苏皖普通话，虽说不是很北，却也给人一种很北方汉子的味道。

　　老黑毕业于名牌大学，据说他的一些同学大多已经身居要职，就他还只是中级职称，一个普普通通的编辑。为此，他多少有点怀才不遇的牢骚，说那是因为他太直爽，说话不会拐弯抹角，不讨头头的喜欢。其实，他很会说话，严格地说，是很会发言，平时话不多，但一开会总要说几句，说起来还真是头头是道，从大局说到小局，还引经据典，还一二三四分成几点，很条理很逻辑，也很政策很知识面的；有时他还冲着头头提意见，一脸凛然："我要在这儿不客气地说几句"，让人为他捏一把汗。好在都有惊无险。因为他的意见大多只是建议，拿人家的做法来对照，其实未必有什么价值。更多的价值似乎只在证明他的见多识广。

　　老黑四十好几，却一直没结婚，女朋友倒是谈了不少，但都没谈到底，他说都是因为他家里有个体弱多病的老娘的缘故，女方嫌累赘，而且嫌他太孝，是个要老娘不要老婆的人。

　　同事中对老黑褒贬不一：有说起他就态度暧昧的，说他开会发言的内容都是从报纸上抄来的，又说他老娘见了他就像老鼠见了猫；当然也有很同情他的。我呢，到编辑部时间不多，总觉得他还是值得敬重的。他家中有个老娘并且自己迟迟没有结婚都是事实，至于说他为发言而抄报纸那就有些夸张了，发言又没稿费，他图什么呢？

那回老黑请三个月的创作假，到外地一家企业采访，说是准备写电影剧本。有人说他不会写出什么东西，但既然有人接待，也是机会难得，领导也就同意了。老黑临走前一再关照我要按时给他寄他订的报纸。平时我只知道他喜欢看报，不料到收发室替他领报纸还真吓了我一跳，从中央到地方，方方面面，居然不下十多种，其中如《汽车报》《煤炭报》等，似乎都和我们隔行隔山，风马牛不相及的。我真不明白他订那些报纸有什么用，也不明白他到底是去采访还是专门去读报的。

三个月到了，老黑来了份电报，让我和另一个年轻的同事去火车站接他，那同事嗤之以鼻，说来编辑部这些年没听说外地回来还要人接的。于是我就只好一个人去接。老黑见我一个人，就有些不高兴，脸也更黑了，说上海人就是不讲义气，当然我是个例外。我说我一个人也够了，我力气大。没想到等他从窗口将大包小包一件件递下来，竟在月台上堆成了一座小山。我差点没晕过去的是，其中大多竟是报纸，有我寄给他的，也有他带去和在采访地买的。我问老黑，这些报纸还要来干什么。他含糊其辞，说有用，说也许写剧本时有用处。我真想说我知道还有别的用处，到时作长篇发言时用。

那天我们费了九牛二虎之力，由一个人先将三分之一的行李搬到前面约五十米外的地方，然后回来和另一个看行李的人一起搬余下的三分之二的行李，等行李集中后，再由一个人搬三分之一的行李到前面五十米处，然后再回来一起搬余下的。这样不断来回往复，愚公移山似的，终于将这些破烂从火车站搬上公共汽车，再从汽车站搬到老黑家，活活折腾了三四个小时，到老黑家时我和他都已经大汗淋漓，浑身湿透了。

老黑的母亲长得慈眉善目的，在给我泡了茶后还在一个劲地谢我，老黑便有些不耐烦，眼一瞪说，还不拿块毛巾来！他老母亲吓一激灵，赶紧去拿毛巾让我擦汗，并且再也不敢多说什么了。但是就在她傻愣愣地呆在一边时，老黑又瞪眼了，喝到："发什么呆！我们还没吃饭呢！"老母亲又吓一激灵，缓过神后才诺诺着进厨房去。

老黑的这两次瞪眼和呵斥无异于两次霹雳，震得我目瞪口呆，看着他老母亲颤巍巍的背影，我觉得再也无法在这屋里待下去了，忙告辞要走。老黑一再挽留，我执意不肯，他便说"你等一等。"说着他蹲地上将一只行李袋的拉链拉开一只口子，然后伸进一只手在里面摸了起来。这只行李袋是他所有行李中最值钱的，一直亲自拿着，我接过一回手，掂出里面像有些瓶子什么的。我知道这会儿他也许想送什么东西给我，但又不便打开，就凭手的感觉在里面摸索。我心想你就是摸出金子银子我也不会要你的，便说"你慢慢……弄，我走了。"我当然不能说"你慢慢摸"但我心里很想那么说的。我出来后只听他在后面哇哇叫，大概是快摸到了，于是我跑得更快了。我几乎是逃出来的。后来我在等公共汽车时，他还是追上了，手里拿着两包芝麻云片糕，说是当地的土产，一定要送我。我不收，他便很诚恳地说，算是一点点心意送给你老母亲。于是我只好收下。

过了两天，那位没去接老黑的同事告诉我，老黑给办公室里的人分别送了一些云片糕，给几个领导则悄悄送了小麻油。我明白了他那天没将那只旅行袋开大的原因。老黑其实是个极心细的人。

老黑上班后发了一次很长很长的言，只是他的那只电影一直在构思中。据说，在他构思时，他老母亲是绝对不能发出一点声音的。

1995.9.27

日出、日落

我正在听Perry Como唱的*Sunrise Sunset*（《日出，日落》）。舒缓而磁性十足的声线，渗透了穿越了时空的苍凉，让人莫名感动。

> 日出、日落，日出、日落。
> 这就是我曾经抱过的女孩？
> 这就是当年淘气的男孩？
> 我不记得自己变老，
> 他们何时告别了童年？
> …………

一遍又一遍，只是觉得陶醉，只是觉得感伤。如今，我变得多愁善感，一句"我不记得自己变老"，已然让我明白老的降临——冥冥之中，我也正轻轻触摸世界的尽头，那里一片橘色的晚霞，看似灿烂，其实却是凉意四起。

不由想起前年，见到朋友和他亭亭玉立的女儿，我还打趣说，小时候我常抱她，长大了反而不能抱了。我偷换了抱的概念，但无法否认岁月无情的事实。春去秋来老将至，朝看水东流，暮看日西坠。当我们眼里的小豆芽一夜间长成参天大树的时候，我们还能不老吗？

上学时读到"子在川上曰，逝者如斯夫，不舍昼夜"，还觉得孔老夫子这话，说了等于没说。不尽长江滚滚流，水有的是，时间也多的是。平时开玩笑，也常说，做我们这行的，什么都不富裕，就时间多的是。最近才认识到，此话错也。再回味孔子的话，其中蕴含了多少人生的感慨和无奈啊！可惜我们都得花费大半辈子时间，才有真正的感悟。

我的感悟来自一家敬老院。那里有两栋楼，圈养着数百名七老八十的老人。他们大都动作迟缓、神情呆滞，或躺床上，或坐轮椅里；有太阳时他们久久地发呆，没太阳时也久久发呆；他们一日三餐，一周洗一次澡，饭大多由人喂，背大多由人搓。所谓敬老院，说白了，是哄老院，哄吃哄睡哄听话，哄一天是一天。也许，头两天，他们还不情不愿，嚷嚷要回去，时间久了也就随遇而安了，他们应该清楚，这里将是他们终点，有来而无回……

前个月终于下决心把母亲送进了这家敬老院。这里没草坪，但离我近，再说草坪对她来说已经意义不大。她年轻时因为干校劳动，插秧、挑粪、睡地铺，没少受风寒，落下了类风湿性关节炎。几十年打针吃药、针灸、火罐，还抽积水。折腾来折腾去，结局还是沉疴难愈，两条腿连挪动都不会了。后来又脑腔梗，手也变得不听使唤了。送敬老院是因为有医生24小时值班，护工也有人管理，家人再不用因为保姆动不动撂挑子而担惊受怕了。

母亲年轻时漂亮且多才多艺，不仅画一手好画、写一手娟秀的好字，还会唱京剧、演话剧。至今我还记得小时候看她演《打渔杀家》的情景，她扮"桂英"，提一杆船桨，唱念做打，都有模有样，不是专业胜似专业，时不时赢得场内喝彩。如此风光，让很多同龄女人在她面前显得黯然失色。只是好景不长，她的这些特长及才智非但在以后接二连三的政治运动中毫无发挥的必要，相反还成了必须加强改造的理由。那年月，哪怕她原本残疾，只要她拥有才智，会操弄这些"封资修"的东西，想必照样要实行改造，要她好看。

住进敬老院的母亲既不能走动，也不能连贯地表达她的意思，但她的意识依然清楚，一不小心说出的还常常是些成语：比如热了，她说大汗淋漓；痛了，她说痛不欲生；胃口差，她说食不甘味。

和母亲同一个房间的还有两位老太，都不识字，却都听话，不吵不闹，乖得像好宝宝。唯有母亲，主意大，喜欢"作"，不停地差遣人，让护工整天围着她团团转。医生说，越是有学问就越难伺候。我想也能理解，因为她知道得多，想得也多，容易焦虑，不是一般哄哄就肯做好宝宝的。心里透亮，却身不由己，这样的痛苦远比本来就糊里糊涂的人苦恼十倍。好在母亲信基督，常有主内姐妹来为她祈祷。我相信至少在那一刻，她内心是平静的。

想起不久前看的电影《桃姐》中的桃姐。她原名钟春桃，这名字被世故的香港老人一听便断定"用人的名字"。兴许这就是命，她祖籍台山，出身贫寒，自幼被人收养，后养父被日本占领军杀害，养母无力抚养，在她13岁时辗转安排到了香港梁家当用人，这一做就是六十多年。她终身未嫁，在她中风跌倒时身边就仅仅一个第二代少爷罗杰。罗杰不离不弃，在百忙中为桃姐找老人院，并时不时前去探视一下，或带出去吃一餐简单的便饭，让桃姐享受到了末日之前的温暖，在心满意足中安详离开人世。

与桃姐的付出比，罗杰的回报显然微不足道，但就这点回报已经超出了桃姐的想象。我注意到了电影开头的一个细节，罗杰坚持要吃牛舌，桃姐起先奉劝他不要吃了，罗杰尽管没有颐使气指，但也没有通融的余地，以少爷的口吻结束争论：要卤的。这卤牛舌不仅只是为后面罗杰一帮朋友吃牛舌时给桃姐打电话作铺垫，更主要的在于强调两人的主仆关系：主人的话就是命令，不想执行也得执行。这样的关系是"冷"的，没有温暖可言，作为老仆人的桃姐自然早已习以为常。但也正由于这样的"冷"，才让后面罗杰的付出更显可贵，不仅温暖桃姐，也温暖了观众。让大家觉得桃姐值了。

　　日出、日落。日出、日落。日落意味着黑夜的来临，对人生来说，将不再有第二天一轮冉冉升起的太阳了。这让人想起就心寒，并且胆战心惊。如何让身陷恐惧、尤其那些意识清醒的老人，尽可能多地减少因焦虑和恐惧产生的痛苦？罗杰式的临终关怀是一种，还有呢？我不知道除了宗教，还有什么？

2012.5.9

三八节看梦露

昨天三八节，在网上看《我与梦露的一周》，颇有点分享女同胞节庆的感觉。更庆幸有收获，电影中的梦露让我想到了托尔斯泰晚年时说的一句话：我年轻的时候认真研究过女人的心理，认为自己已完全通晓女人；到后来娶了妻子，才发现事情不是那么简单；到女儿们长大以后肯将她们的心事告诉我时，我才发现我对女人简直一无所知。

弱弱地说一声，看了电影，我也才发现我对女人几乎一无所知，至少发现事情不是那么简单。

虽说梦露去世多年，但作为开启美国性解放运动的"钥匙"，她一直是男人们的梦中情人。所谓梦露，比较确切的理解是：她出现在梦中，很露。那次地铁口，她的白色纱裙被一阵突如其来的风高高卷起的瞬间已经成了经典画面，永远停格在天下男人回味无穷的记忆中了。大庭广众，底裤曝光，那一刻她显得惊慌失措却又莫名开心，似乎这正是她所求之不得的。

——她就是那么傻，那么满不在乎，一如她在银屏上的众多角色，美丽、性感、单纯、轻佻，一个上床容易下床也容易的胸大无脑的女人。

然而，今天，我终于明白，这样的认知有多么外在和浅薄。尽管影片中的她还是那么性感，丰乳肥臀，"事业线"深深地吸引着每个男人的目光；而且她还是那么无所顾忌，在男人面前想脱就脱，其动作之快就像个训练有素的士兵；就连招呼男人上床也看上去像在路边扬招打的一样稀松平常。但这一切并不意味着她水性杨花，也不表明她擅长色诱男人。那么，她的所作所为到底表明了什么，又为了什么？如果让我回答，我只能说没有答案。这也就是我一开始为什么说"一无所知"和"不是那么简单"的原因。

我只能说她是个出色的演员，她在舞台上以玛丽莲·梦露的身份扮演各种角色，她在生活中又经常扮演着舞台上的玛丽莲·梦露。哪个是真实的玛丽莲·梦露，哪个是角色的玛丽莲·梦露？舞台与生活，生活与舞台，真真假假，虚虚实实，恐怕有时连她自己也快分辨不清了。但是有一点可以确定，说她胸大无脑的人，大多自己无胸且无脑。他们只见胸不见脑，以为她潜在的价值就是竖在眼前的那条"事业线"。

电影根据当年一名"第三导演助理"的日记改编，他叫科林，陪同梦露拍摄《王子与舞女》，前后七天。他原本代表大明星劳伦斯·奥利佛一方负责照看（实为监视）梦露，却被她深深吸引，两人迅速热络，一起游温莎堡，一起下河裸泳，又睡同一张床，最后两人平和分手，让科林留下无限遗憾和惆怅。如果说这是电影的主线的话，那么还有两条并存的副线，一条是她和劳伦斯别别扭扭的合作，另一条则是她和丈夫米勒貌合神离的又分又合。三条线纵横交错，众多人物错综复杂，每一条线都纠缠着梦露，每一个人物又都和梦露冲突纠葛。陌生的环境，老戏骨的冷眼，曾经相好过10天的旧情人的醋意大发，丈夫的刻意疏远，23岁小跟班的炙热爱火……这一切织成一张网，兜头围住了梦露，让她感到窒息，透不过气来。她为此怯场、嗑药、昏睡，她一会儿哭、一会儿笑，显得娇小无力、孤立无助。然而，她竟然挺过来了，她像使了魔法，让人窝火，却又让人俯首帖耳，她把人折磨得身心疲惫，却又总能让人像打了鸡血似的兴奋……她让一大群男人女人围着她唉声叹气，又让他们在转瞬间手舞足蹈，喜形于色。旁观者看得再清楚不过了：在场的无论老男人还是小男人，都被她玩弄于股掌之间，用一句通俗的话就是，通吃。这样的女人，还能说她胸大无脑？

梦露是如此聪明，当她发觉回美国的米勒在笔记本中对自己使用"恶毒的语言"时，明白这是他故意留给自己看的，因为他对他们间的婚姻已经有点厌倦。但是她不愿意就此了结，因为肚子里已经有了她和他的孩子。与其说她很在乎米勒，不如说更在乎肚子里的宝宝，她想做一回喂奶哄孩子的普通女人。她没有一哭二闹三上吊，而是及时地推出"小三"科林，故意让米勒知道有这么一个比她小7岁的小伙子正在热恋自己，其实她在电话里"透露"这信息的时候，小伙子最多只是多看了她几眼，他刚才还躲在衣架旁热吻服装助理露西呢。她这一招果然灵验，米勒有醋意了，生气了。男人能吃醋就好，说明对自己还没死心，她摸到了对方的底线，心里也有了方向。

也许梦露自己也没想到她会真喜欢上科林。倒并非她后来吻科林时吻得比较投入，也不是她赤身裸体出现在科林面前就表示已经是属于他的人了，这些对于她来说只是小菜一碟，不足为凭，最有力的佐证是她答应科林提出的好好拍戏的要求后，果然就一改几天前的颓废，演得轻松自如，一遍就OK了。这又让人怀疑她先前因为怯场而罢演又是在演戏，意在给出言不逊的老戏骨劳伦斯一个下马威。不管怎么说，她这是给足了科林的面子。

真正让她喜欢科林的理由不是别的，是科林真喜欢她这个人，而不是银屏上的那个性玩偶玛丽莲·梦露。无论浴室还是温莎堡城的小河里，甚至她的床上两人相拥而眠，他都是个"发乎情，止乎礼"的谦谦君子，不再提出进一步的要求。这对阅无数男人的梦露来说简直不可思议。

女人一生最大的需要，是被人要。而这个"要"并非只是性。科林的

"要"包含了梦露的一切，然而怀着身孕的梦露只能选择放弃。这也让电影的结局分外惆怅、哀怨，犹如有人在吟唱李叔同的《送别》：长亭外，古道边，芳草碧连天……

2012.3.9

如今，还要孔融让梨吗？

小时候，还没读《孔融让梨》，我似乎已经很孔融了；如果有一只橘子，我总是一片片地先分给别人，最后才轮到自己。记得有一次留给自己的就只剩一张皮了，倒也并不难受，因为觉得这一切是应该的，怨不得谁。

那时候，弄堂里有个常和我外婆一起做礼拜的老太，人们都叫她舅婆。舅婆自己没子女，却也重男轻女，每次来我家，在对待我和姐姐的态度上总是泾渭分明：同样的好吃的东西，总是给我多些，给姐姐少些；同样的一句话，总是对我说得好听些，对姐姐说得生硬些。我知道她喜欢我，但我却难以承受她对我的那份喜欢，因为这份喜欢是以冷落另一个人为代价的。因此每次在接受她对我的宠爱时，我更多的是不安，有时甚至是难受。

外婆说这是我有爱心。外婆每天祈祷上帝，赐予我一颗爱人的心。

其实，小时候很多人都有过"孔融让梨"的美德和因为多得而于心不安的善良。也许这便是人们常说的"人之初，性本善"。

只是，人长大以后呢，还善吗？我们还继续"孔融让梨"吗？还因为多得了点什么，心头划过一丝不安的感觉吗？

我一下子说不清楚，但我有种感觉：我们正在远离孔融，远离上帝。

　　印象比较深的是，那年我们终于要涨工资了，而且开始要拉开档次，从36元长到41元或43元。就是说有加5元的也有加7元的，2元之差。那时尽管穷，但少加2元的承受力还是有的，只是大家都希望公平些，合理些。那时搞了不少评议，上面还一再号召大家发扬风格，尤其要一些当领导的顾全大局。记得当时有句口号叫做：不能让群众吃亏。可是最后的结果却成了"不能让群众7元"，弄得大家哭笑不得。可见，在切身利益面前，真正做到孔融就不容易了，哪怕贵为领导。

　　现在加工资也好，分房子也好，都讲究个名分账了，什么级别长什么工资、住什么房子、乘什么车子。不需要评议，也不用大张旗鼓地号召发扬什么风格了。工资奖金的差别也不会只有两三元这样的小打小闹，200元、2000元也难说。好在大家都觉得明码标价，有章可循，不在其位不谋其利，也就认了。事实也证明这样不错，该怎就怎，该谁就谁，这梨该孔融自己吃的就自己吃，不必推三推四。有时评议来评议去胃口吊足，最终还是竹篮打水，反而影响情绪。

　　然而，生活中也不是什么都可以"名分账"的，一旦"账"上没有标明的时候我们该怎么办呢？那就很有点见颜色了。

　　那次，有个东南亚国家的代表团来，上面通知了本单位和外单位的一些相关人员及记者与他们座谈。席间，外国客人拿出了几份小礼品，都是纸盒子外用绸带扎着的，很漂亮，但不知里面藏的什么玩意。通常都不会太值钱，但多少有点外国特色，就像我们经常买了江南丝绸送外国友人一样。粥少僧多，外国人表示歉意说，只好请你们自己分了。当时大家的眼睛就看着那位领导，看他怎么分配。除了有两份礼品是给了两位德高望重的长者外，这位领导毫不犹豫将一份礼品塞到自己屁股背后的沙发上，用身子挡住，然后指着分剩的一份，连连说"给××，给××"（××是另一位领导，正好有事走开）。好像是他为××争取到了一份礼品，又好像这是规矩：领导优先。

　　我平时出席这样的会议并不多，但知道类似这种粥少僧多的情况肯定不止这一次，我由此可以想象那些"粥"是怎么瓜分的。那天，在场的还有外单位的客人和两位女士，在我想来无论如何自己不拿也要先给客人或女士，不论从一个领导的身份，还是作为一个主人或是作为一个男人都应该有的风度。可是我们的这位领导一点也不谦让地选择了自己。

　　应该说他是个见过大世面的人，对他来说这点礼品又算得了什么，不就是孔融手中的一只梨吗？我相信他也不会真看重这点礼品，然而他已经养成了习惯，认为这是名分账。

　　至于另一位领导，在回来见到那份礼品后也赶紧屁股后面一塞，"落袋为安"。我原指望他能绅士一点，哪怕口头谦让一下也好。

　　在场的人都不动声色，只是静静地看着。可能除了我，都没觉得有任何不妥。大概他们这样的场合见得多了，见怪不怪。

　　倒是那些外国客人脸上的神情多少有点尴尬，带的礼品少了，让礼仪之邦难以顾及礼仪了。

　　好在座谈在按部就班地进行，领导开始侃侃而谈。只是我还在想着礼品的事。

　　我想，今天，再谈孔融让梨，是不是很幼稚，很可笑啊？

1995.10.9

女儿的存款

　　女儿工作了，当然也就有了工资。刚毕业的小学老师，福利待遇都是清汤寡水的，好在没什么开销，也就有条件在银行里开户头了。但她的存款始终是个谜，从不向我和她妈妈透露。只有外婆知道个大概，因为她的钱基本上由外婆替她存，也由外婆替她取出。外婆替她存的都是定期，有时还将自己已经存了些时日的折子转让给她，前面的利息都不计。其实是对她变相的赞助。每回存款一到期，外婆就来电话将她召去，商量下一步该如何存。外婆虽是知情人，却替她保密，因此很得女儿的信任。

　　都说会存钱是个美德，尤其像女儿这样，还不怎么会挣钱，再不省着点、储着点，可怎么得了。我们呢，仍把她视作没赚钱的小孩，以前怎么花她身上的现在仍怎么花，而且我们老两口还准备一如既往地在她身上花下去，即便以后她很会赚钱了，我们也这么花。就这么个女儿，不往她身上花还能往哪里花呢？

　　我们给她买吃买穿，还为她买了友邦保险；我们出钱让她读业大，甚至书费也不要她自己掏腰包；平时，她上街买她自己的东西，我们也说让她先垫一垫，回来报销……

　　本来女儿对钱是没什么概念的，少是花，多也是花，无关她的痛痒。

可自从她在银行有了自己的户头，我发现她开始对钱不再像以前那么熟视无睹、木知木觉了。最明显不过的是她不让我们知道她的存款。

我们没说要问她借，更没说想花她的钱，我们只是出于好奇，不知道她的小金库到底攒了多少。我们相信那折子上的数目不会多到哪里，不会多到让我们大吃一惊的程度。但她既不想让我们吃惊，也不想因为数目少而给我们笑话。不肯就是不肯，因为那是她的钱，她的隐私。

有了"你们的""我的"这样的概念，她好像开始有了小心眼，甚至有点抠门了，每每垫了些钱，唯恐我们忘了，便老实不客气地提醒我们：一共×元×角。一副亲兄弟明算账的样子。

有一次见到我在文章中写到她，居然向我交涉说到时稿费来了要给她一半，否则就是侵犯了她的名字权。她说名字权和肖像权一样，都是神圣不可侵犯的。一下子倒是被她说傻了；不能说她巧立名目，敲竹杠，只能说她对钱有了觉悟。

女儿对钱的觉悟也不一定是件坏事，只要她拿该她拿的一份。怕就怕想拿不该拿的那一份。情节轻一点是贪小便宜，以后一旦有权有势了就是损人损国的贪官。为防微杜渐，我给她立一条原则：宁可自己吃亏也不要占人家的小便宜。

每次她和朋友、同学在外面一起吃饭或是看电影什么的，回来后我必定问她：你付钱了吗？我并不要求她充好汉每次都抢着买单，但必须有买单意识，哪怕对方是个献殷勤的男生。怕就怕习惯成自然，以为人家应该当冤大头，自己生来是吃白食的；这样的人不被人家骂皮厚才怪呢。

大概外国人的ＡＡ制就是一些人做冤大头做怕了，索性拉下脸：大家劈硬柴！

我不想探索女儿存款的谜底，但对她的为人，我是要密切注意的。

1996.7.17

我们如何做父母

"我在马路边，捡到一分钱，交给警察叔叔手里面……"

这是首我最熟悉的儿歌，我几乎整整唱了八年。

每一遍我都是在我女儿的耳边唱的，我只唱给她一个人听。

女儿没有闭月羞花、沉鱼落雁的容貌，也没有过目成诵、伶俐乖巧的颖慧。说实话，一开始，我是很伤心的。我本来以为她会在我与妻子之间，择优而取，将我俩的长处全包括了去，才貌双全，或者两者必具其一。然而，她一来到这个世界上，我就看出，作为一个女孩子，她的本钱不足，今后就看她怎么读书了，期待着到时能欣慰地说一声，这孩子，读书倒是蛮灵的。也许会是一种更大的安慰。不过，真等到她上学，这希望又很快成了泡影；她书读得还算用功，只是许多时间都放在"订正"上了，订正、订正、再订正，老是今天订正昨天的，明天又一定来订正今天的。作业本总要比人家多用几本。书读到她这份上也算是读出了本钱。

为此，妻子常常免不了要追根究源，说，全是你、全是你。因为女儿一丝不苟地复制了我的五官，活脱一个缩小了的我。在妻子看来，女儿这一切全是我带给她的，责任在我。我则叫冤枉，说我至少以前读书还不错，不但从没机会像她这么热衷于订正，而且大小当了好几年中队长、班干部什么的，女儿像的只是我的一些皮毛，要是她真能全盘继承我的衣钵就好了。

望子成龙（或者说望女成凤）的念头是断了，期望值几乎从沸点降到了冰点。不知怎么的，就想到了让她学画画。也许这对女儿来说，是最好的归宿了。不指望以后会成名成家，下笔便是千金，只要将来有个好一点的职业，有口饭吃吃就可以了——很真实、很朴素的想法。

老师姓孙，是位中央美术学院毕业的老画家，住的地方离我们家也不太远，骑自行车只需十多分钟。女儿从一年级开始，每周六晚去孙老师家上课，我用自行车载着她去，过两小时再去接她回来。

一路上，我就唱"我在马路边，捡到一分钱……"

那时候，电台常放这首歌，听也听熟了。尤其到了马路上，再碰到一两个交通警察，很自然地就想到了这首"马路歌"，忍不住就唱了。我还经常把它唱得很滑稽的样子，想逗女儿笑。女儿书读得苦，还要抽出时间学画、练画，就更苦了。每回叫她去孙老师那儿都有些赶鸭子上架，不情不愿的，轻易不肯笑。我有时索性来点恶作剧，乘她不备，用胡子扎她。她坐我前面的车架子上，脸挨得我近，很容易扎到的。这时她就气得大叫，不去了！

好像为我而去，为我而画。女儿实在还不太懂事。

就这么风里来雨里去，一次又一次，一年又一年，女儿终于在第八个年头，在我的"我在马路边，捡到一分钱，交给警察叔叔手里面……"的歌声中，结束了在孙老师那儿的课程。

这八年，如果我们真能每次在马路边捡到一分钱，光单程，也有四元三角两分了；这八年，终于有了结果，女儿考上了美术师范。

我不用再一次次接送女儿了，我已经淡忘了那一次次风里来雨里去的辛劳，我也已经十分淡忘了那首"马路歌"的旋律。当女儿有一次将她赴外省的写生画拿给我看时，我忽然觉得对她有些刮目相看，再拿给几位朋友看，也都说不错，于是我萌生了将画拿出去发表的念头，凭着我的方方面面的社会关系，我有这把握。我在心里想，我这当父亲的还有用，就像当年骑车送她学画画一样，我还能再送她一程。我又情不自禁地唱起了"我在马路边，捡到一分钱……"

我将这想法告诉了女儿，我想女儿会高兴的，也许她嘴上不说（她从不轻易表扬我），心里会感激我，好在我很熟悉她的表情。

万万没想到，我遭到了她的激烈的反对，理由很简单：比我画得好的同学还有，我发表了，他们不能发表，公平吗？

顿时，我瞠目结舌，无言以对，心里真的对她有些刮目相看了。

女儿的画在她的坚持下没有发表，但我的望子成龙的念头却死灰复燃了。

1995.3.24

M走近你

　　有幸和M小姐共进午餐，实在是件很荣耀的事。M小姐是谈男人和女人问题的专家，电视里常有她的谈话节目。她能言善辩，话锋锐利，往往一下子就抓住了事物的本质，喜欢她节目的人不少，熟悉她的人都说她快言快语、不拘小节，是个难得的豪爽女人。M小姐还把那些谈话整理成册，交出版社出书，书名就叫《M走近你》。到了签名售书的那一天，便果真有不少人排队等候。

　　平时邀M小姐做报告的单位不少，有时甚至要从初一等到月半。那天我就是在一家企业凑巧遇到她的，也满足了我的追星欲。

　　一桌的男人，就M小姐是女的，人们众星拱月般围着她，想多听点她的宏论。能这么近距离听她说话，不能不说是次难得的机会。本来在餐桌上说点什么，对M小姐来说自然只是小菜一碟，但M小姐要陪那企业头儿说话，很难顾及到大家。这多少有点遗憾，但我们也都能理解。我边上的一位仁兄悄悄从包里拿出一本书，还准备了一支笔，那书正是《M走近你》，显然是想要M小姐签名。他看着M小姐，好几次都欲言又止，一直没找到合适的机会。

　　谈话间，M小姐把一只脚塞头儿的屁股底下——准确地说是搁在头儿座椅的一根横档上，一边在轻轻抖动。这倒蛮符合她不拘小节的个性，也让那头儿倍感亲切，很受用。

冷菜还没上齐，服务员还在逐一为大家斟酒和饮料，当然最后还要等头儿举杯后的开场白。大家在静静等待，好在有M小姐在，就让大家滋味十足，再等多点时间也无所谓。然而M小姐却不由分说地拿起了筷子，夹了一块菜径直往嘴里送去。

"叭叽、叭叽"，M小姐嘴巴开合着，嚼出很响的声音，接着她又夹了第二块菜，"叭叽、叭叽……"

我们一下子都有点不知所措，不知道该跟进还是继续观望。

"操，吃呀，"M小姐说，"都愣着干吗？菜不是看的，就是让大家吃的呀！"

道理是这道理，但M小姐怎么亲自说"操"呢，不会吧？我们面面相觑，都怀疑自己听错了。

"哎，大家来、来。"头儿只好仓促举杯，好几个人手里的杯子还是空的。

M小姐将杯中的干红葡萄酒一饮而尽。那酒度数不算很高，但也不能这么喝法。我们真以为遇到了一个女中丈夫，不由齐声为M小姐喝彩。M小姐却把酒杯往桌上倒扣了，说了声"你们喝，我不喝了。我平时就喝这么一杯。"说完就叭叽叭叽吃菜了。

有人不放过她，要替她再斟，M小姐手中正拿了块吮指原味鸡在啃，不悦道："操，我说过不喝就不喝了。我从不勉强做自己不愿意做的事。"

这回那"操"是千真万确了，脱口而出，像宁波汤圆似的滑溜。我知道有些白领女人在一起也有讲荤话的习惯，但能经常把这字不分场合地挂嘴边的，实属罕见。怪就怪在平时电视屏幕或讲台上，怎么就不滑溜出来？倒也是本事。

场面未免有点尴尬，但也不得不佩服M小姐的豪爽——想喝就喝，想不喝就不喝，想吃什么就叽叽叽叽什么，还有，想说操就说操，不管边上坐的是女人还是男人。我瞧见边上的那位仁兄已经偷偷将那本《M走近你》放回了包里，放弃了请她签名的念头。大概是怕M小姐的"豪爽"吧，到时真不给面子，说声不签就不签，那脸还往哪里搁。

我平时就很反感人家吃饭发出叽叽叽叽的声音，何况是女人，何况是个自顾自吃了喝了再说的女人，更何况她还时不时滑溜出一个"操"字。那天吃饭就吃得很难受，菜再丰盛，也被败了兴。如果平时生活里老遇到这么个女人……天哪！那日子还怎么过。

豪爽是美德，但相对来说女人就不能随心所欲，豪爽得没了分寸。男人可以大碗喝酒大块吃肉，满嘴的油手一抹就走人，可以下雨不打伞，尿急了暗角落一站，可以几年如一日只穿一双鞋，可以今天破口大骂、拳脚相加，明天又握手拥抱、称兄道弟，可以……女人呢，却总有个度，过于不拘小节，过于男性化，你豪爽了，人家看你就不爽了。就像我们平时比较欣赏女人抽烟的姿势，仿佛那白雾袅袅的烟头也飘起了潇洒的阴柔之美。倘若那女的噙了只烟斗，或是握了根粗长的雪茄，在那里吆五喝六吐老痰，你还能感觉到那种阴柔和潇洒吗？还以为遇到杀猪的女屠夫哩！

这道理也和男人不能太女性化一样，温柔的男人是新好男人，太过温柔，就未免娘娘腔，反而让人吃不消。

倒不一定要女人都学得羞羞答答、粉颈低垂、云娇雨怯、珠泪盈盈、欲拒还休的样子，但千万要记住你还是女人，别忘了自己是性什么的。生活中往往是：女人一豪爽，男人就傻眼。

2002.2.25

光脚丫的女人

　　一个冬天的下午，当爬出澡盆的陈红带着一身皂香和未抹干的水珠，光着脚丫，下楼来到正在和朋友讨论剧本的夫君——陈凯歌身边的时候，陈凯歌关爱有加地说："红红，把袜子穿上，小心冻感冒了。"

　　为此，陈红感到很幸福，她把这细节透露给了媒体。

　　为此，有位女作家感慨颇多，写了《穿袜子的女人》，并对陈红的袜子能穿多久表示了担忧。

　　实事求是地说，她的担忧不无道理，因为谁也无法预测陈红的脚丫子还能被我们的陈导关心多久，尤其有一天当陈红的脚丫子失去光泽，变得老皮纵横、茧子如石的时候，陈导还会一声"红红，把袜子穿上"吗？

　　出于一颗与人为善的平常心，我们当然希望这对"双陈"配能一路走下去，不管要给红红穿掉多少双袜子，在这"婚姻爱情比纸还脆弱"的荆棘路上，走出一曲地久天长的凯歌。

　　和这位女作家不同，我倒是蛮看好这对"双陈"配，至少没她那么悲观。我之所以抱乐观态度，是因为我看好陈红，相信她有能力拢住咱们陈大导的心。倒并非因为他俩年龄有相当大的差异，老夫就一定疼爱少妻，少妻就一定能拢得住老夫。事实是，自古老夫少妻难长久。前不久被媒体炒得沸沸扬扬的英伦靓女凯瑟琳·泽塔-琼斯和影帝米高·道格拉斯的离婚案，就被大家说成是一曲老夫少妻的挽歌。还有香港财政司司长梁锦松与跳水皇后伏明霞的老少恋，前景也被人们普遍看空。梁司长日后的性能力是大家担忧的一个方面，更主要的是我们的伏皇后，她的文化理念，家庭背景，个人修养等诸多方面，都让人不无堪忧，她到底能和那位有着美国哈佛商学院修学背景并曾任摩根大通亚太区主席的夫君有多少沟通呢？不见得老说，走，跳一个"向前转体360度再屈体翻两周半"你看看。

不要以为我对陈红有多熟悉，她主演的《大明宫词》《风尘舞蝶》和《吕布与貂蝉》等，我一部也没看过，但我从她冬天里光脚丫走向老公这细节，我就知道，行，有戏。

这是一个女人味十足的细节：大冬天，带着一身皂香，在众多目光的关注中金莲移动，袅袅婷婷。

没出水芙蓉之貌，却不乏出水芙蓉之状。多么可人，又是多么纤细柔弱、小鸟依人！能不让人爱怜，能不让我们的大导演要赶紧丢下手里的活儿，吆喝一声"红红，把袜子穿上"么？

由此，那位女作家想到了在陈红前面的女人——倪萍，认为"这可能是一个女人最狼狈不堪的时刻——已经输给另一个女人了，那个打了胜仗的女人偏要扯了她的得胜大旗给你看"。

不约而同的，我也由此想到了倪萍。不过我没想过那一刻倪萍会有多狼狈，我想的是倪萍为什么会输给陈红。个中原委那位女作家大概没往深里想，她太感性，喜欢设身处地，将心比心。我呢，难以"设身"，只好"处地"了。我脑子里出现的倪萍，想必在陈凯歌和一帮人一起讨论剧本时是不会轻易走开的。哪怕没有更多的点子，她也要重在参与，要时不时说几句，比如"主旋律""五个一工程"什么的，还时不时提醒凯歌他们几句"要考虑影响噢"。断然不会跑开去洗什么澡。退一万步说，哪怕这天她在家里干了点粗活，出了点汗，身上难受，非洗不可的话，她也绝不会光了脚丫下楼的，杀她的头也不干。她不仅要穿好袜子，还必定穿好拖鞋，甚至鞋子。哪怕是在夏天。尽管她知道打光脚舒服、自在，但一旦真打了光脚，她心里就不舒服，因为有外人在场。倒未必没一个外人见过她的三寸金莲，但有自己的男人在场就两样了，她会顾忌得更多。

论长相，倪萍不输给陈红；论才智，倪萍更不会输给陈红。但在同一个男人面前，倪萍却输得很惨。原因固然不是三言两语能讲得清楚，也许倪萍自己也不明白究竟输在哪里。作为一个男人，我想要告诉倪萍的是：你输在自己的性格。

我们常说性格决定命运，倪萍的性格决定了她不会讨很多男人的喜欢。她太要强，太追求完美，太貌似强大，也太貌似完美无缺了。她不会在自己男人面前表现出丝毫的懦弱、无能、胆怯，或因为稚嫩、因为欠考虑而出现什么闪失。怎么可能想象她在大冬天光着脚丫在地上跑来跑去，更何况还有外人在场。我们的陈导对她无可挑剔，反过来倒是他经常会被倪萍像个大孩子似的关照：凯歌（也许叫"歌歌"，我不知道她怎么称呼他，不会称他"陈导"吧？）怎么又忘了穿袜子，冻鼻涕了，可别怪我没提醒你。

听说青岛靓妹贺顺顺，几乎每天要提醒临出门的光头夫君凌峰一句"别忘了拉上裤子拉链"。照倪萍的性格，她要叮嘱陈凯歌的应该远不止这些，她甚至还要严肃地提醒一些生活细节外的事，比如对那个男演员应该怎么怎么，对那个女主角应该怎么怎么……

诚然，倪萍也有好流泪的一面，就像我们常在电视里看到的一样。但倪萍会很快就控制住自己的感情，很快就把眼泪给消化了，根本不用手帕。当人家想递上面巾纸的时候，她已经化悲痛为力量，在铿锵有力地说"同志们……"

当女人一切都那样理智、完美无缺、无懈可击的时候，男人还有什么成就感呢？

女人太成熟也就不太女人了。而男人宁可女人稚嫩些，天真些，柔弱些，也……无知些。

女人是男人的女人，也是男人的女儿。倒不一定非要老夫少妻，年龄可以相差无几，甚至反超，但别忘了要乖，要听话，要是好宝宝的样子。

要做到这一点，不妨就从光脚丫子开始，让男人疼，让男人一个劲地以为你长不大。

2005.4.26

男人为什么欣赏女人抽烟

这世界，很多东西本来是男人的专利，一旦到女人身上就变了味，走了样，然而却平添了一份神韵。比如列宁装：穿男人身上最多就是感觉精神；穿女人身上就不光只是精神了，马上就散发出一种女扮男装的魅力来，好玩而又讨人喜欢。比如骑马：男人骑马就是赶路，就是冲锋陷阵，流汗流血、九死一生；女人骑马则是享受，静谧的森林，芳草萋萋、小河流淌，高大的骏马载着娇小的身躯，那紧束的细腰，绷紧的臀部，随着坐骑的跑动而好看地起伏、耸动，当然，这样的女人就是骑牛也照样生动，此情此景，让心跳的男人充满了献身的勇气——这辈子做牛做马也风流。再比如打斯诺克：原本是男人间的一种赌博，无论神奇小子丁俊辉再怎么超常发挥，一杆清盘，也总让人提心吊胆，替他捏一把汗，看这样的比赛其实是来受罪；如果换了女人打九球就不一样了，尽管她们也来输赢，也是赌博，但怎么看也无法让人紧张，她们噘着小嘴假模假式思索的样子让人觉得可爱又可笑，一旦她们击远球，杆长莫及，不得不趴球桌上的时候，模样就有点狼狈了，大庭广众的，说躺下就躺下了，不说有失体统，也至少是"老娘拼了"的情状，让男人似乎看到了漂亮女人难得一见的另一面，此时球是否能打进底袋已经不那么重要了……

再说抽烟，总以为这是专供男人的消费品，女人消受不起。倒不是钱的缘故，而是由于烟的杀伤力，可以把手指熏黄，把牙齿烤黑，把娇嫩的肺叶腌得一团漆黑直至变质。还有，累积的尼古丁会使皮肤因此而失去光泽。

女人赔什么就是不能赔了自己的青春容貌，这是女人一辈子奋斗的事业。既然如此女人为什么还抽烟，如此奋不顾身呢？答案应该是简单的：女人也需要释放。

"何以解忧，唯有杜康"。男人可以借酒浇愁，一醉方休。女人不行，女人哪怕在最落魄的时候也要顾忌到自己的体态和容貌。抽烟可以麻醉自己，但不至于失态，不至于酒气冲天，醉态如泥，不至于酒痴糊涂，胡言乱语，不至于披头散发，衣衫不正。

"何以解忧，唯有抽烟"。这是伤心女的万般无奈。然而烟却在女人身上施放了魔术——烟雾缭绕的烟女因此而优雅妩媚了。犹如站在被施放了白色烟雾的舞台中央，一时间云里雾里，看不真切，让人想像的空间大了，便多了一层朦胧之美。好比夜间女子的背影，十个有九个会被以为美女。误会有点大，但白烟袅袅中的女子确实占了朦胧美的光。

女人抽烟，为解心头之忧，甘愿自虐，沉沦，可怜见的，便越发楚楚动人了。也难怪，每每看到有陌生女人独自抽烟时，男人便分外关注，除了女人的优雅和妩媚，还让男人觉得有机可乘。

写到这儿还必须得加一句：抽烟有损健康！

2006.8.30

中国好声音从哪里来

　　若有人问，中国好声音从哪里来，我会忍不住想起一首外国民歌，歌词第一句就是"河里青蛙，从哪里来？是从那水田向河里游来"。我之所以不用"过江之鲫"来形容，是因为不想贬低当今的无数好声音，我喜欢他们的歌。

　　那就像千千万万的小蝌蚪经历了蜕变后的一次远游。尾巴没有了，腿出现了，于是一路蛙泳，一路歌。它们游出水田，穿越池塘，奔向河流。那场面，无比壮观，又无比惨烈，因为真正能游到终点的总是少数。能成为中国好声音的，应该是青蛙中的青蛙，特别牛的"牛蛙"。

　　窃以为，在中国，有两样东西是千万不能自以为是的，其一是乒乓，其二便是唱歌。稍有涉足，便知道什么叫"山外有山，天外有天"了。

　　我喜爱打乒乓球，拿过三级运动员证书，但我知道凭我这两下子走到哪儿都不能自诩"打得好"，最多只能说"喜欢打"或"会打几下"。如果还拿青蛙比喻的话，我只能算水沟里的一尾小蝌蚪，就会抖抖尾巴，浮水面换换气，却从来没想过长两条腿出去看看外面的世界。在中国，民间乒乓高手多得不计其数，似乎随便一个街道、一个小区，甚至一个门洞里，都会冒出一两个高手，把你打个落花流水。所以，难怪我们把乒乓球称作"国球"。

当然，我们无法以此类推，把唱歌称作"国歌"，但有一点可以肯定，好声音在中国，俯拾皆是。

生活中不乏这样的经验，随便的一个聚会，只要有麦，有唱歌，总有一鸣惊人的好声音出现。平时看不出有多少艺术范儿，甚至腼腼腆腆的人，一上台却石破天惊，或浑厚如滚滚炸雷，或高亢如穿云裂帛；能将《青藏高原》最后一句"那就是——青——藏——高——原——"轻轻松松飙上去的，我们单位就有三两个。

中国的卡拉OK业大概是世界上最发达的，分布稠密的歌厅，造就了无数的"青蛙"，哪怕再偏远的地区，一踏进歌厅就感觉不到有什么地域差别了，歌照样唱得时鲜，不仅和内地大都市接轨，还和港台接轨，和欧美接轨。难怪有人说，歌厅是走向世界的摇篮。有几次遇到县委书记或县长、局长亲自K歌，别看他们平时金口难开，却一张嘴就出口不凡，貌似歌星下凡。让人不由感叹，人不可貌相。倒不是说他们相貌有什么不到位，而是实在出乎意料，明明不像会唱歌的，却偏偏是个好声音。

前不久看到《非诚勿扰》中有个来自加拿大的男子，已经过了不惑之年，说话带有磁性，有位歌唱家夸他低音难得，为此他毅然放弃原先已有的事业，专攻低音。孟非要他当场唱几句，他一卡紧喉结，一开唱，全场就沉默，无话可说。大家都知道他脑子进水了。我只能说他国外呆久，变傻了，只要他来国内参加几次县城里的卡拉OK，他就该明白自己原来有多么蝌蚪，他最多只能说喜欢唱歌，或者说，嗓音条件不错，会唱两句。那天，他想凭借自己未来"男低音歌唱家"的光环，牵手一位女嘉宾，结果却惨遭冷遇，演绎了一出无人喝彩的"歌星"滑铁卢。

这位加拿大仁兄的故事告诉了我们一个简单的道理，拥有一副好嗓子，并非就等于拥有了好声音。

那么谁能说得明白到底什么才是好声音？是庾澄庆的High，很摇滚张扬的那种；还是刘欢的抒情，很安静内敛的那种？答案应该是，风格因人而异，动人就好。所谓动人，囊括了喜怒哀乐；动人之极，大概就是汪峰说的"心碎"的感觉了。金志文的《为爱痴狂》大概就是一首"心碎之作"。那天，在他唱到"想要问问你敢不敢，像你说过那样地爱我"时，我已经控制不住地流泪了。那时他还没诉说北漂的经历，但那种种的委屈和不如意都已经充斥在他的声音里了，让人们泛起阵阵酸楚，一边想象着他的人生故事。有着类似经历的杨坤，更是感同身受，哭得像个泪人儿了。以前听杨坤的《无所谓》以及《那一天》我也有心碎的感觉。

这些"心碎之作"并没有在叙述一个完整的故事，它不是歌剧，也没有朗诵词穿插，它只是借助旋律抒发情感，人们居然可以从歌者的声音里感受到一种特别的气息，甚至可以想象到里面的故事，进而产生强烈的共鸣。这便是好声音的魅力所在。

那英在赵露落败时鼓励她说：想成为我，就多几次生活磨难。

那英有点"二"，说话直白，但这话一语道出了好声音之所以能成为好声音的真谛。

那英早先在山沟沟里呆过，她考沈阳歌舞团一连考了三次才录取，而且很长一段时间，只是一名伴唱，直到有一天主唱生病，她临时顶替，才从此由一名伴唱升格为主唱。所以那天她的和音王崇对着她唱《白天不懂夜的黑》的时候，她泪流满面。那是她的歌，歌词说，你永远不懂我伤悲，像白天不懂夜的黑。

其实她怎么不懂，她就是从黑夜里熬过来的，知道伸手不见五指的那种恐惧和绝望。熬过黑夜的人才知道白天的可贵，他们的声音里也就多了一份对生活的体悟。

2012.9.8

D. 疏的影

疏影横斜，暗"象"浮动。

——题记

黑夜给了我黑色的眼睛，我却用它寻找更黑的影子。

——题记

"鸠占鸡巢"之后

　　那天，心血来潮，百度了一下自己的几篇近作，看看有什么情况。

　　什么情况呢？主要是看看作品有没有被什么报刊转载了。我的这些作品大多贴自己的博客上，有报纸编辑跟我说过，会隔三差五到我博客转转，看到有合适的，就下载了，发他们的副刊，反正到时等稿费单就是了。有时稿费未到，百度一下却发现文章已经被转载，那感觉就像去鸡窝，看到有一只蛋静静地躺在那儿一样，虽说是自家的鸡花力气下的，意料之内，但仍是惊喜。

　　也有例外，记得多年前有一部中篇被人贴到了一个什么网站，一阵窃喜，因为发表那中篇的杂志并无电子版流落网上，小说是被人一个字一个字植入的，想想也辛苦。只是小说作者不再是我，换了一个稀奇古怪的名字，知道是被人冒名顶替了。

　　果然，发现了一颗蛋——有一篇文章被转载了。题目一字未改，内容也基本没动，报纸却不是我熟悉的。本来，那也无所谓，没事先打过招呼，只要事后认账就可。我还多少有点得意，因为被素不相识的报纸看中，岂不说明文章还是讨人喜欢的。

　　然而，再细一看，自己的名字已经被换成了人家的名字，一个一望而知的笔名。那真是蛋没摸到，却是"鸠占鸡巢"，窝也被人占了。

要知道这篇文章尚未正式发表，一旦发表了，人家还会以为是我抄袭的。想到这，未免有点着急，正好那城市有我的朋友，是位作家，于是赶紧电话求援。也巧，朋友认得那家报纸的副刊编辑，也熟悉"鸠"的名字，因为常在那报上看到。

很快，结果就出来了，副刊编辑确认文章属于抄袭行为，并一再向我转达了"鸠"的歉意，并告诉我"鸠"原为一家行业报副主编，现已退休，喜欢写作，目前在他们报纸开专栏。还有，"鸠"是母的。

编辑电话中说，她现在相当后悔，因为马上准备出国去，所以等回国后，再找机会，一定要当面向我道歉。

我一听心就软了，一个退休老太太，没必要为了偶尔的失足，担惊受怕，我不希望因为我的缘由让她背上"抄袭""剽窃"的恶名。当即表示，事情过去了，我不会追究，希望她安心出国。

我的表态显然也让编辑感动了，他夸我"仁厚"。

我自忖还称不上"仁厚"，但我确实是推己及人，设身处地为"鸠"考虑了一番：

也许她是个成功的领导，总算熬到退休年龄，这一辈子也算功成名就，如果突然闹出这丑闻，就属于晚节不保，要知道在中国官场，能全身而退，安全着陆也不容易。

也许她是个当地颇有声望的作家，保不定就属于"德高望重"级别了，受学生敬仰、读者拥趸，集三千宠爱在一身，这下不是前功尽弃，身败名裂了？

也许她已经儿孙满堂，是一位深得儿女爱戴的母亲，一位慈祥威严、一尘不染的奶奶，她也常常以"做人要做这样的人"来言传身教，叮嘱小辈嫉恶如仇，远离一切邪恶与丑陋，譬如：鄙视"岁月神偷"于正，宁可重复看纪录频道的动物世界，也不看他的《宫锁连城》；也鄙视拒不认错的剽客郭敬明，如果他真当上海大学的什么客座导师，以后咱就不考上大了，至少他的课罢听……如今，她自己身陷"抄袭门"，今后还怎么面对小辈们无限崇敬的目光？

我真的替她捏了一把汗，并且为她庆幸，因为能遇到我。

为此，我决定以后再不提及此事，就让它慢慢遗忘，就像没发生过一样。即使以后哪一天真遇到"鸠"，我们也只是以文会友，不会让她特意向我忏悔。我会告诉她，人都难免犯错，在上帝面前，我们都是有罪的人，就像《简·爱》中所说，"我们的灵魂穿过坟墓，站在上帝面前，彼此是平等的"。我不希望她因此而自卑。

大约过了一个多星期，编辑从微信转来了一封"鸠"给他的信，她大约已经出国回来，信中除了一再表示歉意，表示担责，还说了如下经过：由于准备出国，她本想停掉两期专栏文章，但她的一个学生因为喜爱写作，要求承担此任务，她也就同意了，后来看了学生"写"的"文章"，她"觉得不错，也没往深里究"，于是就有了"鸠占鸡巢"这件事。

就是说，真正的"鸠"是学生，但她愿意承担责任。

编辑好意，目的是让我看到她再三表达出的悔意，进一步夯实我对她不再追究的承诺，当然他也知道她同时想挽回在他跟前的面子。

然而，我却反而觉得不对劲了。既然你没时间写文章，干吗要让学生代笔呢？学生拿我的文章交差，你怎么就欣然以自己的名义发给报社编辑了，这难道还不是"鸠占鸡巢"吗？

在学生面前如此坦然，老吃老做，我真的有点怀疑她还占了多少回"巢"。也许这回她已经是低就了，因为通常鸠占的是鹊的巢。

2014.7.16

当"盖"成了"华盖"

古时称伞为盖，给皇帝或王公贵族打的伞，则叫华盖。其实伞还是那顶伞，遮阳或是挡雨，区别就在不用自己动手，有下人给扛着，众人簇拥，"盖"便高大上了，成了荣华之盖。

前不久，在和平公园游玩的人们注意到了一把普通的"盖"演变成"华盖"的有趣一幕：一个小男生鞍前马后地给带队春游的女老师打伞遮阳。此时，头顶上的太阳未必真有多大多毒，然而那把伞却须臾不离，忠心耿耿地抵挡着阳光对女老师的直射。

虽说伞就是一顶"盖"，但终究不是遮阳帽，可直接覆盖头上，得留出相当的高度，保证女老师视野开阔，高瞻远瞩。这对一个高大的男人不是什么难度，对于一个矮了一截的小男生，则无疑是个重活。不必夸奖小男生"撑得一手好伞"，他的尽心与尽职倒真可以用"悉心照料""呵护备至"来形容了——

全程，无论老师起立或是端坐，伞就在上方，不高也不低。

全程，无论老师的步子快了还是慢了，伞总在头顶，不前也不后。

全程，年轻的女老师不动声色，安之若素。

当"盖"成了"华盖"，事情就有点大了。人们揶揄女老师

"牛""霸气逼人",批评她滥用职业的权势来成全自己的"高大上";更有人担心,面对老师的不当权势,学生将被奴化,心灵会被扭曲。

眼见事情越说越严重,领导赶紧表态彻查,当事人则流泪检讨,求大家放过一马。

女老师一定相信自己运交华盖,才为了一把伞深陷口诛笔伐。迷信有"华盖运"一说,一种不甚清晰的云彩,似云似雾,恰是霉气厄运。

也许,正应了一句老话,命里一尺难求一丈。本是"盖"的命,何苦充"华盖"。

也有人想为女老师说话,称这是师生之谊,该称赞而不该讨伐。

本来,学生给老师打个伞,挡个风遮个雨什么的,确实也是人之常情,不值得大惊小怪。只是一路上打伞时间太久,小男生太累,老师又太无动于衷。当一个人将下属的照顾伺候,以为理所当然、天经地义的时候,只能说明此人不近人情,做人的格调出了问题。我们无法将不近人情说成是"师生情谊",因为这样的"情谊"未免有点残忍。

如果真想从这件事看出点什么积极意义,那就是人们对老师这个群体还坚持着往日的"高标准""严要求",还在用传统的"人之常情"作为行为准绳要求着他们。怕就怕人们将"不近人情"看成了"人之常情",传统被颠覆,大家却都默认,熟视无睹。

由此,我想到了有一个叫"领导"的群体。

这里所说的"领导"并非特指司局级、县团级,或是科处级什么的干部,只是相对于被领导而言。比如那位女老师,在校长面前她只是教员,在区长面前更是小巴腊子一个,然而在学生面前她就是"领导"。因此,这儿所说的"领导"很多人有份,也许就包括了你和我。

领导与被领导,应是一种平等关系,但明摆着又是上与下、强与弱、大与小的关系。人们怕领导,因为官大一级可以压死人,然而心底里却又不屑,因为知道你头上的那顶"华盖",只不过是把普普通通的伞罢了。

能知道自己头顶的"华盖"只是把伞的领导是明白人，他"强"不外露，"大"不压人，这"上"也就并不高高在上了。这也就是我们通常说的谦和、礼让和低调。

只是，很多人一旦被"华盖"遮盖住自己头上的一片天空后，脑子会出现幻觉，以为自己顶天立地，真命天子了，也就没有了礼仪与廉耻的顾忌。

记得二十世纪九十年代中，我参加过一次与某外国作家代表团的座谈会。来的人不少，还有外单位来的作家及记者。席间外国人拿出几份纸盒装的小礼品送我们。礼少人多，我们的一把手说一声"却之不恭"，然后亲自动手，将一份礼品先往自己身后一放，然后又指着另一份礼品说留给刚有事走开的二把手。都知道这类礼品值不了几个钱，但规矩是要做的，即无论贵贱，领导优先是名分账，是不容置疑的"潜规则"。

那天回家后，我写了篇文章，就从孔融让梨说起。那时我认为，倘孔融是我们领导，一定礼让三先：女士优先、外单位客人优先、下属优先。因为这是人之常情，做人的格调。现在想来，却是未必，孔融要是还当领导大概也早已经习惯"领导优先"的潜规则，一概"却之不恭"了。

2015.5.15

意淫的芝麻粒粒香

　　蔡依林在肯德基吃"熏鸡烧饼"时掉下芝麻，共计23颗，被人收集了，到网上拍卖，前后有62个人竞拍，最后拍得天价40200元台币（折合人民币约10000元）。平均下来，每一颗芝麻要人民币400多元。

　　自然，在一般人眼里，这些芝麻是贵到天上去了，打死也不会花这冤枉钱。但是中标者肯定不是这么想的。他看着这些可爱的小芝麻，想到的是蔡依林甜蜜的微笑，是精致的五官，是扭动的舞姿，是美妙的歌喉，当然还有她的诱人的身子……都知道芝麻很香，但这23颗芝麻可不是一般的香，因为它们曾接触过蔡依林的纤纤十指，或性感的嘴唇；它们或带着蔡美人的体味，或沾着蔡美人的香唾，或留着蔡美人的口红……插上想像的翅膀，这些芝麻就不再是芝麻，几乎就是一个个小精灵、一个个舞动的有声有色有血有肉的蔡依林了。把23个蔡大美人藏为己有，一个人独占，寂寞时捧出来看看，伤感时凑近了嗅嗅，烦恼因此一扫而空，心情由此豁然开朗，岂不是灵丹妙药、精神支柱？而所有花费不过万把元。请问，天底下哪有这么便宜的好事？谁笑话中标者傻，他还要笑话你傻呢。因为物有所值，而且是超值。尽管蔡依林出来否认，说她根本没去那家快餐店，但最早的芝麻拥有者却信誓旦旦，说亲眼所见。事情还是很方便解决的，必要时将蔡依林请来，验DNA。不能说是"亲子"鉴定，但"亲触"鉴定总可以说的。只要芝麻们没被更多的人碰触，只要蔡依林以前在上面留过任何一点痕迹，最后总可以真相大白，还芝麻们一个真实身份。

如果我是蔡依林，即便那天没去那家肯德基吃早餐，也没吃"熏鸡烧饼"，但我也绝不会站出来辟谣。这叫成人之美，何乐而不为。想想吧，通过这么小的几颗芝麻，可以想像到主人吃的时候的那副模样，进一步想到上面可能残留的唾液及口红，再进一步感受自己和那主人的亲密接触……，这是何等富有创意而又文绉绉的意淫，一般的人能有这样的想像力吗？

好像在去年，看到一则台湾新闻，一个摆摊的小贩声称她卖的女子内裤全是先经她穿过的。她年轻，也有几分姿色，一时间竟引来无数男子的抢购热潮。这小贩的生意经可真是了得，她"卖淫"但不犯法，因为她卖的是"意淫"。拿我们大陆的一句话来说，她打了个政策的擦边球。她知道男人大多好色，但好色未必就一定真的走上奸淫一条路，"意淫"则是他们中许多人的发泄渠道。鲁迅也说，国人一看见短袖子，立刻想到白胳膊，立刻想到裸体……可见意淫是男人的通病。既然是通病，何不投其所好，赚它一票呢？

曹雪芹在《红楼梦》中借警幻仙子之口对"意淫"做过一个定义：如尔则天分中生成一段痴情，吾辈推之为"意淫"，接着又进一步说，"意淫"两字，唯心会而不可口传，可神通而不可语达……由此可见，"意淫"有点玄，说不清道不明，但其境界则远高于单纯追求男女之间肉体结合的"皮肤滥淫"。

内裤和芝麻，同是一份"痴情"，一份停留在精神层面的"色"，都可以称作"意淫"。但是同样的意淫，内裤和芝麻相比较，又是两个层次了。前者粗俗，俗就俗在离性器官太近；后者高雅，高雅就高雅在它看似和性无关，但其实又不外乎对性的渴求。

内裤和芝麻比较，还有一个很大的区别：前者永远上不得台面，有点偷鸡摸狗；后者则可以炫耀示人，要知道炫耀是收藏的一个重要的快感。可以想像，那位拥有者在向友人出示23颗芝麻时，估计他也已经给芝麻们配备了讲究的玻璃外壳，让人看得见摸不着。但这也够得上是一顿美餐了——秀色可餐嘛！

2008.4.9

寻找"降C调"

那年，报刊上发表了几篇文章，这在学校似乎是件很荣耀的事，班主任一定让我上台给同学们讲几句。说什么呢？我先得定个调，就像乐器演奏或唱歌起调一样，最高到B调，最低到降C调。我想选择"降C调"，让大家看到我虚怀若谷，还有很大的进步空间。

我跟同学们说，我很普通，我跟你们其实是一样的……

后来同学对我说，我们从来就没认为你不普通，也没认为你有什么不一样啊。我顿时脸红耳赤，恨不得地上有缝能钻进去。

本想"虚心"一把，可是让人家听上去却是在嘚瑟。这调跑得有点远了。人在得意时，大概是很难低调的。

《西游记》33回，圣悟空被妖怪施魔法压大山脚下，动弹不得，不由珠泪如雨，感叹"这正是树大招风风撼树，人为名高名丧人"。

"树大招风"的道理，猴子懂得，人也懂得，可悲的是，人未必比猴子懂得早，都要等到大难临头才醒悟。

还记得那位延安"表哥"吧，2012年8月26日包茂高速公路发生重大交通事故，他作为安监局长马上赶去视察，本想表示一下重视和关切，却一不小心化悲痛为微笑，新闻照片上那表情分明在告诉大家，小事一桩，不就是死了三十几个人嘛。

于是"树大招风"了。那风是17级台风，连根拔起了他这棵"局级"大树。

令他想不到的是，祸起名表。手上的一块欧米茄泄露天机，被人顺藤摸瓜，又摸出了他另外十来块来路不明的名表，他哑口无言，只有用微笑自认倒霉。

继延安"表哥"之后，又相继被"人肉"出了南京江宁区房产局长、福建交通厅长等几位"表哥"。接着又被挖出好几位"皮带哥"——他们掩藏了手上的名表，却没顾上遮掩住腰间闪闪发亮的皮带扣，厉害的网民很快识别出了这些亮器的来历，LV的、兰博基尼的、爱马仕的。没有腰缠万贯的实力，谁会去买这些四五千、五六千一根的皮带？

细节，细节决定成败。他们的落马一定让他们对"细节"刻骨铭心，以致现在很多当官的，每次公众场合亮相便分外小心，捋下手腕的名表，或者扣好外衣的扣子，以防"细节"惹祸。

其实，细节只是表象，实质是他们的那颗驿动的心总念念不忘找机会高调一下。

人总是容易犯高调的毛病。高调意味着万众瞩目，意味着旁人的羡慕嫉妒恨；高调有一种让人心满意足的爽。高调像是人与生俱来的本性，改也难。

比如有的人，人民大会堂开两会，当着成百上千中外记者的镜头，一身华丽皮草、LV围脖、香奈儿项链，一天一身行头，少则几万，多则十多万。一个人民的代表，把人民的生活水准甩了十万八千里，完全登顶南天门的感觉了。此时你让她低调，让她收敛，让她知耻而退，她会比死还难受。

有一首诗，"身居冷处无人问，才得温和气便高；器小不堪任大用，两三杯水作波涛"。说的是水壶，却是为人高调的写照——高调往往是浅显的必然。

　　当然，并不是非要局级或者什么代表才有资格高调，不同的人，不同的职位，不同的条件会有不同的高调。

　　有一年职称考试，我们系统的人都集中在一个弄堂学校复习外语。每周两天，前后两个月。大家彼此并不熟悉，却一致熟悉了两位仁兄，他们分别是两家杂志的头，小干部。一位仁兄总是每次中午带了两个下属上馆子，而且总是等我们下午已经上了大半节课，他们才酒足饭饱进课堂。另一位则开了大奔驰，每回都得按十七八回喇叭才能将车挤进来停妥。他有个习惯，下午课间休息必定冲一杯自带的咖啡，那个香啊，哪怕他全喝进了肚里，我们都还沉浸在咖啡的袅袅余香中。后来参加市里统考，出成绩时大家最关心的就是他们两位。纷纷打听：那位每次喝醉醺醺的考得怎样？那位开大奔、喝咖啡的呢？结果，两位仁兄都没及格。当然，不及格的原因与他们高调无关。

　　我在想，如果两位仁兄能想到自己有可能考不及格，这期间就不会一直那么招摇了，多少会低调一些。

　　低调是后天的一种修养。放着显摆不显摆，放着爽的机会而甘愿放弃，隐忍而厚重，那其实是一种修炼。倘能修炼到"降C调"，那该是一种什么境界啊。

2015.7.25

蹴鞠圆不了的梦

——巴西世界杯随想

四年一次的足球世界杯，总是让这个地球上的人血脉偾张，High到不行。

说来也怪，明明平时人气很旺的温网，这几天也真是赛不逢时，完全被世界杯盖过了风头，一副灰头土脸、了无生气的样子。如果此时，是乒乓球的什么赛，也许更惨，怎么看怎么像小孩子玩耍。

可见，足球不愧为第一运动，老大地位，难以撼动。

人们彻夜观战，赢则狂欢，输则泪奔。就连电视主持人也常常忘了矜持、抛了节操，当着亿万人的面，又哭又叫，难掩真情。其实，岗位职责对他们的要求，应该只需煽情，不必动情，尤其不必动大情。

比如，前不久的6月25日，意大利0：1不敌乌拉圭，被淘汰出局。CCTV5的美女主持"乌贼刘"，当众抽泣，泪人儿一般，真情为意大利不舍。

同样为了意大利队，人们还清晰记得，八年前的那个半夜三更，因为格罗索的一个点球，当年的体育主持黄健翔像被什么附了体，狂呼"意大利万岁"，并声嘶力竭地嚷嚷，"在这一刻，他（格罗索）不是一个人在战斗，他不是一个人！"

有人说他失态，我倒是宁肯相信他深情流露。那一刻，要是黄健翔在弗里茨·瓦尔特球场，说不定就冲进去了，裸奔也难说。

由此，我确信，几乎每一届世界杯的球场里，发生的那些球迷闯入事件，其实并非蓄意捣乱，很可能他就是来"战斗"的，为着他深爱的球队，或某个球星。

这就是足球的魅力，野性十足，又趣味无穷，而一胜一负之间，笑也罢，哭也罢，都尽情释怀，绝不掖着藏着。

只是，当我们吃着薯条，喝着可乐和啤酒，看着人家的比赛，而激情澎湃的时候，我总觉得有点滑稽。没有自己球队参与的比赛，我们真的还会那么感同身受，那么在乎胜败么？

就好比邻居家孩子高考落榜，我们最多安慰几句，不至于抱头大哭，如丧考妣吧？

又好比邻居家孩子考上了某个名牌大学，我们最多祝贺几声，也不至于又蹦又跳，当场开香槟淋自己一身吧？

更要命的是，我们去参加人家的毕业典礼，而我们唯一的宝贝儿子却是个老留级，至今还在读小学一年级且丝毫没有能升上去的迹象，我们还会兴致勃勃，趣味盎然么？

老实说，因为这"宝贝儿子"，我已经多年对世界杯提不起劲了，怕自己比"乌贼刘"还脆弱。要是一旦触景生情，浮想联翩，则难免虐心感伤，老泪纵横，伤自己身体事小，扫了人家的兴就不太好了。

为了让"宝贝儿子"有点长进，我们没少花钱，先是高价请了最贵的老师，一对一辅导，又花大价钱请了成绩优秀的同学来陪读，结果"宝贝儿子"非但没长进，反而连该做的作业也不会做了，觉得那是优秀同学的事，谁让他们拿了我们家那么多钱呢？

既然钱买不来长进，我们还是来点精神的，天佑我儿，相信总能找到一条适合我儿成长的路。

还记得否，2004年7月，国际足联主席布拉特，在北京的中国国际足球博览会上宣布：现代足球起源于中国山东临淄的蹴鞠。

接着，随着把蹴鞠列入"国家非物质文化遗产"名录，当年那个玩蹴鞠高手的高俅，也开始粉墨登场，被尊为"足球祖宗"与"足球先生"，有的景区甚至拉出"足球祖宗高俅收徒"的横幅，让"高俅"展示玩球的绝技。

这真有点另辟蹊径的感觉了，也许着实让很多人激动了一把，好像我们一下子成了足球世家，正宗的足N代，终于可以扬眉吐气，骄傲地对那些16强、8强或4强们，说一声：统统靠边了，没有我，哪有你们？所以你们都要对我放尊重了。

不过，在我看来，把蹴鞠列入"国家非物质文化遗产"名录，大家踢几下，玩一玩，也未尝不可，"起源"不"起源"的，我还真有点不好意思去争。

就好比我儿门门功课开红灯，老师却给我一个"家长联席会议主席"当，你说，我这"主席"当得有面子吗？

再说了，一本《水浒传》早已经将高俅钉上了历史的耻辱柱，知道他原本一市井小混混，就凭着将蹴鞠踢得"如鳔胶粘在身上一般"，讨得宋徽宗欢心，于是飞黄腾达。他逼走林冲，陷害宋江，罪恶累累，是我们打小就印象深刻的一个玩球的奸臣。

"蹴鞠"因高俅而出名，也因为与高俅的缘故而让人产生"花花公子""市井小流氓"一类的联想。当然，这并非"蹴鞠"的本质，但名声在外，非要为它正名就有点累了。

将高俅说成中国的"足球先生"，似也勉强，我看最多就是"蹴鞠先生"了。这就好比弹弓玩得好，百发百中，但不等于他就是"手枪先生"一样。

然而，中国并非没有"足球先生"，而且离开我们并不遥远，只是有点被冷落了。

他叫李惠堂，1905年生于广东梅州，1979年在香港去世。

一个他小时候的真实故事是，为练脚法，他常将球对准了狗洞远射，球踢坏了，就用柚子替代，家里两棵树上结的柚子，全被他用来当足球了。

1925年至1930年李惠堂在上海踢球，最有名的一场球是，他率领的"乐华队"参加上海举行的"史考托杯"足球赛，以4：1的悬殊比分大胜蝉联9届冠军的英国猎克斯队，首开上海华人足球队击败外国球队的记录。当时民间流行着一句话："看戏要看梅兰芳，看球要看李惠堂"。

1941年，他率华东足球队访问马来西亚，令人震惊地射穿了对方球网。还有一次他获点球机会，对方门将接球后连球带人跌进网窝，当即呕吐不止，从而有李惠堂力大无比，要踢死人的传说。致使有一次李惠堂率队与印尼队比赛时，对方门将见到李惠堂在其门前得球，竟然弃球门不敢防守。

李惠堂对足球有深刻理解，写成《足球经》《球圃菜根集》等著作十余本，成为很多专业球队训练必读。

1954年李惠堂当选为亚洲足球联合会秘书长。1965年，他当选为国际足联副主席，成为在国际足联获得最高职务的中国人。1966年李惠堂担任亚洲足球联合会和国际足球联合会副主席。1976年在联邦德国足球杂志组织的评选活动中，他被评为世界五大球王之一，与贝利、马修斯、斯蒂凡诺、普斯卡斯齐名。

真正的一代球王，足球先生，我们中华民族的骄傲！

可是，我们中有多少人知道李惠堂，有多少球员看过他的著作的呢？

当有人引经据典，企图拿2300年前的蹴鞠来激发我们的民族自豪感的时候，当高俅粉墨登场，成了中国的"足球祖宗""足球先生"的时候，我只想说：让高俅滚蛋，蹴鞠圆不了我们的梦。

天佑我儿，可别再傻下去了。

2014.7.8

为了W.C.

　　我曾经写过一篇小说，叫《幽灵》，说的是一个大院里的人，突然在某一天都发现自己患了肥胖症，于是争相减肥，却越减越肥，最后都放弃了减肥的念头。手法有点荒诞，意图却还是有迹可循：讽刺人浮于事、机构庞杂的现状。时隔多年，我偶尔在一个网站上发现有人下载了那篇小说，不少人留言说，笑死了。可见作品并没有很快过时，原因应该就是作品来源于生活，反应了生活的某种本质。说实话，我的感受正是来源于我所供职的那个大院。

　　那年月，干我们这一行很吃香，但凡能写点小文章，或认识几个字的，都变着法子想挤进来（当然，也包括了我）。复员转业的、开车的、挥榔头的、菜场当营业员的，各行各业，五花八门都有。能弄个编辑做做固然体面，哪怕干通联，登记稿件兼发发通知什么的，再不行，做个内勤也好，管管圆珠笔、信签，还负责分发肥皂草纸和内部电影票，大小算个内当家。反正，进了这院子，就算个文化人或准文化人了。

　　也就两三年光景，院子里的人像发了酵似的多出许多。原先的办公室坐不下了，有时得两个人挤一张桌子，后来干脆把办公桌搬到了阳台上，长长的阳台被不同的部门挨个排满了桌子，像在联合办公……

　　吃饭的人自然也越来越多了，往往没到开饭时间，排队等候的人已经不少，尤其有好菜的时候。每天早上，办公室总有人会去厨房转一圈，看看今天会有什么菜，然后回去发布消息，如果哪天中午有春卷或馄饨什么的供应，几乎提早一小时就有人在那里预留位子了。人多地方小，队伍不仅排满了过道，还延伸到了楼梯上。到该开饭还未开饭的时间，大家热情达到高潮，一片叮叮咚咚的击碗声表达了饥饿的呼声。自然难免有加塞或代买的现象，一般最多远远叫一声"排排好"，倒是从没发生过口角。为此，人们不无骄傲地说，毕竟都是文化人啊！

　　是呀，如果为吃饭这点事儿脸红脖子粗，太不值得，至少在我们这样的院子是不会发生的。

　　不过，那天下午响彻在二楼的一阵阵擂门声和呵斥声终于划破了院子里其乐融融的和谐气氛，让我们都为之震惊，并顿时觉得斯文扫地。因为那不是为了别的什么，而是为了——上厕所。

　　在叙述这件厕所事件前，有必要介绍一下我们这院子的来龙去脉。我们这院子是从前一大资本家的花园别墅，漂亮得不得了，无论花园水池，还是厅堂廊檐，甚至楼梯吊灯，无一不给人艺术的享受。难怪常有摄制单位来拍电影或电视，唯一不能拍的只有办公室，乱得像难民营。因为以前只有一户人家居住，所以每个楼层只有东西两头有盥洗室。盥洗室都有二十多平方，里面有衣橱、衣镜、浴缸和马桶、便斗。空间不小，但无法分隔，只好男女通用，谁进去谁锁门就是。

　　随着吃饭人口的大幅度增加，人们都明显感觉到上厕所的压力也越来越大了。往往想如厕时，发现已经被人占了。既不能隔门询问厕主还要用多久，也不能守候门外等待开放，只好先回办公室忍一忍，可是下次再出来，里面却又换了新的厕主，那个不爽啊！更夸张的是，三层楼面，六间厕所，仿佛分分秒秒有人在用。因为楼上的水压常常不够，说明底下正好有人在冲马桶。

那天的事发生在二楼西头的盥洗室，紧靠我的那个办公室。一般我们办公室的人因为能听得到厕所开门关门的声音，所以近水楼台，上厕所相对方便，只要耳朵灵敏一点，动作迅速一点。

事情大概发生在下午三点多钟，我们听到厕所间外有人在轻轻敲门，一个女声在小声催促：谢谢，里面快一点。那是我们斜对门办公室的一个老干事的声音。她这一敲，让我想起，隔壁厕所间好像好久没听到开门关门的声音了，因此估计她已经来回打探过几次，否则是不会轻易敲门的，毕竟里面不是在吃饭。过了十几分钟，她又来敲门了，手用了点力，声音也加大了一点：喂，里面的人，快一点好伐！已经不太客气了。但还是强忍住，没发作。然后又过了十多分钟，她把门敲得更响了，声音也大了许多：怎么回事情，你怎么一直不出来了？在里面作啥？怎么不为外面的人考虑考虑的！大约又过了十多分钟，她终于捏紧了拳头，把门擂得楼上楼下每一个角落都听得心惊肉跳：哪个赤佬，死在里面了。是不是里面味道好死了？有种你今天就不要出来！

这一擂一吼，引来不少人围观。只见老干事脸红脖子粗，继续朝盥洗室大声呵斥，并且又用力把门拍得山响。里面没一点动静，让人担心会不会出事，比如自杀，或血崩、虚脱什么的。但老干事一口咬定里面的人好好的，因为她听到里面有马桶抽水的声音，而且不止一次，但到底是谁，是男是女，她也不知道。不久，里面果真又传来马桶抽水的声音，显见得好好的。但为什么就是占着茅坑不让人拉屎（尿）也不肯应一声呢？难道想故意为难老干事？但活人会让尿憋死吗？那也未免太搞笑了。看老干事憋红脸的样子，大家赶紧劝她换一个盥洗室，并且成功阻截了一个本来要进入东头盥洗室的人。

老干事走开后，厕所里的声音也始终没再响起，像是连人都被马桶抽走了。人们也很快散去，还真有点怕撞见了里面的人，厕所间再好的事也不会高雅到哪里，平添一份尴尬。

　　不久，我听到了盥洗室轻轻开门的声音，立刻一个身影闪了进来，尽管若无其事的样子，但我还是从他脸上看出了一丝惊慌。他就是我们办公室的老黑，手里还捧着一叠报纸。他有马桶上看报纸的习惯。我问他为何迟迟占着茅坑不拉屎，他说怎么没拉，就是因为拉屎，并且拉多了，偏偏抽一次水不干净，偏偏两次还抽不干净，偏偏水小，等一次要半天……后来听门外闹成一团，就索性不出来了。

　　也许是巧合，我总觉得厕所事件后，院子里的事情好像就开始多起来了，说粗话的、打架的、偷东西的、考试作弊的、偷看女人洗澡的……好像许多人都不太在乎脸面了。

　　也难怪，无论文化人还是准文化人，终究也是人啊。

2009.4.5

沾泥的萝卜惹人爱

　　提起香港词坛鬼才黄霑，首先想到的是一句"人头马一开，好运自然来"。

　　几近家喻户晓的广告语，听似浅白，并无惊人之处，还多少有点迷信，有点俗。却是俗得可爱，因为接了国人爱讨口彩的地气，生生营造了一派人财两旺、好事连连的喜庆景象，让看广告的人，也嗅到满室酒香，酒不醉人人自醉了。

　　如若换一个文绉绉的句子，你试试，兴许文采斐然了，却少了想干一杯的冲动。

　　知道黄霑的大名，是在二十世纪八十年代的初期，其实那时他早已出名了，只是我们却陌生得很，像是两个星球上的人。

　　那天下午，文联在西厅放一部香港录像片，编辑部的人去看的不少。当时，港台片还未正式开禁，文联能放，也算是春江水暖鸭先知了。

　　其间，一位老编辑一直歪着头在打瞌睡。但还是很警醒，时不时睁开眼打量一番电视屏幕，然后再继续阖上眼皮。等片子放完，他也睡醒了，笑笑，幽幽地说：不是都说港台片很黄色的嘛？

　　我哭笑不得，不知道他这是在表扬，还是失望之后的抱怨。我知道当时不少人还以为港台片等于色情片，原因很简单，因为它们是资本主义社会，腐朽没落，道德低下。只是没想到人家并没我们想象中那么肮脏与不堪。

那天，我们看的那部片子正是黄霑和倪匡编剧的《唐人街小子》，只是当时并没记住黄霑这名字。

影片颂扬了侠义、忠诚和友情，颇具阳刚之气，然而对多年来崇尚"高大全"的我们来说，那样的片子，都是不入流的，拿我们编辑的套话来说，便是"开掘不深""缺乏提炼"。至于到底开掘多深才算有了"深度"，我们心里其实也没底，总不见得叫人家在美国加入共产党吧。

1984年的春晚，张明敏一曲《我的中国心》大红大紫，词作者正是黄霑，只是当时也没往心里记，谁会在听歌时去记住词作者的名字呢？

真正对黄霑这名字引起兴趣，已经是1994年的事了，香港作家林燕妮来我们作家协会大厅做报告。就记得当时由白桦先生和我们编辑部的头陪同，还记住的是林燕妮的模样：漂亮，优雅，气质出众，她让我想到了一部国产片的名字——《最后的贵族》。

很快就打探到，原来她有个已经分手了的、曾同居过15年的男友——黄霑。继而再深入打探，很多关于黄霑的负面细节逐一浮上水面：他始乱终弃、满口粗话、在与林燕妮分手后还去闹腾，在林燕妮的皮草上撒尿……简直就是个十恶不赦的无赖了。

很能体现黄霑"无赖"特质的还有他的《不文集》。都是几十字的短文，少儿不宜的情色文字，先是在一家周刊连载，十年后结集出版，居然一版再版，连印五六十回，成了香港最畅销的书。

所谓"不文"，他在自序里写得明明白白："不文"两字，典出"不文之物"。"不文之物"就是人类生命来源那根东西。《不文集》这书取名，就是取自这"不文之物"的典故。另外，还有一个意思——别人"不"敢宣诸于"文"的，我敢。

如此张狂，大逆不道，几乎就在向人类的文明底线叫板了。

可是，如果有时间，找来读读，却常会笑疼肚子。不得不佩服他的睿智、风趣与想象能力，也不觉得有什么海淫海盗。

我不由得想，写这样的文字，将我们视作洪水猛兽的情色，在他却是举重若轻，如入无人之境，那该有怎样的心态，怎样的历练啊！

以坦荡面对下流，将猥琐写出率真，人们因此无需在阅读时，遮遮掩掩，这应该便是《不文集》的成功之处。

当笔下的"下流"变得不再下流，笔下的"上流"该是一番怎样的风景呢？

黄霑笔下的"上流"便是他创作的不计其数的歌词，如《上海滩》《笑傲江湖》《沧海一声笑》《英雄本色》《倩女幽魂》《神雕英雄传》《狂潮》《家变》等等，总计两千多首。其中很多，我们都耳熟能详，堪称美文。有人说，一段时间里，香港每个角落，每个人所唱的歌，几乎都出自黄霑之手。

我们以前常说香港是文化沙漠，然而黄霑的歌词不就是一种浓郁的香港民众所追求的娱乐和自由精神的文化吗？

无论"不文"还是"美文"，我们最能感受的是黄霑的坦荡和磊落，因为他毫不伪饰。

一位名叫"黄河"的读者给他写信，劝他"用正确的观点，针对时病，启发青年人向正途发展"，因为"这样比写风花雪月文章更有意思"。黄霑写了篇《向黄河先生自剖》的短文，历数自己所受的教育，以及所看的书，然后笔锋一转说，"然后真正开始用脑子去想事情，我于是变成了现在的我，不可以不写风花雪月文章，不可以当青年人导师的我。"

态度很顽固，暗藏杀机的是那句"用脑子去想事情"。

我有点怀疑"黄河"先生来自内地，言谈间是我们所熟悉的"高大全"。

只是，倘若黄霑真的一改放荡不羁的顽性，一心扮演青年人导师的角色，他还能写出那些坦坦荡荡，豪气万丈的文字吗？

　　写文章有个忌讳，即越是想表现完美则越是容易走样，失去灵气；就像打球，越想赢也就越是容易患得患失，非输不可。

　　明白自己写作就是为了换钱，养家糊口，不认为自己有多么崇高，写自己喜欢的，写自己想写的，有时候难免荒腔走板，或失之油滑，或失之俗气，或失之浅白，然而却是接着地气，底气十足，也就个性十足。

　　就像田地里拔出的萝卜，水灵灵的，难免会沾点泥土，那又何妨，不更惹人喜爱吗？

2014.5.10

说出来，吓一跳

20世纪80年代，曾去北方参加一个笔会。主办方热情，把几天的行程安排得丰富多彩，尽量让我们吃好玩好。

原本高兴还来不及的事，却还是常听到王君嘀嘀咕咕，似有诸多不满，说得最多的一句话是，"我不说，说出来他们吓一跳"。

王君来自北京，是一家全国性杂志的编辑，操一口好听的京片子。只是当他在说"吓一跳"的时候，分明有点咬牙切齿，也会让一旁的人吓一跳。

什么了不起的事，令他如此愤懑？又有什么能让人吓一跳呢？

那天，我们几个忍不住，让王君说说到底怎么回事。

他忍了忍，终于还是说了：我们是中央级刊物，我们的编辑出来都算处级干部，当然严格说，是副处。

哦！我们大失所望。嘴上不说，心里暗好笑，天大的事啊！

原来这次主办方比较讲究，都按照行政级别，给予不同的接待规格。比如住的房子，级别高的可以住套房，级别低的只能两三个人合住一间；出行的车，也有高级小车、商务车、面包车和大客车的区别；还有吃饭、开会，也学的梁山泊好汉，严格按座次入席。

只是我们都已经习惯于忝陪末座，没觉得这样有多屈辱。王君若是真将他的中央级编辑折算成处级，大概也就商务车或面包车的待遇，房间倒是可以一个人睡一间了，不用听同房人的呼噜。

但也不至于真会把人"吓一跳"吧。

不过，我们还是很认真地开导王君。其间，来自广东一家文工团的刘君说到了他们团长的故事，那团长一直没机会晋升，眼看快退休了，上面给了一个副部级的待遇，这以后每回自报家门，团长一定在职务后面加个括号，里面填"副部待"三个字。

我们建议王君，但凡往后出来开会或参观访问，一定也要括号"处待"。

只是以后再没遇到王君，不知道他真的括号"处待"了没，抑或已经是括号"副局待"或"正局待"了。可惜那时候还没名片，在中国，名片是20世纪90年代才开始慢慢风行的。要是早几年就有名片，我想王君一定有办法，让与会的每一个人都"吓一跳"。

一般说来，名片就是个通讯方法，免得大家临时找笔写。但很快有人将它用作了"吓一跳"的工具。

有头衔多一点的，从中央写到地方，从委员写到会员，从书记写到董事，名目繁多，密密麻麻。一张名片，沉甸甸的分量。

有的作家，除了头衔，还非得把自己的作品一一罗列，哪一年发表的，发表在什么杂志。看着人家大呼小叫，俯首恭维，名片也算达到了事先设定的效果。

还有的编辑，自己没作品可罗列，却罗列了一大堆编辑过的作品，从作者到作品名，再到发表年月，到获什么奖项，如数家珍，活像一份职称报告。如果说，作家借名片炫才，编辑又能炫什么呢？大概也就剩下了炫耀，炫耀自己与名人的那一丁点关系。

我拿到上述几种人的名片，从来就没认真看过，心里却大凡有了底，知道对方一是俗，二是做人一定锱铢必较——你看，名片这么小的方寸，都要如此算计，唯恐少写了吃亏，还能与他相处吗？

　　然而，偏偏现在讲究的就是讲官衔、讲名气、讲来头大与小，谁又能免俗呢？

　　那天，一位刚从外地采访回来的朋友来看我，说对方接待规格高得不得了，不仅副局长全程陪同，还副市长、副书记接见。我问是否因为采访内容重要，或是采访对象地位煊赫。朋友说未必，主要因为他的级别高，所以对方也高级别接待。我说你什么高级别了？他红了脸说，对方负责接待的朋友在他的职称后面加了个括号，里面填"准局"。我问，你怎么成了"准局"了？朋友正高职称，相当于正教授，但跟"准局"却是怎么也挨不上边的。他说那是按照以前的工资标准折算出来的，正高职称比正局低，比副局高，于是就成了"准局"。显然，接待方的头被忽悠了，不了解现在的行情，因为现在一个正高的工资大概连一个科长还比不上。如果真按照那样的标准折算，对方大概派个司机、保安就可以接待了。

　　前两天，看到报纸上有两则讣告，一个是享受副部级待遇的局长，另一个则是享受局级待遇的处长。显然都是离休后才提的职级，不明白还要把享受的级别待遇写那么醒目干吗，我们不是一直号召干部"吃苦在先，享受在后"吗？何况这原本只是上级部门的一点心意，慰劳一下而已，却被拿来当身价炫耀了。

　　难道讣告也成了他们通往天堂的名片，叫神仙"吓一跳"。

2014.2.28

昴的赞歌

　　还记得2002年12月3日那个夜晚，从摩纳哥蒙特卡洛举行的国际展览局第132次会议上，传来中国上海获得2010年世界博览会主办权的消息，顿时上海一片欢腾，本地人、外地人、中国人、外国人，大家举杯畅饮，又唱又跳，还有人喜极而泣……那情景几乎再版了北京申奥成功的那个不眠之夜。

　　什么是世博？长的、扁的，还是方的、圆的？大多数人只是凭着"申办成功"这几个字，凭着这么多的人都在高兴、欢呼，以为一定捡了大便宜。

　　关键是世博能给我们带来什么？

　　据说，世博要拆迁很多老房子，很多居民将因此改善居住条件；据说，上海将为市容市貌大兴土木，交通将大为改观；据说，由此将带来很多就业机会；据说，世博将给上海增加巨大商机，除了世博门票，还将带动餐饮、酒店、旅游以及一系列的商品消费，初步估算有129亿美元的收入；据说，这还是表面的，潜在的好处更多……

　　于是，上海开始了前所未有的总动员，一切为了世博，为了一个精彩、成功、难忘、平安的世博。

　　整整八年，上海始终绷紧着世博的神经，尤其开始倒计时以后，总像有根鞭子悬在身后，催促着快走快走。好多居民被动迁了；好多好多的地方几乎同时在施工，马路在开挖、加宽；马达日夜不停地轰鸣，到处坑坑洼洼，尘土飞扬；绕道、再绕道，堵车、再堵车，最可怕的是高架常常成了停车场，寸步难行……记得有一次从莘庄回家，十多公里的路，足足在外环线开了三个半小时。

这么多年，上海人已经记不得还是哪年哪月加的工资。不过，也没什么，要产出，总得要投入，束紧裤带是为了日后的放宽肚皮，只盼望倒计时的日历赶紧翻完、世博会的大门在一个阳光明媚的早晨豁然洞开。

终于，在万众齐呼的倒数声中，我们数到了那个"1"。这一刻焰火冲天，汽笛长鸣，浦江两岸载歌载舞。这一刻我们也大大地松了一口气。

如今，世博会已经开了一百多天，拿通常说的一句话是，完成任务过半。我也在一个早晨过江从后滩来到了世博大门口，排队，安检，接着又是一系列的排队和参观，回家时已是星星点灯，累得抬不起腿。第二天整理照片，却已经想不起哪是哪，身后的那个馆叫什么，进去又看了点什么。感觉真像是赶了一回集。

印象最深的还是谷村新司在世博开幕式上唱的那首叫做《昴》的歌。歌词空灵而富于象征，他苍凉而古朴的声音，仿佛就在叙述他自己那段人生：那是一个群星散落的夜晚，天上昴宿星闪烁，但满目荒凉，茫然的他独自在告别命运之星，尽管前方一片荒野，但他还是怀着梦一般的憧憬，准备按着心的指引远行。

天人合一，歌人合一，仿佛那时空的隧道内，都溢满了他的惆怅和悲凉。

随着谷村的歌声，我的思绪穿越了一个世纪——曾经，有个叫陆士谔的年轻人在1910年创作了一篇叫做《新中国》的幻想小说，幻想100年后将在上海浦东举办万国博览会，幻想上海滩建成了浦东大铁桥和越江隧道，还造了地铁……

　　也许这个叫陆士谔的年轻人也是在一个昴宿星闪亮的夜晚，面对长空，忽然灵感闪现，一个百年后的上海滩浮现在天边，那里星星点点，灿烂无比，那里车水马龙，喧闹繁华，隐约间一座大桥横跨两岸，隐约间，仿佛地下有轰隆隆的地铁……

　　于是，百年经典《新中国》诞生了。

　　其实，估算上海能解决多少个就业，能赢得多少商机，是不是赚够了129亿美元已经不重要了，重要的是我们已经实现了一百年前的梦想，我们还将继续怀着对未来的梦想和憧憬，开始我们的远行。

2010.8.12

"大修"记

　　秋天，窗外搭起脚手架，房修队来大修了。

　　尽管房子几十年未修，百孔千疮，隐患不少，但真轮到大修，全体居民却无一不如大难临头，惶惶不可终日。

　　房修队领导十分理解居民的苦衷，在动员会上说，他们有信心赶在春节前完工，并保证：一不要居民出劳力做小工；二不要居民敬烟送点心。他举例子说，有一户居民烧绿豆汤给房修工人吃，被发现后，居民家房子缓修，贪嘴的工人则被扣除当月奖金。

　　何等严明的纪律！好像来了英勇善战而又秋毫无犯的子弟兵。居民们为之喜形于色，奔走相告。惶恐的心情顿时宽慰不少。

　　我们满怀希望地迎来了爬上屋顶的第一批工人。他们人不少，声势也大，从头顶上走过时，地动山摇，天花板很快被踩出无数裂缝。最壮观要算是往下扔东西了。旧瓦片、带钉的废木条，在他们的吆喝声中，雨点般地投向弄堂底谷；于是，一阵阵巨响，尘烟四起，抱头鼠窜的人群不住地嚎叫"等一等！等一等！"居然无一人伤亡。

　　瓦片没有了，油毛毡没有了，从天花板的缝隙处可抬头看见星星和月亮，没遮没盖的，万一下雨怎么办？不是"照单全收"吗？我忧心忡忡地找了房修队。他们安慰我："不怕。下雨我们会盖油毛毡的。"

有他们这句话，我倒真不怕了。没想到，半夜一场不大不小的雨真灌进来了。从三楼渗到二楼，又从二楼滴到底楼。家具、床单浸透了水，几双平时不舍得多穿的皮鞋也泡得变了样。再从屋顶破漏处看去，乌云滚滚，风雨飘飘，哪来的油毛毡？第二天再找他们，又说："不怕，天不会下雨了。"

我哭笑不得，知道发火也没用。

后来，我们又忐忑不安地迎来一长一短两个泥水匠和一胖一瘦的两个小木工。

两个泥水匠永远也凑不齐：不是长的外出有事，就是矮的躲得不知去向。长的说矮子偷懒，剩下我一个人怎么干活？矮的说长脚脚长溜得快，我一个人也不是傻瓜。

我们只好说，你们人手不够，我们配合做小工。

他们说，这可是你们自己说的，不是我们让你们做的。

我们说，是的，是的。

他们又说，可不能说出去，让头头知道了。

我们又说，一定，一定。

于是我们调休、请假，有劳力的全出动。

又铲旧墙，又出垃圾，还兼做他们的下手拌料递泥桶。平心而论，一大半的活儿是我们自己干的。头头来检查，按面积算工时，将我们做的全算他们头上了。自然，我们什么也没"说出去"。

相比之下，两个木工要比这一对泥水匠来得肯干，就是手艺粗糙了些。家中的几扇北窗，本来可以关得严严实实，密不透风。瘦木工要卸下维修时，我曾要求免了，他却说，"你有你的要求，我们有我们的标准。"结果依了他的"标准"。这几扇窗怎么也关不严了，人在一旁稍有走动，它们就敏感得直抖动。待到北风那个吹，我就没好日子过了。

胖木工替我们重新做了扇南窗，远远看去像把弓，弯的。关时，得有人跑到外面在凸处用力推一把。有人说，存心要做成这形状也没这高的手艺。没两天，他脚头也开始散了，一有机会就朝邻居家跑，那家有个新媳妇，长得有几分姿色，他一坐就可以几小时，还时常凑几个人，溜到她家打麻将。难怪，在做我家那扇南窗时，心思老是不集中，不爱搭理人，好像我们在耽搁他的时间。

自从房修队领导说了绿豆汤事件，我家老母亲就不敢张罗什么点心给人吃了。有一天瘦木工说，他胃不好，要我们明天中午给他下些面条吃。老母亲就赶紧在第二天买了鸡，下了鸡汤面。瘦木工一口气吃了六两。以后，胖木工、长脚泥水匠以及油漆工等也常在我家吃面条。老母亲每天买两斤面条还不够。家里像开了食堂。

既然午饭吃得，点心何以吃不得呢？于是又常烧些酒酿蛋，茶叶蛋什么的给他们吃。绿豆汤倒是始终没烧。

香烟也敬得不多。我买了几包烟备着，除了矮泥水匠要伸手讨，其他几个都还有些"茄答答"，嫌烟不是名牌。

终于提出了钱的问题。我知道那就像沉入江底的尸体，是早晚要浮出水面的。当然，他们没直接向我们提出，而是我们中有人来张罗的，说不给不行，隔壁邻居家都给了，成规矩了。于是我们赶紧给，照邻居家的行情给。要是早知道他们胆子大，敢拿钱，我们可以少走不少弯路，只可惜了那些鸡汤面和香烟，吃了也白吃，抽了也白抽，一点起不到预期的效果。

然而，我们给了钱又怎样呢？稍稍让他们卖力了一两天，一切又回复到老样子：不出工，不出力，胖木工找新媳妇的次数更频繁了……

秋去冬来，冬去春来，春去夏来，春节是早就过去了，窗外的脚手架依然竖着，还有不少活等着做，等着返工。随它去吧，反正怨气早就没有了。我们只有耐心等待，等待噩梦醒来的那一天，脚手架突然消失了。

1991年夏写于大修期间

请您拜读

朋友知道我喜欢霍尊的歌，传了段戏歌视频《我是霍尊》给我。果真京剧味很浓，一如霍尊绵言细语的风格，悠长婉转，绕梁三日。只是在对照歌词时，发现有一处用词明显不妥。歌词是霍尊自己填写的，想想以霍尊大四的学历应该不至于犯如此低级的错误；又上网查询，还是证实我没看错。完整的那句歌词是这样的：我只不过想唱戏给你听，用我的声音一出戏，只是愿你能够洗耳恭听。

什么叫"愿你能够洗耳恭听"？我一下子有点懵了。

所谓洗耳恭听，便是恭恭敬敬地听。那是说话人的谦辞，一般都用在第一人称。让对方"洗耳恭听"，拿上海俚语说，耳朵拎清了听，岂不笑话？

但是霍尊的神情是认真的，他的"愿你能够洗耳恭听"也就显得有点滑稽，像在与听众互动，实则更像在"谈斤头"，要人家老老实实地听他唱歌。

显然，霍尊说反了。

让人难以置信的是，霍尊的《我是霍尊》，从填词到进录音棚，再到出版，这中间，配乐、伴奏、录音、录像，试唱、试听，一句句、一遍遍，一道道关卡，参与其中的人还少吗？怎么就没有一个人听出这句歌词的谬误？

由此想起另一件"说反了"的事：多年前的一天，一位作者来编辑部找我们的一位老编辑。同在一个办公室，他们的谈话别人不想听也得听，并且很快弄清楚了：那人与我们的老编辑是经人介绍初次见面，因此彼此说话比较客套；还有，那人是一位资深编剧，来自电影厂，写过一两部已经上映的电影剧本，是那种反应平平、既不叫座也不叫好的片子，只是已然小有名气。今天他是来投稿的。当他递上那篇稿子时，语气谦卑，态度诚恳，连连对我们的老编辑说"请您拜读，请您拜读"。老编辑愣了愣，待他明白那资深编剧并非故意幽上一默，赶紧允诺：一定一定。

拜读是谦辞，压低姿态做谦恭状。只是请人家"拜读"自己的作品岂不可笑，不如干脆"宣旨"得了。

显然，这位资深编剧也是把话说反了。

当他说"请你拜读"时，我们的老编辑有个一愣的停顿，像是打了个问号，换别人早就意识到"反了"，及时更正完全来得及，但资深编剧并未觉得有什么不妥，坚持一反到底。因此他不像口误，而且也不像是第一次这么反着说了。他以前送出去的那几个剧本，也一定都说过"请你拜读"。说不定他还在为自己用词"典雅"暗自得意，不像一些人只会直白了说，"老兄帮帮忙，给我看看够不够发表水平"。

不过我倒是宁可相信这位资深编剧只是口误，我也宁可相信那么多人没听出霍尊错将谦辞当敬辞只是一时犯困，或者说是得了"集体疏忽症"。毕竟"咬文嚼字"的人不多，对一些即便明显"反了"的说辞大家也都习惯"逆来顺受"，反了就反了。无所谓。

这两件事情让我在好笑之余也总有点摆脱不开，好像总会不由自主地要联想点什么。联想什么呢？又说不清楚了。扯不断理还乱的感觉。

后来倒是慢慢厘清了，因为我这个人喜欢好笑的事，每次遇到好笑的事总要多回味几次，一次不过瘾就再回味一次。这不，我就顺着"愿你洗耳恭听"以及"请你拜读"想到了很多好笑的事，都是"反了"的笑话。

最好笑的莫过于一次网上看到的视频：一支外国医疗队进入了我们的一个邻国，为严重缺乏营养又看不起病的大量白内障病人手术复明。人家是自掏腰包无偿服务，却是恳求多次才获准，入境后不许乱说乱动，而且时间十分有限，时间一到马上卷铺盖走人，医生不得不拼命加班加点。一切都像"请你拜读"，反着来的。更奇葩的一幕是，当医生争分夺秒，医治好了成百近千的白内障患者，在揭开眼纱的一刻，所有的复明者都像憋急了，一路小跑到领袖像底下，哭着跪着，山呼万岁，却将救治他们的医生冷落一旁。

当那些人哭得泪人儿一般的时候，我几乎笑得透不过气来。原来一连串的"反了"竟可以产生如此巨大的幽默的力量，实在"笑死宝宝"了。

后来，我却是笑不出了。我在揣摩那些哭着喊着的人，他们是真哭还是假哭？要解决这疑惑，最好的方法是把自己放进去，设身处地想一想。我先是怀疑自己会哭不出来，要哭也是假哭，而且我会忍俊不禁。

于是我想到了这么一幅画面：当周围的人都在哭天抢地的时候，我一个人在那里笑得满地打滚。但结局呢？我不由打了个寒战……

但我还是相信那些人并非都因为害怕可想而知的结局才哭着山呼万岁的，他们应该是真诚的。那就像我们这儿常因为一些官员玩忽职守，发生灾祸后的情景一样，人们也总是在事后艰难的抢救中看到了感动，于是感激涕零，山呼万岁，然而忘却的却是最简单的因果关系。

2016.1.12

"人家说的"万岁

　　不知道你有没有这样的体会：每次要说服老婆相信一件事，而她对这事却心存疑虑，或者压根儿就不信，这时你磨破嘴，说一百个理由，往往也抵不上说一句"人家说的"。

　　举个简单的例子：老婆是从不舍得倒掉吃剩的隔夜蔬菜的，告诉她那剩菜非但没营养反而对身体还有害，又告诉她其实这点吃剩的几口菜值不了几个钱，再告诉她那剩菜也许被蟑螂爬过即使没爬过心里也疙疙瘩瘩吃了不长肉……但没用，老婆很坚定：吃！你们不吃我吃。最后只有对她说：人家说的，隔夜蔬菜吃了要生癌的。这下，终于听进了。这以后每次吃饭她都努力督促大家把蔬菜吃完，"吃不完要倒掉的噢，浪费。"

　　再举个简单的例子：老婆总怕我买东西上当受骗（我也确实上不少当受不少骗），因此每次买东西回家老婆的神经就紧张，目光就挑剔，口气就严厉。几乎无论什么东西，都怀疑我被人斩了。好坏通不过。情急之下就说：人家说的很合算。人家说的绝对正宗货。这一说，她就像松一口气，目光尽管有点狐疑，口气却明显温和了。

　　即便遇到像买房子这样的大事，我一声"人家都说靠西墙好"，也就一锤定音了。否则我说要靠西墙，她说要挨东墙，争论不休，一辈子也不会有结果。

人家是什么？人家可能是单位同事、隔壁邻居，也可能是街上的陌路人，甚至是报纸或电视电台里的一句话一个镜头。当然更多的时候，人家很可能就是我自己。

听我的朋友和同事说，他们在家里也都有类似的体验。难怪有几次朋友和老婆发生争执，相持不下，或发生口角，闹得不可开交时。我还常被拉去劝架，说一两句朋友无法说服老婆的话。居然马到成功，还都管用。

我的话，人家的老婆爱听；人家的话，我的老婆要听。看来女人都有点崇外。崇拜外面的人，迷信外人说的话。外面的人放个屁也是香的。这也正应验了一句老话：外来的和尚好念经。

其实外来的和尚、自家的和尚，往往念的是同一本经，但女人的感觉就不一样。她的感觉不在经本身，而在念的那个人。当她对念的人过于熟稔了，真和尚也成了假和尚。

以前我对"距离产生美"这话还有点将信将疑，现在我可是彻底信了。因为距离还产生权威，产生听话的老婆。不是吗，外来的和尚之所以好念经，不就是因为这中间隔着一大截距离吗？

我想相对来说，平时在家话不多的男人，其权威性要比话像饭泡粥的男人要大得多，就像被女人们青睐的日本影星高仓健，在家里一定会比笑星冯巩或是牛群更有权威一样。因为高仓健三拳头打不出个闷屁，必定和老婆拉开了距离，于是沉默是金，他在家的那本经也就好念多了。

对我们这些平时已经话太多，已经将权威丧失殆尽的男人来说，必要时来几句"人家说的"还是蛮有用的。

2001.12.16

心有余悸

看来，很多事情即使写纸上还是没用，仍是"纸上谈兵"。

这里要说的是不久前的一次台湾环岛游。

其实我已经不止一次去台湾了。1998年的一次公务活动，基本上从南到北都走了。这回的环岛游主要是为了陪太太，当然还因为价格低，拿上海话说"譬如不如"，不在乎多此一次。

不过我对低价团也是有警惕的，因为多年前曾留下的心理阴影，如今回想起来还梦魇一般。

那年，单位组织大家去香港旅游，一开始都欢天喜地，哪怕吃得粗糙一点、住得简陋一点，都没在乎。渐渐地却是越来越不对劲了，几乎有一半多时间被要求购物。本来香港是购物天堂，到香港购物也天经地义，然而"天堂"档次太高，或者说我们被带到了"天堂里的天堂"，并非人人都能潇洒走一回的；何况本来就对那些金银首饰、进口手表不感兴趣。面对营业员的"苦口婆心"，死缠烂打，我们只有装傻，视而不见充耳不闻，有的干脆躲角落打起了呼噜。那个操一口东北话的香港导游，则一次次出言不逊，说我们是来骗吃骗玩的。士可杀不可辱，这口气有点难以下咽，但事后想想，人家没硬拉你来，你们自己报名的，还不是自取其辱么？

我太太也吃过"购物游"的亏。去年到九寨沟旅游，价格不菲，却是被凶神恶煞般的导游整天带着去购物。天高皇帝远，游客们敢怒不敢言，双方僵持着，一方执拗不买，一方"关门打狗"偏不让走。最后两天竟然都被拖到晚上九十点钟才放行回宾馆。

这回仔细看了协议，上面明确写着"不购物"，才放下心来。心想，一定是一段时间来"陆客"锐减，生意清淡，被逼出了"跳楼价"——与其等死，不如壮士断腕，或许还有绝处逢生的一线希望。

感觉自己有点乘人之危了。

不过，既然商人找的是商机，我们游客就不能找一个出游的"游机"么？这么一想，又心安理得了。

开头两天尚属正常。尽管去的一些景点大多无需门票，而第一餐号称的"豪华宴"也寒酸得让我们对接踵而至的"苦日子"有了足够的思想准备。但这些都无所谓，因为"一分价钱一分货"。我们难道还指望遍游洞天福地、名山大川，还想天天吃香的喝辣的不成？

导游是个五十多岁的女人，平时说话比较干练，往往无话可说时便拿出车上备的DVD放给大家看。其中凤凰卫视摄制的一组介绍台湾国民党老兵的长篇纪实，蛮有历史的沧桑感，深得大家赞赏。感觉她的挑选不俗。只是好景不长，没几天她的话便明显多了起来，连DVD都没时间放了，让我们一直牵挂着那几个老兵的命运。

话都围绕购物。她说话比较讲究切入口，不说"圆兜圆转"也是埋一个伏笔，设一个悬念。譬如，要安排我们买牛樟菇、灵芝那天，她让我们别忙着喝水，说一会儿要请我们喝大补的茶水，然后才说是灵芝茶，免费的。接下来的介绍中，除了叙说牛樟菇怎么牛，灵芝怎么灵，抗癌、解毒、抗衰老等等外，她还总是联系到自己或朋友，让叙述有故事性；说自己每天喝灵芝汤因此精神抖擞、体力充沛，而一位朋友更是从死亡线捡回一条命见证了牛樟菇的奇迹。说到猫眼宝石，她便先褪下自己手上的一枚戒指，让我们一个个往后传，见识什么叫"猫眼"，"课堂"气氛被调动起来后她才开始给我们灌输"猫眼"的基本知识，从"猫眼"的真伪一直说到它无所不能的功效，说自己以前患严重的腰肌劳损，幸好戴了手上的那枚"猫眼"让她重新挺直了腰杆。

最让人惊悚的是那天她要带我们去买红珊瑚宝石，在介绍了红珊瑚"避邪"的神奇功能后，她突然神秘兮兮地问，知道2010年10月，苏花公路发生的那场车祸吗？我们回答知道，因为电视报纸都作了详细报道。那天由于"鲇鱼"台风的影响，苏花公路多处地段塌方，一辆载着大陆游客的车被石头砸中，造成20人死亡。只是我们不明白这事跟红珊瑚有什么关联。她倒也不卖关子，只是压低了声音说，那天，出事车的前一辆车是北京客人，后一辆车是上海客人，他们都侥幸地躲过了塌方，事后我们发现，他们几乎每个人都买了红珊瑚，而被砸的那一车珠海客人，嘿嘿，他们都没有买。说到这儿，她意味深长地感叹一声：世界上很多事还别不信，我是宁可信其有不可信其无的……

令她失望的是，在天价的红珊瑚面前，我们最后还是选择了"宁可信其无"。我们有点"要钱不要命"了……

最后两天她的话明显少了很多，再不讲故事，说完当天的内容就去司机边上，不再搭理我们。有人央求继续放老兵的故事，她却拉长脸不予理会。

购物点照样去。我们也习惯了，有座位就赶紧坐下打瞌睡，没座位就权当散步锻炼，一圈又一圈，直走到腰酸背疼……

按理回台北那天要走苏花公路。正值梅雨季节，天天大雨如注，因为有塌方，我们连太鲁阁也没去成。好在有了以往多次塌方事故的教训，经大陆交涉，但凡游客返程一律乘坐火车。

如果没有这项规定，还得乘坐大巴吗？我们几乎不敢往下想了……

2017.7.25

呼唤"土鸡"

去年十月，去了一回西双版纳。我们坐伏尔加小车，从云南的曲靖出发，星夜兼程，在峨峨连天的十万大山中足足盘旋了两天两夜。本以为这一路上僻壤山窝，是没什么好东西可吃的。然而却恰恰吃到了好东西，那就是土鸡。

我们的司机小董，是个技高胆大的年轻人，他一天开十多个小时而不知疲劳，并且总是将车开得有惊无险。他嗜好土鸡，每回沿途停车吃饭，他总是对着那些鸡毛小店的老板先吆喝一声：土鸡！店主便应声院里院外逮鸡。用不了多少工夫，一大锅煮鸡汤端了上来。在平静的黄澄澄的油层下，那鸡、那汤——嘿，那味儿呵，简直鲜美无比，回味无穷！于是下一次再停车吃饭，我们便跟着小董一起吆喝：土鸡！

土鸡就是山里人家自己养的鸡，普普通通的鸡，根本算不得山珍野味，然而对我们这些久居城市的人来说却实在是久违了。我已经记不得，吃这样味儿鲜美纯正的"土鸡"还是哪年哪月的事了。

我不知道我们现在经常吃的鸡（包括城里鸡贩子经常标榜的那种"草鸡"），是不是还能叫做"鸡"。你说它们不是鸡吧，它们确实长着一副鸡样：有鸡头、鸡爪还有一身鸡毛，也许黎明时分还会伸长脖子啼叫两声，实在不能不承认它们是鸡；但你真的承认它们是鸡吧，它们又鸡肉不像鸡肉，鸡汤不像鸡汤，那肉粗糙，不说嚼蜡也总有点假，那汤永远也煮不浓，有的还带着股腥气，它们的味儿实在已所剩无"鸡"了。

本来，一只鸡的生长期应该在120天以上，然而现代饲养技术却大大加快了这一进程，使它们像工业品一样被生产出来，生长期缩短到仅仅50天左右。尽管它们呆若木鸡，既没有土鸡的灵巧，也没有土鸡的骁勇，但它们按人们规划好的时间表长成了一身肉，一身"鸡"肉，以供人们食用。

相对土鸡而言，也许该称它们为"工业鸡"。

科学技术的发展，使我们的生活中不但有了"工业鸡"，也有了"工业鸭""工业蛋"和"工业苹果""工业海蜇"等等似是而非和似非而是的东西。我毫不怀疑还会有越来越多的吃的东西将被"工业化"，人们吃到本原的它们的机会正在渐渐丧失，总有一天我们会彻底忘了这些东西的原汁和原味。

当这股"工业化"浪潮向我们卷来的时候，我们不难发现，作为精神食粮的文学作品，也正在日趋"工业化"。一些小说、电影和电视剧，也如同被炮制的鸡一样被制作。一般说来，它们都还挺像那么回事，有头有尾还有"凤爪"，看上去结构完整，意思也可以，有的文字不错，就像披着一身像样的羽毛，这一切都让人无法否认它们的成立。但人们在咀嚼它们的时候，却又往往味道缺缺，肉不香，汤不浓，就像我们平时吃的那种鸡。

我很佩服一些作家和剧作家，他们到哪里转一圈，就可以在很短的时间里生产一部长篇或是一部电影、几集电视连续剧。写作对他们来说，也许已经到了驾轻就熟的地步，似乎只要采访到生活中的一点点东西，就可以根据自己的那一套编辑法从容不迫地编故事了。其实，他们所采访到的，往往只是一些十分表面的东西，有的仅仅是一些技术术语或专门知识，为的是到时不让人看出自己是外行，至于其余的一切他们自有办法。这就难怪我们的读者和观众会在他们的作品中，看到的都是可以一望而知的人物，可以想象得出的结局，可以推算得到的高潮，以及可以跟着一起念的对话。一切全在人们的意料之中，是因为人们对这一套模式已经熟悉了，并且也已经腻味了。因此当我们在哀叹纯文学的读者越来越少，一些国产电影电视越来越没市场的时候，我们是否也该反省一下自己的"鸡肉"是一种什么味道？

我并不一概地反对采访，尽管我知道那往往写不出好东西；我主要的是反对一些人"工业化"的创作态度，将一切都往他们的既定模式里套，以至写出的都是那种"说鸡没鸡味，说不是鸡又偏偏长着鸡样"的作品。

我不知道如果现在将鸡场里养的那些鸡全部解放出来，白天放养在外，让它们自由自在地在大自然中奔走，不给它们吃鱼粉之类的精饲料，让它们自己觅食，或喂以五谷、菜叶、皮虫和麸皮，它们能重新像"土鸡"那样变得健壮些灵巧些么？它们的——肉，还会变得像"土鸡"那样鲜美么？

但愿我们都能重新吃到原汁原味的"土鸡"。

1994.3.18

幽暗处没公平

　　不久前还写文章，说喜欢看冯小刚骂人。看他字字铿锵，气势如虹，常常让对方张口结舌，无力招架；而且他的话说得不多，但都在理，打在七寸，可谓稳、准、狠。

　　只是这回看他骂金马奖，却没了那种快感。尽管他折腾了一夜，连发四篇博文，话不少，火力很猛，但感觉烧的是虚火，声嘶力竭、洒狗血。也许是为了秀恩爱，为徐帆的落马鸣不平也算是尽了点丈夫的责，在外人眼里却总有点不舒服。虽有举贤不避亲的说法，但金马奖又不是推举电影总裁、党委书记，为自己老婆争奖座和奖金，闹得脸红脖子粗的，就有失风度了。可以鉴定为小儿科。

　　最没分寸的，他还骂评审团主席黄建业"假装内行"。那等于指着教授说没文化，讥讽歌唱家五音不全，很伤人自尊，而起因仅仅因为黄建业回应了他一句"徐帆的表演有比较猛烈的部分"。有点"防卫过当"了。我看过《唐山大地震》，没注意徐帆哪里"猛烈"了，我想这就是专家和我们普通观众的区别。所谓外行看热闹，内行看门道，这门道就是识别破绽，哪怕仅是一个动作、一句台词、一个眼神的蛛丝马迹。有破绽不可怕，可以亡羊补牢，可以上一个新的台阶；可怕的是不以为然，还反过来气急败坏地指责人家假装内行，那必定抱残守缺了。本来是千金难买的求教机会，冯小刚却被6亿票房冲昏了头脑，自我膨胀，拒人于千里之外，其实也就是关闭了自己日后成为一流导演的大门。原先，我们对他多少还抱有期待。

搞笑的是，闹半天，批评徐帆的表演"有比较猛烈的部分"并非黄建业本人，而是他在转述部分评委的意见。受一肚子冤枉气的黄建业又反过来责备媒体，说"记者都喜欢挑不好的写，断章取义，造成误解"，又说"信息交流不直接的情况下，人与人这时候很容易产生猜疑，觉得有黑幕或施压"。

他把怨气发泄在媒体有一定的道理，要知道我们的媒体历来有"本地补台、异地拆台"的做派，更何况远在海峡对岸，抬头不见低头也难见的，断章就断章了，误解就误解了，谁管得着谁啊。

至于"黑幕或施压"的抱怨，倒不一定是娱记们的无中生有，而确是来自大陆影人之口，比如范冰冰以及王学圻的经纪人等，怀疑黑幕，怀疑地方保护主义。然而，都查无实据，都在凭感觉，主观臆测。也难怪，但凡评奖，尤其影视、文学一类的，"觉得有黑幕或施压"，已经成了是我们这里的思维定势，因为听到的太多，也因为知道的太少。

我们听说：谁谁专门去北京找评委打招呼了；某某地方装了两车皮土特产去北京孝敬评委了；上面某某发话了，一定要评给谁谁……几乎每次评奖都伴随着一堆传闻，有鼻子有眼的，不由人不信。××××奖的"双黄蛋""三黄蛋"，还有近期质疑声一片的"羊羔体"×奖，似乎都在印证那些传闻。那些省市一级的文学艺术类奖项，也许腐败得稍好些，但也大多评的人情奖，马屁奖。奖评给谁、评委请的谁——都是真金白银，放的一笔不大不小的人情债。反正烧的是上级拨款，或企业冤大头的赞助，拉的却是自己的人脉。所以尽管这个奖、那个奖已经远离观众，远离读者，丝毫吸引不了人们的眼球，但主办者仍乐此不疲，誓将庸俗进行到底。

当然，我并非一概反对评奖，评奖有奖掖先进、激励后学的作用，但如果评奖丑闻百出，风气越评越差，老百姓看得怒火中烧，这样的奖还是少评或不评为好。

也许，所有的传闻都只是空穴来风或捕风捉影，是无良同道的无中生有；有的主办者说到评奖，也有一肚子苦水要倒：申请拨款难、拉赞助难不说，一旦开评还得照顾这、照顾那的，谁都得罪不起啊！在他们看来，评奖其实是"平奖"，就是摆平方方面面的关系，摆平了也就评出了和谐，摆不平则很可能看白眼、穿小鞋，以后连生存都难。

不能说苦水倒得没道理，但我还是不认可。因为这都是因为那些奖评得太不透明的缘故。你不透明，人人都可以认为你在暗箱操作，私皮夹帐。既然无私念，何不公开、透明呢？

记得以前办公室订有一份台湾的《联合报》，每有《联合文学》的评奖，初评、中评，到最后的终评，报纸上总是将评委的意见全部公开，谁同意谁反对，理由是什么，都清清楚楚。

这样公开透明的好处我这里就不用多说了，唯一有压力的是评委，因为：第一，你不能是伪评家，不懂业务就别在这儿混了；第二，你必须说真话，因为大家都看在眼里，由不得你拿着选票当取悦某人的资本。但顶住压力，换来的不仅是评委费，更多的是你在读者心中的威望。那么多年来，也没见有人对"《联合文学》奖"质疑，更没见有人开博骂山门。

本来，评奖就是要评。所谓"评"，一个"言"字旁，加一个公平的"平"；"言"是张口伸舌讲话的象形。所以，"评"便是张口说出来的公平，也就是亮在明处的一种公平。

暗的，灰暗的，或漆黑一团的地方没公平可言。

2010.12.6

当灰姑娘成了老板或Baby或美女作家……

这世界，只要还存在财富、职业、职位、学位、门第、容貌等等的差别，灰姑娘的故事就无时无刻不在演绎。尽管会有各种版本，但核心就一个：找个称心好男人。

何为灰姑娘？其实是相对的。各人价值取向不同，标准也大相径庭。有人看重金钱，有人看重地位，还有的人只看相貌。就好像在我看来当年的黛安娜是高贵的公主，但在查尔斯看来，黛安娜只是个很灰的灰姑娘。也许在乞丐眼里，屠夫的女儿是贵族公主；但在局长儿子的眼里，屠夫的女儿最多只能算个灰姑娘，绝不在一个档次；到市长儿子的眼里，局长女儿的档次又差了一大截，除非她貌若天仙……

既然"灰姑娘"没有定规，那么"白天鹅"也就没有绝对标准。有的当了个小白领，就觉得终于熬出了头，从此可以从从容容找个金领郎君；有人开了家店铺，赚了点钱，渐渐以为自己身价百倍，世界上的男人可以随她挑随她选了；有人整了整容，当了再生美女，感觉自己立马成了"Angelababy第二"，恨不得哪天找刘德华谈谈，让他心甘情愿跟自己共赴巫山……

前一阵传海南三女老板保养一小男妓，结果那男妓因服性药过量而猝死。后来辟谣，说是假新闻。但有钱女子泡帅哥却是千真万确的事。在网上泡，在酒吧泡，在歌舞厅也泡。所谓"泡"大概就是主动搭讪，主动说奉承话，最后主动埋单。有人说，现在是消费男色时代，一定要学会泡帅哥。她们的体会是，帅哥并不难泡到，关键是自己要自信。女孩子觉得泡到一个帅哥是件很荣耀的事，不仅可以向家人炫耀，更可以向同学朋友炫耀，证明自己这只"天鹅"有多么成功。

　　我本来听到"泡帅哥"还将信将疑，以为女孩子不会那么主动，至少在异性面前会尽量装扮得矜持一点。前天遇到一朋友，告诉我一件新鲜事，才知道现在的"天鹅"还真了得。说是近日有个"美女作家"专程来上海，想"泡"沪上一小有名气的80后作家，没成功，十分沮丧，觉得自己太受打击，要我那朋友再做做那80后作家的工作。她的意思是，她最近接连在杂志上发了几篇文章，在当地引起一定反响，算得一个知名作家了，再说长得也好看（她自己认为），因此常被媒体称为"知名美女作家"。有了这么个头衔，就拥有了泡白马王子的权利，就所向披靡，无往不胜，岂容那80后不知好歹。

　　我听了差点笑岔气。我说，我敢断定，那"知名美女作家"必定不漂亮，文章也必定一般。朋友点头称是，问我是否认识她。我说不认识，我之所以下这样的定论，是因为往往像她这样的人先天条件并不好，是不折不扣的灰姑娘，极度自卑，但一旦有了点成就，便自我膨胀，几乎忘了自己姓什么叫什么了。不客气地说，越是这样的人，越容易"丑女多作怪"。

　　如果我来选择，我宁可娶一个普普通通、本本分分的灰姑娘，也绝不要"知名美女作家"这样的"白天鹅"。

2007.6.13

老男人的最后一波行情

身为男人，深知男人的心是不太会安分的，哪怕老男人。

老男人是什么？老男人是爬满春藤的老房子，虽风吹雨打，历尽人间沧桑，裸露的墙脚承载着斑驳脱落的老墙，但在一些人眼里仍是一道风景，舒适、幽雅，充满风情。

记得以前曾读到一篇文章，是父母告诫外出的年轻女孩，小心别中了那些中年男人的圈套。他们称那些有家室但又喜欢勾搭年轻女孩的中年男人为"中年坏人"。令他们想不到的是，也许他们的女儿当初躲过了中年坏人的一劫，但如今却未必能躲得过老男人强弩之末的攻势。

老男人的攻势是他们作为男人发动的最后一波行情。过了这村就没那店了，太阳西沉，但第二天黎明的旭日却不再东升。有阳光才灿烂，没有性的日子好比失去了阳光的照耀，整天昏暗，那生活也一准昏昏沉沉、浑浑噩噩。我的一位朋友就曾不无担忧地说，难以想象那日子还会有什么乐趣。面对未来的恐惧，心有不甘的老男人比以往任何时候都渴望艳遇。所以，老男人比小男人更不容易守住夫道。有的不惜拉下了平日的矜持，多年的修炼废于一旦。不是说有干部的59现象么？那就对了，干部到了退休前那些日子最容易犯错，最贪，也最色。

　　我是眼见着一些老男人渐渐演化成师奶杀手的。有个仁兄，本来虽说有点蠢蠢欲动，但终究还本分，说起那色色的事，还知道回避、忌口。如今已完全如入无人之境，边说还边睃着身边的女人，不管是小姑娘还是老太婆，一副老吃老做的样子，让人家脸色红一阵白一阵。去年他花一万多元买了架二手雅马哈钢琴，说要学弹琴了。天哪，他是连唱歌也五音不全的人，浑身上下没一点音乐细胞。我说是给你儿子学的吧？回答不是，儿子已经出国留学了。是给夫人解闷吧？也不是，夫人退休在家就喜欢打麻将。我说你有这决心从头开始学？他说不用，只需学会一只曲子就可以了，盯牢了这只曲子，怎么也可以把它弹会的。说的也是，只是弹会了又怎样呢？不见得翻来覆去就弹一只曲子吧？后来，也不知道他到底弹会了哪一只曲子，反正很快那雅马哈就成了房间里的摆设，他也懒得弹了，唯一的收获是他像模像样地拍了几张在家里弹奏钢琴的照片，一千多万像素的相机拍的，郎朗似的，在黑白琴键上摇晃着脑袋，然后就把这几张相片输入电脑了。在QQ的嘀嘀声中，传了出去。最震撼的是，有一天清早我接到他夫人电话，问昨晚他是否在我这儿打通宵麻将了。我张口结舌，要知道我是连麻将有几张牌都搞不清楚的人，怎么可能约了人来打通宵麻将？但我有什么办法，我只好说是的，他整晚都在我这里。

　　去年夏天我参加了一个会议，那天晚上我去一位多年不见的仁兄房间串门。刚进房间吓了一跳，只见有两只脑袋并排出现在我眼前，细一看原来是只头套，戴边上的一只茶杯上。难怪呢，他本来头发好像不是很多，怎么这回见面多了出来，原来戴了假发。他说天热，戴着难受，我说其实你不戴也不是蛮好么，干吗受这罪，他说戴习惯了，不戴会很难受。我有点听不懂了，不是嫌难受才脱的么，怎么不戴又难受了呢？当然，他戴了假发自然是年轻了好多岁，整出了一个中年男人样子。会议开了四天，结束的前一晚，终于传开了一个消息，有人看到前台那个胸脯高高的服务员半夜溜进这位仁兄的房间。当然，没人举报，也没人会守候门口，等待收网，只是大家似乎都比较兴奋，像受了什么刺激。

我第一反应想到的是他的假发，会让这位服务员小姐受惊，花容失色吗？

老男人啊，我拿什么拯救你们！

2009.2.15

纱幔低垂的《窗里窗外》

　　《窗里窗外》的出版宣告了这世界又多了一个美女作家。尽管字数才15万，图片也未必清晰精彩，价钱却卖到88元。想必书价变化还没列入CPI的统计范畴，否则猪肉这点涨幅又算得了什么。然而还是热销，供不应求，因为该书作者有个家喻户晓的名字——林青霞。

　　想从《窗里窗外》窥探点林青霞的隐秘会注定失望，因为关闭的窗已垂下了纱幔。没有缝隙，风吹不进，一丝掀动的痕迹也没有。你只有隔着那低垂的窗幔张望，里面有个曼妙的身影，隐隐约约，似乎想坦诚地向你展示点什么，然而终究还只是轮廓，什么也看不真切。

　　她和秦汉近二十年之久的苦恋，以及跟秦祥林、赵宁的短暂拍拖，这中间有多少刻骨铭心的恩恩爱爱、曲曲折折、是是非非的煎熬和冲突？还有1979年震惊华人世界的新加坡"殉情"事件，到底是自杀还是林母所说"不小心服多了安眠药"，是为爱之绝望还只是对那次颁奖会自己所扮演的角色怨愤之极的抗议？

　　都是万众企盼揭开的"歌德巴赫猜想"，人们整整猜了几十年，如今看来还得猜下去，除非哪天秦汉或是秦祥林也说要当美男作家，兴许才能迂回包抄，揭开"猜想"之谜。

要说林青霞在15万言中没主动泄露一点隐私那也有失公允，至少她贡献了自己的"初吻"。那是在拍摄《窗外》中她和男主角胡奇的一场吻戏，她写道：他（胡奇）教我把牙齿合上，嘴唇张开，其他的就交给他。我照做，两个人牙齿磨得咯吱咯吱响。

连标点在内，不到四十个字，关于林美人的初吻，所有的情节和细节都在这里了，你爱看不看，爱信不信，反正就到此为止了。能把自己宝贵的初吻写得如此枯燥，如同嚼蜡，这样的淡定、与己无关，也是需要一定的定力的。问题是这世界对这位美女作家来说还剩下什么是可以津津有味，值得大书特书的？这样的文字发电报可以，写文章就未免太惜墨如金了。

不由自主就想到了刘晓庆的《我的自白录》。书中也有一节写到她和姜文的吻戏。当时刘晓庆已经结婚、离婚，再结婚，对接吻应该轻车熟路，没什么神秘感了，但是演吻戏却也是头一遭，同样有内心的不安和紧张。这一节近千把字，她从与姜文订"口头协议"到开拍前的"摩拳擦掌"，再到拍摄过程中的"杂念"、导演第二遍喊停才停下的尴尬，以及拍完后的"假松弛"和想问效果又不敢问的一系列心理活动，层层递进，写得细腻逼真，生动地再现了当时的场景。

这么一对照，林青霞就显得过于拘谨刻板了。林青霞在序言中交代，龙应台曾教导她写文章"要像雕塑一样，把不必要的多余的字都删掉。"为此她铭记在心。然而我倒是认为她被龙应台误导了。那话对专业写手讲肯定没错，对初学者却是说反了，尤其林青霞这样中规中矩的人，更需要鼓励她多付出点热情和想象力。她目前还不是学雕塑的时候，而应该先学油画，大胆地堆色块，由深而浅，逐层覆盖，使得整个画面色彩艳丽，富有立体感。

林青霞是幸运儿，她书没读好，但因为漂亮，很快被星探相中，这以后她一路星运亨通，拍摄了一百多部电影，无论扮演纯情玉女还是英气豪迈的女侠，都深受大众喜欢。她集万千宠爱于一身，曾是无数男人的梦中情人。虽说与秦汉苦恋无果，备受挫折，然而最终还是修成正果，一举嫁了个好男人。如今她息影多年，一门心思地相夫教子，心无旁骛地写作。这世界像她这样一辈子不是荣华就是富贵的女人凤毛麟角，像是上帝的独生女。就拿比她小一岁，演技一点不比她逊色的刘晓庆来说，原本也是个清纯聪慧、人见人爱的美人胚子，却命运坎坷，在大红大紫的背后浸透了辛酸的泪水，最后连官司也搭上了。还有林青霞留在大陆的胞姐林莉，因生活所迫，跟着拉扯她大的叔叔、婶婶闯关东，然后又插队务农、当代课教师，嫁的丈夫又是被下放劳改的"黑编剧"，后来自己又下岗……同一个父母生的姐妹，却"淮南为橘，淮北为枳"，命运相差了十万八千里。

林青霞是个知足的女人，知道感恩。有一次游览柬埔寨的吴哥窟，瞥见千年巨石夹缝中的三朵小花，触景生情，写了篇200字左右的《小花》，其中写道：我在想，如果我们能像这小花，将所有的磨难与考验化成露水，滋养我们的心，让我们的心田开出美丽的花朵，嘴里吐出蜜糖似的甜美话语，那该有多好。这样我们的社会就会增添美丽的色彩，天堂就会在我们的眼前，在我们的心中。

尽管有点中学女生的作文腔，但慈悲为怀，一颗菩萨心是大家都看到的。她的《窗里窗外》在追溯从影经历的同时，也一直在表达着她对父母对子女对朋友的一份浓浓的爱意。问题是大多浮光掠影，做的只是表面文章。她有点像开新闻发布会，或者说跟影迷的见面会，把自己裹得严严实实，唯恐说漏嘴，却还是拿出一点点佐料来喂饱媒体和容易激动的影迷。如果是这个标准，她会觉得自己已经在《窗里窗外》说得太多，美死你们了。

她在《演回自己》一文中提到，那年夏天她和邓丽君在法国南部海滩度假，"许多法国女人脱了比基尼上衣，坦然迎接阳光的照射，周围没有人大惊小怪，也没有换来异样的眼光。那里更没有人知道谁是林青霞，谁是邓丽君。"于是她也"放下戒备，褪去了武装，也和法国女人一样脱掉上衣戴着太阳眼镜躺在沙滩上迎接大自然……"

　　我们倒不一定非要她脱掉"比基尼上衣"不可，我们只是希望她写作时"放下戒备"，坦然心态，真正演回自己。

2011.10.8

　　注：楷体字引自《窗里窗外》。

想起《菜根谭》

最近，定居海外的中学班主任老师回国省亲，同学召集起来为老师接风。

老师不苟言笑，威严庄重，曾让很多人畏惧三分。席间的一个主要话题便是"怕老师"。

胆小木讷的，调皮捣蛋的，成绩老是跟不上的，自然都有各自怕老师的心路历程。然而让大家想不到的是，班上的一个学习尖子也承认怕老师，而且声称是所有人中最怕老师的一个。他不仅各门学科成绩优秀，而且是公认的"乖孩子"，从不给老师惹麻烦。

这就奇怪了，即使我们全班的人都怕老师也轮不到他啊。再说了，我们也从没见班主任老师对他红过脸，哪怕一句分量重一点的话也没有。

我们于是向老师求证，老师神色讶异，不知情。是啊，喜欢还来不及，这"怕"字又从何谈起？学习尖子说了个鲜为人知的秘密：怕老师是因为分期付款。

所谓分期付款，指的是付学费。当年的学费是12元一个学期，尖子同学分四个月付清，每个月付3元。然而，就是这每个月3元的学费，家境贫寒的他支付得也十分艰难，总要拖得最后一两天才勉强凑齐，有时甚至还要跨月，挨到下个月头上。老师从没规定他几号为付费日，是他自己定的日期。每当日子临近，他就非常害怕见到老师，唯恐老师向他提起。那几天他都不敢去办公室，也害怕在路上单独遇到老师。上课时，如果老师多看自己一眼，他也害怕，好像老师在用眼神提醒他别忘了付学费……看来，这是真怕，怕到了心的深处。我们都沉默了。以前只知道他家境不太好，知道他和几个弟兄都靠母亲一人打工支撑，但没想到困难到如此程度。好在他自强不息，勤奋好学，终于苦尽甘来，事业有成，成了我们这一班人中的佼佼者。

由此想到《菜根谭》中的一句话：居逆境中，周身皆针砭药石，砥节砺行而不觉。意思是，一个人如果生活在艰难困苦的逆境中，那周围所接触到的全是有如针灸医药般的事物，在不知不觉中会使你敦品励行，把一切毛病都治好。所以我们常说"不幸是最好的老师"。

和逆境反义的是顺境。《菜根谭》是这么说的：处顺境内，眼前尽兵刃戈矛，销膏靡骨而不知。意思是，一个人如果生活在无忧无虑的顺境中，那就等于在你面前摆满了刀枪利器，在不知不觉中使你的身心受到伤害，走向失败之途。当今社会，富二代是当之无愧的"顺境"中人了。人们对他们颇多微词，不是因为仇富，而是因为旁观者清，看着他们一个个销膏靡骨而不自知。

有一乐境界，就有一不乐的相对待；有一好光景，就有一不好的相乘除。只是寻常家饭，素位风光，才是个安乐的窝巢。一个朴素得再不能朴素的道理，《菜根谭》说得清清楚楚，然而现在能有几个人能悟透呢？竹篱下忽闻犬吠鸡鸣，恍似云中世界；芸窗中雅听蝉吟鸦噪，方知静里乾坤。

——不消说，这境界离开我们是越来越远了。比起古人我们急功近利得多；比起当年我们班上的那位学习尖子，我们则已经丧失了砥砺的劲头。

2009.10.21

注：楷体字摘自《菜根谭》。

闻臭识男人

　　女人骂男人，不骂别的，总是一句——"臭男人"。可见"臭男人"不少，是男人大概都有点臭烘烘；可见不臭不相识，女人闻臭识男人，只是许多人已经有点见臭不臭了。

　　昨晚看电视里的一个节目，内容是让一个男人将十个一元的硬币分别从十只手指背上一下一下翻过去。成功了就有两万元的奖品。奖金不少，难度也高，堪称绝技。以前似乎只在电影里见过，是那种很会玩的白相人，炫耀自己玩得转的小把戏。一般的人大概不会想到去练一手这样的功夫的。那个表演者原先并没基础，硬是在一个礼拜的短短时间里，从不会到会，从笨拙到灵巧，终于也在众目睽睽之下，当着全国人民的面，将那十只硬币也在手指间翻来覆去，玩得溜溜转。这是件好事，我原本就希望他成功。可是在我全神贯注看这节目的时候，我一眼看到了令人难堪的镜头，真想把头扭开去，眼不见为净。

　　——这位仁兄的右手大拇指和食指的指甲，长得厚厚的、灰蒙蒙的，犹如结着一层石灰岩。那是灰指甲。让人看着难受，甚至有点恶心。我真希望荧屏上不要出现特写镜头，就中镜头摇过去算了。饶了他，也饶了我们的眼睛。

但，这是拍他的手指功夫，镜头不对准他手指，还能对准哪儿呢？

于是那两只丑陋的手指一次次被特写，被放大，被在全国人民面前曝光。我真替他难为情。要换了我，打死我也不要那两万元的奖品。也许他也不一定是冲这两万元奖品来的，他想争取一种向绝技挑战的荣誉，还有，按时下的一种说法是"重在参与"。可是他付出的代价太大，他向全国人民暴露了一个隐私：他曾经有不良的习惯——抠脚丫。他的脚气一定很重，他也一定抠得很凶，而且也不太注意洗手，或将上下毛巾分分清楚。就这么日积月累，终于让脚丫间的那些癣菌在指甲缝里找到了栖息之地，并且代代繁衍，使本来鲜活的指甲终于逐渐失去光泽，逐渐枯死，逐渐石化。

糟糕的是，他也许直到现在还没认识到这是一种难堪。因为面对镜头他好像还很坦然，并不因为指甲难看而难堪，手指照样灵巧，毫不畏惧。

都说手是人的第二张脸。这张脸有时候不需要眼睛看，只要轻轻握一下，就知道它的长相了。我握过的手也可以说不计其数了，除了和女性握手，印象中能握到一只好手的机会却不是很多。要是能握到一只指甲红润、皮肤光洁且富有弹性的手，那感觉就很放心，知道那是一只纯正的手，一只未被污染的手，一只和它相握后还可以放心做其他事的手。

相反，握到那些毛毛糙糙的手，心里未免有些疙瘩。倘对方索性是干粗活的，即便指甲缝、皮肤纹路都还藏污纳垢，倒也无话可说，至少来路是清楚的；倘对方明明是个读书人，那伸出的手却三号砂皮似的，粒粒屑屑、不明不白，感觉就有点恶心，与其说握手还不如说在握脚。这样的手去触摸女人的玻璃丝袜，再小心，再温柔，手到之处，也必定抽丝，袜将不袜。会不被女人骂"臭男人"？

平时还常看到这样一些手，皮肤不可谓不光洁，指甲不可谓不红润，而且往往比一般的男人还白净，几乎接近女人手的标准了，但照样是臭。

那是些留长指甲的男人。他们通常的手势是兰花指头，兰花了指头抠一下头皮，或是兰花了指头用留长得出奇的小指甲小心翼翼地掏一下鼻孔或是耳孔，然后用大拇指甲用力剔，叭嗒叭嗒，被剔除的头屑或耳鼻屎便成不明飞行物，四处乱飞。谁沾了谁倒霉。

这样的男人像是清末或民国年间留下的遗老遗少，辫子被剪了，长袍被脱了，唯一留下的就只有手上的几根长指甲了。于是长指甲寄托他们对以往岁月的追思，自然也是他们的骄傲。要是让他们披上长衫，就活脱一个孔乙己——伸着长长的指甲的手去抓茴香豆，山羊胡子间还沾着绍兴黄酒的水滴，牙齿缝里嵌着没嚼烂的豆泥，一边说着"多乎哉，不多也"这样的话。这样的人，你不走近也可以远远闻到他们身上所散发的酸腐臭。

都说男人有三臭：烟臭、酒臭和汗臭。因为抽烟，因为喝酒，也常常因为过量，男人的嘴巴往往就有点不干不净，口臭的事是经常发生的。

听到好多女人说，最讨厌男人的毛病是凑近了嘴说话。她们害怕不少男人嘴巴里散发的那股气味。

这让我想起一则电视广告：一个下雨天，一对年轻的恋人紧紧地依偎到了一起。那男的嘴里嚼着一支绿箭口香糖。旁白的广告词是：淋着雨，靠近你。

其实，是恋人总要靠近，不管是否淋着雨。但，那口香糖呢，还嚼吗？

男人们几乎都没有嚼口香糖的习惯，以为那是小孩子嚼着玩的。当我们在电视画面上看到一些外国人，特别是那些NBA的篮球明星，常常漫不经心地嚼着口香糖时，还老觉得人家自由散漫，不成体统——怎么可以在公众场合吃东西呢？

男人们都以为自己没有嚼口香糖的必要。不管他们烟抽得有多厉害，酒喝得有多难闻，久汗不洗的味道有多刺鼻，内脏器官的不良运作所酿造的气体脱口而出让人有多难受……但男人们不以为然，仍将不干不净的嘴巴无遮无拦地凑近了女人。当然还有打KISS的。

天！如果我是女人，我会用硫酸漱口。

记得有一次我请一位朋友来家里小酌。他牙齿长得不太好，吃了东西容易嵌牙缝。饭后，他就大大方方地拿出随身带着的一面小镜子，照着张大的嘴巴，然后用手指伸进去，将嵌缝隙间的污物，一样样地拉出来，并整整齐齐地粘贴在自己的手掌心。

我突然一阵反胃，差点没将才吃的东西吐出来。这以后我自然再也没敢请他来吃饭，更不敢接受他的邀请。我甚至连他家也不敢去了。

想想他老婆，长年累月的，几乎每天每餐要看他口腔大扫除，这日子……啧啧，我想想都恶心。

从前，一般人的家里，或是办公室，都备一只盛着水的痰盂，供"老呛"们使用。以我的观察，"老呛"清一色为男人。现在痰盂几乎看不到了，大概都嫌脏，没人肯清洗。但痰还是要吐的，就见有人吐字纸篓里。虽说字纸篓属于人手一只，满了自己去倒，但如果我有幸和那个痰吐字纸篓的人一个办公室，我会非常难受，至少要一段时期才能适应。我会想象那湿漉漉的痰在慢慢蒸发，痰的水汽在办公室飘浮，渐渐逼近……我是逃逸，还是吸进？

有一年冬天，我出差，和一个熟识的人住一个房间。房间内没有卫生间。我和他在各自的床上躺着说话，后来他说要小便，又不想走到外面的厕所去，就拉出床底下的一只脸盆，足足尿了半盆。然后随手放回床底，然后就说睡了吧。说完真蒙头睡了。我怎么也无法入睡，总觉得那半脸盆的尿膻气十足，扑面而来。我知道不倒掉我是无法睡了，却又不甘心为他倒尿。于是翻来覆去，覆去翻来。终于吵醒了他，他问为什么，我说你这尿熏得我没法睡了。他说我怎么一点闻不到。我说是你身体里的水分，你有感情，我可不行。他说我们在农村时每晚都这样的，谁还高兴半夜里出去倒尿。我说我求你了，我闻不惯别人的尿。他拗不过我，说了声"太小资了"，才不情不愿地起来倒尿。也怪，尿刚倒掉，我就呼呼睡着了。

2001.9.7

女人这年纪

　　那天我乘公共汽车。上下班时间，人不少，但还不到铜墙铁壁的地步。过了两站，身边空出个位子，我迟疑了一下，看看周围有没有老、幼、孕。就这两三秒钟的间隙，一个五十岁左右的妇人突然发力，从三四米远处，左推右拱，强行突破，蹿了过来。说时迟那时快，还在大家莫名惊诧时，她已经一屁股坐到了空位上，然后松口气，不无欣慰地说，唉，年纪老了，要学会自己照顾自己了。

　　她说的也是实在话，虽还不能算老，但怎么说也不年轻了，而且因为年龄的尴尬，受的照顾自然也不多：在子女眼里，她是老妈兼老妈子；在丈夫眼里，她已经成了真正意义上的"老婆"——老婆婆，而以前他还常把她看作"大女儿"（相对他们共同生育的子女而言），需要他哄着、罩着，现在似乎已经没这必要、也提不起这兴致了；在外人眼里，她已然是个老女人了，当然还不需要让座。

　　我们常常会在一些超市、大卖场或日用百货的柜台后面看到这个年龄段女人的身影。她们是这个城市的老土地，经验老到，眼光很专家，能一眼看出你是本地人还是外地人，是存心来买东西还光是来享受商场的空调，是只挑好的买还是囊中羞涩专来淘便宜货的，是很好骗的菜鸟还是刀枪不入的行家……她们火眼金睛，判断迅速，表情瞬息变化，或热情似火，或冷若冰霜，或口吐莲花连蒙带哄，或爱理不理一问三不知。反正一般情况下，很少有看错人头表错情的事故发生，但八九不离十的专业眼光有时就等同于一副势利眼，让本来姿色已渐行渐远的她们越发不讨人喜欢。一些商店因此而门可罗雀。

这年纪的女人如果坐办公室，十有八九和年轻人格格不入，只是她自己不知道罢了。人们嫌她喜欢说三道四，喜欢不懂装懂，喜欢赤裸裸拍上司马屁，喜欢肉麻当有趣说一些不好笑的笑话……我从前办公室有个老女人，大热天没扇子就习惯双手捏着裙边往脸上打风，上下凉快，那个爽啊，只是边上的男人都有点不自然了，明明对她的"梦露"裙底毫无兴趣，然而却是无处躲避，不看也得看。

这年纪的女人大多来自以苦为荣的那个年代，苦惯了，但也苦怕了，知道这世界上只有钱才是硬道理。当人家在想办法挣大钱的时候，她们唯一能想的就是如何将一分钱要掰成两分使。一次，几位老兄弟聚一起，说起老婆"成由勤俭破由奢"的美德，相互叹起了苦经。一个说他老婆买菜回回要掰叶，割肉次次要验秤，难得买一次大闸蟹，不说货比十家也起码货比九家，让做丈夫的听到要一起出去买东西就拼命躲。另一个说，他家里的娱乐基本靠电视，老婆从来不肯上大剧院、音乐厅，也绝不买票看话剧和电影，即使票子是人家送的，她也宁可送人放人情债，几十、上百一张的票子，会让她如坐针毡，活受罪。第三个则说，她老婆囊括了上面两位的品性，他还补充了两个独特的景观：家里花盆是有的，但都荒着，要种也只种太阳花；鱼缸是不养鱼的，堆满乱七八糟的杂物。他说当初在他的坚持下，家里养过几天热带鱼，他把七八元一条的七彩神仙说成只有七八角，也同样引发老婆的大呼小叫，那每天要开的空气泵和加热棒，更让她整夜揪心，难以入睡，找机会就偷偷断电，可怜那些娇弱的七彩神仙没两天就全部夭折了。同样家里种的花也一样，老婆不是不喜欢，但就是嫌贵，恰恰一些花又很难伺候，太阳晒了不行、西北风吹了也不行，干了会枯死，湿了更容易溺死，一次次引发老婆的埋怨，而且常常有感而发，拿吃的菜来做比较，买一盆花，可以买几斤青菜几斤毛豆或几条鲫鱼，这一比就比出了这些花花草草的铺张和腐朽，也比照出了做丈夫的华而不实。老婆数落道，吃到嘴里才是最实惠的，要不人们怎么总说"花架子、花架子"，而不说"菜架子"呢？

女人到这年纪，性渐渐在冷却，但关注度却越来越高涨。最近一位仁兄说要我帮他物色单位，想重新做上班族。他本来是自由撰稿人，专门在家炮制电视剧，出手快捷，收入不菲。这活儿虽说累一点，但自由自在，想玩就玩，想睡就睡，我要有他这本事也早这么干了。干吗放着自由不自由，偏要找什么单位呢？原因很简单，老婆去年退休了，他实在受不了老婆在家的全场紧盯。有人来电话了，她要么抢着接，要么总要问个水落石出：谁？男的女的？什么事？不仅留意丈夫的电话，还时常找借口翻他的口袋查他的包，甚至丈夫要外出办事，她都千方百计要一起去……

仁兄苦笑：天天白板对煞，我怎么受得了。

我说，那是你老婆怀疑你外面有人吧？他说，有倒好了，没有啊。以前她可不是这样的，也不知道怎么搞的，现在这年纪了，不知道哪根筋搭上了。

我笑了，说你跟我说实话，我有办法。他说，你问吧，要我说什么。我问，你晚上大概对她不老实，想那个了吧？他迟疑了一下说，她是不想要了，但我还有这想法啊。怎么，我是想表示对她好，她反而有想法了？

问题就在这儿，我说，女人这年纪对性已经冷淡了，但你还剃头挑子一头热，她会有什么想法？你想想吧。

仁兄噢了一声，说兄弟我从今晚起金盆洗手。

2009.3.18

女人到底有多坏

前不久听友人讲了这么件事：一对旅居欧洲的夫妻回国探亲时在宾馆饭店请客。席间妻子和一位老熟人不知为什么突然打起赌来，只听得老熟人说：你敢吗？那妻子说：我有什么不敢。并反问：你有种吗？老熟人回答：你有我也有。那妻子说：有种就走。老熟人愣了愣，面对那妻子咄咄逼人的眼光，硬了头皮说：走就走。于是两人在众人惊诧的目光下走了。去哪里？楼上，开房间。留下尴尬的丈夫苦笑着说：她就这个脾气。显然他已经不是第一次当场戴绿帽子了。

绝对匪夷所思！

别说在场的人，就是我不过听的转述，也目瞪口呆，几乎怀疑是抄袭木子美的版本。但当时在场的人几乎都可以作证。他们并且说，开始那老熟人不过是虚张声势，没想到女人却不来虚的，当着自己丈夫的面"办实事"，一副老娘"死都不怕，还怕个鸟"的架势，反过来将老熟人一军，把他逼上梁山。如果当时那位老熟人有自己老婆在场，我敢断定他决不敢造次行事，甚至连玩笑话也把握分寸，不会有一点出格。

这不由让我记起台湾作家柏杨老先生的一番宏论：依潜力的大小和爆发力的强度来说，男人不过只是一个男人，而女人则不然。每一个女人都像是一颗核子弹，不发挥潜力则罢，一旦发挥起来，能把全世界人的眼珠都吓得爆出来。

看来这话并非耸人听闻，而是柏杨老对两性世界深入观察的结果。我们绝大多数的人，包括女人自己，往往只是看到女人没爆发的状态，作为一颗没有引爆的核子弹，它们只是静静地躺在一边，模样乖巧，手感滑溜，还可任你抱，任你摸，甚至拆卸、重新组装。所以人们都说女人是弱者。女人们也很欣赏那句让她们认为很体己的话：女人，你的名字叫弱者。因为"弱"，可以名正言顺地寻求男人的庇护，也可以提高了嗓门骂"臭男人"，或者经常在那里讨论"男人到底有多坏"。其实，那叫倚"弱"卖弱，依仗"弱势"这概念，剥夺了男人的话语权。

举个简单的例子，当英国王子查尔斯和戴安娜的婚姻破裂后，几乎所有的人都说查尔斯的不是，而把同情赞美的话都给了戴安娜。然而公平地说，查尔斯固然有对戴安娜不忠的地方，但他不就是一个卡米拉吗？戴安娜呢？这朵"永不凋谢的玫瑰"与查尔斯结婚不到一年就已经红杏出墙，和骑兵上尉休伊特好上了，这以后又和心脏病医生哈斯纳特·汗以及小约翰·肯尼迪等不下十个男人有染，数量之多大概可以赶上麦当娜了。可见"弱"女子不弱，我们很多时候是在只许女人放火，不许男人点灯。

其实，核子弹爆炸固然可怕，核子弹不爆炸同样可怕，那就叫核威慑。女人在那里一站，对自己的男人来说往往就是一种威慑。河东的狮子一声吼，男人就要抖三抖；河东的狮子不吼叫，男人也要抖三抖。否则怎么会有"十个男人九个怕老婆"的说法呢？

拜托，再不要一味地讨论"男人到底有多坏"这样的话题了，那不是太挖苦男人了吧？

2006.1.4

与其假正经不如还俗

春晚后的一个晚上，看凤凰台转播的一档台湾春节娱乐节目，由吴宗宪主持。节目大致是一些娱乐男女，分几个队，游戏比赛。所谓游戏近乎恶作剧，比如一分钟内往嘴巴内塞24根小香肠、嘴对嘴传递红包、男女互相用嘴叼走对方身上所挂贴的金币或巧克力等。香肠是不能吃下去的，最后嘴巴塞爆，就干脆插进自己的鼻孔了；传递红包只许用嘴，而且男女夹花，异性相传，尽管隔着层纸，但怎么看也是在亲嘴；那些金币、巧克力安放的地方大多比较敏感，或脖子，或胸部，或腋下，更有丹田以下的……最搞笑的要数"穿内裤"了，游戏者得在50秒钟内迅速地套上三角裤（当然里面有裤子），再脱去，复套上，如此往复，三十次算胜出，每套上一次，嘴巴里还必须叫一声"老公回来了"——因为赶进度，难免气急败坏，那喊声也尤为惶恐，惊悚。

有点像民间闹洞房，极尽恶作剧之能事。却好玩，害得我几次忍俊不禁。

笑过之后不由自责，我是怎么啦，这样恶形恶状的节目竟然也笑到合不拢嘴。对比大年三十看央视春晚，记忆中，几乎没怎么笑，至少没开怀笑过。反差如此之大，我怀疑自己的审美情趣出了问题，该笑的不笑，不该笑的乱笑。

后来见一些朋友，谈起央视春晚，居然异口同声，一致地抱怨说失望，有点还愤愤然，情绪比我还激动。声讨主要围绕小品展开，也难怪，春晚成也小品，败也小品。对小品的期待就像茶客对一杯好茶的期待，今年的这杯茶，明显水没烧开，温吞水，喝嘴里难受。春晚不尽兴，便感觉这虎年的收尾有点潦草，有点马虎，就算辞旧迎新进入兔年，头几天还总有点郁闷，横竖不对劲。

近两年小品像是进入了下降通道，而且感觉其走势和国足一样，还不知道底部在哪里，似乎也该戴一顶ST帽子了。想想也有点匪夷所思，10多亿人口，居然就拿不出几个好一点的小品（包括相声），担心总有一天，也要像国足，花大价钱，到国外去请洋人了。

我们历年的春晚都想来点煽情，尽管今年屏幕没出现大批民工步履匆匆，挤着、站着，赶在年三十晚回家的镜头，但"关注民生"显然成了今年的重头话题，几个小品几乎都围绕着房子、钱来做文章。以为抓了热点，也就博得大众开心了，只是没想到结果却适得其反。无论房子还是金钱，社会存在的主要矛盾是分配不公，多的太多，少的太少。请问我们的小品以及相声，触及了这本质的矛盾了吗？揭示了当前改革与既得利益者的尖锐冲突了吗？不敢触及，一味地规劝我们的弱势群体拾金不昧、诚实做人；或做语重心长状，谆谆教导大家"说真的，人真的不能太贪心""眼睛是黑的，心是红的，眼睛变红了，心就一定黑了"（《"聪明"丈夫》）、"房子不重要，有爱才有家"（《新房》），或者假惺惺地夸赞他们"你们不仅是城市的美容师，更是心灵的美容师"（《还钱》）……以为靠这样的规劝和夸赞，能赢得百姓的掌声，那未免太低估大家的智商了。就好像一个老实人被恶棍欺负，边上劝架的人只是困住老实人手脚，还好言相劝，让他做个"骂不回口、打不还手"的良民，这劝架也几近成了恶棍的帮凶。

赵本山的《同桌的你》没打"民生"牌，通篇用的误会法却让它和其他小品如出一辙——肤浅、做作。《废都》式的情色意淫，其涉黄程度不亚于我文章开头看的吴宗宪主持的那台节目，然而偏偏又要"高雅"，硬扯出领养小沈阳的情节来洗黄。洗得白吗？小沈阳和李林怎么也构不成的因果关系，终究掩盖不了《同桌》的低俗。

其实，俗有时未必真让人讨厌到哪里，因为是人便难免一俗，正如鲁迅先生所说：所谓"雅人"，原不是一天雅到晚的，即使睡的是珠罗帐，吃的是香稻米，但那根本的睡觉和吃饭，和俗人究竟也没有什么大不同。

骨子里俗气，偏还要打高尚的旗子，不是虚伪和假正经又是什么？如今大家都是看得懂的，看多了反胃，所以与其假正经还不如还俗。

2011.2.9

告发"老油条"

　　人的一生总会遭遇很多次尴尬：有的可一风吹，如鸟儿飞过，不留痕迹；有的则如块垒，堵在胸口，任多少年都难以化解。

　　让我郁结多年的那件事，缘于我的一次告发。经过是这样的：小区阅报栏有一张周报，副刊版面的几个专栏，常能读到一些视角独特、文字犀利的出彩文章，让人暗暗叫好。于是渐渐养成习惯，总在晨练结束，有事没事过去看看。

　　然而，却常有扫兴。报栏里的报纸得不到及时更新，就像菜场里蔫了的隔夜菜，无人问津。

　　难得一两次，当然也没什么可抱怨的，人家可能是疏漏了，也可能有要紧事走不开；再说了，报纸终究不是我出钱订的，无权对人家要求过高。

　　问题是，漏送的情况经常发生，不说三天打鱼两天晒网，也是隔三差五地漏一次。显然已经不是疏漏，而是有点老油条了。

　　很想见见那"老油条"。他属于那家报纸的发行部雇用的，通常周日来更换，而我已经晨练结束，我不见得为等他，一直守候报栏。曾经想根据报纸上提供的邮箱地址，发个电子邮件给他们提个醒，但往往刚有写信的念头，下一期的报纸倒是又如期而至了。

一个星期天的上午，晨练晚了，还在搁腿，只见一个人骑助动车，飞驰而来，正是来换那报纸的。于是我赶紧上前，一边朝他吐槽，一边告诉他差点写信的打算。他四十多岁的年纪，瘦瘦的个子，上海本地人，说话腔调也多少有点"老油条"的样子。听我说有写信的打算，马上扮哭脸说，报社有规矩，他们漏送一次，罚500元。也不知真假，但相信会有惩处。于是问他要了手机，说好下次如若漏送，便给他电话让他补送。他走后，我庆幸没写信到报社，否则罚500元，可就有点对不住人家了。

这以后的一段时间，报栏里的更换都还正常，只是好景不长，也就两三个月工夫，"老油条"又旧病复发，隔三差五地漏送，要命的是，我的手机去外地时丢了，无法联系到他。也许在他心里，既然我有他手机而没给他电话，就说明他来或不来换，都无所谓，他乐得轻松。

那次，竟一连三个星期不见他来更换的踪影，报栏里的那张报纸已经皱巴巴，陈旧不堪。我终于忍无可忍，给报社发了封电子邮件，投诉报栏更换不及时，三天打鱼两天撒网。不出三天，报栏的报纸得到了更新。报社还给我回信，感谢我反映情况。

事情过去两年了，那份报纸竟一期不脱，每个礼拜都得到及时更新。由此我深信，"老油条"一定受到了惩处，否则他不会有那么勤勉。

本来，事情算是得到了圆满解决，只是我内心却怎么也"圆满"不起来。我总在躲着"老油条"，害怕有一天与他照面。我不怕别的，就怕尴尬。

人对尴尬的化解能力不尽相同，就像人的笑点，有高低之分，应对尴尬的能力也必定存在强弱之别。兴许，我们可称作"尴尬指数"，指数越高越内心煎熬，反之则可以若无其事，将指数降到最低。

曾经有一位我认识的仁兄，已经与人家谈婚论嫁了，却还去跟人相亲，恰恰那天，来相亲的女方还带了个女伴给自己拿主意，又恰恰女伴竟是那位仁兄的未婚妻……

　　那是什么情况？！换我，当场跳黄浦江的念头都有了，但那位仁兄却面对惊呆的未婚妻，不动声色，照样与女方寒暄、攀谈，将相亲进行到底。

　　尽管结局可想而知，但是那位仁兄操控"尴尬指数"的本事让我目瞪口呆，钦佩之情犹如滔滔江水，连绵不绝。

　　朋友安慰我，说"老油条"未必真被罚了500元，即便被罚，也是咎由自取，而我向有关部门反映情况属正义之举，因此大可不必自疚，感到尴尬的应该是"老油条"。

　　朋友的话有一定道理，而且我相信多数人会赞同他的观点。然而我还是尴尬。

　　我尴尬是因为我的告发。当"老油条"将手机号码告诉我时，我和他其实已经达成了某种契约。如今我却撕毁了契约，而且是以告发的形式来撕毁的。他"油条"老，固然可恨，然而"告发"却更不名誉。

　　告发无异于告密，都是背后捅人一刀，尽管很多时候它们被贴上了"揭发"的标签，或被堂皇地冠以"反映情况""靠拢组织"，然而终究不是光明与磊落的。

　　告密者注定猥琐，因为他们难以掩饰面对被告密者时的尴尬。

　　最可怕那些告了你密还与你称兄道弟，与你勾肩搭背、把盏话茶的人，那是已经将告密玩到炉火纯青，可以将"尴尬指数"降为零的人。

　　幸好，我还不至那么无耻。

2014.5.3

泡蘑菇的女嘉宾

就像"外人莫入"的另一层意思是"熟人请进"一样，"非诚勿扰"另一层意思应该就是只要有诚意，尽管来泡蘑菇。江苏卫视《非诚勿扰》中的那些女孩子就好像都是来"泡蘑菇"的。

别看她们一次次瞪大眼睛等待男嘉宾出场时流露的那份期盼，一旦进入话题，那期盼便瞬息间化作了犀利。她们挑剔地审视男嘉宾的一举一动、一言一行，稍有"不良"蛛丝马迹，便决绝灭灯，不留情面。她们或调侃，或提各种尖锐的甚至直白的问题，目的就像是要对方难堪，下不来台。她们和紧张的男嘉宾形成鲜明对照，一个个神态自如，老神在在：或妙语连珠，语出惊人；或灵动活泼，摇曳生姿；或游刃有余，收放有度。她们的一笑一颦全在她们的掌控之中，哪怕触景生情，提起前男友时伤心难耐，泣不成声，也丝毫没败了全场观众的好兴致。她们的注意力似乎并不在对方男生而在自己——自己的形象以及自己的临场发挥。不能说她们存心来找茬或作秀的，只能说她们是诚心诚意来泡蘑菇的。

只是我一直在为她们急，怕过了这个村就没那个店。要知道目前市面上什么都不缺，蔬菜不缺、猪肉不缺，房价也在开始跌了，唯独就是未婚男生紧缺，出了奇的缺。据说，每回大型相亲活动都盛况空前，家长陪着孩子，见着稍稍像样的，便眼睛发亮，蜂拥而上。但都清一色拉郎配，被争夺的是男生，场面堪比哄抢低价房。造成这奇观的原因是男女比例严重失调，八比一，十比一，甚至十五比一。未婚男生奇缺，像马上要断档了。众多少女眼巴巴要窝成大龄"剩女"了，那个急呀，动刀动枪的念头都有了。只是，通常急得跳脚的只是家长，女生本人则往往事不关己，像旁观者。

未婚男人都去哪里了？既没打仗，又没都去挖煤，男女比例必定相对平衡。据最新的统计，目前世界上男女的比例是108：100，男人数目还多于女人。而市面上未婚男人少的现象应该只是假象，其中有人在捂盘惜售，就像我的一位同事和他大学刚毕业的儿子路过一家幼儿园时谆谆教导的：别急于恋爱结婚，你女朋友还在这儿。同样，如果是一个大学毕业的女孩，她的家长就不会指着幼儿园的小男童说，你男友还在穿开裆裤呢。男女生的区别就在这儿，被捂盘惜售的又大多是优秀男生，市面上被抛出的就常常让女生有点失望了。

我认识一位三十多岁的海归，硕士学位，人也漂亮，还写一手好文章。但在她母亲眼里，学位再高，人再漂亮，文章再好，都抵不上嫁一个好男人。成天为她的终身大事长吁短叹，到后来就硬拖着她找婚介所。那些婚介所手里有几个未婚男人就以为奇货可居，光开户就动辄一万两万，有一家多囤积了几个男人，居然开价四万。而据她说，那些相亲的男人都实在不怎么样，有的还像是经验老到的婚托。她说她并非非豪门不嫁非权贵不找，她甚至都不在乎对方一定也要有高学历，但一定得人过得去。怎样才算"过得去"呢？这说起来就复杂了，但她给我举了两个"过不去"的例子。那是她的两个中学女同学，都结婚生子了，现在也都离婚了，都带着孩子过日子。一个是因为男的不带孩子，老在外面打牌赌博；另一个则因为生活习惯不适应，怎么不适应呢？一个简单的例子，那男的回回洗澡都在浴池里小便，还以为天经地义。

她说，如今她们都后悔，早知今日何必当初。她又说，我要求低得不能再低了，但我一点也不能容忍那样的男人。我宁缺毋滥。

想想也是，和那样的男人在一起，怎么过得去？要我是女的，估计也吵着离了。然而，生活中那样的男人难道还少吗？有时看到一些实在难以"过得去"的男人，我常常会闪过这样的疑问：他老婆怎么还不跟他离婚？

生活中要离一次婚不容易。要大动肝火，要劳民伤财，要花费时间，要惊动亲朋好友，还要在婚史上重重地添上一笔：离异。感觉像被处理过一次。于是，好死不如赖活，懒得离婚。

貌合神离、同床异梦，和守寡也就一步之遥。所以老话说，男怕入错行，女怕嫁错郎。可谓人生至理。

要想不嫁错郎，就得在选择时睁大你的眼睛，就像《非诚勿扰》中的那些女嘉宾。

找对象并非得结了婚才知道是否上当，有时候只需听对方开口说几句话就可以掂出分量了。就像打球，不一定要看你打满全局，内行的人只要看看你打一两个球，或者只看你发球，甚至只看你拿球拍的样子，就知道你球艺有多高了。从这点来说，《非诚勿扰》安排男生三段表白，相当有道理。因为在这短短的几分钟里，集中的不仅是一个人的外貌和职业，更多的是一个人的学识、教养和性格。它们被聚焦，又被放大，任何细小的瑕疵，都会招来触目惊心的灭灯之灾。但我相信，他们下了台还未必知道自己被女孩子们拒绝的原因。因为有的东西是说不清楚的，只凭感觉。

尽管台上站的都是百里挑一的男生，但《非诚勿扰》还是告诉我们，要找个可以相厮相守的男人有多艰难。

2010.10.23

拿什么来德育教育

周洋夺冠后感谢父母的肺腑之言，招来了体育总局某官员在全国"两会"政协分组会议上的批评，并上升到要加强对运动员进行德育教育的高度。接着，某中心主任马上"痛心"地附和说"德育教育出现了很大漏洞。"

"痛心"所以加引号，是因为引用了报纸的原话，估计那次政协分组会议对媒体开放，很多记者都亲眼目睹了某主任"痛心"的情状。可见问题很严重，领导很心痛。

两位领导的口吻不由让人想起当年毛泽东《论人民民主专政》中的一句名言：严重的问题是教育农民的问题。很大气，很高屋建瓴，挑破脓包似的。如今，在我们的体育界高层看来，严重的问题不是假球和黑哨，不是普遍存在的腐败，而是运动员缺少德育教育——起因仅仅是因为周洋一激动忘了说感谢国家，可见某官员的嗅觉有多么灵敏。

按常理说，这样的推理未免过于简单，除非某官员是想借"两会"，在高层领导面前作"防微杜渐"秀，否则我们有理由相信他平时看人就是这么简单——说感谢国家，就OK；不说，便是德育成问题。某官员自己不是运动员出身，但能当上官，想必也是这么一路"感谢"上来的。感谢成习惯，感谢成自然，偶尔听到一个漏了说的，就马上视为另类，还暗暗以为一不小心抓了个典型。

其实，对运动员的德育教育远不是"先感谢谁"那么简单，而应该自始至终贯穿在平时的训练和比赛中。最关键的，我们应该拿什么来教育我们的运动员？不是别的，只能是奥林匹克精神——更快、更高、更强。

以奥林匹克精神来要求运动员，就必然从培养运动员自信、自强和自尊的品质开始。我很欣赏国家男子乒乓队主教练刘国梁对运动员的德育教育，那么实在，而且是爱之深责之切，比如最近他对王皓的一次批评。王皓以1：3不敌师弟张继科，本来输赢乃兵家常事，但王皓打得没斗志，为此刘国梁当着全国人民的面，毫不客气地批评他"不是输掉一场比赛，输掉的是信心，输掉的是斗志，输掉的是永不放弃的精神。"并且撂下重话说，"如果再这样下去的话，很快就会和乒乓球无缘了，你一定会带着遗憾离开你心爱的乒乓球台。"一番话如醍醐灌顶，说得王皓泪眼朦胧，连连称是。

以奥林匹克精神来要求运动员，我们就能做到公开、公平、公正地竞赛。一切不符合奥运精神的东西我们就应当坚决摈弃，比如假球、黑哨、虚报年龄等等，此外还包括了那种狭隘的小团体主义、地域主义等，比如让球，比如"牺牲"。其中不少是打着"为国争光"的旗号，却与奥林匹克精神大相径庭。

我很反对所谓的"牺牲"，因为那不符合奥运精神，你既然站在这跑道或冰道上了，你就应该勇往直前，力争第一，而不是什么打掩护，干扰人家，让自己人可以趁机上去。那不好：一是危险，容易伤人；二也不磊落，自己不奋力向前，还拖人家后腿，制造不和谐。毕竟那只是比赛，不是战争，不用像《英雄儿女》中的王成那样，跳出战壕，高呼"向我开炮"。也许我说的是外行话，也许那是惯例，其他国家也都这么干的，但谁能拿奥运精神来说服我，说"缺德"一下是有必要的，是"牺牲我一个，幸福全中国"的壮举？

国家要感谢，但"感谢国家"不等于可以违背奥林匹克精神。更快、更高、更强——那才是我们永远要高举并引导我们广大运动员的旗子！

2010.3.29

淡泊明志，养喜致福

大概到我这年纪，是应该经常回顾一下、小结一下自己了。

说实话，我回顾得比较多、小结得比较多的是一个字：钱。

也不知怎么回事，我这人老是积攒不了钱。相书上说，手指间缝宽的人漏财。我不迷信，但这话我倒是信了。我的手指间缝相当宽，再怎么用力夹紧，那缝隙还有圆珠笔芯那么粗，估计钱都从那里漏走了，否则怎么解释我的钱的去向。

我反省自己，我"漏财"主要有两大原因：

一是喜欢赶时髦。外面有什么"新文化运动"了，我也常常要挤一脚进去。比如大屏幕彩电、音响、卫星接收器、电脑、卡拉OK、VCD等等。一旦拥有，乐趣不少。但细细想来，除了电脑能写写文章外，其他的都是消费品，似乎都有些可有可无，咬咬牙也就挺过去了。还有一台水果榨汁机，用了一回，从此就束之高阁，用一回洗一回，太烦，再说，也没多少水果需要榨汁吃的。但当时不买就是有点不死心，一买呢，就是老价钱喽。

二是太好说话。似乎只要人家说声好，说声"不骗你"或是"相信我没错的"，我就会毫不犹豫地掏钱。因此只要我上菜场，篮子里总是满得装不下为止，让妻子看得直摇头。还有一些上门来推销的，无论洗发的还是沐浴的什么"露"或是什么"液",我基本上是来者不拒,照单全收。为此,常得到人家一句夸奖"这位爷叔,买东西倒是蛮爽气的。"为此,妻子常常跟我急,并一再提醒我家里不缺这些东西。其实,我心里也清楚,但我就是不好意思拒绝人家。比如说,最近人家又上门推销一种叫"舒肤佳"的东西,头一回是馈赠,不要钱的,只记下我姓什么。我知道下一回肯定新账旧账一起算,不会让我白捡了便宜。妻子说不买就是不买,要么就将他们送上门的东西还给他们。但我是已经暗暗下了上当受骗的决心,随人家开什么天价。因为我怎么好意思退还人家的东西?我更不好意思拿了人家的东西还拉下脸来坚持不买,我做不到。

顺便说一句,我妻子的手指间"天衣无缝",也许正因为此,我漏的财多少让她接住了一点,才没使我们这个家到十分尴尬的境地。

常有些"淡泊金钱"的人,说,钱多有什么用,只要够花就可以了。

我对这样的话不敢苟同,并私下以为那些人往往是自己钱多了,却不让人家动挣钱的脑筋;要么便是没本事赚钱的人,自己吃不到葡萄就说葡萄是酸的。

要知道我们是生活在一个存在着贫富差异的现实中,这样的差异几乎随处可见。不说去星级宾馆、上星级饭店,不说到类似古北新区这样的豪华住宅群,其实只要在川流不息的马路边一站,当一辆辆桑塔纳、皇冠、蓝鸟、奔驰、林肯、凯迪拉克……呼啸着从你面前擦身而过时,你就会有一种寸步难行的透不过气的感觉,这种感觉并非车辆的气流所致,而是来自我们自己本身,我们会觉得自己那么软弱,不堪一击;我们又是那么寒酸,只剩下了赤条条的躯壳;于是我们不由得感叹:人比人呵……

金钱不是毛毛雨,不会从天上掉下来。我没什么本事赚钱,我只好常常这样想:如果我一贯省吃俭用,从工作那一年开始就知道好好存钱,让钱生利息,利息再生出利息;平时除了吃、穿、住等必要的开销外,其余的钱一概不乱花——不应酬,不上馆子,不看要花钱的电影,不读要花钱的书，不交要花钱的朋友，让朋友一而再，再而三地请客，自己却厚着脸皮不回请……

　　成功的希望存在于再坚持一下的努力之中，只要我咬紧牙关，坚持、坚持、再坚持，坚持数年、数十年，也许我真可以积攒一笔数目可观的钱了。

　　有了这些钱，我干什么呢？

　　我会去买一辆车，让自己也抖起来。但买什么牌子呢？要是买夏利或是城市猎人，钱是省了，但自己也抖不到哪里去了。夏利的模样有点猥琐，城市猎人呢，夏天热得人走油，让人受不了。买桑塔纳，贵了些，连车带牌照，也许要用去我的所有存款，更主要的是以后我怎么养它呢？不是有买得起养不起的说法吗？

　　还是买房子好。常说农民这一辈子都是为了房子，难道我们这一辈子就不想改善一下居住条件？只是一直没资格改善，想也不敢多想。家里已经挤得放不下一本书了，长大的女儿到现在还在睡沙发。与其买汽车远不如买房子更紧迫。中山环路内的不去想它，只要离环路近些，或是离地铁近些就可以了，两房一厅或是三房一厅。平时因为房间太小，不敢邀朋友来玩，这下舞会也可以开了。

　　但是……到时我拿什么邀他们呢？彩电呢？音响呢？VCD呢？卡拉OK呢？我已经罄我所有买了房子，我总不见得让朋友来看房子的空壳吧？再说，我大概已经邀不到一个朋友了，因为我平时的小气、抠门，因为我平时的有来无回、一毛不拔，我失去了我的所有的朋友。到时，我真的一无所有了。

　　看来还是安于现状对自己也说一声"钱多有什么用，够花就可以了。"也算是淡泊明志吧。平时在家唱唱卡拉OK，看看VCD，出门买东西时别太计较，听人家说一声"这爷叔买东西蛮爽气的"其实也是一种乐趣。

1996.8.26

揪心的"国家级"的春晚

　　自从知道春晚被定为"国家级"项目，再看冯小刚仿佛就看出点国家级领导人的感觉来了。不说出则参乘，入则御前，至少也是位高权重，集万千希冀和宠爱于一身的"春导"了，官品总该在省部级之上吧。

　　我读红头文件不多，不知道 "国家级"的项目是怎么界定的。想来，既是"国家级"，要么就是举国之力要做成的，要么便是各省市无一例外都得服从与执行的。前者如2008年举办的北京奥运会，或是2002年开始动工的三峡大坝工程，还有当年的"抗美援朝"，应该也算，都是动用了一国之人力物力，有人出人，有钱出钱；后者如大炼钢铁、人民公社，以及历次的运动，上面一声令下，东西南北，各行各业，男女老少，理解的要执行，不理解的也要执行。

　　作为"国家级"的项目，在大年三十之前（含年三十晚），春晚是压倒一切的大事，可以逢山开路遇水搭桥，可以"春晚"的名义向国人要钱要人要一切想要的东西。原则上说，没有要不到，只有想不到。作为总导演，从理论上讲，在那些日子里，960万平方公里土地上，他的话，也一言九鼎。

　　本来，春晚只是央视的一台常规节目，一旦打上"国家级"标志，则不由人不心魂肃然，也没理由不信这马年的春晚一定——马上成功。

　　然而，春晚前夕却传出冯小刚拍了一部开场白，《春晚是什么》。我一听就开始揪心，知道大事不妙。明摆着没底气，露怯了。他是个聪明人，知道自己被顶到了"国家级"的杠头上了，"春导"这官不好当，于是灵机一动，先整一部教育片，再开始大联欢。意图再明显不过：给国人降温、泻火。

　　但是，又能起到多大作用呢？老实说，哪怕你把春晚说得跟清明扫墓一样低调和克制，人家还是会想到踏青时的那份喜悦和轻快，就盼着那一天阳光灿烂，春风和煦。

　　辛苦一年了，好多人房子没买得，娘子没娶得，工资没涨得，职务没升得，心里压抑着，没处说，就把你"国家级"春晚当党中央、国务院了，也不图什么，就图个乐一乐，也算是精神慰藉，年底分红了。该不算奢求吧？

　　因此，你说春晚是什么？是你说平平淡淡就可以平平淡淡的？是你说不要当回事就可以不当回事儿的？

　　告诉你，没门！

　　当初换冯小刚执导春晚是得到了众多人的拥趸，其中也包括了我。以为来了这么个以京式幽默见长的导演，怎么着也可以将已经审美疲劳的春晚来个大变革，让人眼前亮一亮。

　　冯小刚接手春晚，最大的优势倒不一定在他的京式幽默，而在他的一身痞气。之所以这么说，是因为我曾想过这问题：如果我来执导春晚。这是个伪命题，因为压根儿不可能，我也没这念想，我只是为历任"春导"以及新任"春导"设身处地考虑了种种的难处。想来想去，我知道我肯定当不好这"春导"。最大的难处倒不在于我不会唱歌跳舞、不会说相声变戏法，而是因为——拉不下脸。

　　想想吧，全国各地还有世界各地，那么多唱歌的跳舞的演小品的说相声的杂耍的等等等等的好手，挤破头地想来春晚露一脸，你回绝谁好？作为观众，我实在已经看腻了很多说差不差说好却没多好的一些人的表演，我想导演也并非不体察民情，也知道人们已经对这些人厌烦了，譬如……

这里我就不譬如了，怕得罪人。

在各地遴选推荐的节目中，在无数熟人的引荐下，可供挑选的人和节目多得堆山，这时，难的不是定谁，而是不定谁。

这有点像我的职业——编辑。老实说，编辑的难度也就在这儿，那就是用稿容易退稿难。发现一篇好稿不难，难的是退一篇熟人或熟人介绍的稿，那才真要煞费苦心斟酌一番。而且可以肯定的是，再煞费苦心，言辞温婉，退稿总是件得罪人的事，有时候倒不一定是作者本人，而是那个有权有势的介绍人挂不住脸了，以为你不识抬举。

糟糕就糟糕在我们都在替公家打工，对方就认为你不识时务，不拔你身上一根毛，要你这么较真干吗？要知道很多人真是因为一篇文章出了名，评上了职称，也加了工资分了房子；也真因为上了春晚，不仅表演者本人，也给节目的编导、舞美、音乐等等的一连串的人带来诸多福利。否定一篇文章也许就意味着断了他晋升、评职称、加工资的路；否定一个节目，则可能影响一干人的晋级之路。凭着发表一篇作品当上局长、市长的有之，上春晚混个脸熟，然后大发其财的人也多了去。想到这儿你就该知道，你不是在退稿或是没照顾人家上一档节目，你分明是在断人家的生路。

更糟糕的是，当你坚守那份职业操守时，你的同行呢，也像你一样坚守吗？

我相信冯小刚能拉得下那张脸，毕竟他也有一定的身份，毕竟他的圈子跟春晚的圈子重合的不多，更毕竟他痞气重，说翻脸就能翻得下脸来。

事实也符合我的猜想，他确确实实赶走了不少可能得罪不起的戏霸或歌霸，当然并不知道他究竟翻了多少回脸。这也应该是这届春晚最成功的地方。

只是节目并没有眼前一亮的感觉。除了小品《扶不扶》、舞蹈《万马奔腾》和《符号中国》尚属可圈可点，其他印象深刻的几乎就很难找。我一直看好霍尊的《卷珠帘》，却被安排在一个不起眼的时间段，淹没了。

本来指望冯小刚的京式幽默能给我们带来一台语言类的饕餮大餐，事实却让我们意识到这有点想入非非了。报纸预告说，蔡明与华少的《扰民了你》会是晚会的一个亮点，我却看到的是一个平庸之作，说教意味浓，表演也生硬，实在没什么可乐之处。即便《扶不扶》，马丽演的那老太也实在转变得太突然了，起码前面得有个伏笔吧。网上有人传小沈阳在辽宁卫视演的小品《埋单》有怎么好，说是超过了春晚的所有小品，赶紧找来看，结果也大失所望。极其浅显粗糙的一个误会法，难怪冯小刚没要，也难怪他说宁缺毋滥。只是他最后留下的那几个，还是比较滥。

我知道一味责怪冯小刚也欠公平，因为他没办法越俎代庖，自己动手编几个，从这点来说，他和他的前任哈文一样，都很无辜。

十多亿人口的大国，从中央到地方，我们养了多少文艺社团，又有多少编剧导演在吃戏剧这口饭，何况还有无数不在编制的"业余作者"。那是一支十分庞大的队伍，可是我们每年却拿不出几个像样的小品，说出来有点匪夷所思。从创作思路到用人体制，从选稿标准再到奖励机制，问题到底出在哪儿呢？

由此又想到了著名的钱学森之问：为什么我们的学校总是培养不出杰出人才？

是啊，到底因为什么？

如果问题的症结找不到，将春晚提到"国家级"又有什么用？即便提升到"宇宙级"，恐怕还是会让人揪心。

2014.2.5

E. 曩的影

我独坐在寂静里，分不清身边的影子来自哪个年代。

——题记

我独坐在寂静里，分不清身边的影子来自哪个年代。

旷日积曩，这辈子，唯有我的影子忠实地跟定我，风里来雨里去，甚至赴汤蹈火，却得不到丝毫回报。

——题记

影子的重量

一

据说，当我第一次跨进编辑部大门的时候，我看上去还是个英俊少年。一头浓浓（还带点鬈）的黑发，一张瘦瘦的脸。

其实，那时我已经当了好几年海员，另外还扮演了几年误人子弟的教师角色。不算很年轻了。

如今，仿佛还只是一眨眼的工夫，我的头发正日见花白并且日渐稀薄；在原形毕露的头皮底下，这张脸正圆得臃肿，我知道那叫发福。与此同时，回忆往事几乎成了我生活中的重要内容，这也是上年纪的标志。没人说我年轻，更没人说我是"英俊少年"了。

真是岁月如烟，人生如梦。

我常常问我自己：这么些年，你做了点什么？

我回答说，我是个编辑，编小说的编辑。大概就这些。

编辑又是什么呢？

说白一点，就是将作者的稿子拿来，调整几句话或是几个字（有的稿子还是不能随便改动的），然后送印刷厂，由印刷厂将打印的或是手写的字变成铅印的。如此而已。我们只能指着某一篇发表的作品说，这篇东西当时是我编发的。

正如泰戈尔的诗所说：

"你看不见你的真相，你所看见的，只是你的影子。"

编辑只有在作者的作品中寻找自己的影子。

影子有形无体，虚无缥缈；影子似有实无，看得见摸不着。

然而，影子又是实实在在存在的。否则，怎么解释影子——怎么解释有影子和没影子的区别？

可是，说影子是实实在在的，拿什么来证明呢？

于是就想到了最近看的由保罗·奥斯特（Paul Auster）编剧、王颖导演的电影《烟》（其实是看的盗版VCD）。

其中有这么一段剧情：作家保尔在买烟时给一些人讲故事，说从前有一个聪明的爵士声称他可以称出烟的重量。人家不信，说烟像空气，称烟的重量就像给人的灵魂称重量，难以想象。于是那爵士就开始称烟的重量。首先，他取一支没有抽过的雪茄，放在秤上称一称。然后，他把它点着了抽起来，小心地把烟灰弹在秤盘上。抽完以后，他把烟蒂也放到盘上和烟灰一起再称一称。最后他把这重量从原先那支烟的重量中减去，其结果就是烟的重量了。

不管那爵士是否真的称出烟的重量，这道理没错。

由此受到启发，我们可否借用那位聪明的爵士的办法来称一称影子的重量呢？我想大概也是可以的。我们可以将影子和它所在的那块地一起过秤，然后在没有影子的情况下称那块地的重量，再将第一次称的重量减去第二次称的分量，它们间的差就是影子的重量了。也许我们现有的秤都无法精确地显示两者间的差，也就是说难以测出影子的重量，但那是我们人类自己的问题，是我们造的测量仪器还不够先进，并不能说影子本身没有重量，哪怕它再轻、再微不足道。

不管以后人类能否精确地称出影子的重量，影子的重量总是客观存在的。

也许称编辑的重量比称影子更加困难，但谁也没法否认编辑的重量是客观存在的。

公平地说，编辑的重量不是举足轻重的，但也不至于是微不足道的。

二

记得有一年我们《上海文学》举办一个回顾展，头儿让我们每个编辑写一句话，我写的那句话是：我本来可以成为一个好作家，但我现在更想成为一个好编辑。

说成为好作家多少有些虚张声势，但成为一个好编辑的决心确是暗暗下过的。

我曾在一篇文章中说过：也许，很多人当作家都由于偶然；对我，却似乎天经地义，因为我什么也不会，我不知道除了写小说还能干点别的更有出息的事。

"文革"使我们这一辈人几乎不学无术，但我们仍梦想出人头地，于是便有了写作的念头。居然陆续发表了一些作品，又凭着这些作品，我有了跨入编辑部大门的敲门砖。当时文学正走红全国，当一名文学编辑也是件极为荣耀的事情。一旦我有当编辑的机会，我很快就放弃了当作家的初衷。可见我对当作家也不是很自信的。

在当文学编辑前，我已经在以前工作的企业里当了一年半载的编辑，编的是一份技术情报刊物。领导让我当编辑是抬举我，赏识我，但我一不懂专业技术，二对外语生疏，我能做的唯一的一件事情是捉捉稿子中的病句或错字。稿子大多是翻译稿，外国人的句式，看上去又长又拗口，可是内在的联系却相当紧密，更何况是技术性很强的，我根本提不出任何意见，捉病句往往就十分勉强。能够吹毛求疵地捉出几个使用不当的"的、地、得"，已经算很有收获了。那时，我整天憋得慌，像是不知道劲往哪儿使。看着人家为一个问题争论得脸红耳赤，看着人家愁眉苦脸地思索一个不解的难题，看着人家一连几小时一动不动地泡在资料室查阅什么，我真羡慕得要死。这时，我深深地体会到，再没什么比一个插不上手又插不上话的"局内人"更痛苦了。

正因为这段经历，所以我非常珍惜文学编辑这份职业，我不能说完全胜任，但我至少可以跟人家探讨其中的一些问题，我也可以像模像样地思考一些问题，可以随心所欲地查找我想查的资料了。我一下子有了如鱼得水的感觉，我甚至对自己说，有了这职业我这一辈子还企求什么呢？就当个为他人做嫁衣的小编辑吧，我心甘情愿。

于是，在二十世纪八十年代初，在上海的一家文学杂志社，出现了一名兢兢业业的小编辑。他早出晚归，天天泡在稿子堆里。他对每天雪片似的来稿有种莫名的兴奋；他像个赌徒，总是将希望押在下一篇来稿上，盼望有个惊喜，盼望出现个震动文坛的重磅炸弹；他将自己的心与素昧平生的作者紧连在一起，为每一篇发上去的稿子的命运忐忑不安，担心被无情地刷下；他在编辑每一篇稿子时的心情大概就跟一个商人做成一笔大买卖准备在协议上签字一样，充满了快感，但又绝对一丝不苟，将每一个字每一个标点都认真推敲，不让自己在最后关头有丝毫闪失；他不求回报，面对作者对他的感恩，他总是惶恐不安，因为他并不认为人家欠了他些什么，正像他并不因为退了人家的稿子而觉得欠了人家一些什么一样，一切从刊物的质量出发，实事求是，这是他做编辑的原则……

短短两年时间里，他编发了许多稿子。在编辑部，他所发的小说稿无论数量还是质量都名列前茅。公平地说，这是一个称职的编辑。但是他却和其他的几个人一直被排挤在编辑部正式编制之外，不为别的，因为他们背后缺少一个可以被人叫着"叔叔""伯伯"或是"阿姨"的人，他们只能互相较劲，为了眼看着越来越少的几个编制明争暗斗，明枪暗炮。他绝对不是这类争斗的好手，但是他却成了人家主攻的目标，因为他本来可能最先得到编制。最后他们有几个同归于尽，都被迫离开了这家杂志社。

这个兢兢业业的编辑不是别人，正是在下；但那家杂志社并不是两年后我所供职的《上海文学》。

叙述前面的那段经历不是翻陈年老账，而是说明当时的编辑有多么吃香，早知今天会有这么清贫、寂寞，想必就不会有那么多的你争我夺了，大家会谦让得多。

现在想想，真有点好笑。

不过也有好处。那两年只叫干活不让占编——我们称之为"帽子拿在群众手里"的刻骨铭心的日子，既是折磨人的，却也是磨炼人的。因为周围都是眼睛，因为你稍有疏忽就可能招来被辞退的厄运，因为你一不努力就有被淘汰出局的口实。比如小说中一个该看出的意思没有看出来，一个该改的错字没有改出来……一次，也许只是意味深长的一瞥，两次、三次，自己也就知道卷铺盖的日子为时不远了。因此你在小心翼翼地做人的同时，必须倍加小心地做事，务求不出任何差错。

三

我喜爱编辑这职业，因为我喜爱阅读。我阅读作者的作品，我也阅读作者。

在众多的职业中，大概很少有编辑能这么广泛、深入地接触到人了。我这里指的人当然就是作者。

对编辑来说，每一个交往的作者都是一个谜，谜面是作者的作品，有的谜底一望而知，有的则颇费猜测。当然不是所有的谜底都是吸引人的，一旦你有了兴趣，交往也就深入了。

编辑和作者的交往，是心灵的交往。我们素未谋面，却常有神交已久的感觉，对一些问题的不谋而合的看法，使我们彼此间变得心领神会，并因此引为知音。到那时，稿子已不是唯一的话题，甚至变得无足轻重，友谊才是永恒的主题。

一九九四年，张欣来上海领我们《上海文学》奖。我和她在二十世纪八十年代初就有了交往，那时我还在原先的那家杂志社，她则还在部队。有一次出差到广州，我还看望过她，在她家吃了午饭，记得那次她和她丈夫是在食堂给我打的饭，吃的是炒肉丝和青菜，我们很谈得来。但我却从未发过她的作品，她以前曾多次给我寄稿，都被我一一退了，觉得不到水准。在我到《上海文学》后，也没及时向她约稿，倒是另一位编辑和她联系上了。不多久，她渐渐出名了，并渐渐成了国内很红的作家。她在我们《上海文学》发了好几篇有影响的小说，她寄来的几乎每一篇小说都是头条。我在看到她的这些作品时，都是负责二审，我从没当过她的责任编辑，为此我总觉得有些内疚，觉得至少我在到了《上海文学》后应该和她及时联系的。在相隔十多年后的那次会面中，她却丝毫没有责备的意思，反而向人家介绍说，在她从部队复员后，工作最不顺畅，心情最不好的一段时间里，我曾让我的好朋友——《作品》编辑部的廖琪去看望她，带去我的问候，为此她深受感动，并且一直铭记在心。当时，她在叙述这段经过时很动情，我却更加内疚了。看来，无论编辑还是作者，第一要紧的还是做人，人做好了，朋友也就有了。对编辑来说，要想组到好稿，就要交好朋友，而交好朋友是需要自己先做个好人——至少是让人看着顺眼的人。

还有件小事，我是一直不能忘的，也是教我怎么做人，做编辑的。

事情过去大概也有十多年了，那年我去广西组稿，到了南宁后，广西作协让林白陪我去北海。在北海，在和当地几个作者的座谈会上，我学着他们的广西普通话和他们对话，自己觉得学得蛮像，因此也蛮得意。不料会后，林白瞪着眼睛，很严肃地批评我：张重光你怎么可以这样的，你这是不尊重人。我当时真有些受不了，因为还没有一个作者是用这种口吻来教训我的。但转而一想，旁观者清，她这是看出了我的毛病，让我改正，是为了我好。当时我确实有些居高临下，没考虑怎么尊重每一个作者。这以后，当我每到一个地方，和作者交谈或开什么会的时候，我常想起那次情景，提醒自己：别张狂，你算个什么呢？！

其实，在我们阅读作者的时候，我们又何尝不是在被作者阅读呢？

最近读了哪几本书？西蒙的《弗兰德公路》读了没有？索尔·贝娄的《赫索格》读了吗？罗伯-格里耶的《嫉妒》呢？还有普鲁斯特的《追忆似水年华》？……

和作者的交谈一般总是从书开始的。读过几本书，读过些什么书，看似谈书，往往也就在掂着对方的分量。

有一年，我在北京看望张辛欣。她的房间里堆着各种我从没听说过的书，有文学的，也有政治的，面对她一连串的发问，我几乎一问三不知。于是，我们的谈话成了她滔滔不绝的一言堂。

又有一年，我到桂林组稿，住在漓江出版社招待所。当时，聂震宁还在漓江社当编辑，文萍也还没去日本留学。我们三个人几乎天天泡在一起，一早就跟老聂喝酒，然后喝他煮的猪排萝卜汤。除了酒和汤，印象最深的就是听他们两个谈正在读的一些书了。漓江社以出外国文学名著而闻名，一套《获诺贝尔文学奖作家丛书》令无数读者趋之若鹜。老聂和文萍自然近水楼台，先睹为快，但他们似乎还不满足，又读了不少当代作家的书。博览群书使他们十分博学，也使他们变得相当健谈，尤其老聂，一开口就旁征博引、滔滔不绝，一开口就是一篇精彩的演讲。和他们在一起，我一直扮着旁观者和听众的角色。

在岳麓山下，和韩少功、何立伟、蒋志丹诸湘军将士的交谈也让我记忆犹新。第一次去的时候，少功他们还在读大学。和他同一所大学的好像还有钟铁夫、田舒强、骆晓戈、张新奇等人。我去过他们学校，宿舍条件很差，走道永远是湿漉漉的，不远的厕所间发着难闻的味道。风华正茂的少功他们正是在这样的条件下指点江山，激扬文字的。每次见面，少功他们总是一路走着，一路凑钱，买些熟食和酒，然后到他们中的某个人家里，大家围住一桌，谈文学，谈最近正在看的一本什么书。

和这些朋友的谈话，感觉中就像在出牌，你谈你看过的一本书，我谈我正在看的一本书，有时候，这些书是重复的，有时候只有一个人拥有，当然谁拥有得越多，谁就是赢家。

这令我感到紧张，但我知道会有好处，至少逼着我多读一些书，否则你就只能当个听众，没有发言权。一个编辑如果老是当听众，出不了一张"牌"，那么剩下的就只有一张"王牌"——自己的杂志了。时间稍长，人家就未必买你的账，因为你不能老说看过我们的杂志吗？

为了在朋友面前多出几张"牌"，我不得不多读些书，尤其在每次出差前。

不过，这样的压力近年来像是越来越小了，不是我书读多了，而是大家似乎都不太讲究出什么"牌"，出多少"牌"了。以前的那种氛围正在渐渐消失。不是我怀旧，我只是觉得我们将失去在"出牌"过程中的无穷乐趣，尤其当我们为共同读过的一本书产生争论，达成某种共识，感应到某种相通的情感的时候，我们间的距离仿佛一下子消失了，我们会觉得这世界上我又多了一个知音。

所谓神交，往往就是从共识、从相通的情感开始的。

四

我们曾亲历1978年至80年代中期中国中短篇小说的辉煌，目睹了伤痕文学、知青文学、寻根文学以及新潮小说轰动效应的潮起潮落；然而眼下，我们的中短篇小说却多少有些"门前冷落车马稀"。

越来越多的人写起了长篇；越来越多的人声称自己要"触电"，写电影、电视剧。

却很少有人扬言要扎扎实实写一些中短篇。似乎中短篇小说是不需要扬言，也不值得声张的。

其实，写过中短篇小说的人都知道，中短篇是很见功力，很见颜色的。写好一部中短篇的"含精（精力）量"不一定亚于写一部长篇或是一部电影、电视剧的"含精量"。当然显而易见，中短篇的受益往往比长篇差了许多，比起电影、电视更相差了十万八千里。拿眼下的说法，是"含金量"小。难怪乎许多人绕过中短篇，直接操作起长篇或是电影、电视来。还有不少人则拿定主意，再也不写中短篇小说了。

有人说，长篇是衡量一个作家是否成熟的标志；也有人说，电影、电视是一门集文学、美术、音乐等之大成的综合艺术。

也许，这些话都言之有理。

可是，当前一个明摆着的事实是，"成熟"的长篇寥寥无几，大多数电影、电视剧又过于平庸，无"集大成"者的魅力。

原因何在？

依我的看法，这恐怕和许多人还不会写中短篇小说有关。没有中短篇小说基本功的人写长篇和电影、电视，就像没有练过正楷的人写行草，没练过发声的人唱《卡门》、唱《冰凉的小手》一样，总会露出他没有功底，缺少底气的馅的。中短篇小说是童子功，想绕是绕不过的。

现在是到了呼吁给予中短篇小说以更多关注的时候了。一方面我们要设法提高中短篇小说的"含金量"，给写中短篇小说的作家以更多的实惠；另一方面我们则要求作家以更高的"含精量"投入到中短篇小说的创作中去，大家出力将中短篇小说这块蛋糕做大。

我在《上海文学》看小说二审，自己常常感觉像个排球队的二传手，将一传给我的球以最好的质量传递给主攻手——那当然就是我们的主编，让他在高高跃起后，得心应手地扣个正着，扣个落地开花的好球。

尽管场子里观众已经不多，但剩下的都是铁杆球迷，为了他们，我们也该努力拼搏一番，更何况我们所苦苦守着的阵地，是我们安身立命之地，除此之外，我们还能退到哪里呢？

我们能测出烟的重量，我们也一定能测出影子的重量，因为那里面有我们生命的全部意义。

1997.9.17

长在屋里的毛笋

　　小时候，我睡阁楼。就在天花板底下。

　　我像是一只长在屋里的毛笋，一天天朝着天花板猛长。

　　后来我的头顶着天花板了，后来我的实际高度远远超出天花板了，但我却很难有出头的一天。

　　好在阁楼只是睡觉，除了提裤腰带，需要站的时间很少；而且我很快就练出了躺着提裤腰带的本事，能不能站也就无所谓了。

　　我很愿意钻阁楼，因为那是我一个人拥有的。每天晚上一踏上我的这片领地，我便拥有了自己的欢乐和秘密。枕边有一架矿石机，是我唯一拥有的"家电"。那时没歌星，我也发不了"烧"，我几乎天天是听着"广播剧"睡着的。我的书包里常常藏着大人不让看的书，一边看一边提防着大人的突然袭击，好在他们上阁楼必定要爬梯子，那梯子总会发出吱吱格格的声音，像在为我报警，我有足够的时间将"禁书"藏好，换成一册课本，蒙混过关。口袋里有点零钱的时候，我就为自己弄点吃的。那年月我最爱吃麻花、苔条饼，如果这天书包里藏着一根麻花或是一块苔条饼，对我来说简直就是过节或是过年了。这天我就早早地睡，头蒙在被窝里，然后细嚼慢咬，不让牙齿在切入食物的过程中发出声响，有时一不留神咬得猛了点，声音大了，我便赶紧将头探出被窝，听听底下大人的动静，确信没察觉才重新咀嚼。偷着吃的东西总是特别香，只是太费神，有几次麻花没吃完，我却已经困得支持不住了。

我们家三代同堂，白天吃喝拉洗全在一个屋里，而我们家又偏偏讲究男女间的许多禁忌。于是作为家里唯一的男性，我常常被请出门外"非礼勿视，非礼勿听"。在我的印象中，我们家的女眷似乎喜欢围着马桶和脚盆转，走马灯似的；到了夏天，这类事就更多，时间也更长，我不得不出"远"门，让她们有足够的时间背着我干。我找楼下的老木匠下棋。他天天一清早就在天井里大声吆喝，像晨鸣的鸡，按时将我们一家闹醒，但我们两家相处得挺好，并不因为他起得早或是我们睡得晚而发生口角。事实上他们一家该抱怨的远远比我们的要多，因为我们常有洗澡水漏下去，滴在他们家的被子上。好在大家是老邻居，彼此都能体谅。我和他在弄堂里下棋，从天明一直下到天暗。我们的棋摊摆在人家的窗底下，当天暗下来时，这人家的灯正好开，好像在为我们打灯光，这棋也就下得蛮称心了。只是当那人家举家来到弄堂里乘凉，或是嫌我们在窗外为一只棋的死活争执不休而决意停电时，我们就借不到光了，而恰恰这天如果老木匠输了棋，他又不甘心俯首称臣，就必定拉我去他家里继续挑灯夜战。他家有三个如花似玉的女儿，大的和我同岁，正在读女子中学。我们平时很少串门，也很少说话，也不知为了什么。我随着她父亲去她家的时候，常常碰到她正好在房间里洗澡，离我们下棋的桌子很近，就一米多，中间拦着一块布帘子，我只要一伸手就可以揭开的。她总是洗得慢条斯理的，一丝不苟，水珠顺着她的肌肤在浴盆里溅得淅淅沥沥，滴得我心神不宁，魂不守舍。输棋便是肯定的了。她父亲有时出去冲个开水或是干个其他的什么杂事，房间里就剩下了我和她，这时我们便隔着布帘聊上几句。她仍洗得慢条斯理的，水声却仿佛格外清晰，可以想象那水一定还十分干净。

她和两个妹妹也是长在屋里的毛笋——睡阁楼的，我们家的地板就是她们家的天花板，她们三姐妹叽叽喳喳的声音常常穿过薄薄的地板，回荡在我们家里，和我们家人的声音融和在一起。夜深人静时，我似乎还能听到她们匀称的呼吸，这时我的耳旁便又淅淅沥沥地响起水顺着肌肤下滴的声音，如大珠小珠落玉盘……

1987.11.17

那年，我练起了身体

那年，我突然心血来潮，练起了身体。

那时"练身体"不像现在，散个步、跳个舞也说在锻炼。那个时候但凡有人说"练身体"，就一定是披星戴月、冬练三九夏练三伏了。就像我的一个邻居，每天天不亮便在弄堂里砰砰地练铁臂功——将手臂往垃圾桶边上的一垛墙使劲地抡。墙是厚厚的钢筋水泥，手臂却是赤裸的皮肉，没一点保护。那抡墙的声音好似二冲程内燃机在打夯，沉闷而坚硬，让人发怵。据说他先前在公园练了几年，公园里的几棵老树已经被他抡得半死不活，被人举报，不得已更换场地。有人说，他两只手臂的皮肉已几近石化，就像树木经历千万年沉埋，炭化成价值连城的阴沉木。如若被他劈一掌，也就等于遭铁棒钢棍修理了，任谁身上的骨头也扛不住。

反正那才叫练身体，以血肉之躯生生练就一副刀枪不入、无坚不摧、所向披靡的身坯。

我自然也想练就那样的铁臂功，只是过程过于残酷，我怕疼，承受不起以卵击石的皮肉之苦。再说了，天天起早摸黑，未免太考验人了，也影响四邻八舍。

我选择了哑铃与拉簧，既不伤及皮肉，动静也不大，可以一个人练得神不知鬼不觉。

其实我要求不高，到时让人看出我陡然变得肌肉发达、孔武有力，也就心满意足了。

我们班有个同学，已经把身体练得像个举重运动员，走路一摇一晃，气势不凡。他的两条胳膊像是无处安放地搁在腋下一堆隆起的三头肌上；两块胸肌更是触目惊心，内行人目测，怕是快有三指了。所谓三指就是胸前肌肉有三根手指那么厚，几乎接近施瓦辛格和泰森的规模了。

凭着这身腱子肉，不少人围住他转，把他当保护伞，就连老师也常拿好话哄他。他因此成了平日里说一不二的人物，句句王法，还动不动就跟人翻脸，爆粗口，对方若不买账，问怎么骂人了，他必定手一戳，咆哮："骂你又怎样？兜侬！"

"兜"就是揍的意思，当时一句时兴的切口，如果你说揍，或是打，一下子就暴露了自己菜鸟身份，反遭人讪笑。

那年月，人与人很容易"兜"起来，一言不合，便爆粗口。实力一方必先使出胜负手，叫嚣"兜侬"，让对方闭嘴；另一方要么知难而退，要么争锋相对，还以"兜侬"。当然，真打起来的几率并不太高，双方都在叫骂中掂量自己的胜算，期待对方怯场，或是等第三方劝架，大家顺台阶下。

我有自知之明，知道无法应对这种场面，只有息事宁人，忍让为先。

但我也是个有尊严的人，渴望有朝一日自己也成为傲娇的肌肉男，不为"兜"人，只为不让人家轻易"兜"我；必要时，我也可以朝对方吼一声"兜侬"！

终于功夫不负有心人，眼看着我的肌肉与日俱隆，胸口胀鼓鼓的没有三指也有半指、一指了，两条胳膊也有了无处安放的感觉，就连走路也开始一摇一晃。我不禁窃喜，总算快熬出头了。为此，我开始着手操练喊"兜侬"。因为只有把这两个字吼响了，字正腔圆，气势如虹，才配得上练就的那些肌肉。否则也是白练了，除非我是想真与人动手，不宣而战。

只是，我很快就悲哀地发现，自己这辈子大概是无法当着第二个人的面把"兜侬"两个字说出口了。难！我相信，一旦说出口，大概就是另一个自己了。

说出来不怕笑话，从小到大，我从来就没有爆过粗口，骂过人。从小家教严，爆粗口骂人形同桀悖，大逆不道，决不敢造次。长大后即便练出一点胆量，与人争吵时也曾动用过不雅的词句，但我的可以算作"骂人"的武器库中，顶级粗口的一句就是"滚那娘的蛋"了，也得憋足了劲，酝酿再三。就像跳高，要长长的助跑，却常常临了还会突然哑火，忘了起跳，或者干脆从横杆底下钻过去。狼狈不堪。

此时我终于明白，不会骂人，这身体也是白练了，没人把你当回事。

几十年后的一天，我开车险些与另一辆不打方向灯转弯的车发生碰擦，当我刚责备他，开车不守规矩，转弯不该不打灯的时候，他却马上暴跳如雷，朝我爆一连串的粗口。顿时我的语言马上显得苍白无力，那一句"滚那娘的蛋"也犹如绝望的哀号。有理讲不清，我只有落荒而逃。

爆粗口、朝人吼"兜侬"，其实也是门"童子功"，要从小打基础的，想半路出家，终究难以修成正果，只会不伦不类，被人一下听出"业余"水准。

所谓"童子功"一般指的儿童时代受的影响，其中有家长，也有邻居、小伙伴。还有的则来自"胎教"，在娘胎就听惯了父母的粗口，孩子长大也就把粗口当儿歌唱了。

每当我回忆起自己被管束得规规矩矩、老老实实、不会开口骂一句脏话的家教，我就怀疑那是不是属于"败笔"，我是不是该对我的孩子补上这一课呢？

只是还得请家教，请谁呢？

2016.5.23

谋"字"在人，成"字"在天

以前，母亲常说，我们家的字，一代不如一代。

那时，母亲、好婆（即外婆）和我，三代，同堂。

首先，母亲是在批评我的字：差，极差。为此她常气得咬牙切齿，恨铁不成钢。

小时候为了写字，少不了棍棒相逼，但我天生愚钝，不成器，再挨打也没打出想象的字。自然，我也没少练。记得当年我大字练柳公权的《玄秘塔碑》，小字练王羲之的《黄庭经》，几年下来，练得倒有几分相似，尤其大字，一次学校办书法展，老师还让我代表班级参展，就写八个大字：自力更生、丰衣足食。

字挂出来了，我却是惆怅了，这么练下去，哪年哪月才是尽头？平时写字做功课，哪里用得着每一笔一画都那么穷讲究，有这必要么？再说了，人家毛笔字不及我，可是作业本上的字却是比我漂亮，这是为什么呢？想来想去，我终于想明白了一个道理，便是"谋字在人，成字在天"。字肯定是要写要练的，但最后写成什么样，还得由老天说了算，不是人人想练就可以练一手好字的。这么一想我就释然了，听天由命了。

我是属于玩电脑很早的人，倒并非当年赶时髦，而是可以不用拿笔写字了，电脑让我有了"翻身农奴把歌唱"的喜悦。

其次，母亲说那话的意思，也是在做自我批评：恨字不成铁。

她常拿"铁画银钩"四个字来形容好婆的字，说有骨子，一笔一画都透出一股"女中丈夫"的豪气。

这也常让我联想到好婆对我"做规矩"时的情景：那是风云突变的一声断喝，先吓出我一半的魂，还没等我想好怎么辩解，戒尺便已经扎扎实实地落到我的手心、手臂还有屁股上，每一下都"力透纸背""入木三分"。风雨过后看到一道道"铁画"与"银钩"的印痕，一定以为是个力大无穷的男人，怎想竟然出自一个身材单薄、操一口甜美吴语的弱女子之手。

好婆拿"做规矩"的手写字，更是力拔山兮气盖世，每一笔都气吞山河，波澜壮阔。

好婆的字与她要强的性格是分不开的。她自小便是封建礼教的叛逆者，缠足到一半，誓死不从，甩掉裹脚布，从此迈开她那双半大半小的脚，走自己想走的路。她争得当时只有男孩才有的读书的权利，并一路跳级，读完中学，瞒着父母，偷偷改名，考上了蚕桑专科，专科毕业又准备去日本留学，却因为写的一篇文章中有"时代不同了，男女并驾齐驱"这样的句子而惹恼父亲，终使留学成了泡影，但她并不气馁，发奋工作，最后凭着过人的本领和毅力，开办起了自己的蚕种场，以后规模越来越大，最兴盛时手下拥有一千多名技术员和工人……

她是个不服软的人物，一生追求男女平等，百折不挠，绝不回头，这样的性格也注定了她必定"铁画银钩"，写男人一样的字。

母亲的字完全是另一种风格，亭亭玉立、婀娜恬静，一个个透着闺房之秀。她的字是会让男人们想入非非的。这或许与她从小养尊处优有关，即便以后命运坎坷，但危难时刻总有好婆顶着，为她挡风遮雨，保驾护航。

母亲善良单纯，却也生性懦弱，容易遭受伤害；就像她的字，"暖房里的花朵"一般，看似花团锦簇，却怕是经不起风雨的摧残。

　　单位里知识分子成堆，可是所有的宣传画廊、黑板报均是由母亲包下的。"文革"期间，掌权一派的很多大字报和大标语也都令她抄写，这样可以抵消一些别的对她"改造"的项目，譬如冲扫厕所等。

　　本来誊抄大字报就是个熟练工的活，大字魏碑小字行楷，马虎点，谁会在乎。但她却是战战兢兢，唯恐一不小心抄写错误，触犯了天条；再则，我知道，她也不想把字写丑了，怕没面子。只是越紧张越容易出错、出丑，她便赶紧趁人不注意时捏成一团，重来。捏成团的废纸则偷偷塞包里，带回家，趁天黑扔掉。她宁可把白天抄写不完的带回家完成，夜深人静，气定神闲，写得舒心。有时我半夜一觉醒来，她还在伏案而抄，写完一张，还退后两步审视一下，俨然在欣赏一幅书法作品。

　　日子久了，带回家处理的废纸几乎没了，倒不是誊抄的量减少，而是她开始不像以前那么紧张了，说写来写去这几句话，也都是报纸上的，谁看！

　　她好像在为自己的"作品"受冷遇而抱怨，只是我从她的话里感觉出了她性格的些微变化，少了点低眉顺眼和唯唯诺诺。她的字也在一顿一挫间有了点雄强的骨力。

2018.6.2

理发

　　我不知道那十多天自己是怎么挺过来的。

　　在那些日子里，我不敢看人，更不敢让人家看我——除了妻子。只有在她面前我才将头昂高高的，并且侧转来，亮出那一边，让她瞧瞧，再瞧瞧。

　　显然，我是在向她抗议，发泄我的不满。

　　事情出在前几天的一个晚上。妻子在卫生间替我理发，工具不多，就一把剪子、一把梳子。理发是她无师自通自己学会的，当然谈不上专业水平，对付我这样的头却足够了。她一边剪着，一边和我说着单位里的许多事。大多是头头怎么多吃多占，怎么损公肥私，欲壑难填，说到气愤处，拿剪子的动作便有点生硬，我不得不好言相劝，让她的手势尽量温柔些。每次理发是我们说话最多的时候，平时大家忙，难得有整块的聊天时间。

　　剪子的头不算很尖，但还是经常戳得我的头皮生疼，好在我头皮厚，也习惯了，咬咬牙也就挺过去了。我只是担心耳朵，害怕少了一块很难长完整，便不时提醒她：当心耳朵、当心耳朵。她也知道耳朵是个危险品，皮太薄，经不起喀嚓一下的，于是在理到附近区域时，便将一只手按住我的耳朵皮，护着，以防万一。这样她就认为万无一失了，而且耳朵皮被按住后腾出了一块地方，让她觉得很宽敞，因此剪得很放手，边剪边滔滔地说着。后来她说"好了"，让我照镜子，验收。我通常验收得很马虎的，正面瞧一瞧，再左右瞧一瞧，没什么大的问题就点头认可，然后洗澡。这回我在瞧第一眼的时候就发觉有点不对劲，然后我再侧转头一瞧：天哪！我差点没气晕过去——右耳廓上方少了一片头发，白白的头皮沿耳廓弯成个弧形，弧度有两指那么宽。

这时，我脑子里马上跳出一篇课文的名字来：《爸爸的疤》。那是以前我听隔壁一所小学的学生在课堂上念的，内容听不清楚，十之八九是忆苦思甜的内容，而且一定是第八课，因为学生总是齐声念道："八，爸爸的疤"。有时老师嫌学生念得不齐，读一两句又让他们重新开始，于是我就听他们一遍一遍地念"八，爸爸的疤"。重复多了，便是一片"疤疤疤疤"的声音。现在我这"疤"可是大了，更何况是在显而易见的地方。

"叫我怎么出去见人！"我急得吼起来。

妻子知道闯祸了，也很急，但一见我这"疤"又忍不住想笑。

"啊呀，光顾了说话。"她对我赔不是，并连连说，"从来没有过的，这可是第一次。"

我气得呲牙咧嘴，说："也是最后一次了。以后再不要你理了。"

情急中，妻子想出个办法，拿一支眉笔在我的"疤"上涂一片黑色，冒充处萌芽状的头发。涂完，还挺得意，说，天衣无缝，一点看不出。

其实，这异出怪样的一片，无论哪一个角度，都有点惨不忍睹。但我有什么办法呢？我又没办法立马生出一片头发，只好每天让她给我画眉笔，"滥发充数"。

好在我是骑自行车的，路上不怕谁注意，即便人家眼睛尖，但还没等他看仔细，我就呼啦一下骑远了。在单位里，我坐的位子正好靠右侧墙，"疤"朝里，相对比较安全。平时尽可能少走动，即使走动也一定靠右走。如果有被人看到右侧的危险，就索性将手捂住，让人家以为我正在为什么伤脑筋。外出的应酬是一概取消了，据说有一次还是有红包的，只好忍痛割爱。

一天，一位同事正和我说着话，忽然他朝我右侧盯了一眼，然后朝左侧盯一眼，接着再盯住我的右侧。他一定感觉到了异样，但一下子又说不清楚问题出在哪里，只好一左一右地比较。幸好有电话找我，我赶紧走开了。我不想多解释，一说，他肯定会埋汰我：何必呢，省这几个钱，弄得"朋克"似的。

也许，早已经有人看出了我的破绽，他们只是碍于我的面子，不点穿罢了。

这些不堪回首的日子终于过去了，我的那一块"疤"上渐渐有了"破土而出"的货真价实的头发。过了些日子，头发又稻草似的长了，又到该理一理的时候了。

我已经物色过好几家理发店。门面富丽堂皇的，自然不能进去。不是怕消受不起，而是怕人家嫌我土。我这人，只求整洁，不求漂亮，平时既不吹风，也不烫发，到时别让人家弄得油头粉面，还撒上点香水什么的，晚上睡觉都不入梦。那些挂"香香""丽丽"之类招牌的"美发""美容厅"呢，店堂小得容不下几个人，却总是可以看到玻璃门里面的那些撇开着腿坐等的外地妹子，嘴里嗑着瓜子，一边不住地打量路过的男客，那懒散的样子让人有点放不下心来，怀疑她们的功夫似乎不在剪刀上……

犹豫了几天，这天晚上我终于还是走进卫生间，同时拿出了剪刀和梳子。妻子喜形于色，说，怎么，还是我这个理发师高级吧？

我说，不让你理，你肚子里的那些话对谁说呢？

2000.4.2

我是光头我怕谁

好多年前曾写过一篇文章，题目叫《理发》，其中谈到我的头发都是由太太给我理的。就一把剪子，像童话中狐狸给两只小狗熊分奶酪，看哪块大了就咬哪块，最后奶酪是分均匀了，但两块奶酪也都所剩无几了。她给我理发也一样，东瞅瞅西觑觑，左边长了剪左边，右边长了剪右边，我称作"奶酪法"，往往等两边剪对称了，剩下的已经很短了。如果头发浓密，多剪掉些无所谓，头发稀薄，捉襟见肘，就不太好用"奶酪法"了，一不小心就破坏了"地方支援中央"的大格局。

好多男人到我这岁数都有"风吹草低见牛羊"的尴尬，有人说肾亏，有人说荷尔蒙过旺，也有人说遗传因子，更多的人说因为聪明。聪明"绝顶"的男人大多采用了"地方支援中央"的基本国策——将周边的头发留长一些，集中到额前，必要时喷点发胶，架出一个繁茂的景象来。偏偏我的头发性柔质软，只知逆来顺受，不知顶风抗争；一贯低调，却总被掀得人仰马翻，狼狈不堪。

为此，我常破罐子破摔地想，通通剃光又怎么样？既然地方不能有效支援中央，那么索性让地方都"和中央保持高度一致"吧。有一次憋不住跟太太透露了这念头，但我一开口她就像发觉我要造反似的，用异样的目光盯住我：啊，不会想做光榔头吧？上海人把光头叫"光榔头"，"滴光滴滑"的外观，更像榔头一般的青涩和孟浪，模样比较没文化。

我立马退缩，还反过来安慰她：说说的，说说的。让她别急。好像这动议很荒谬，亏自己想出来。

然而造反的念头一旦出笼，就像打开的潘多拉匣子，要收回也难，尤其看到电视里那么多光头主持和光头明星的时候，忍不住要产生联想。知道自己和他们没得比，便给自己打折，看到时可能会像谁，从葛优、陈佩斯一路打折到孙国庆、凌峰，最后眼前出现更多的却是想像中被剃光的冯小刚的模样，好像我只能达到他这效果。真的是越比越没信心了。

一天悄悄问办公室一女孩，如果……会不会……？我想问到时会不会吓死人。那女孩时尚，知道的东西多，我更愿意听她的。她到底见多识广，没丝毫惊诧，很负责地围着我的头打量一圈，判断说：可以。她的根据是我的头型还可以，特别是后脑勺，小时候没有因为缺少人抱而睡扁了。

她的鉴定让我一下子对自己的脑袋有了点信心，好像原先还是一块良田，只是庄稼没长好，荒芜了。

那天吃了晚饭，我鬼使神差地找了家小区附近的发廊。我已经多年没进理发店了，也不知怎么会跨进去的。一位小师傅给我系上白围单，然后问：老样子？我茫然地看着他，点点头。小师傅开始用电推子在后面不紧不慢地推。他知道这样的头发其实没什么好理的，但太快了容易让人产生过于马虎之嫌。我叫他一声师傅，吞吞吐吐地问，你看，我这头剃光怎么样？他盯住镜子，看了一下说，蛮好啊。我笑笑，没再作声。于是小师傅仍磨洋工似的为我推着后面的头发。这时，一边的一个四十多岁的老师傅说话了：我是你，早就理光了。

他四方脸，小平头，目光炯炯有神，很给人一种信任感。我好像就在等他的这句话，一下子豪情万丈，对着镜子中的小师傅坚定地点头说一声"好！"话音刚落，小师傅像得了令箭，哗一下，从后往前在我头上犁了条深沟。我看着镜子，额头的汗突然喷涌而出。我知道一切都已经晚了。

古人说，身体发肤，受之父母，不敢毁伤，孝之始也。所以古人往往把头发看得比生命都重要，不容他人轻易毁伤。我感觉罪孽大了。这一刻我想到了僧尼和囚徒。记得以前读中学曾有个同学犯事被劳教，那天他被人押解着来学校取东西，我们闻风而去，围堵在老师办公室门外张望。他背对着门，但我们还是很快认出了他——一个头皮泛青的光榔头。当时感觉在看一个怪物，丑陋又可怕，我甚至害怕他会回过头来，那一定是可以想像的猥琐，便赶紧逃回教室。从此，这抹不去的记忆让我潜意识里对光头有了一种恐惧和厌恶。只是怎么也不会想到，今天我居然也理了这么个"发型"。我记住了这一天的日子：2009年4月11日。

我是借夜色潜回家的。路过小区门卫，我先心虚地朝他傻笑，担心他会大呼小叫。但没有，他根本就没注意到我的变化。最出乎意料的是来自家里的平静，太太看一眼说，我就知道你早晚会去剃。不说好也不说不好。也许因为她早有心理准备，所以也就见怪不怪了。宝贵的一票来自女儿，她就一个字：好。她从不说假话，更不会拍马屁。我心里的一块石头落了地，原以为的山呼海啸非但没出现，还让我对光头的效果有了信心。

早上，妻子说我几乎抓了一整夜头皮。她怀疑那理发店的电推子不干净，感染了"癫痫"。我记得睡梦中头颅老是有一种冷飕飕的刺激，似痒非痒。估计那是因为少了道屏障，"唇亡齿寒"的头皮很不适应那种首当其冲的位子所产生的反应。就像我们平时说的抓耳挠腮，其实并不因为耳朵或腮帮子真出了什么状况。

没有了夜幕掩护的白天是道难过的坎，我这光头就是颗炸弹，在单位不爆炸也难。面对无数惊诧的目光，我装得老神在在，好像什么事也没发生；更好像自己是个老光头，已经不在乎人家怎么看我了。其实我很担心会成为别人眼中的一头怪物，就像当年被押解的那个同学。每每有人问我一声"为什么"，我就感觉到对方语气中蕴含的一丝惋惜；如果有人夸赞，说，天热，理了清爽，我就知道对方只是不想说假话，变着法儿找理由安慰我……

我敏感，我不自信，我不知道自己在人家眼中是否是头怪物，我为我的这张头皮陷入了困惑之中。

不久，和一个朋友去外地开会，在机场接受安检。朋友排我后面，早早就通过了，我却迟迟过不了关，不仅被浑身上下搜个遍，行李包也被反复过了两次透视，仍不放行，还让一样样打开，仔细翻查。最后他们又拿着我的身份证和登机牌带到一个地方做了记录，这才对我说可以了。好像说得很勉强。我一没带刀，二没带液体，凭什么差点就"不可以"呢？我很纳闷。朋友说不就是因为你的光头吗，黑社会老大似的，让人家怎么放心。我找不出别的原因，而且我也想到了这一层。我乐了，仿佛一下子变得乐斗好杀、孔武有力了。

这以后无影间就觉得自己彪悍起来。就那次会议，主办方要我代表外地客人作个发言，我毫不犹豫就点头了。参加会议的不仅有许多老专家，还有局长、书记和市长。本来我应该最怕在那种场合说话，可是这回我连推让的动作都没有。我伸直脖子昂起头，对自己说，操，不就是说说话嘛。这么一"操"，就无所谓了，话也就顺溜了。

上个月，有朋友来看我。一进门只盯住我的头看，嘴里连连叫好。说自己一直想推这么个光头，但就是下不了决心。我问为什么，他说，你是知道的，我们这样的单位历史上从来就没人理过光头，我如果理这么个头，就显得太离经叛道了。他这一说，我也不由一惊：我们单位历史上也没听说有人理过光头啊！

然而开弓没有回头箭，既然已经光头了，也不准备再蓄了。我还买了把电推子，隔三差五就自己胡乱推一遍，像在刨瓜、刨芋艿，没有技术含量，摸着光滑就行。我开始习惯自己"无法无天"的样子了。

前天，有朋友来电话问我，说发现前不久我在他们单位讲课，举例批评的一篇"八股文"正是某著名学者写的，还是我上司。我说对事不对人，管他是谁。当时也确是如此，看到那文章正好适合举例，就随手做了反面的例子，只是没说作者的名字。想不到还是被人查到了出处。他说，你怎么胆子变那么大了。我摸了摸自己光溜溜的脑壳，说，我是光头我怕谁啊！

2009.10.5

面对另一个 "我"

今年二月的一个晚上，我去见一个人，一个和我有着一模一样姓名的人。

我知道有另一个 "我" 的存在，是前两年在报纸上看到的，知道他有着一个不大不小的头衔，还知道他曾经是一位已故市领导的秘书。那位已故领导正是我们大家都熟悉的一位业绩卓著而又一生清廉的令人敬仰的公仆。

以前在报纸上曾见过几个和我有着相同名字的人，其中有一位是日本国驻北京的大使，就叫重光。据说日本人也有姓，但没有姓张的，估计这位大使先生不会叫张重光（或者叫重光张），很可惜。还有位台湾的什么行政长官，也叫重光，但姓耳东陈，也很可惜。

刚在报纸上见到是自己却又不是自己的那三个字时，便有着一种既陌生又亲切的怪怪的感觉，很难用言语表达的，冥冥中像是这世界上又有了另一个 "我"。于是有意无意间，便对这个 "我" 关注起来。知道他比我稍大两岁，知道他还兼了一个什么公司的总经理，又知道他当了一本什么书的总编，又有一次好像在电台里回答了记者的什么问题。想必是很忙的一个人。

这以后，我竟屡屡被人误会，将我以为成了他。好几个朋友见了面都问我怎么回事，是不是我摇身一变成了那个"我"了？我只好说，我还是我，此我不是那"我"。有一次，我打电话找个朋友，她不在，是她先生接的，问我是谁，我报了姓名后，他顿时惊喜万状，连呼：张××（头衔）！恨不能在电话里和我热烈握手、拥抱。我只好如实告诉，我不是让他惊喜万状的张××（头衔）。我听出他很失望，像是被兜头泼了盆凉水，随后冷冷的一两句话就将我打发了。我也像被兜头泼了凉水，知道我已经是个很容易让人失望的人。以后在一些场合，当我将自己的名片递呈对方，对方的脸上一旦呈现惊喜之状时，我便赶紧向对方道歉：对不起，我不是张重光，不，应该说不是你以为的那个张重光。

我因此常常这样想，那个"我"是不是知道还有这么个我呢？他是不是因为我的出现而觉得有些滑稽甚而有些讨厌？嫌我把水搅浑了。

我曾经有过改名字的念头，倒不是因为屡屡被人误会的缘故，而是为了有懂"姓名学"的朋友说我的名字运势不好，诸事不顺，得改。说得还挺神的。我想有机会将这信息告诉他，问问他有否改动的打算。倘若他也愿意改，我们在改动时互相通个气，以免再次重复。

这期间有一次我可以和他见面的机会，是什么联谊会，那天我正好有事，没去。事后知道他倒是出席了，当知道因为我没去他有些遗憾时，我也就没了担心他嫌我什么的担心，觉得他是很随和的，至少没有大架子。

好几个朋友为我和他的见面热心牵线，他们问我：张重光，要不要见见你的张重光？他们大概也是这么问他的。上海话把"你的"合并为一个"那"字，一下子又将我们的距离拉近了许多。

那天晚上，慈眉善目的他，笑吟吟地向我走来，朋友为我们拍下了"我"和我热烈握手的一瞬。一些旁观者知道了我们间的有趣关系后，凑热闹要求和我们合影。那场面热闹得就像在认亲。

我们从名字谈起。他说他叫"重光"是因为纪念抗战胜利，他原以为我也是"抗战牌"；但我不是，我告诉他，我的名字是外婆根据我的经历为我取的，是个人经历的一次"重光"。接着他告诉我，当我在报纸上发表第一篇小说时就注意到我了，知道我那时在挖泥船上当生火工，而他那时候正在外滩的一家设计院工作。他又说后来我发表的一些作品他也读了，有时他没看到，人家会告诉他，他再去找来看。听到这儿，我不由大为感动，我没想到世界上还有这样一个关心着我的读者。

我拿出了我的小说集，扉页上写着：请张重光先生指教。落款处签着我的名字：张重光。

他看了，笑吟吟的，连说有意思。

那天，我终于没和他谈起改名字的事情。因为我忽然觉得即便有什么糟糕的运势降临，并不是我一个人担着的，还有"我"呢！

我还有什么可怕的呢？

1995.4.2

未雨绸缪

　　那天一早我去电视台录像，导演让我打的，我一下的，首先想到的是上个厕所，方个便，以免有后顾之忧。我这人比较细心，什么事还都讲究个未雨绸缪。过了些时候，导演说大家准备准备，马上要进演播大厅了。这一说，我马上又"未雨绸缪"了一次。我担心一会儿会因为憋不住而出洋相，尽管我知道这种可能性并不大。我平时没尿频的毛病。

　　这时演播厅内已充满了开拍前的紧张气氛：灯光雪亮；导演、摄像以及主持等，台上台下地吆喝忙碌着；观众席上也红黄蓝绿地分成了好几个队，坐得秩序井然。不知怎么的，一见这架势我心里就有些发慌，原先准备的一些辩词好像正在悄悄流失。一会儿我们将两人一组，分两组在电视上唇枪舌剑地辩论个什么问题，最后还要辩出个输赢。题目早在一周前就告诉我们了，不能说没时间准备。不过那时我想得多的并不是辩论的事，而是在后悔，责备自己不该答应来这儿。平时看人挑担不吃力，以为在电视上说说话很容易，还出风头，可一旦临到自己头上，才知道在家坐着，看人家在电视里出洋相有多么幸福。

　　那天迟迟未见我的搭档王女士露面，估计是路上塞车了。说实话，我真巴不得她不来算了，录像延期或是干脆取消。但我知道，她马上会赶到。她平时是个有魄力的女性，不在乎上电视。一想到她的出现将意味着我就要被赶到众目睽睽的台上，我又一阵心跳。于是我说我去门口等她。

我没去门口，我又一次去了W.C.（厕所）。我之所以撒谎是因为刚才人家已经见我去过那里了，起码见过一次。

那天的电视辩论可想而知，面对摄像机镜头，我除了还记得做微笑状，脑子里却空空如也，靠着王女士的机智的言辞，我们才算抵挡了一阵。当然，因为事先一而再、再而三地"未雨绸缪"，我倒是确实没有那方面的后顾之忧了。

事后我问一位节目主持人，是不是也有过我这样的经历，她笑了，说"未雨绸缪"是有的，但绝不可能连着跑三次。她最后说，看来，你这个人不能干坏事。

我知道她并不是在表扬我，但我这个人确实不能干一点点坏事，这倒不是说我人品好，而是因为我的心理素质差，我难以经历一些激烈的场面。所以人们常说好人胆小。

我生长在一个出"好人"的年代。那时候我们"吾日三省吾身"，天天"斗私批修"，开展"批评和自我批评"，为的是能在"灵魂深处爆发革命"。那时候一顶"个人主义"的帽子足以让人打入十八层地狱，于是人人自危，人人胆小如鼠，人人都把自己看得"轻如鸿毛"，不是个人。

一个人要有自我批评、勇于否定自己的品格，但也要有敢于肯定自己、赞美自己的自信，这样才能拥有一个完整的我、一个完整的人格。我们以前过多地偏重于前者而忽略了后者，因此人格往往有缺陷。俗话说，小人常戚戚，君子坦荡荡。只有具备完整人格的人，才能成为坦荡荡的君子——一个胆大的好人。

有机会再上电视，我大概不至于只想着"未雨绸缪"了。

1995.8.20

等待窃贼

我在等待窃贼，这并非危言耸听。我甚至觉得已经听到了过道上渐渐逼近的窃贼的脚步。

我迁入新居不久，第二个月便窃报频传。一会儿是六楼的，一会儿又是八楼十楼的，相继有好几户人家遭窃贼光顾。这两天发展到一天两户人家同时被撬窃。大家谈窃色变，人心惶惶。每次走在过道上，都可以感觉到一家家门背后，猫眼旁，藏着一双双警惕而又恐惧的眼睛。

我在老家曾数度遭窃。每次意识到遭窃的一瞬间，我都紧张得头皮发麻，浑身起鸡皮疙瘩，继而又恨得咬牙切齿，恨不得将窃贼捉拿住，撕个粉碎。这种恐惧和愤怒交杂在一起的情绪在相当长的一段时间内难以消退。

老家遭窃案虽然至今悬而未破，但我可以很清楚地感觉到窃贼的所在。正如当时的一位户籍警所说：他离你很近。因为老家是石库门房子，人多眼睛多，不是熟门熟路的人不敢贸然登堂入室。那窃贼知道我们家的活动规律，知道哪天我们家空无一人，也知道我家对着晒台的一扇窗通常不关。

他对我了如指掌，我也对他确信不疑。我除了观察他的一言一行，企图从中发现点什么蛛丝马迹外，我还总是用鄙视的眼光看他，看平时神气活现的他，多少有点做贼心虚，畏畏缩缩。这也多多少少让我觉得有点泄愤的痛快。然而眼下，要是我被撬窃，我找谁发泄我的鄙视和仇恨？只有盯住那些看来都有点形迹可疑的路过家门的陌生人了。

照目前的撬窃进度，我知道轮到我家的日子已为期不远，我没理由高枕无忧，以为不幸只会降到邻居头上。我得及早备窃。

我们楼内家家装有统一的铁门，看上去坚固而森严。但事实上它不堪一击。我不知还能用什么抵挡窃贼那双罪恶但又无所不能的灵巧的手。有同事建议我不妨在门上贴这么一张纸，上面写：擅自入室，触电自负。让窃贼以为我装了什么高压电网在算计他。我听了，认为这主意极妙，忙打电话请一位擅长书画的朋友帮忙设计制作成即时贴。因为是贴在门上的，总不能太马虎，写得像大字报。那朋友知道这事紧迫，两小时后就给我送来了。八个漂亮的仿宋体，一旁还画着触目惊心的触电标记。据说，这图案是按国际上统一的触电标记设计的，和国际是接轨的。

晚上，当我将这张即时贴准备张贴到房门上时，遭到了妻子的强烈反对，她说，这反而会招来窃贼的好奇。他们一看就知道你在虚张声势，而切断电源又是件十分容易的事情。应该承认，妻子的话不无道理。

接着，又有朋友提议，在门上写张留言，说是去学校有点事什么云云。目的是让窃贼知道这是教师之家，没什么油水。我想了想终于还是没照办。先不说教师这职业能否倒窃贼的胃口尚成问题，我心里还觉得我这当编辑的其实比教师还清苦哩。还有，纸条贴多久？你知道窃贼哪一天光顾呢？天天贴着，说去学校有点事，不是挺滑稽吗？

后来我终于想出了一条妙计：空城计。其实，窃贼最怕的还是人。我们上班时都将铁门关上，还扣了挂锁，这等于是在向窃贼宣布：这屋里没人。与其关上这不堪一击的劳什子的铁门，还不如打开着，做屋内有人状，让窃贼望而生畏。与此同时，我将水壶压在门口的煤饼炉上，做加热状。兵不厌诈，我还在厨房的冰箱上压一张纸条，醒目地写着，我出去一下，马上回来云云。万一窃贼识破我的"空城计"，开门进来，见了这条子，估计也会无心恋战，匆匆收兵。作为最后一步棋，我将所有的抽屉、橱门什么的，一概不上锁，敞开，挺拿！以免窃贼将好端端的家具撬坏。另外，我还在一个明处放上十元钱，也算是窃贼的辛苦钱，免得他一无所获而恼羞成怒，将我仅有值钱的彩电泡入浴缸里了。

由于是"空城计"，我毕竟也有点心虚，每每回家开房门前总要认真看一看有没有撬窃的痕迹，倘有异样，我就可以保护好现场，及时报告派出所，备个案。以后或许会有破案的一天。我大概再也不会像以前那样紧张得头皮发麻，浑身起鸡皮疙瘩了。

1991.6

我的"多动症"的由来

　　自从那天我在路上丢了女儿，便开始被妻子戴上了一顶"老痴"的帽子。

　　那天我骑自行车外出，后面书包架上带着女儿。途中遇到红灯，我让女儿下车，绿灯亮了，我又继续上车，还不时回头和女儿聊上几句（似乎还说了几句笑话），然而到目的地，却发现书包架上是空的——女儿不见了。用脑子使劲想，也想不出个所以然。后来一路往回找，总算见到女儿，才知在亮绿灯时，我没等她上车就急着往前骑，连她的喊叫也没听到，就这么将她丢那儿了。

　　妻子说，上回差点丢了自行车，这回倒好，干脆连女儿也丢了。

　　她说的上回，是指不久前我在单位发生的一件事：那回我停放自行车，不锁自己的车，却将环形锁随手锁了边上的一辆自行车，结果那车主人有事要走，急得双脚跳，不得已将我的这把环形锁砸了。幸好在单位，没锁的自行车安然无恙。这事也让妻子好一顿责备，说我没脑子。

　　不长的时间里出了这么两件事，都是常人不太容易犯的。妻子说，说什么你这脑子也出毛病了。她让我像里根总统一样，鼓起勇气，向世人承认自己已经成了"老痴"。

　　想到在丢了女儿后，我竟一点知觉也没有，一路上还自说自话、自说自笑，这情景简直让路人笑掉牙齿；如果让医生诊断，大概不仅只是"老痴"，还有点"白痴"了。

"老痴"是老年痴呆症的简称，不治之症，去年里根宣布自己得了此症，我才知道它还有个文绉绉的好听的名字，叫"阿尔茨海默症"。据统计，世界上65岁以上人口中，平均每10个人中就有一个人罹患此症，到了85岁，比例将高达1/2。但在我这年纪称得上"老痴"的，比例应该不会超过10%，可谓"凤毛麟角"。

妻子很有见地，不说我"没责任心"或是一般意义上的"粗心大意""健忘"等等，而是一下子点到了我的病根——"老痴"。她不是医生，但我宁肯信她的，因为我稍加注意便知道我的"老痴症"原来已经很明显了：

早上在卫生间，面对镜子，我想到要刮胡子，于是转身到厨房间拿热水瓶。但是到了厨房我却怎么也想不起我到厨房来干什么。我只得再回卫生间，重新面对镜子，这才想起，我不是要到厨房拿热水瓶刮胡子吗？于是第二次进厨房，才拿到热水瓶。我想总有一天我出门去，也会前脚出门后脚返回，为的是探寻出门的动机。如果是去领导那里汇报工作呢，去前想好好的，一进门就忘个精光，我会要求退回去重新想过吗？怕领导立马就让我回家养老了。

我住的地方弄号为455，但是每回我总是将"455"和"445"搅在一起，而且永远也没有能够真正记住，有时急了，只好拿出身份证，那上面记着我的住址。我想不久就会有一天我会将我的住址写在布条上，然后缝在衣服外面，以备哪一天找不到家可以让好心人领我回去。

至于见到一些熟人而叫不出名字的事已经屡屡发生，因此好几次见了熟人我只好远远躲开，以免对方看我招呼时含含糊糊的样子，误以为我这人薄情，不把朋友当朋友。

我不知道里根是不是能流畅地背出自己的住址，不知道他刮胡子要拿热水瓶时会不会在卫生间和厨房间之间重复地走……要是他还没有这样的症状，那说明他还没我来得严重。里根以他80多岁的高龄得"老痴"，而且还只是"早老性"的，应该还说得过去；而在我，则未免过早了，何况我大概已经不能算"早老性"了。很难想象我在里根这个年纪会达到怎样的一种痴呆状。

可笑的是，我以前还一直以为自己年轻，常常有意无意地给自己减十岁，甚至更多，并且经常和一帮小青年混在一起，唱唱跳跳，打打闹闹。自从我知道了自己的"痴情"后，我和他们的距离就拉大了，感觉中自己已是他们的父辈，不该再和他们唱唱跳跳，打打闹闹。我还常给一个自以为年轻的朋友泼冷水，在他捧着话筒含情脉脉地唱"在雨中我吻过你……"或是搂着女孩跳三步四步的时候，我对他大声吆喝："一把年纪的人了，回去给孩子复习功课去！"故意提醒他不年轻了，煞他风景。我这恶作剧，像在拖人下水，自己知道老了，也容不得人家年轻。不过，这一招也真灵，那朋友在我的吆喝声中果真像泄了气的皮球，无心恋战，早早就退了下来。再后来，不用我吆喝，他自己也不想去了，说没意思。有一天，他在说"没意思"的时候，我突然发现他苍老了许多，好像真有一把年纪了。这时，我倒是猛地领悟到了什么。

我回家对妻子说，我要鼓足勇气向你宣布一件事。她马上说，不就是"老痴"么？我说不是，是"多动症"。她说，你倒没说是"奶痨"。我说，你懂我这意思就好。我让妻子以后经常给我唠叨几句：你还是个孩子！至少要说，你还年轻！

我把这叫作"青春疗法"，我相信这比向世人承认自己是"老痴"要好得多。也许这会使患"老痴"的人绝处逢生。

一旦我根治，我会建议里根也试试。当然，这个方法也要介绍到老百姓那里去。

1995.5

"年轻"男人的背后

怎么扯到这话题的？

哦，想起来了，是说到谁谁年轻。

其实这是老人聚会一个见多不怪的话题——谁年轻，谁更年轻，谁最年轻；还有，谁最最年轻。当然，都是"看上去"的，属于"外貌协会"的一个分支。

这次，我被说成了"最最年轻"的一位，大家还借用二十世纪八十年代谌容的一篇小说来说事——"减去十岁"。

天晓得，我可是在二十多年前就被人叫成"老先生"的。那时，我自以为活蹦乱跳，青春勃发，而且自忖小孩都会把我当成"叔叔"来叫。

记得那天在一家面馆吃面，对面一位年轻妈妈叫来服务员说，她女儿碗里发现一根头发，面没动，要求调换，又说，不信可以问这位老先生。

我看看左右，没别人，显然"老先生"指的就是我。我都忘了当时是怎么给她作证的，因为我压根就没注意她女儿动没动碗里的面。我只是觉得有点郁闷，怎么一下子就成"老先生"了？后来母女俩吃完跟我告别，小女孩不用妈妈指挥，直接就说了："老爷爷再见！"

我几乎愣住。至此，算是明白了自己在陌生人眼中的定位：老先生、老爷爷！

人这一辈子最难的，大概就是对自己有一个清醒的认识了。我很庆幸，终于认识了自己一回，哪怕只是外貌。

只是，二十多年后的今天，我又得重新给自己一个定位了，因为我成了同辈中那个"最最年轻"的。

由不得我是否认领这"年轻"的封号，大家便探讨起来，还要我配合，交代背后的原因。

都说成功男人的背后一定有一个默默奉献的女人。那么"最最年轻"的男人背后呢？他们说一定有一个"养胃"的女人。有幸娶了这样的女人，就不能只是用"下得厨房"来称颂了。那必定是行过詹王爷（传说中的烹饪鼻祖）的祭拜礼，将烧饭煮菜当成了行满功圆的一门艺术。切、片、剁、劈、拍、剐，煎、炸、炒、煮、蒸……一招一式，运斤成风；毫厘之间，尽显功底。这样的厨艺，藏着掖着，不做满汉全席、九白宴，却天天在家里小试牛刀，让自己男人餐餐美味珍馐，天天如上馆子。这样的"厨艺家"她自己未必"最最年轻"，却可以轻而易举将自己男人推上"最最年轻"的宝座。

按说，我家的那位也称得一位"厨艺家"了。从事专业多年，只是那时伺候的人比较多，足有两三百号。那叫食堂，在农场的一个连队，她是其中的一名炊事员。说炊事员其实也不太准确，她的专职是窗口打饭打菜收饭菜票，除非人手紧张，才让她帮个忙炒个菜什么的。但不管怎么说，在外人眼里，总还是个"厨房重地，外人莫入"的圈内人吧，天天耳濡目染的，看都能看成行家里手了。

我常想象她当年在"厨房重地"工作的情景。几百号人吃饭，炒菜的铁锅想必有澡盆大，铲子则一定大如煤锹。前有火苗高蹿的炉子，后有排风扇呼呼降温，那叫一个热火朝天！当年她一定捋起袖子，端着弓步，双手紧握煤锹，将那些菜叶菜梗一下一下翻个底朝天；止不住的汗水，滴到铁锅边沿，发着滋滋的声响；一旦菜梗菜叶搅和得差不多了，便搬起大如雨伞的锅盖往上一扣，然后就等着菜熟的味道随烟雾缭绕的蒸汽慢慢溢出……

这样的傲人经历，让她对付家里的两三只胃，自然是绰绰有余，小菜一碟。每次看她张罗午餐或是晚餐，好像十几二十几分钟前还倚沙发上笃定看电视，一转眼功夫，几大碗菜肴就热腾腾搬出来了。动作之利索，简直有点像古彩戏法。

当然难免粗糙。比如小荤，总得分肉片或是肉丝、肉丁吧？但在我们家几乎是不分的。肉的形状五花八门，细的、粗的，短的、长的，厚的、薄的，什么的都有。于是"鱼香肉丝""黄瓜肉片"，或是"蘑菇肉丁"，因为形状不明，最后就成了"鱼香肉肉""黄瓜肉肉"，或是"蘑菇肉肉"。反正九九归一，吃嘴里都一样。

因为牵挂电视剧的进展，需要抽空关心一下，锅里的蔬菜大多转眼间黄了。毛豆烤黄了不算，青菜也往往煮黄，让人以为炒的都是老菜皮；至于黄瓜，最终还真成了名副其实的黄色的瓜。当然，都可以放心吃，因为一定熟。

她擅长吃鱼，只是无论清蒸还是红烧，很多时候都忘了放料酒，说是原汁原味，放点葱姜足矣。每回，满屋子的鱼腥扑鼻而来，幸好我们住的楼层比较高，野猫还没这本事爬上来。

剩菜是绝对不会倒掉的，这点我也认可，但总得路归路桥归桥吧？她却嫌冰箱太挤，常常眉毛胡子一把抓，把剩鱼放到了肉碗里也是常有的事。这样的混搭，第二天就只有她一个人吃那些剩菜了……

——这就是我们家一个老"厨艺家"的养胃"秘籍"，明显地延续了当年拿煤锹挥汗如雨的"大厨"风格。我不想说那多少有点"饲养员"做派，但我可以总结这门派的一个特点：没心没肺。

人常说，不干不净吃了没病，如今又该流行一句"没心没肺吃了年轻"了。

　　所谓没心没肺的独门"私房菜"就是：不可能天天让你吃香的喝辣的，但必定天天让你吃好，吃饱，吃得井井有条，按部就班；不可能天天挖空心思，山珍海味，但必定天天汤汤水水，有荤有素，吃得无忧无虑，平平安安；当然，还会吃得年轻，说不定还能减去十岁、二十岁。

2017.11.25

责任在我

　　说出来也许人们会不信，7月18日凌晨，发生在美国洛杉矶玫瑰碗的这一场世界杯球王之争，桂冠本来也许会落到意大利队的头上，那位扎着一束可爱的小辫的罗伯特·巴乔本来也许不至于将点球一脚踢到门框外面；结局是那样的令人沮丧，想来想去，那责任十有八九大概应该由我来担的，因为我赌意大利队赢球。

　　确切地说，意大利队失败的命运在17日晚上就已经定了。那天晚上我和妻子在睡觉前决定第二天一早起来看球的时候，来点小刺激：赌巴西和意大利谁赢球。我们平时吃在一口锅里，赌钱的意义不是很大，于是想出赌洗衣服，谁输就洗一年两个人的衣服（我们本来各洗各的）。我喜欢看巴乔的球，便爱屋及乌，将赌注下在他的那个队。结果，第二天清晨，那历史性的一刻，我眼巴巴地看着巴乔将球踢偏，并且眼巴巴地看着他和他的队友用懊丧和抱憾终身的泪水洗面。此时，我才如梦初醒，意识到自己犯了一个多么严重的错误。自己替妻子洗衣服事小，让人家失去一次戴冠的机会，可就有些害人不浅了。

　　这样的经历我似乎已经不是第一次了，那就是，我帮谁谁输。就拿足球来说，大到看国际比赛，小到看国内比赛，几乎我心里想帮的对象，往往很难逃脱失败的厄运。我怀疑咱们的国足队，之所以屡战屡败，原因也许就在我帮得太多了。还有这回国内的甲级联赛，我自然是帮上海申花的：先前我没时间看，他们倒是一路过五关斩六将，捷报频传；后来几场，等我有暇坐到电视机前，原先的申花竟不见了，踢得杂乱无章，一锅粥。仔细想想，大概又是我帮了倒忙，多此一看，否则他们何以一反前态，判若两队呢？

我相信这不是我自怨自艾，自作多情，我对自己算是越看越透了。一开始我还只知道自己是个倒霉蛋，好事轮不上，背运的事情一大堆。别的不说，就是平时积攒的钱，添点东西，也常常没顺心的：买彩电，彩电没颜色；买音响，音响有毛病；买电脑，电脑有病毒……也不知道自己犯了什么忌，总是被搞得狼狈不堪，哭笑不得。倒霉的次数多了，终于还发现自己背运不算，还经常让人跟着背运。除了看球赛时"帮谁谁输"这样的帮倒忙的事屡屡不断外，生活中还有不少令我引咎自责的例子：一个难得向我借一次钱的朋友，跟人家"小来来"（搓麻将），结果常胜将军的他，这回竟破天荒地输了个精光；一个以前从未向我借过自行车的同事，骑了我的车，在路上撞了一个行将就木的老太婆……

有一回，两个朋友坐北京的航班来上海，让我在预订的旅馆等他们，结果我一口气等了两个多小时还不见他们人影，原因不是人们常能遇到的飞机误点或是路上堵车，而是正好遇上一个什么国王光临上海，我朋友坐的那架飞机就只能在机场上空兜圈子，兜了一圈又一圈，直到国王安全离开机场才得以降落。他们见到我，连连说太不凑巧，好事偏让他们给遇上了。我忙说，责任在我，要不是因为我等他们，他们一定不至于碰上这样的"好事"。想不到，他们听了我的话竟大笑，说有和我相似的心态，常觉得自己倒霉、背运，还"扫帚"。他们说，在他们心目中，我还是个幸运儿呢。

顿时，我久久压抑的心里，一下子轻松了许多，好像有好多人在分担着我的"责任"。

本来，人到中年就是个尴尬岁月：既失去了往日年轻时心比天高的热情，又还没有老年人与世无争的淡泊；他们还有很多向往，但又常常心有余而力不足，于是便抱怨命运，以为上帝亏待了自己；他们像跋涉的纤夫，背着生活的航船，渴望一步登天，却总是走得磕磕绊绊，一直看不到尽头，于是便老是怀疑这一路上，风是顶风，水是逆水。

其实，生活中有顶风，也一定有顺风；有退潮，也一定有涨潮。只是我们在顺风顺水时常常感觉不到罢了。

写到这儿，广播中传来申花队以一比六的比分惨败在广州太阳神脚下的消息。我没看这场比赛，即使看了，我也不会说"责任在我"了。

1994.8.15

我和两个女人的跨世纪抬杠

　　说来话长，我写《甲方乙方》（又称《男左女右》）很有些年份了，几乎可以用一个英语词组来形容：long long ago.（很久很久以前。）

　　没错，很久很久以前——大约二十世纪的九十年代末，《重庆晚报》的女编辑吴景娅给我写信，说想开设一个栏目，叫《男左女右》，让我找一位女作家，写随笔，男一篇女一篇，"唱对台戏"。就是每次围绕一个话题，然后一个叫好或开骂，一个则站对立面抬杠，你说左我偏说右。

　　是个好主意。问题是找谁来唱对台戏？因为条件不仅仅必须是女作家兼擅长随笔，还必须对社会问题十分敏感，同时会挑刺、狡辩、笑里藏刀、绵里藏针。

　　找谁呢？我都忘了当年曾经找过谁，反正都没谈成，嫌找选题太麻烦，既要时兴又不能太世俗，既要有影响又不能黑白过于分明是非不容颠倒。比如最近发生的红黄蓝幼儿园虐幼事件，影响很坏，全国一边倒的骂声，谁也不会冒天下之大不韪，跳到对立面叫好。

　　正为难间，天上掉下了个刘妹妹。她叫刘利，南京大学中文系毕业，后随夫定居深圳，当家庭主妇，同时当驻家作家，主打长篇，也客串随笔。她的文章视野开阔，观点敏锐，语言明快犀利。看她的文章，字里行间充满了哀其不幸怒其不争的愤慨，就能知道她刀子嘴豆腐心，生活中一定是个快言快语的女人。

她当时是怎么出现的，是否吴景娅点的将，我已经记不清楚了，反正一开始我们就像老熟人那样在《男左女右》的专栏里杠上了。通常，我们就在伊妹儿上先定个选题，然后先由着她"拍案而起"，完成文章，然后我"后发制人"，跟她唱反调。

比如，香港女演员陈宝莲，因为被大她四十多岁的富商黄任中抛弃而跳楼自杀。刘利极为气恼，骂陈宝莲贱人，说"即便我黑灯瞎火之夜遇到了陈宝莲的冤魂，我也敢拿这两个字来说她，她不是贱人谁是贱人。"

看她恨得牙根痒痒的样子，我便调侃她：刘利一个劲骂陈宝莲犯贱，咬牙切齿的却是男人。就像自家小孩与邻居吵架，做长辈的把板子打在小孩屁股上，吐沫却是喷在对门人家的脸上。

记得有一次谈论关于女人藏私房钱的话题。按惯例又是她先写，她以一贯的侠女风格说：女人应该藏私房钱，为的是终有色衰的一天，难免被老公抛弃，因此要未雨绸缪，早做准备。只是女人在藏私房钱的同时也应该尽好一个妻子的职责。她打了个比喻，把婚姻当成经营的公司，赢利固然是最大的目标，但也应该履行好股东的义务。

毫无疑问，她的这些女性主义立场的观点给了我攻击她的可乘之机。我先是义正辞严，将女人藏私房钱，比作挖家里的"社会主义墙脚"，继而又针对她的"股东义务"说，进行调侃，说男人们还都以为床笫之欢是两情相悦的事，原来那只是女人们的一种"凭良心"做事的义务和职责，实在有点太难为女同胞了。接着，我进一步发挥："我们可以凭良心说话，凭良心拿钱，凭良心做事，但不能凭良心做爱，真若如此，做爱岂不成了做戏。"

如此等等，侃得很爽很开心，有种小小的恶作剧后的得意。我想刘利当时读了我的文章大概也一定又好气又好笑，有时她也会私下向我抱怨，说"其实并不是这样的"云云。我只会更加开心。

给吴景娅的文章时断时续，大概跟她多次调动工作，变换服务单位有关，后来竟是渐渐疏远，直至前两天百度了一下，才知道她现在身兼数职，既在传媒岗位当领导，同时又兼当作家和客座教授。她也许已经忘了当年自己所创意的《男左女右》，更不知道这栏目后来还一直延续了好多年。

延续是因为另一位出色的编辑家——刘巽达。他知道我和刘利的这个栏目，因此在他兼职广东一家杂志主编的时候，让我们每期给他撰写，直至他正式接任《上海采风》杂志的主编，我们的这个栏目也就从广东转移阵地，来到了上海。只是栏目的名称换了，成了《甲方乙方》。不过排版面时，我还是被安排在左面。

这些时间里，我和刘利还是不断借各种社会热点，借题发挥。我们从《超级女生》谈到《非诚勿扰》，从英国王子查尔斯与卡米拉的漫长恋情谈到丹麦王储弗雷德里克的胸毛，从足球运动员郝海东的偷情谈到相声演员李金斗的"桑拿"风波……那些年，但凡社会上发生的一些引人注目的事情，几乎都被我们梳理了一遍，该义正辞严的义正辞严，该戏谑的戏谑。如果编撰成册，想必就是一部那些年间发生在地球村的风情大事录。

只是好好的，到了2010年底，刘利却是说什么也不肯干了，说太累，她想集中精力写长篇。写长篇不是更累吗？但她宁受长篇的累，毕竟那是沉甸甸的作品，收获到的影响会很大。于是只有分手。

谁来接刘利的班呢？正在我一筹莫展时，巽达却是不费吹灰之力搬来了他熟悉的身在广州一家时尚杂志当编辑的湘妹子黄佟佟。

如果说当时黄佟佟还处于需要"百度"一下的"半成名状态"，那么现在还有哪个手机族不知道黄佟佟这名字？如日中天啊！我几乎隔三差五就在腾讯的《大家》栏目读到她的锦绣文章。

佟佟熟知影视明星就像幼儿园老师了解她班上每一个小朋友的脾气性格和家庭背景一样，什么时候生病住院吊滴一天一夜，什么时候因为尿床被家长打过屁股……有时候家长都已经忘记的事情，她还如数家珍，连细节都不忘。

如果说刘利的文章是彪悍的外衣柔软的心，那么被誉为"最懂女人心的专栏作家"黄佟佟，则是外圆内方，绵里藏针，兴许她对男人下手更狠。比如她在我们讨论冯小刚的《非诚勿扰2》时写道："当老男人失去了性，就像失去了枪的西部牛仔，所以老男人的黄昏，带着点放下屠刀立地成佛的辽远境界，有点萧瑟有点自嘲，叔本华说'当性欲熄灭时，生命的内核也就消失了，人只剩下一具空壳。'苍孙顽主们心里特别明白，当生命力只剩下空壳，他们的存在感也随之消失，这个时候，也只能靠开人生告别会来抒发内心隐秘的心事了。"

看到这样的文字，相信很多人会冒冷汗，心里只有两个字：服了。

佟佟是个大忙人，因此每一期的选题大都由她定。她的工作应该主要跑影视圈，于是我们的话题也就基本围绕着正在上映的热门电影展开。那些电影她看的时候大都还只是内部预映，我是轮不上看的，我得注意上映时间，然后赶紧买票。我相信，她看电影，就像看自己班上的小朋友在操场做游戏，"办家家"；对于我来说，搞清楚他们的来龙去脉已经够费力了，还得使劲记住他们的一些重要对话，便于文章中引用。但我常常记了上句忘了下句，有时甚至连剧情也一本糊涂账，于是不得不花钱，重新买票看一遍。这一看，差不多一半的稿费也就没了。

佟佟远在广州，又是忙得日理万机，我们没办法先对电影进行一番讨论沟通，再说了，有的电影就摆在那里了，优点缺点、好片烂片一目了然，谁也不会愿意把缺点说成优点，或是把烂片说成经典，那牵涉到审美情趣，谁也不想为"抬杠"而装傻。于是只有各归各，写了再说，台上见。这形式有点像《锵锵三人行》：围绕着共同的话题，能对着干，争个脸红耳赤自然好；各自表述，同中存异，于细微处见意见相左，应该也是一种抬杠。

很感谢佟佟，让我在这几年里看了大量的电影，这大概是我以前半辈子的总和；也感谢她让我读了几本好书，譬如台湾学者齐邦媛先生的《巨流河》以及十分感人的台湾女记者张平宜的《触》等。把书作为话题是因为当月没新电影，或者说正在上映的电影不值得写。都是厚厚重重几十万字的巨著，读一遍得花多少时间？好在书可以放案头随时翻阅，不像电影，记不清又得进一次影院。

那几年间，我很多时间都在为每月一篇的专栏文章伤脑筋。先是等待黄佟佟的指令，写什么；继而是买电影票或是买书来看，一遍不行两遍；再继而便是煞费苦心寻找书写的角度。我常常是踩着巽达截稿日的底线交稿，佟佟交稿的时间大概也差不多，有时甚至比我还晚，可是她并没有我的痛苦，前一天她还说在候机厅准备去采访某个明星，第二天，她却是告诉我，赶了一个夜，写好了。几乎不费吹灰之力。想想也是，看一群熟悉不过的孩子做游戏"办家家"，仿佛一切都在自己的掌控之中，还需要绞尽脑汁猜度他们其中蕴含的寓意吗？其实，如果偷懒，她随便八卦一点明星"办家家"外的花絮，也足够献飨读者了。

《上海采风》的读者大都是上海文学艺术界的人，熟人很多，这也是我每期战战兢兢的原因，怕丢脸。每次脱稿，都如释重负，好像又过了一关。只是我并不知道读者的反应，心中常有忐忑。巽达告诉我，反响不错，我觉得是一种鼓励；好朋友夸赞我，想必是给我面子。一次朋友告诉我，王晓玉教授在好多人面前夸我的文章，我想那一定因为王晓玉是我作协小说组的老领导，在给我做义务广告。直到有一天，遇到了评论家杨扬，主动跟我说起《甲方乙方》，夸奖不错，我才终于有了松一口气的感觉。我跟杨扬平时没什么交往，原以为这样的评论不像评论、随笔不像随笔的文章一定入不了评论家的法眼，没想到他不仅读了，还认认真真地表扬了我，让我莫名兴奋。

然而终究是累了，每个月都是一个坎，这日子有多难受！外人也许会以为写这样的文章，信马由缰，道理加鸡汤，又调侃又挖苦，像台上演小品，够轻松的。但我不是演员的料，一上台就老是担心观众会喝倒彩，脸在笑，腿却在抖。从2015年开始，我说什么也不写了。现在我常做的事，便是翻阅与刘利、佟佟的跨世纪的抬杠文章，有时还真佩服自己：这些文字当时亏自己想得出来！

2017.12.10

遭遇威马逊

停了两天的水。上午9点刚过，自来水突然有了动静，荒漠甘泉一般，汩汩涌出。总算可以松口气了。

电是19日半夜3点多停的。亲眼看着瓢泼大雨中，那些街灯以及对面楼内稀稀落落的照明灯，像被一个人吹生日蜡烛般，"呼"一下，全灭了。

其实在灯火熄灭之前，这个世界早已经翻江倒海，乱成了一锅粥。

先是那些神经质的摩托车发着阵阵鬼哭狼嚎，将自动报警叫成了大难临头的哀号。继而，便是一刻不停的"雷声"，哗啦啦、哗啦啦，尖锐刺耳——却并非来自天空。那一定是附近工地几百米长的铁皮围栏散了架，在这个夜里被风刮得狼奔豕突，散落在小区的树丛间、草坪上和墙角里。

傍晚起风，就已经熟悉这声音了，只是那时它们还都串联在一起，一起挣扎，一起发出雷鸣似的声响。它们让我记起话剧《雷雨》中四凤在那个雷电交加的夜晚触电身亡的场景，一道电光，一声炸雷，让人心惊肉跳。隐见有人在后台提着一张白铁皮不时地抖动，每抖动一下便是一阵"惊雷"，才知道打"雷"的秘籍。

如今，几十上百张的铁皮，合在一起掀动，该是打"雷"打疯了的节奏。要在舞台，怕是早把屋顶打穿了。然而，在这个夜晚它们只是"重在参与"，就像乐队中的几枚小军鼓，单打独斗时可以敲得热热闹闹，一旦大鼓抢开了，就没它们什么事了。

这个夜晚的"大鼓"是绝对的主角，尽管只闻其声不见其形，但它却是结结实实地存在着，并粗鲁地向人们诠释，什么才称得上"摧枯拉朽"和"雷霆万钧"。

"大鼓"还有个让人后怕的名字——"威马逊"。

后来才知道"威马逊"源自泰语，意即雷神。一开始还只是觉得这名字蛮Man的，威风凛凛的感觉。

"雷神"的"威"风可不是吹的，但它恰恰司职"吹"，这不？一口气，空气流动的速度达每秒60米，简直快赶上高铁了。

这就是去年7月19日的夜晚，我在广西北海遭遇的17级台风"威马逊"。作为一名曾经的海员，我经历过不少台风，13级已经是个让人色变的灾难。17级，必定是个葬身鱼腹的概念了。

西方有句谚语，台风来了，猪都会飞。那个夜里，尽管没亲眼目睹飞翔的猪，但还是感受到了四周像有无数头猪在撞墙，重重的，笨拙而野蛮，百米高楼为之颤抖。

隔着一栋楼，邻居家的一只洗衣机挣脱了橡皮水管的接口，被风刮成了一只陀螺，满地打滚。如果是头猪，还真可能飞起来。当卷起猪的那股力扑向窗户的时候，我下意识地将手抵住窗玻璃，感觉整扇落地窗在往后退缩。那些厚厚的双层钢化玻璃，此刻变得像一层薄薄的透明纸，随时有被吹破的可能。

对面一户人家的北窗，本来好好的，突然有窗帘从窗洞钻出一截，在夜空里猎猎飘舞。果真是一块窗玻璃吹没了，且十之八九是先破南窗，再长驱直入，将北窗也捅了个洞。一个看起来体面牢固的房子，顷刻间就"四通八达"，遍体鳞伤了。

雨水敲打窗玻璃的声音，不夸张地说，像是对面大楼有无数的人在朝这边打霰弹，噼里啪啦直响，分分秒秒都有被击碎的可能。此刻巴不得住进碉堡，或者福建永定的土楼，墙厚窗小，固若金汤，虽说丑陋，却是安全。

窗子总算没碎，但还是渗水了。平时看着严丝合缝、密不透风，这一刻却是禁不住无孔不入的雨水。起先只是一些边角旮旯洇水，一转眼工夫就水汪汪一片，再一转眼已汇流成河。雨水不断从外面涌入，汩汩如有声响，根本停不下来……

古人曾将"挟泰山以超北海"，比喻为根本办不到的事，然而这个夜里，你会知道有一种力量是所向披靡的，因为它来自宇宙。此时，人类一切的挣扎都显得力不从心，徒劳无益。

恐惧是必然的，比恐惧更恐惧的是孤单。在这个漆黑一团的夜里，你找不到一个同盟军，似乎只有自己在与天兵天将孤军奋战。此刻，哪怕有邻居发出一点点声响，也会觉得天塌下来还有人在分担。

唯有祈祷。祈祷灾难早点结束，祈祷能躲过一劫。有时候祈祷也就是为了寻找同盟军，让自己不再孤立无助。

第二天才知道，这个深夜，所有在家的邻居都与我做着同样的事：害怕与祈祷。有的人吓哭了，呼叫救命，只是没人能听到。

树倒了，广告牌掉了，有的屋顶也被掀了，街上一片狼藉。接连几天断电断水。取水得在规定时间到楼下的指定点，然后再爬十几二十几层的楼梯。可是，都没事了。客客气气地排队取水，客客气气地点头问好。甚至还相约老辰光，去广场，跳佳木斯。

活着，真好。

2015.1.7

家有一老

　　电视里的一组镜头让我哭笑不得——很多人对着手机里的父母羞答答地说"我爱你",结果却引来对方的莫名惊诧,"你演戏啊?""没钱花了?"更有误会大的竟问道"你怀孕了?"

　　显然都是出娘胎头一回对父母说出一个"爱"字,结果反而让父母吓着了,一头雾水,一身鸡皮疙瘩。

　　不由得想到自己。如果让我对着母亲说"我爱你",她会是什么反应? 除了不会以为我怀孕,一定会以为西边出太阳了。

　　我与家人的疏离感像是从娘胎带出的。打小就不会跟家里的长辈撒娇,不会搂搂抱抱示亲热,也不会说体己话博欢心,哪怕长辈病倒在床,也不会亲尝汤药,说一声"您都是为了我们才病倒的"。至于"我想你"或是"我爱你"这样的话,绝对像在演戏背台词了,打死也说不出口的。

　　私下里曾经为长辈将来终有一天离世而担忧,不为别的,就怕大家都在伤心号啕的那一刻,自己却流不出一滴眼泪。幸好有"男儿有泪不轻弹"这句话,否则真死定了。

　　说实话,我也曾经想过改变自己,变得温顺些,乖巧些,会说暖心的话,做暖心的事。俗话说千错万错马屁不错,即使面对长辈也难以免俗。

然而，我的那些念想往往只是出现在事后的自责中，在需要暖心暖话的那一刻，却根本开不了口，即使开口，也是寡淡无味，不走心的那种。

自己笨嘴拙舌，却还总觉得人家有点装。譬如，我就对"家有一老如有一宝"这句话存疑，听着像"既得利益者"的作秀。除却高官、富翁的后代不说，更多的平民百姓也往往因为他们是老人的受益者。

完全有可能，因为家里有需要照顾的小孩子，或蹒跚学步，一刻离不开大人；或学龄儿童，需要接送。有个自家老人，自然一百个放心。老人除了自己没奶，什么都不缺，耐心不缺，经验不缺，更不缺的是那份视如己出的爱心。这样的老人，月嫂中心缺货，家政公司断档，自然是最佳人选，宝中之宝了。

再不就是习惯饭来张口的人，有个自家人当老妈子，买汰烧全包，还兼职看家。做着知根知底的饭，看着一夫当关的门，暖胃贴心，又无后顾之忧，自然也是打着灯笼难觅的宝贝。

然而，要是老人老了，带不动孩子，做不了饭，甚至老得百病缠身，卧床不起，还仍然是个宝吗？

我的意思，赡养老人分明只是子女不可推卸的义务，又何必把应有的担当，高调唱成捡了"宝"、藏了"宝"呢？

我想要个理由，一个让我心服口服的理由。

我还真的问过好几个人。他们的回答五花八门：

有的说，因为前面有老人在，就会觉得自己还年轻，至少不算太老。

有的说，有个老人，兄弟姐妹还会经常来聚聚，否则就一盘散沙了。

有的说，小时候很多事情都不记得了，有个老人，就可以经常问问。

…………

也许，这些回答都可以算个理由，但都有点勉强，像是指着莫言称赞他毛笔字可以，指着弹琴的郎朗说他手指还是蛮灵活的。严格了说，这些基本上都不算在夸了。

　　我期待一个令我满意的回答，然而，这一天我等了很久很久。就在我准备放弃的时候，有一天那答案却悄然而来。

　　那一天，妻子坚持将卧床不起的岳母接到家中。她已经为了她母亲的身体食不知味，寝不遑安，有一段时间了。岳母是个极其自立要强的人，不到万不得已绝不肯给人添任何麻烦，哪怕自己的子女。她的到来让妻子像是家里添了个宝宝，不仅白天黑夜地围着"老宝宝"转，还一扫前些日子忧心忡忡的阴霾，变得神清气爽，心情愉悦。她就像个幼儿园的老师，每一餐都哄孩子似的哄着"老宝宝"，说"乖，再吃一勺"，或者说"要是你把这半碗粥都吃了，我就写信告诉大哥，表扬你"。

　　妻子的情绪深深地感染了我，我也常在阳台上种的月季含苞欲放的时候，剪一枝下来，作为对"老宝宝"吃饭或是睡眠取得"好成绩"的奖励。

　　我种的几盆香水月季，色艳、形美，香得像蜜一样甜。这一刻岳母就像小朋友得了老师奖励的红星，笑得特别可爱。每回，她总要凑近鼻子，闻了又闻，连连说"香，真香"，然后就盯着插花瓶里的花朵，准备慢慢消受，在浓郁的甜蜜中，看着它一点点绽放。

　　看着老人家的笑容，我莫名感动，感动到心要融化似的，无比柔软而甜美。

　　这一刻，我内心充满感激，仿佛一颗生命将因此得到延续，而延续生命的正是那血浓于水的亲情。

　　家有一老，让人心向善，心善则安，心善则真诚无私，心善则家和万事兴。

　　想到这儿真想说一声：老宝宝，我爱你。

2015.2.27

吾本厚道人

吾本厚道人。

所谓厚道人，就是喜欢实话实说，并且也总是相信人家说的都是肺腑之言的人；所谓厚道人，就是三拳头打不出一个NO的人——因为对他来说，这世界上最难的莫过于拒绝人。

不幸的是，这两点在我身上也曾经非常突出，因为我本来就是个厚道人。

那是多年前的一个夜晚，来了一男一女，像一对夫妻，脖子上都挂了块牌子，上面有他们的照片，还有工号。说今天在小区抽幸运奖，我家被奖励一台消解蔬菜农药的臭氧发生器，只是我们得先垫付360元的维修基金，以后一旦发生质量问题，只需一个电话，他们即派员上门修理，或者以旧换新。说着，他们留下电话和地址，还让我当场拨打。

我平时生活马虎，没有浸泡蔬菜的习惯，但既然人家特意上门，就太不好意思回绝了。于是一定让我爱人去取钱。见爱人支支吾吾不太乐意的样子，我还差点跟她急。

第三天，发生器的气泡石不冒泡了，赶紧打电话，但被告知"没这个号码"，再按照地址找上门去，又不得其门而入，因为根本没这个门牌号。

后来经过脑补，发觉当时有不少破绽，只是从来没把对方往坏里想，怎么看怎么顺眼，怎么听怎么顺耳。从此对上门推销，多了一个心眼。我太太更坚决，让铁将军把门，她知道，一旦放人进来，对方只要说几句体己话，我难免又会犯迷糊，到时与其当陌生人的面争执脸红，还不如干脆将他们拒之门外。

却还是没挡住推销保险的人。有人形容说，即使你关上房门，他们也还会从窗子里跳进来。也不知道他们是怎么知道我家里电话的，操着为民解忧的口吻，说要来帮助客户整理以前买过的一些保单。

就这么上门了，也是一男一女，脖子里也都挂着工牌。先是很认真地给我看了单位曾给我们买的保险单，告诉我早已经过了担保期，成了废纸一张。然后开始向我们详细介绍目前很受人欢迎的一款，为小孩买的，还说这样的机会不多，而我们正好赶上了。他们一脸恳切，洋溢着为民谋利的表情，让人心生感激，我甚至觉得如果我不买非但对不起孩子还更对不起他们，于是当场签字画押。以后他们又陆续来过两次，我又签了两次单，其中包括了大病险和意外伤害险等，更多的感觉还是情面难却，不买不好意思。

只是这些保险都像肉包子打狗。当然也不能说谁骗了谁，因为"大病险""意外险"之所以有去无回，唯一的原因是因为我们没得"大病"，也没意外被车撞，怨不得人家。给孩子买的那份保险却有点奇葩，投保人是我，"被保险人"是孩子的名字，以为天经地义的事，不见得让当时还在上学的孩子为我投保吧？然而恰恰是投反了。原来这款险必须等孩子"百年"后才能兑现，就是说受益人实际是孩子的孩子，而我们现在唯一要做的事，就是每年往保险公司投几千元，真叫人哭笑不得。也只能怪自己，当时没仔细看合同。

一次看到报纸上公布，保险公司负责人年薪竟高达数千万，心里那个郁闷，难以言表。尽管我明白他拿的并不全是我的钱，但以后凡有推销保险的电话进来，我总是尽可能心平气和地说，朋友请转告你们首长，请他先降薪，降到一个正常人的收入，然后我再考虑买你们的保险。

这两年，诈骗电话盛行，一会儿说邮包被扣，一会儿说法院有传票，一会儿又说马上要停水了，五花八门，防不胜防。有几次我还真被吓出一身冷汗。不过我常提醒自己，人心叵测，做人要多一个心眼。

往往，这类电话总是一开始放一段录音通知，然后让你按9，转人工服务。我太太每回像遇到瘟神，赶紧挂，我呢，沉着多了，明知对方是骗子，也还是按9。

"请问你有什么事情？"

"不是你们通知我，说要……"

"哦，你叫什么名字？我帮你去查一下。"

"谢谢。我叫孙家乐，孙悟空的孙，家庭的家，快乐的乐。""孙家乐"是我一个好朋友名字的谐音，第一次是情急之下编的，后来用顺口了，就沿用至今。

"请稍等。"一阵电脑按键的声音传来，然后对方对我说，"哦，孙先生，刚才帮你查了一下，确实有您的一份……"

真相大白。但我还是和颜悦色，说"非常感谢。请把你的银行账号告诉我吧。"

"先生，我不懂你的意思，为什么要我的银行账号呢？"

"就是想把钱打到你卡上啊。"

"我真不知道你在说什么。"

"装孙子？你不就是想骗钱吗？你这个骗子！"我终于怒不可遏。

也许"我是孙家乐"说得多了，有几次我刚报"孙家乐"三个字，对方就闻风丧胆，赶紧将电话挂了。

他们一定会在电话那头骂骂咧咧，居然玩起我们来了，太不厚道。

不过，平心而论，我原本是个厚道人。

2014.9.23

不虚此行

　　一个陌生男人的来信，促成了我2007年4月的一次韩国安东之旅。前后三天，我至今还恍若梦中。那感觉恰如泰戈尔的一句诗：天空不留痕迹，但我已飞过。

　　事情得追溯到当年二月的一天，我的电子邮箱出现了一位自称来自韩国的"小许"的来信，说代表一位校领导邀我参加一个电影项目的合作。他是中国人，在韩国安东大学读研。至于他们是怎么找到我的，"小许"让我就别细问了。我说好吧，请你们来上海面谈。他回信说，还是你来韩国，反正来回机票以及在韩国的吃住行全部由他们负担。我想即便不能说是天上掉馅饼，但也至少是一次机会，何乐不为？随后我真收到了"小许"寄来的邀请函件，让我去找一位熟悉韩国领事馆的上海人办签证，说找他就OK了。

　　果真就OK了。

　　一个多月后的一个上午，我根据与"小许"的约定，从上海飞抵韩国的大邱机场。路上仅仅用了一个多小时，就像到苏州的那点时间。

　　我随下机人流出海关，来到外面的一个候客厅。有一些人举着牌接机，我想总有一块牌子写着我的名字，但一个个看过去，就是没有我的。

再看一遍，还是没有。想看第三遍时，周围人倒是已经走差不多了。刚才还高潮迭起的场面，一下子冷冷清清，只剩几排长椅上三三两两几个闲人，或低声说话或闭目养神，就是没有朝我多看一眼的。

我不仅失落还差点失态。完了，我想，脑子里跳出两个字：骗子。未必想骗我什么，就是骗我上当。

举目无亲，且不通韩语，除了一句"思密达"，还只是个敬辞，派不上大用场。

瞬时，我连寻找"小许"电话都觉得是多此一举了。

"小许"，什么小许，会不会就是个骇客，专捉弄人的。

我既非名流，也非剧本枪手，最多只能算对电影有所涉猎，凭什么人家邀请你去合作？

没有一个有名有姓的中间人，你居然也信？

唉，人家在逗你玩，你却利令智昏，失去最基本的判断力……

我想如果把这经过告诉任何一个人，都会饱经世故地说：这你也会信？

教训啊！一个"机会"变滑稽的笑话……

不过，我也算经风雨见世面的人，心里盘算好了，三十六策，不走为上策。附近找一家宾馆，放下行装，再上网好好查一下，然后按图索骥，找一两个景点，胡乱玩两天，也算不虚此行。只能这样了。

自己手机还没办国际漫游，也没韩币投公用电话，恰好边上有个人在打手机，最后一句我听得真切——"再见"。多么亲切的母语！我赶紧问他借来手机。

居然通了，而且我注意到就在不远的位子上有人霍地站了起来，一边还在接手机。我马上意识到他便是传说中的"小许"。

果真是他。

站小许边上的正是要找我合作的那位校领导——老崔。

原来他们早上从安东开车过来，对飞机晚点作了充分估算，却对飞机早到毫无准备，以至根本就没留意出站的人流。

有惊无险！只是庆幸之余我还是觉得后怕。这世界，对每个人来说，陷阱近在咫尺，一切皆有可能。

会谈安排在安东大学，在大邱去安东的一路上，崔领导只字未提合作之事，我明白他要在郑重其事的场合与我郑重其事地谈。

当然再郑重的事也总有它的简缩本。事情经过是这样的：学校里有位学美术的女留学生是上海人，成绩优秀，本科毕业后又继续留校读研。崔领导在学校负责留学生工作，对这位女学生很欣赏，构思了一个电影梗概。故事大意是女学生父亲是日本人，母亲是上海人，日本男在上海期间爱上女孩母亲，后母亲怀孕，但父亲回日本并不知道，母亲生下女孩后没有再嫁，而是含辛茹苦抚养大了女孩，后来女孩考上了安东大学，而她有个学弟却正是他的同父异母的日本弟弟……

崔领导给我的分工是写女孩在上海期间的那段经历，从父母恋爱，到她出生，再到她考进安东大学。

我表示同意，但是，我说：第一步请你们先把故事梗概形成文字，下一步再签合同；合同依照故事梗概标明我该写的那部分，还有完成时间、署名方式等；最后也请写明我应得的报酬以及具体付款步骤。

我说得一板一眼，像个谈判老手。以往遇到类似的事我可是从没如此较真，"报酬"两个字提也不好意思提。

我知道之所以会拉下老脸，全是早上机场受的惊吓的缘故，恐惧后遗症，一朝被蛇咬十年怕井绳。尽管我并没有真正遇到蛇。

谈判顺利结束。崔领导让我回上海后静候他的故事梗概和合同文本。

接下来的两天崔领导亲自陪同我参观游览，他还邀请了一位人文学院的教授同行，小许任翻译。我参观了学校教学楼、图书馆等，只可惜没遇到那个故事中的上海女孩。然后又游览了河回村、陶山书院等安东名胜古迹。临走前崔领导设宴为我饯行。大家相谈甚欢。席间，我唱了一支歌，是我一个参加过朝鲜战争的表哥二十世纪六十年代来上海时教的，朝鲜歌。

歌名以及歌词内容我都不知道，表哥也不知道。他就知道当年教他这首歌的女孩很漂亮。我后来就把开头一句的读音当歌名——《苞米湾》，当然也可以叫做"宝密万"。

几十年过去，我居然一直能记得这支《苞米湾》。在一些聚会联欢的场合，它还是我的保留节目。只是一旦人家问我唱的什么，我只好承认，一无所知。

几十年的一无所知，如今倒是可以趁这机会问个明白了。当然前提是我所唱的与原来的那首歌相差还不是太大，还没有荒腔走板，离题万里。

他们居然听懂了，对我报以掌声，还说熟知这首歌。教授告诉我，那是一支民歌，曾经非常流行；歌词诉说一个怀春少女对心上人的思慕之情。

原来如此。

回上海后我就一直没接到崔领导他们的来信，犹如断了线的风筝一般。我没怎么放心里去，也没写信催问，日子久了也就云净天空，渐渐淡忘了。人多开心的时候，我还会露一手，唱那支《苞米湾》。每每此时，我便会想起这次恍若隔世的安东之行，同时想起我表哥和那个朝鲜女孩。当年我表哥是个卫生兵，那女孩在教我表哥唱歌的时候，是在什么样的一种境况？不会是女孩受伤了？伤在哪里？教歌是在白天，还是夜晚？在苞谷堆，麦田，还是战壕里？不会真有那个叫做"苞米湾"的地方吧？还有，按常理表哥会问她歌词内容，女孩为什么不肯说呢？也许语言有障碍，两个人"思密达"来"思密达"去，把时间都耗费在"思密达"上了……

想到这儿，我不由笑了，就觉得这一趟安东去得值了。不虚此行。

2016.9.20

最是清晨薄雾里那一声……

　　人这一辈子，怀旧总是难免的。

　　怀旧不同于通常所说的回忆。

　　回忆是对时过境迁、物是人非的岁月的一次开启尘封的搜索，还事情一个本来面目。回忆力求真实，原封不动，否则便有点"事出有因，查无实据"了。人生有太多的不乐意，不说也罢。很多人写回忆文章只是出于无奈，怕后人遗忘，口说无凭，只好"立此存照"。"文革"年代，写"回忆"的人多到数不清，那年月不叫"回忆"叫"交代"，上面还有对"交代"的规定：竹筒倒豆子。就是要把"问题"全部彻底写清楚。很形象的一个词汇，感觉像在逼人"清肠"。

　　怀旧则是对往昔的回味，一段青春年少花前月下的不了情，一番梦里花落知多少的乡愁……可谓似水年华，素年锦时，总有一些事让人刻骨铭心，终生难忘。怀旧常常是难以抑制，情不自禁的；念兹在兹，反反复复，终于酝酿成一支歌，或是一首诗，绵长深切，隽永如水。因此，怀旧其实是被诗意了的回忆。

　　如今，怀旧的文章是越来越多了。好像满世界的人，都在发思古之幽情。事情都发生在旧马路、老建筑、老房子，而一致的结论是，建筑是当年的精致，朋友是儿时的靠谱，玩耍是过去的有趣，东西是从前的好吃，就连油条也是以前的脆……

我寻思，这股怀旧潮应该源于收藏热。收藏靠的捡漏，利用公差，或干脆请假，到犄角旮旯去，到还没开化、不拿宝贝当宝贝的地方去，寻寻觅觅，一步三回头，心诚则灵，相信运气总是在不远的前方。

一只陪葬的陶罐、一块明清年间的匾额、一片丢弃的窗棂、一张破残的字画……乖乖，不得了，发大了！我朋友中也是捡什么的都有，老玉、古币、明清家具、青铜、古俑……他们常抑制不住喜悦地晒出来给人看，然后神秘兮兮地说：西安那边流出来的，那边的朋友刚掘了个古墓，周朝的……

当央视的淘宝节目每周吸引了成千上万人的眼球的时候，其实也就宣告了，在中国这块土地上已经无漏可捡。从那时起，只要地上发现一只破碗，人们都会眼睛发亮，行家里手地鉴别，是否宋瓷、官窑，是否慈禧老太进膳用的。

虽说漏没捡到，但一种审美的眼光却已经悄然养成，只要看到旧的、老的，甚至破旧不堪的，都会停下脚步，细细把玩，然后追根溯源。总有几个达官贵人、名人名媛可牵扯进来。于是乎，就穿越时空，与那些人对上了话。以怀旧的名义、训练有素的目光，讴歌老马路、老建筑、老房子的文章也就这样应时而生，我一概称之为"歌旧派"。

本来歌旧也好，歌新也罢，都与我无关，只是读多了难受，总让我想起以前喝过的一种甜得像糖水的"葡萄酒"。说不是酒吧，指不定灌多了还会醉；说是酒吧，却实在没有酒的入口醇和，回味绵长的感觉。

最佩服那些把石库门房子写得如田园牧歌一般的"美文"（还常配有演员的朗诵）。如果让他们写清晨的石库门里弄，以他们的深厚感情，一准就这样开头了：最是清晨薄雾里那一声"马桶拎出来"，激越高昂，余音袅袅……

我以前住了几十年的石库门，一提起石库门就觉得自己天天在演

"七十二家房客"，空间局促、环境脏乱，没有隐私……

常记起小学四年级时的一次尴尬境遇：班主任老师上门家访，她站门外叫唤我名字，我一激灵，脱口而出"请进"，她进门后转身才发现还坐在马桶上的我，外婆想拦也已经晚了……当时我还不以为然，以后随着年龄的增长，每每想起那一刻我便羞愧难当，还想地上找个缝钻进去。

"文革"年代还摊上"房管所"强分来的"邻居"，那兄弟几个仗着敢动刀动枪，常常霸占着公用水龙头不挪身，还天天半夜三更将房门关得天崩地裂，恶死做……作为他们的邻人，上天无门入地无路，每天都是一场噩梦。

我是断断不会把噩梦说成美梦的，除非我有嗜痂之癖。

也难怪，至今还有人动不动唱样板戏，情深意切的，应该也是一种嗜痂的怀旧。

被诗意了的怀旧更像是在经历发酵，一些旧谷子烂芝麻的陈年往事，受某款情愫的分解、催化而进行的化学反应。时间会掩盖一部分真相，苦涩也变得不再一味地苦不堪言，当年的种种尴尬兴许会催化出一丝滑稽和好笑。然而终究不是什么真相都可以掩盖的，想把痂皮酿成甜酒，不仅可笑，而且还有点恶心。

2016.11.25

开车"出远门"

　　车买了半年多，但至今公里数只有五千不到，其中一部分还是女儿去学校开的，这样算下来便只有三千多的实际路程。除了上下班，我几乎哪儿也不去，不是不想去，是害怕去。准确地说，是害怕开车去。我唯一可以踏实的是上下班的那条路，哪里该变道了，哪里得小心自行车、助动车了，心里都有谱，熟门熟路了。一旦走其他的路，心里就有点没着没落，几乎都是被人家撵着开的。还时常遭打强光和鸣喇叭警告或驱赶，让我像惊弓之鸟。

　　自从有了车，我社交活动不是多了，而是少了，能推则推，无法推辞就宁可打的。仔细算算，似乎现在打的费用和以往也相差无几。老婆常唠叨：人家买车为赚钱，你买车呢，好像就为了把它养起来。她学财务出身，擅长经济核算，每天的停车费就让她心疼，更别说那些车险、路税，以及别的七七八八的费用了。她曾经陪我去普陀区的一个税务所办"绿标"。事先"做功课"，研究了地图，但是一到马路上，被后面的车一撵，头就大了，没了方向。先是在那税务所附近兜了三个大圈子，寻找方位，等认准了位子又围着大门兜了三个大圈，因为门口不让车进去，不知道车该停哪里。只要我在门前稍稍犹豫一下，后面马上催魂似的响起不耐烦的喇叭。几次开过了头，无法倒车，只好再绕一大圈子。好几次真想把车开回去算了。后来老婆帮我核算了一下，我这回光花的汽油成本大概就五六十元，还别说花了半天多时间。远远比不上打的合算。她最后得出的结论是，我根本就不是开车的料，以后再不坐我开的车了。

我知道她说的是气话。对她来说，家里有了个车夫，生活质量也算上了个台阶，哪怕技术差一点，风险大一点。那天我小心翼翼地向她建议：挑个双休日，叫上你母亲一起去南翔玩一次？我不敢说更远的地方，因为没把握。这已经算我开得最远的一次了。

"好呀，"她答应得爽快，"我妈还没坐过你开的车呢。"

于是就在不久后的一个周六上午我们开车去南翔。那天起得早，像小时候去秋游，早早就准备了水果什么的带车上。然后去接老岳母，同时还有小姨子。那是前两天就通知好了的，也让岳母和小姨子起了个早。大家都挺当回事。

我当然是认真做了"功课"的，知道先走外环线，然后接着走沪嘉高速公路。我觉得还比较简单，应该有把握。然而，当沪宁高速公路的指示牌出现在我眼前时，我闪过一丝犯难：沪宁和沪嘉是什么关系？沪嘉大概只是沪宁的一部分吧？在我印象中它们都应该朝北走，一个大方向的；当然，我还担心如果错过这路口再绕回来，又是很大一个圈子。这么一想便果断地打方向盘，上了沪宁线。

途中，我一个劲朝北开，却始终是找不着北的感觉。车出花桥，还不见南翔的影子，我开始怀疑沪嘉和沪宁并非在一条道上。一路上老婆不断说，到南翔哪要走这么多时间，很近的呀。她说从我们家去南翔最多也就半小时路程。她越是这么说，我越是闷头开，希望南翔早点出现——但不久眼前出现的却是江苏昆山。当我不得不承认走错时，已经一头大汗。老岳母和小姨子都表示了谅解，说没什么，权当出来兜风。

其实没什么风，雨倒是不请自来，而且越下越大。这时女眷们都有点内急，我在密集的雨帘中寻找厕所，其难度之大不亚于寻找南翔。后来总算看到路旁的一家公司门前有块空地，我不管三七二十一停下再说，跟门卫商量，他们倒是一口答应。等岳母她们神情轻松地重新上车时，我提议索性去巴城吃蟹。门卫说还有十五六公里。应该不算很远，但岳母她们几乎用央求的口吻，让我别去。她们对我的方向感实在有点怕了。老实说，我对自己能否找到巴城也心里没底，再说又下着大雨，不好找，答应不去，但一定坚持去昆山城里吃饭，好歹也算玩了昆山。获岳母她们同意，又重新上路。二十多分钟还不见城市轮廓，倒是越来越落乡了，一问路人，说早已经过了昆山，在往上海去呢。我尴尬至极，老婆已经气得不会说话了。没想到岳母和小姨子齐声欢呼，好呀，回上海再好不过。

就这样，花了好几十元过路费，我们一无所获地回到了上海，唯一的作为就是每人在昆山上了一趟厕所。说也怪，一进入上海雨就停了，大家的心情也开朗了许多。在我的坚持下，还是找寻到了南翔，尽管抵达时已经下午一点多了。我们如愿以偿地吃了小笼包子，游览了古猗园。我知道如果不到南翔，我这次"出远门"将永远成为亲戚们的笑柄。

回家后老婆又一次重申"再不坐你车了"。但过了两天，当知道老岳母需要去医院检查时，她却是不容商量的口吻对着电话说，我们开车来接你。就这么定了！

2006.12.20

遭遇尴尬

我来到柜台前跟她告别。

下榻的饭店正好是机场大巴的首发站，到点就发车。

饭店大堂设有一个民航专柜，常见一位长相清纯的鹅蛋脸女孩站那里应答咨询。由于每次出入饭店，总要经过她的专柜，见的次数多了，也就眼熟了，见了就相互点个头。

我拿出了一大包书，当然，我还是先问她是不是喜欢看书。尽管我明白这些书她未必真的喜欢，但我认定她不会说不喜欢。果然，她毫不犹豫地说喜欢。接着我又问她是不是喜欢文学艺术类的书。

"嗯。"她点了点头，蛮高兴的样子。

我想她大概已经猜到了我的来意，怕拂了我的面子。

我放下了心。本来我还有一丝担忧，怕她当场拒绝。

我明白当下的态势，那就像我不久前乘地铁，因为无聊，当周围几乎所有的人都捧着手机，看视频、发微信或是玩游戏的时候，我从包里掏出的是一本要开研讨会的《奥斯特洛夫斯基传》。

书上的标题显得很醒目：军人情结、如饥似渴地汲取知识、出任团支书……我下意识地遮掩了这些标题，为的是让人家以为我在看一本学术书，或是古龙、金庸的武打书。

那一刻，我觉得自己已经与这个时代格格不入了。

书都是当地作者送我的，除了诗歌、小说、散文，还有好几本画册。画册几乎囊括了本地特色的好几种艺术门类，譬如玉雕的、根雕的、剪纸的、泥塑的、瓷刻的……

都是借了我那朋友的光，他是本地文化部门的领导，介绍我认识了不少当地文化及专事民间艺术的高人。每每我结识一个人，就能得到对方馈赠的著作。感觉人家就像在发名片。

没几天，"名片"就堆成了小山。

随着归程临近，我却一筹莫展，不知道该怎么处理。

其实，这并不是头一回了，以前每次去外地出差或会友，最怕的就是带书。尽管我每到一地几乎都要去书店逛逛，以期有意外的发现。然而却总是为那些扉页上指名道姓让我"雅正""惠存"的陌生朋友的"名片"而伤脑筋。

所有的旅行最沉重的总是那几本陌生人的书，多一本也是负担。

为此我总记着旅居上海的台湾女作家章缘的"义举"，她与《巨流河》作者齐邦媛先生有私交，不仅自己得到了一本齐先生赠送的《巨流河》，同时也为我要到了一本。书是精装本，足足有600多页，厚重得让身材娇小的章缘抱着也累。我可以想象她面对这两本《巨流河》纠结的样子。怎么带？一起带几乎是不可能的，最终她选择了替我带，将自己的那本留在了台北。当我拿到留有齐先生亲笔赠词的《巨流河》的时候，心里有如一股巨流在奔腾，充满了感激。

我也想过把所有这些书邮寄回去，但是那太麻烦，价格也不菲，关键是，到时我真的会看几本？家里早已经书满为患，几乎有七八成还是从没碰过的"处女地"。以前我总在想，等哪天我有了大把大把的时间，我就来开垦这些"处女地"，给自己补充养料，好好充实一下。然而我现在知道这几乎是不可能的，因为该看的我早就找来看了，剩下的，基本上大多已经可看可不看了。更要命的是，时间总是不够花，而且该看的东西也总是多得来不及看。如今互联网时代，每天的所见所闻都让人耳目一新，见之忘俗，可谓"仰观宇宙之大，俯察品类之盛，所以游目骋怀，足以极视听之娱，信可乐也"，而凭我书房里现存的那些书，实在已经无法填补我的匮乏与空泛了。

我的匮乏与空泛的感觉来自我对很多带给我惊喜的高手的景仰，看了他们的文章、著作，我知道该退避三舍，该老老实实地当个纯粹的读者了。

为此我很难理解那些至今还乐此不疲地炮制着已经远远落伍的铅印文字的人，真想问一声，你确定你写的东西会有人喜欢吗？

倘若为自娱自乐，为职称评定，或是为给自己一个交代、一个说法，我都能理解；哪怕纯粹只是附庸风雅一下，我也可以接受；怕就怕一些人还洋洋自得，招摇过市，甚至假公济私，换取名利，反正冤大头不是那些企业家就是我们这些纳税人。其实他们心里清楚，自己的书被人拿回去也是打入冷宫，成为"年年花落无人见"的"怨妇"。

大巴来了，我却听到鹅蛋脸女孩"呀"的轻轻叫唤，她正在翻看我给她的那些书，讶异地说，"那是我舅耶！"

那是一本画册，封面便是作者的照片，而且我马上看出她与那作者长得非常相似，可谓三代不出舅家门。

天！怎么我就偏偏遇到了这样的事。除了抱怨世界太小，我只能责备我的多事了。早知道就去邮局把书寄回家了，早知道就索性留宾馆装遗忘了，早知道就把事情做干净，因为我连她舅要我"惠存"的题词都还原封不动地放着。

2015.11.25